野豬渡河

MINISTRY OF CULTURE, TAIWAN

This book was published with a publication grant from
the Ministry of Culture of Taiwan.

이 책은 대만 문화부의 번역출판지원기금을 받아 출판했습니다.

* 책 속에 나오는 각주는 원주이고 역자 주는 본문에 괄호로 처리했습니다.

강을 건너는 멧돼지
2

장구이싱 지음

박희선 옮김

목차

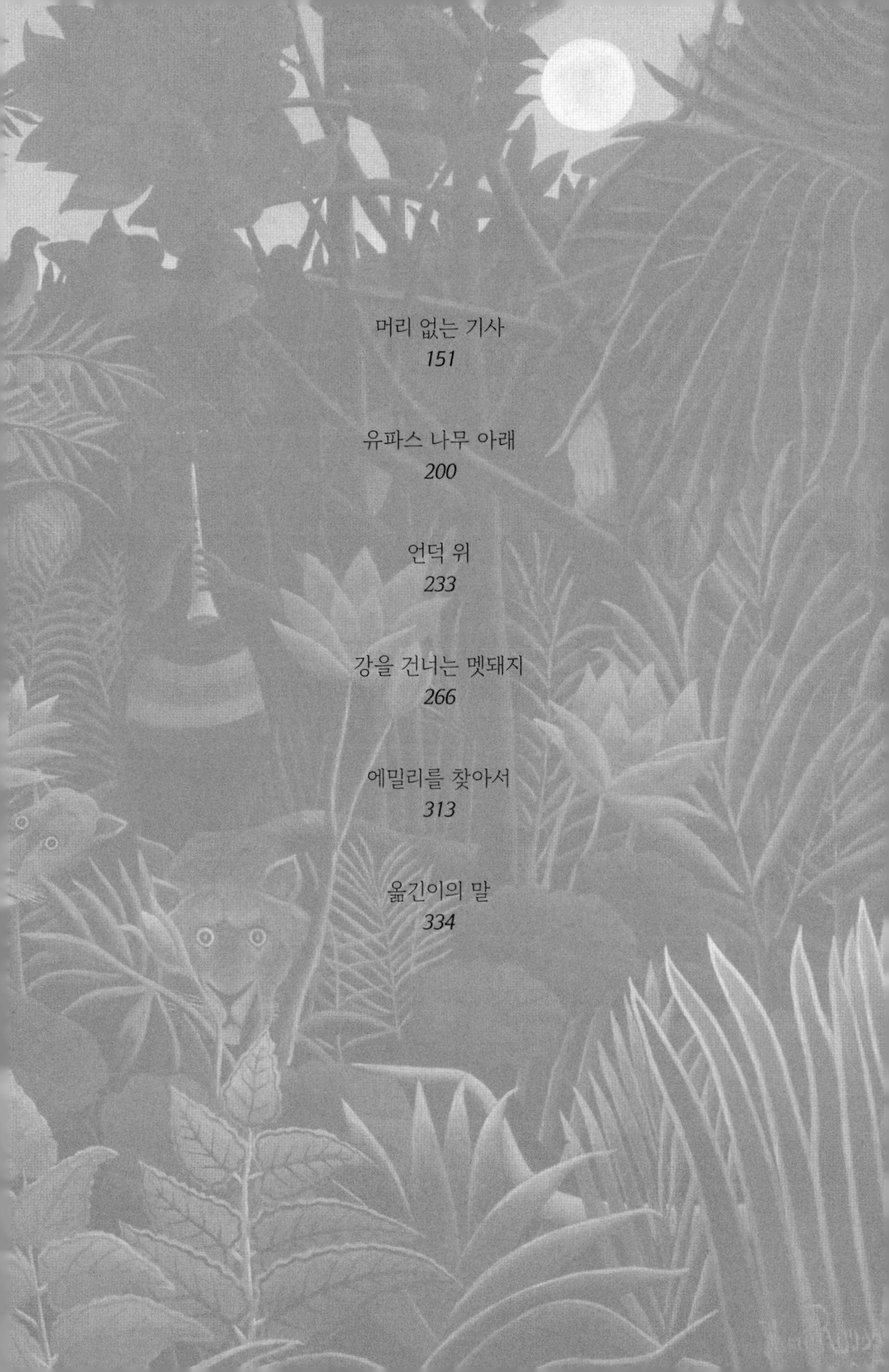

바이하이

"주바 마을 사람들이 우릴 팔아넘겼다." 바이하이는 나무구멍 안에서 여섯 밤과 일곱 낮 동안 숨어 있다가, 아버지가 생전에 마지막으로 남긴 말을 떠올렸다.

태양은 잠깐 얼굴을 내밀었다가 다시 하늘의 배 속으로 돌아가 깊이 잠들었다. 하늘은 아주 명랑하고도 사치스러운 이마를 가지고 있었는데, 그 속에 우주의 끝없이 넓은 뇌가 담겨 있었다. 20여 명의 일본놈이 아프리카 소태나무 그늘 아래 서서 알아듣지 못할 일본말을 했다. 군모 뒤쪽에 늘어뜨려진 차양은 서남풍에 날렸고, 95식 군도와 96식 경기관총이 사납게 땅 위의 검은 흙과 들풀의 냄새를 맡고 있었다. 큰부리까마귀 떼가 하늘 위를 한 바퀴 돌고 궁륭 한쪽의 어두운 구석으로 날아갔다. 모습은 사라졌지만, 까마귀의 차갑고 음침한 웃음소리는 한낮의 하늘에 울려 퍼졌다. 아버지 허런젠何仁健과 20여 명의 남자는 30분이 걸려 커다란 무덤 두 개를 팠다. 총성이 울렸을 때, 진흙이 유순하게 그들을 덮쳐 둘 중 한 개의 무덤에 그들을 대충 묻었다.

타원형 나무구멍으로 내다본 하늘은 꼭 파란색의 커다란 알 같았다. 사방에 솜털 같은 구름이 떠다녀서 마치 그 안에 외계의 괴물을 잉태하고 있는 듯했다.

주바 마을 아이들은 나무 타는 능력이 출중했다. 얼마 지나지 않아 아홉 명의 아이가 빠르게 나무 위로 올라갔다. 일본놈들의 남부 13식 권총이 나무 위를 향해 발사되기 시작했다. 총알은 아이들을 피해 아이들이 붙잡고 있는 나뭇가지에 집중적으로 박혔다. 제일 높이 올라간 열세 살의 량융안이 제일 명확한 목표가 되어, 맨 먼저 나무 아래로 떨어졌다. 융안은 온 마을에서 가장 빛나는 전적을 자랑하는 대왕 귀뚜라미를 가지고 있었다. 이 귀뚜라미는 마을 아이들의 모든 귀뚜라미 투사와 한 번씩 싸웠지만 지금껏 진 적이 단 한 번도 없었다. 이 완벽한 대왕 귀뚜라미는 지금 주인의 호주머니에 든 중국산 솽시雙喜 상표의 담뱃갑 속에서 깊이 잠든 채 다음 싸움을 기다리고 있었다. 나무를 오를 때, 융안은 윗옷 주머니에 든 담뱃갑을 주의 깊게 한 번 보면서 귀뚜라미가 주머니 안에서 안전하게 자고 있는 걸 확인했다. 일본놈 한 명이 나무 아래서 96식 경기관총을 들어 올려 총검을 정확히 겨눠 융안을 맞았다. 총검은 융안의 왼쪽 배를 통해 들어가 견갑골을 뚫었다. 기다리다가 짜증이 난 다른 일본놈이 융안의 배꼽을 칼로 찌르자 대소변이 일본놈의 얼굴에 튀었다. 대왕 귀뚜라미는 반으로 갈라진 솽시 담뱃갑에서 나와 나무뿌리 사이로 뛰어들어 사라져 버렸다.

일본놈들은 두 무리로 나뉘어 한쪽은 나무 바깥쪽에서 총을 쏘고, 한쪽은 총검을 들고 나무 아래를 지키고 섰다. 대왕 주씨의 돼지 아들이 두 번째로 떨어졌고, 총검 두 자루가 그의 몸속에서 가위처럼 교차되었다. 영국인 꼬마 토마스는 총알을 맞아 손바닥이 박살이 난 다음, 땅에 떨어지기 전에 95식 군도의 화려한 검술에 의해 사지가 떨어져 나갔다. 일곱 살짜리 소녀 허란荷蘭이 떨어질 때, 겁에 질린 커다란 두 눈이 바이하이를 바라보았다. 바이하이는 아이를 부르고 싶었지만, 갑자기 이름을 잊어버렸다. 하지만 바이하이는 아이가 풍기던 치즈 냄새, 에메랄드빛 눈동자, 우유처럼 흰 피부, 불꽃같은 붉은 머리칼, 포도덩굴처럼 일본놈의 얼굴에 걸렸던 자주색 창자를 언제까지고 잊지 못했다.

부뚜막처럼 시커먼 나무구멍이 갑자기 바이하이의 눈에 띄었다.

"마오후이, 마오후이! 우리 여기 들어가자!" 바이하이가 동생에게 소리쳤다.

동생 홍마오후이는 두 개의 나뭇가지 위에 쪼그리고 앉아서 구부러진 가지에 손을 걸고 있었다. 몸살감기에 걸린 홍마오후이는 두 눈과 입을 꼭 닫고, 눈가에는 검은 눈곱을, 콧구멍 아래에는 두 줄기 맑은 콧물을 매달고 있었다. 공포로 인해 그의 이마는 젖은 기저귀에 덮인 것처럼 쪼글쪼글하게 주름이 잔뜩 져 있었다.

구름이 다시 이상한 모양으로 변했다. 꼭 비루먹은 개떼처럼, 바람이 불자 털이 빠지고 버짐이 떨어졌다.

"마오후이, 마오후이," 바이하이는 나무구멍을 가리켰다. "우리 이리로 들어가자!"

잠수의 명수 라이정중이 손을 놓쳐 미끄러지면서 두 발이 마오후이의 몸을 밟았다. 동생의 조그만 창자가 일본놈이 허리에 찬 수통에 걸렸고, 고동색 간이 일본놈의 군홧발에 밟혔다. 동생의 것인지, 아니면 다른 사람 것인지 모를 선혈이 군도의 칼자루를 싼 상어 가죽을 붉게 물들였다. 바이하이는 힘껏 뛰어서 쌀독 세 개를 합친 크기의 나무구멍 속으로 뛰어들었다. 일본놈들이 아이들의 손과 발을 쏘기 시작해, 남아 있던 세 명의 아이도 아래로 떨어졌다.

다음 날 점심때쯤, 배고픔이 채찍처럼 바이하이를 때렸다. 갓난 아이처럼 토실토실한 하늘에 우유와 잼이 흘렀다.

일본놈들은 총검과 군도로 8명의 아이를 베어 죽인 후에 11명의 여자에게로 주의를 돌려서, 아이 한 명이 모자란 걸 눈치 채지 못했다. 어머니와 7명의 중년 여자는 커다란 무덤 앞에서 울다가 녹초가 되어 있었다. 일본놈들은 군홧발로 여자들의 뻣뻣한 몸을 걷어차며 무덤 속으로 뛰어내리라고 강요했지만, 결국은 어쩔 수 없이 그들을 향해 경기관총을 들어 올렸다. 일본놈 한 명이 띠풀 숲으로 가더니 배를 쑥 내밀고 바지를 끌어내리고, 열기 때문에 바지뿐만 아니라 상의 단추도 풀었다. 그는 마른 나뭇가지처럼 곧고 조그만 자지를 엄지와 검지로 주전자 주둥이처럼 붙잡고 오줌을 쌌다. 오줌을 다 누고 나서 젊은 여자 세 명을 둘러싼 사람들 무리 쪽으로 돌아올 때, 그는 급한 나머지 상의 단추를 잘못 끼워서 산양의 눈 같은 배꼽이 드러나 보였다. 그는 남양 군도에 온 지 3년이 되었는데, 멧돼지와 뱀과 도마뱀 고기를 먹고 팔뚝이 더 부드러워져서 여자들을 더 숨막히게 했고, 두 눈에는 쾌락을 좇는 불꽃이 꺼지지 않고 더 세게 타올랐다.

열다섯 살의 바이하이는 조숙한 남양 군도의 여느 아이들처럼 남녀 관계에 대해 알았다. 열일곱 살인 누나 허원은 다른 젊은 여자 두 명과 함께 아프리카 소태나무 아래 쪼그리고 앉아 목이 쉬도록 울었다. 누나는 머리가 길었다. 그날 아침, 누나의 긴 머리는 바람에 미친 듯이 날려 허공에서 휙휙 소리를 내는 박쥐 날개처럼 휘날렸고, 멀리서 보면 꼭 연 같았다. 마른 강줄기처럼 빼빼마른 누나의 몸도 바람에 날려 하늘로 날아갈 것만 같았다. 그녀와 두 여자가 일본놈들에 의해 띠풀 숲으로 끌려갈 때, 겁 많은 흰구름이 거의 바이하이의 머리에까지 늘어뜨려졌다. 피둥피둥한 하늘은 대지의 물을 전부 빨아들이고서도 한 달이 넘도록 비 한 방울 내려 주지 않았다.

바이하이는 나무구멍보다 머리 반 개만큼 키가 커서, 발돋움을 하면 제일 키가 큰 오래된 야자나무의 엉덩이와 더 많은 어린 야자나무의 바람에 흔들리는 작은 엉덩이들을 볼 수 있었고, 띠풀 숲속에서 욕정의 불길에 타오르는, 딸랑이 장난감 같은 일본놈들의 엉덩이도 볼 수 있었다. 바이하이는 나무구멍 안에 오후 내내 누워 있었다. 얼굴 반쪽이 나무껍질처럼 거칠거칠해졌다. 저녁이 되어, 노을이 강의 수면을 달궈 강물을 갈라진 수박의 과육처럼 빨갛게 물들였다. 다음 날, 태양이 파인애플처럼 하늘 위에 걸렸다. 바이하이는 갈증을 느꼈다. 나무구멍 바닥에 빗물이 고인 작은 웅덩이가 있었다. 그는 손바닥을 국자처럼 오므려 물을 폈다. 손바닥 안에서 장구벌레가 마치 손오공이 부처님 손바닥에서 도 망치려 하는 것처럼 화려하게 공중제비를 넘었다. 바이하이는 구 멍 밖에서 버마코뿔새가 작은 도마뱀 한 마리를 삼킨 다음, 목구 멍 속에서 도마뱀이 아직 몸부림치고 있는데도 벌써 다음 사냥감 을 찾는 걸 보았다. 배고픔이 더 심해졌지만 바이하이는 나무구 멍 밖으로 나갈 엄두가 나지 않았고, 나무 아래로 내려갈 엄두는 더더욱 나지 않았다.

셋째 날, 하늘은 햇볕에 구워져 갈라져서 카사바처럼 흰 연기를 뿜어냈다. 웅덩이에 고인 빗물은 점점 줄어들었고, 거기에 바이 하이가 싼 오줌이 섞였다. 구멍 바깥의 나뭇가지에 요 며칠 사이 에 활발하게 움직이는 나뭇잎이 자라나 바이하이의 식욕을 자극 했다. 굶주림 탓에 그의 눈에는 이미 하늘이 연기와 김을 뿜어내 는 솥처럼 보였다. 상상할 수 있는 모든 음식이 솥 안에 전부 들어 가 숯처럼 빨간 구름에 끓여졌고, 땅에는 음식들의 환성이 울려 퍼졌다. 밤이 되자, 그는 마침내 구멍 밖으로 나와 나뭇가지에 엎 드려 부드러운 잎을 양껏 뜯어 먹었다. 나무 아래, 마을의 불빛은 환했고, 천 명이 넘는 남방파견군의 일본 전투원이 사방으로 돌 아다녔다. 나무구멍으로 돌아오자 하늘이 두껍고 무거운 솜이불 처럼 그를 뒤덮었다. 온기를 내뿜는 별들이 품속으로 들어와 그 의 어둡고 정처 없는 꿈속에 박혔다. 아버지와 20여 명의 남자의 머리가 두리안 열매처럼 나뭇가지에서 떨어졌다. 바이하이는 천지가 뒤흔들리는 걸 느꼈다.

바이하이는 닷새 동안 나뭇잎을 먹고, 빗물과 오줌을 마셨다. 여섯째 날에 그는 잠을 이루지 못하고, 거대한 무덤 같은 밤하늘을 바라보았다. 그는 한밤중에 집에서 들려오던 쥐가 대들보 위를 뛰어다니는 소리, 도마뱀 우는 소리, 들고양이가 으르렁거리는 소리, 개가 코를 골고 이를 가는 소리가 그리웠다.

그날 밤, 바이하이는 눈이 아플 때까지 하늘을 바라보았다. 하늘이 흐물흐물하게 무너지고, 첫 서광이 물웅덩이처럼 차오르는 걸 바라보았다. 계란 흰자처럼 하얀 하늘 위에 미국의 리버레이터 폭격기 두 대가 마치 하느님이 쏜 두 대의 은빛 화살처럼 조용히 날고 있었다. 흰 연기가 폭격기의 꽁무니에서 개구리 알처럼 뿜어져 나왔고, 폭파된 다음엔 올챙이 같은 구름이 떠올랐다. 하늘이 호수처럼 흘러넘쳤다. 커다란 엔진 소리가 아치 모양의 하늘을 거의 갈라놓다시피 했다. 검은 솜털로 무장한 꿀벌 한 마리가 조그만 나무구멍에서 튀어나와 나무 꼭대기 밖으로 질주했다가, 음파의 진동에 방향을 잃고 몇 바퀴 빙빙 돌다가 다시 구멍 속으로 들어갔다.

리버레이터 폭격기의 외형은 꼭 왕잠자리 같았다. 두 개의 긴 날개는 은회색으로 반짝였고, 회전하는 프로펠러의 축과 방사형 날개는 두 개의 진주처럼, 흰 구름이 떠 있는 푸른 하늘 위를 날 땐 거의 투명하게 보였다. 폭탄이 은빛 화살의 배 속에서 바퀴벌레 똥 혹은 쥐똥처럼 떨어졌다. 바이하이는 폭격 소리가 완전히 멈출 때까지 두 손으로 귀를 막고 있었다. 폭격기가 사라진 후, 미국의 P-51 전투기 십여 대가 하늘 위를 선회했다. 그중 한 대가 바이하이가 있는 무화과나무 옆으로 미끄러져 가면서 기체에 나뭇잎이 부딪쳤다. 조종석에 앉은 검은 얼굴의 조종사가 그를 향해 큰 입을 벌리고 웃으면서 입 안에 가득한 부드러운 이를 드러내 보였는데, 꼭 하늘 위의 구름을 입 속에 머금고 있는 것 같았다. 바이하이는 배가 커다란 수송기가 낙하산을 연달아 토해내는 걸 보았다. 일곱 색깔의 낙하산은 작은 무지개 같았다. 낙하산병과 보급품과 지프차를 매단 낙하산이 천천히 아래로 떨어졌다. 한 낙하산병의 낙하산이 바이하이가 있는 큰 나무의 가지에 엉켰다. 허리에 톰슨 기관단총을 찬, 마치 하느님 같은 낙하산병이 낙하산 줄을 잡고 나무구멍 밖에 매달렸다. 낙하산병은 손을 뻗어 철모를 두드리더니, 가슴 앞주머니에서 접이식 칼을 꺼내 버튼을 눌러 팟 하고 칼날을 꺼냈다. 줄을 자르려던 그는 문득 나무구멍 속의 바이하이를 발견하고 눈을 크게 떴다.

바이하이를 등에 업고 나무 아래로 내려온 낙하산병은 그에게 식량 주머니 두 개분의 음식을 주었다. 바이하이는 과일맛 사탕 두 개와 허쉬 초콜릿도 먹었다.

"이름이 뭐니?" 염소수염을 기른 미군이 바이하이에게 물었다. 손에 든 양철 컵에는 뜨거운 블랙커피가 담겨 있었다.

바이하이는 교회에서 쩌우 신부에게 영어를 3년 넘게 배웠기 때문에 미군이 하는 영어를 전부 알아들을 수 있었다.

"우린 마을 사람들의 보고를 입수하고 이리로 왔어. 일본인들이 1주일 전에 여기서 사람들을 40명 넘게 학살했다더구나." 톰슨 기관단총을 어깨에 멘 젊은 미군이 말했다. "네 가족들은? 너 고아는 아니지?"

"이 애는 나무구멍 속에 있었는데, 토끼처럼 새하얗게 보였어." 바이하이를 업고 나무 아래로 내려와, 바이하이가 그를 하느님처럼 경외하게 만든 체격이 큰 낙하산병이 말했다.

"얘야, 무서워할 것 없다." 염소수염을 기른 미군이 바이하이 앞에 쪼그리고 앉았다. 그는 손에 일본놈의 96식 경기관총 한 자루를 들고 있었다. "일본인이 네 가족을 죽였지. 이게 바로 우리가 한편이라는 뜻이야."

바이하이는 기관총에 꽂혀 있는 30식 총검을 보았다.

"이걸 네게 주마." 염소수염을 기른 미군이 품속에서 철제 귀뚜라미 모형을 꺼냈다. 귀뚜라미의 배를 꾹 누르자 귀뚤귀뚤하는 낭랑한 소리가 났다. 바이하이는 량융안의 대왕 귀뚜라미가 나무뿌리 아래 숨어 날개 안쪽의 돌기를 문지르는 줄 알고 발치의 나무뿌리를 내려다보았다. "동양인들, 그러니까 중국인과 일본인은 우리 눈엔 다 비슷하게 보이거든. 혹시 다음번에 숲속에서 미군을 마주치면, 이걸 힘껏 눌러. 그러면 우리 편이라는 걸 알 수 있으니까."

염소수염 미군은 귀뚜라미 모형의 배를 다시 두어 번 눌러 소리가 나는 걸 보여준 다음 바이하이의 손에 쥐어주었다. 귀뚜라미 모형을 받은 바이하이는 시선을 나무뿌리에서 총검으로 돌렸다. 그는 나타 태자인 동생, 검은 머리에 흰 옷을 입은 엄마, 진흙에 삼켜진 아빠, 그리고 마른 강줄기 같은 누나를 생각했다.

"이 총이 마음에 드니?" 염소수염 미군이 물었다.

바이하이는 고개를 젓고, 검지로 총검을 가리켰다.

염소수염 미군은 기관총 끝부분의 홈에서 30식 총검을 떼어내 바이하이의 손에 쥐어주었다.

"누나는 아직 살아 있어." 바이하이는 엄지와 검지로 칼등을 움켜잡았다. "꿈에서 엄마랑 아빠랑 동생은 봤지만, 누나는 못 봤어."

머리통이 크고 턱이 작은, 항아리처럼 생긴 바이하이의 머릿속에 아버지가 생전에 마지막으로 남긴 말이 밤낮으로 메아리쳤다. "주바 마을 사람들이 우리를 팔아넘겼다."

잘린 팔

1

야마자키가 첫 번째로 '조국 난민 구제 계획 위원회' 구성원들을 체포한 다음 날 저녁 무렵, 대왕 주씨와 중라오과이는 이미 닷새 동안이나 숲속에서 유격전을 벌인 후, 주바 강 상류 쪽으로 30여 킬로미터 떨어진 어느 고각옥 베란다에서 여덟 덩이로 나눈 새끼 돼지 두 마리의 고기를 훈제하고 있었다. 붉고 커다란 태양이 풀 숲의 상공을 넘어갔다. 하늘의 오래된 암석층에는 수천 년 전 운석의 빛줄기가 남아 있었다. 고각옥 베란다 앞에 어깨를 나란히 하고 서 있는 두 그루의 구불구불하고 오래된 야자나무는 교배 중인 거대한 왕잠자리들처럼 보였다. 큰까치가 베란다 위로 날아가 함석으로 된 물받이 위에 웅크리고 앉아 들새 새끼를 삼켰다. 날카로운 부리에서 창백한 진액이 흘러나왔다.

　대왕 주씨는 눈을 감고 서양 담배를 피웠다. 그는 자바인들과 싸울 때 입었던, 두꺼비 배만 한 주머니가 잔뜩 달린 황토색 사냥복을 입고 있었다. 발 옆에는 챙이 달린 초록색 군모와 휴대용 액정 라디오가 놓여 있었다. 두피 위의 주먹만 한 자주색 흉터가 번들거렸다. 주씨는 라디오를 귀 앞에 갖다 대고 안테나를 뽑고서 조심스럽게 동조봉과 주파수 조절 버튼을 돌렸다. 스피커에서 흘러나오는 잡음은 큰 산불이 퍼지는 소리 같기도 했고, 악마가 끝없는 혹형을 받아들이는 소리 같기도 했다. 중라오과이는 작은 칼로 돼지고기를 얇게 잘라 대나무 꼬챙이에 꿰어 약한 불에 굽고, 소금을 조금 뿌려 두 입 먹었다. 판 바우어의 존슨 앤 존슨사 엽총은 베란다 난간에 걸려 있었다. 석쇠 위에는 주씨가 아무렇게나 자른 날고기 몇 조각이 누워 있었고, 양철 접시에는 익은 고기가 열 점 넘게 쌓여 있었지만, 주씨는 한 입도 먹지 않았다. 그는 여전히 두 눈을 감고 담배연기만 연신 빨았다.

풀숲의 새벽과 저녁은 하루 종에서 제일 시끄러운 시간이지만, 오늘 저녁은 아주 조용했다. 대왕 주씨는 20년 전에 대왕 돼지를 찾으러 숲속에 들어왔다가 세 개의 커다란 똥덩어리를 보고 대왕 돼지의 걸작일 거라고 추측했다. 그래서 그는 그 똥덩어리들 위에 각각 람부탄 나무를 한 그루씩 심고, 그 중심에 이 고각옥을 지었다. 세 그루의 람부탄 나무는 커다란 열매를 맺어 대왕 돼지처럼 웅장한 자태로 늘어뜨렸다. 20년 동안 주씨는 대왕 돼지의 흔적을 더 이상 발견하지 못했다. 숲속 깊이 들어가도 네 번째 똥덩어리나, 예전에 마을 근처에 어지럽게 찍혀 있던 거대한 발자국과 웅덩이는 보이지 않았다. 하지만 주씨는 어깨에 엽총을 메고 숲속을 돌아다닐 때면 여전히 피부에 물집이 생기게 하는 뜨거운 회오리바람을 느낄 수 있었고, 꿈속에서도 여전히 마른 풀과 고목을 불태우는, 산 사람은 넘어갈 수 없는 해골의 말로를 볼 수 있었다.

이상할 정도의 고요 탓에 대왕 주씨는 기분이 불편했다. 그는 담배를 던져 버리고, 북쪽의 풀숲을 바라보면서 베란다 아래로 내려가 쪼그리고 앉아서 왼쪽 귀를 망천수 뿌리에 갖다 댔다.

중라오과이는 입에 대나무 꼬챙이를 물고 엽총을 손에 들었다.

소란스러운 발소리가 북쪽 풀숲을 지나 망천수 뿌리를 통해 주씨의 귀까지 전해져 왔다.

샤오진이 어깨에 보따리를 메고 손에 잡다한 물건들을 든 주바 마을 사람 십여 명을 데리고 대왕 주씨를 향해 걸어왔다.

2

후이칭은 임신 7개월째인 몸으로 채소밭 이랑 앞에 쪼그리고 앉아 김을 맸다. 그녀의 팔뚝과 허벅지는 이미 결혼 전처럼 굵고 튼튼하지 않았다. 뺨은 홀쭉해졌고, 젖가슴도 쪼그라들었다. 게으름뱅이 자오씨가 우물 앞에 서서 양철통으로 물을 퍼서 축사에 부어 청소를 했다. 야펑의 두 살짜리 아들 추추㸚㸚는 자오씨가 물상추를 가득 심어 놓은 연못 앞에서 바지를 내리고 오리들을 향해 오줌을 쌌다. 그런 다음 마씨 할머니의 대나무 물총에 물을 채워 물상추 위에 앉은 왕잠자리를 향해 마구 물총을 쏘다가, 이따금씩 물총을 내려놓고 손을 뻗어 연못 속에 떠다니는, 벌써 다리가 생긴 올챙이를 움켜잡았다. 대왕 긴꼬리원숭이가 처첩들을 거느리고 공중으로 펄쩍 뛰어 게으름뱅이 자오씨의 집을 넘어가서 곧장 주바 강가 쪽을 향해 갔다. 배 아래에 새끼 한 마리를 매단 어미 원숭이가 울타리가 둘러진 풀숲으로 뛰어들어, 새둥지 속으로 손을 뻗어 새알 두 개를 낚아채면서 추추를 쳐다보았다. 추추는 깔깔거리며 웃었다. 아이의 웃음소리는 용수철 달린 북 치는 인형의 북소리처럼 낭랑하고 나지막했다. 추추가 태어나자 게으름뱅이 자오씨는 아이를 자기 친자식처럼 여겼다. 두 사람이 다리 두 개를 공유하는 것처럼 같이 돌아다녀서, 추추의 온몸에 닭똥과 오리똥 냄새가 진동하게 만들었다. 에밀리와 야핑이 자오씨에게 준 보르네오수염돼지 네 마리는 열 달 동안 버섯, 야생 고사리, 야생 올리브, 야생 두리안과 곤충들을 먹고 이미 갈색 줄무늬 보호색을 벗었다. 그중 암돼지 한 마리는 벌써 새끼를 밴 지 석 달이 되어, 20여 일이 지나면 새끼를 낳을 터였다. 자오씨는 띠풀 숲속에 작은 축사를 지었다. 어미돼지가 새끼를 낳으면 일본놈들 몰래 몇 마리를 남겨서 기를 작정이었다. 머리 없는 닭은 말뚝 위에 앉아 야핑을 '쳐다보고', 날개를 퍼덕거리며 소리 없이 울었다.

야마자키가 첫 번째로 '조국 난민 구제 계획 위원회' 구성원들을 체포한 날 아침, 야핑은 어깨에 몰래 숨겨 뒀던 엽총을 메고, 허리에는 파랑 칼을 차고서 자전거를 타고 주바 마을을 떠나 에밀리의 집으로 갔다. 에밀리는 낮에는 풀숲에 임시로 지은 작은 오두막에 머물다가 밤에는 고각옥에서 지냈다. 띠풀이 이미 무너진 울타리를 넘어와 에밀리의 집과 과일 나무를 뒤덮고, 부서진 닭장과 검은 물이 흘러넘치는 연못까지 뒤덮었다. 띠풀의 끝부분이 바닥 틈새로 마구 자라나 녹색이구아나의 파도 모양 비늘처럼 보였다. 수백 마리의 비둘기와 산비둘기가 단열층에 둥지를 틀어서 고각옥 전체가 새둥지가 되었다. 야펑이 에밀리의 집에 도착했을 때, 에밀리와 검은 개는 다 익어서 딸 때가 된 과일을 찾아 집 밖으로 나오는 중이었다.

허원은 에밀리의 집 응접실에 앉아서 창틀에 턱을 괴고 집중해서 창밖을 바라보고 있었다. 그녀는 흰색의 더러운 객가식 매듭단추 웃옷에 검은색 긴 바지를 입고 맨발로 앉아 있었다. 풍성한 검은 머리는 홀스타인 젖소의 몸에 난 검은색 얼룩무늬 같았다. 창밖에서 서남풍이 집 안으로 사납게 불어 들어와, 그녀의 긴 머리가 미친 듯이 부는 바람을 맞아 하늘을 나는 박쥐 날개처럼 휘날렸다. 창밖에는 들불에 타 버린 들판이 펼쳐져 있어 풍경에 숨이 막힐 듯했다. 하늘과 땅은 딱 달라붙어 있었고, 공기 중에는 고통스럽게 호흡하는 작은 굴곡들이 가득했다.

허렌젠과 석유회사 직원들이 내륙에서 일본놈들의 총에 맞아 죽고, 아이들이 일본놈들의 칼에 베여 죽고, 젊은 여자들 몇 명이 강간당했다는 소식은 한참 전에 주바 마을에 퍼졌다. 허원의 얼굴에 난 반점은 여전히 모양도 색깔도 돼지 간 같았고, 그녀의 몸도 여전히 마른 강줄기처럼 수척했다. 달라진 것은, 그녀가 둥그런 객가식 웃옷 아래에 임신 8개월이 된 배를 안고 있다는 것이었다.

3

일본놈들이 허원을 풀숲으로 끌고 가 한 사람씩 그녀의 몸 위에 올라탈 때, 허원은 일본놈의 어깨 너머로 정액 모양의 구름이 태양을 파묻어 천지가 한순간에 어두워지는 걸 보았다. 일이 끝난 후, 그녀와 두 명의 여자는 군용차에 태워져 주바 마을로 돌아갔다. 그 후로는 낮과 밤을 구분할 수 없고, 시간이 흐르는 속도도 느끼지 못하고, 그저 하늘을 볼 수 없는 작은 방 안에 갇혀 때로는 더러운 치마 하나만 입거나 아니면 끈적끈적한 얇은 이불 한 장만 덮고, 때로는 알몸으로 삐걱거리는 나무 침대 위에 누워 있을 뿐이었다. 침대에는 악취가 나고 지푸라기가 일어난 멍석이 깔려 있었고, 멍석에는 일본놈들의 땀과 정액과 무슨 성분인지 모를 더러운 때가 묻어 있었다. 몸에서는 온갖 냄새가 뒤섞인 일본놈들의 체취가 물씬 풍겼고, 가랑이 아래를 타고 일본놈들의 정액이 흘렀다. 하지만 연달아 찾아오는 일본놈들은 언제나 끊임없이 서툴고 조급한 줄을 길게 지어 서서 정욕이 가득 들어찬 배를 추어올리며, 바지를 내리고 크거나 작거나 굵거나 가늘거나 이리저리 구부러진 꼿꼿한 성기를 드러냈다. 셀 수 없는 밤마다 그녀는 완전히 녹초가 되어 잠이 들었고, 거의 매일 밤 똑같은 꿈을 꿨다. 대낮에도 눈을 감으면 꿈속에 본 광경이 생생하게 떠올랐다. 남자의 음모가 가득 자라난 새빨간 숲에, 나무 꼭대기에는 꽃잎에 싸인 고환이 흔들거리고, 나무 아래에는 세차게 발기한 성기 같은 바나나가 달려 있고, 들판에는 휴지로 만든, 정액이 묻어 있는 커다란 흰 꽃이 피어 있는 광경이었다.

이 시기에 그녀는 난생처음으로 반점의 존재를 완전히 잊어버렸다. 일본놈들은 대낮에 그녀를 띠풀 숲속으로 끌고 갔을 때도 그녀의 반점을 신경 쓰지 않았고, 등불이 희미한 방 안에서는 더더욱 반점을 신경 쓰지 않거나 혹은 아예 알아차리지도 못했다. 연합군이 주바 마을을 폭격했을 때 방의 지붕에 쌀독만 한 구멍이 뚫려, 한 줄기 햇빛이 수줍게 침대 머리맡에 내려와 비좁고 무더운 방 안을 잠시나마 비췄다. 그녀는 구멍을 통해 깃대 하나가 구름을 찌를 듯이 높이 서 있고, 깃대 끝에 커다란 붉은 해가 그려진 깃발이 펄럭이는 걸 보았다. 깃발을 본 그녀는 홀스타인 젖소를 방목하던 때 썼던, 하늘 위의 구름도 건드릴 수 있는 대나무 장대가 생각났다. 하늘은 아주 명랑하고도 사치스러운 이마를 가지고 있었는데, 그 속에 우주의 끝없이 넓은 뇌가 담겨 있었다. 구멍을 고칠 새도 없이 일본놈들은 이미 줄을 서서 기다리고 있었다. 맨 처음으로 방에 들어온 일본놈이 그녀의 가랑이 아래에 꿇어앉더니 멍하니 그녀의 얼굴에 난 반점을 쳐다보았다. 하지만 그는 어떤 감정도 드러내지 않고 3초 동안 주저하더니 '선봉 제1호' 콘돔을 끼고 그녀의 몸 안으로 들어왔다. 그의 반응을 본 허원은, 지금까지 찾아온 일본놈들이 바쁘게 오간 데다가 등불도 희미해서, 모양도 색깔도 돼지 간 같은 그녀의 반점을 완전히 무시했다는 걸 깨달았다. 그녀는 흐트러진 긴 머리를 뒤로 넘기고 턱을 들고 수

줌어하는 햇빛을 정면으로 올려다보았다. 일본놈들은 다들 그녀의 몸 안으로 들어오기 전에 잠깐 동안 머뭇거렸다. 그들은 눈썹을 찌푸리기도 했고, 입을 헤 벌리기도 했고, 두 눈을 크게 뜨기도 했고, 얼굴이 굳어지기도 했다. 한 일본놈은 심지어 그 반점이 환영인지 실체인지 확인하기라도 하려는 양 검지로 반점을 쿡 찔러보기도 했다. 지붕에 난 구멍을 고친 후로도 줄지어 선 일본놈들이 줄어들지는 않았지만, 대부분의 일본놈은 이미 그녀의 반점을 의식해서 일을 치르기 전에 시간을 몇 초 더 써서 날카롭거나, 피곤하거나, 멍청하거나, 갈 곳 잃은 눈길로 그녀의 얼굴을 살펴보았다. 그녀는 연합군이 매일 폭격을 하길 갈망했다. 폭탄이 그녀의 이마에 떨어지지 않더라도 최소한 지붕에 구멍을 몇 개 내서, 일본놈들이 그녀의 몸 위로 기어오르는 동안 하늘의 그 명랑하고 사치스러운 이마와 끝없이 넓은 뇌를 볼 수 있길 바랐다.

그날 밤, 정확한 시간은 알 수 없지만 분명히 한밤중이었을 것이다. 부엉이와 들개가 우는 소리가 아득히 멀리서 들려오고, 줄을 선 일본놈들의 수가 줄어들고, 피곤에 찌들어 일을 마치자마자 그녀의 몸 위에 엎어져 쿨쿨 잠을 자던 젊은 일본놈이 막 방을 나갔을 때, 젊은 일본놈 한 명이 또 들어왔다. 방 안에 갑자기 친근한 체취가 가득 퍼졌다. 다른 놈들보다 키가 조금 더 큰 이 일본놈은 방 안으로 들어와 침대 가에 앉아 그녀를 몇 초 동안 응시하더니, 거칠고 힘센 커다란 손을 뻗어 그녀의 유방을 눌렀다. 거의 천 명이나 되는 일본놈의 시중을 들면서 그녀의 가슴은 아주 풍만해져 있었다. 그의 열 손가락은 십여 초 동안 가만히 있더니 자세를 바꾸기 시작해, 원래 손바닥 가운데 눌려 있던 젖꼭지가 엄지와 검지 사이에 끼워졌다. 십여 초가 지날 때마다 그는 손의 자세를 바꿨다. 하지만 자세를 어떻게 바꾸든지 그의 열 손가락은 계속 그녀의 젖가슴을 둘러싸고 있었고, 두 눈은 계속 그녀의 가슴을 쳐다보고 있었다. 그는 마른 체격에 건장했고 눈썹은 옅었다. 턱에는 수염이 가득하고 입술은 두툼했고, 머리는 크고 귀는 이상할 정도로 작았으며, 넓고 긴 이마에는 어떤 물건에 다친 건지 알 수 없는 8센티미터쯤 되는 흉터가 있었다. 손바닥에는 굳은 살이 가득 박혀 있었고, 손등에 난 털은 무성했고, 손톱 밑은 깨끗했다. 날씨가 아주 더워 허윈과 그 일본놈은 땀을 비 오듯 흘렸지만, 그의 손바닥은 그의 눈빛과 마찬가지로 차갑고 건조했다. 그는 계속 손의 자세를 바꿔 그녀의 창백하고 커다란 젖가슴에 분홍색의 손자국을 남겼다. 허윈의 심장이 그의 손에 움켜쥐어진 것 같았고, 젖꼭지가 꼿꼿이 섰다. 그녀가 다리를 벌리며 시간이 많지 않다는 걸 암시했을 때, 그는 젖가슴을 놓아 주고 일어서서 한 번 돌아보지도 않고 방을 나갔다.

다음 날 한밤중, 부엉이와 들개가 시끄럽게 울고, 고양이 두 마리가 처마 위에서 대치한 채 날카롭게 울 때, 같은 시간에 그가 왔다. 그의 체취에 그녀의 피가 빠르게 돌았다. 그는 똑같이 그녀의 젖가슴을 움켜쥐었고, 눈꺼풀을 한 번도 깜빡이지 않은 것 같았다. 꼿꼿이 선 그녀의 젖꼭지가 그의 좁고 차가운 손가락 틈새에 끼워졌을 때, 그는 떠났다. 셋째 날 한밤중, 한 일본놈이 그녀의 몸 위에 엎어져 헐떡이고 있을 때 그녀는 이미 그 친근한 체취를 맡았다. 그녀의 젖가슴을 움켜쥐고서 그는 일부러 고개를 숙여 그녀의 가랑이 아래의 무한한 작은 우주를 응시했다. 그 무한히 긴밀하고 신비한 우주는 왜목 덤불 속에서 야펑과 서로 껴안았던 그 대폭발 후에 확장되었고, 일본놈들이 그녀를 끌고 갔던 띠풀 숲과 이 작은 방 안에서 더욱 무한하게 팽창해 이미 숨길 것도, 귀할 것도 없었다. 하지만 그녀의 얼굴은 참지 못하고 붉어졌고, 두 다리가 갑자기 부르르 떨렸다. 조금 후에 그녀는 마음이 개운해져 아예 두 다리를 벌리고, 한쪽 발을 그의 허벅지 위로 뻗었다. 그의 시선 아래서, 그녀는 예전에 보물처럼 여겼던 작은 우주가 더 이상 더럽고 혼란스럽지 않고, 온기가 가득하고 오색이 찬란한 성운과 항성처럼 느껴졌다.

그는 엿새 동안 연달아 왔다. 엿새가 지난 후에도 부엉이와 개가 우는 소리는 여전히 시끄러웠고, 고양이도 여전히 처량한 소리로 울었지만, 그는 다시는 오지 않았다.

그녀가 그를 다시 본 것은 보름이나 지난 후, 주바 강가에서였다. 동이 막 텄을 무렵, 그녀는 50여 명의 여자와 함께 강가에 앉아 있었다. 몇몇은 멍하니 생각에 잠겼고, 몇몇은 꽃이나 풀을 꺾었고, 몇몇은 옷을 벗고 몸을 씻었고, 또 몇몇은 웃으며 잡담을 했고, 몇몇은 노래를 흥얼거렸다. 여자들은 일본인, 조선인, 네덜란드인, 현지인 등 국적이 복잡했다. 현지인들은 또 중국인, 인도네시아인, 말레이시아인, 원주민으로 나뉘어, 각종 언어가 뒤섞였고 노래도 다양하고 풍부했다. 일본놈들은 사흘에 한 번씩 여자들이 주바 강가에서 쉬면서 기분전환을 할 수 있게 했다. 완전무장을 한 일본놈 십여 명이 여자들 주위에 흩어져 있었는데, 허원은 그중에 이마에 흉터가 있는 일본놈 청년도 있는 걸 보았다. 그는 황토색 전투모와 전투복 차림에 목이 긴 군화를 신고 어깨에는 기관총을 멘 채 다른 일본놈 청년 한 명과 함께 야자나무 아래에 서 있었다. 야자나무 위에는 그들의 표정처럼 냉담한 큰까치 한 마리가 앉아 있었고, 강 표면에는 군복을 입은 그들의 몸처럼 음울한 그림자가 떠 있었다. 검푸른 색의 기관총이 도깨비처럼 그들의 어깨에 올라앉아 있었다. 허원은 조용히 그를 바라보며 그의 열 손가락이 예전처럼 그녀의 젖가슴을 옭아매는 걸 상상했다. 한 명, 또 한 명의 일본놈이 그녀의 몸 위에 올라타 열 손가락으로 그녀의 가슴을 마구 파헤칠 때, 그들의 손가락은 그들의 헐떡임과 가랑이 아래의 충격처럼 격정적인 혈기를 띠고 있었다. 유일하게 이마에 흉터가 있는 이 일본놈만이, 방아쇠와 개머리판, 총열, 탄창을 오랫동안 정비한 열 손가락이 이미 기계처럼 온도를 잃고 기관총의 일부분이 되어 그토록 차갑고 냉혹해져 있었다. 그리고 이런 차가움과 냉혹함이 오히려 그녀의 젖꼭지가 탄두처럼 꼿꼿이 일어서게 했다.

익숙한 체취가 다시금 새벽의 서남풍 속에 가득 퍼졌다.

그날, 허원은 어느 일본인 여자와 함께 제방 위에 앉아 있었다.

체격이 크고 풍만한 그 일본 여자는 체중이 허원의 두 배쯤 됐고, 허원처럼 풍성한 긴 머리를 가지고 있었다. 그녀는 전쟁 전부터 주바 마을에 살던 남양 아가씨였다는데, 일본놈들이 상륙하기 전에 마을을 잠시 떠나 있다가 상륙 후에 남양 아가씨들 몇 명과, 그보다 더 많은 일본 여자들과 함께 마을로 왔다고 했다. 허원이 마을로 온 지 얼마 되지 않았을 때 첫 번째 새벽 '휴식' 시간에 나른하게 앉아 있는데, 이 일본인 여자가 그녀를 몇 초 동안 주시하다가 일본말을 몇 마디 하더니 그녀를 데리고 강가로 가서 손으로 물을 떠서 허원의 머리를 적시고, 나무로 된 참빗을 꺼내 천천히 머리를 빗어 주고, 머리카락을 한데 모아 좌우로 꼬고 아래위로 돌려 쪽을 져서 작은 새 모양 장식이 있는 비녀로 고정해 주었다. 그녀는 뭐라뭐라 일본말을 하거나 일본 노래를 부르면서 한시도 입을 쉬지 않았다. 두 번째로 만났을 때, 그녀는 작은 화장품 상자를 가져와 해면이나 붓 같은 물건들에 말랐거나 물기가 있는 안료를 묻혀 반점 위에 발라 주었다. 반점은 환한 햇빛 아래서는 보일락 말락 했지만, 어둡고 무더워 땀이 줄줄 흐르는 작은 방 안에서는 그녀의 새하얀 피부와 거의 같아 보였다. 열 명이 넘는 일본놈이 그녀의 몸 위에 올라탄 후에야 반점 위에 바른 안료가 지워졌다. 그날 새벽, 그녀가 그 익숙한 남자의 체취를 다시 맡았을 때, 허원은 일본인 여자가 그녀의 머리에 쪽을 져 주는 동안 인도네시아 가요를 흥얼거리고 있었다. 일본인 여자는 몇 번이나 빗질을 멈추고 집중해서 그녀의 노랫소리를 들으면서 따라 불렀다. 일본인 여자는 더듬더듬 불렀고, 그녀는 거침없이 자연스럽게 불렀다. 가사는 작은 강에 대해 노래하는 내용이었다. 작은 강은 그림처럼 아름답고, 강 위에는 돛단배와 푸른 물결이 있고, 강가에는 긴 제방과 야자나무와 연인이 있고……. 서로 말이 통하지 않아 그녀는 일본인 여자에게 가사의 뜻을 해석해 줄 수 없었다.

공습경보가 울렸을 때, 여자들이 미처 강가를 떠나기도 전에 벌써 폭탄이 떨어졌다. 강 위로 버섯 모양의 물줄기 몇 개가 솟아올랐고, 야자나무는 허리가 꺾였다. 일본놈의 전투모 한 개가 허원과 일본인 여자의 머리 위로 날아가 공중제비를 한 번 돌더니 공교롭게도 어떤 여자의 머리 위에 떨어졌다. 강가의 일본놈들이 하늘을 향해 기관총을 쏠 때, 여자들은 날카로운 비명을 지르며 마을을 향해 달려갔다. 1주일 후, 여자들은 다시 강가로 나왔다. 일본놈들은 여전히 완전무장을 하고 있었고, 인원수가 줄어들지 않은 서로 다른 국적의 여자들은 여전히 각기 다른 언어로 노래를 불렀고, 여전히 멍하니 생각에 잠겼고, 꽃이나 풀을 꺾었고, 옷을 벗고 몸을 씻었고, 웃으며 잡담을 했다. 체격이 큰 일본 여자도 여전히 허원의 머리를 빗어 쪽을 져 주었다. 하지만 허원은 더 이상 익숙한 남자의 체취를 맡을 수 없었다.

두어 달이 지난 어느 날 한밤중, 마을의 개와 고양이와 부엉이가 여전히 시끄럽게 울 때, 그녀는 아주 일찍부터 그 익숙한 남자의 체취를 맡았다. 하지만 서른 명이 넘는 일본놈이 그녀의 몸 위로 기어오른 후에야 그녀는 이마에 흉터가 있는 그 남자가 방 입구에 나타난 걸 보았다. 그때 그녀의 가슴은 일본놈들이 주무르는 바람에 이미 붉어졌고, 가랑이 아래에 감각이 없었고, 머리는 마구 헝클어졌고, 흉터는 색깔이 돼지 간 같았다. 정액과 땀을 닦은 하얀 휴지가 작은 산처럼 어두운 방구석에 쌓여, 철제 쓰레기통을 뒤덮고 방 입구까지 넘쳐 있었다. 바닥에 버려진 '선봉 제1호' 콘돔은 무기력한 등불을 받아 무기력한 빛으로 반들거렸다. 남자는 다른 일본놈들처럼 버려진 콘돔과 휴지를 부스럭거리며 밟고 다가와 허리띠도 채 풀기 전에 그녀의 가랑이 아래에 꿇어앉지 않았다. 그는 아주 조심스럽게 군홧발을 옮겼고, 휴지를 발로 힘껏 차서 치우기까지 했다. 구석에 쌓인 휴지를 한 번 쳐다보더니, 그는 침대 머리맡에 서서 허원을 응시하다가 침대 가에 뻣뻣하게 앉았다. 허원의 가슴이 들썩거렸고, 심장이 오그라든 채 그의 열 손가락이 젖가슴을 내리누르기를 기다렸다. 그는 냉담한 표정으로 눈썹을 찌푸리고 있었다. 다리를 모으고 척추를 곧게 편 그는 두 눈을 깜빡이지도 않고 허원의 가슴을 쳐다보았다. 그는 여전히 군복에 전투모 차림이었다. 흐릿하고 무기력한 등불 아래, 허원은 그가 두 팔을 잃었다는 걸 알아차렸다. 황토색의 긴 소매가 혼백을 부르는 깃발처럼 어깨 아래에 매달려 있었다. 옆 방에서 여자의 나른한 신음 소리와 군홧발이 바닥을 밟으며 내는 나른한 포효가 들려왔다. 남자의 까만 동공은 핏발이 잔뜩 선 홍채 위에 떠 있었는데, 금방이라도 그녀의 풍만한 젖가슴 위로 굴러 나올 것만 같았다. 남자는 그녀의 가슴을 계속 빤히 쳐다보면서 상반신을 그녀 쪽으로 조금 기울였다. 마치 이미 두 손으로 그녀의 젖가슴을 누르고 있기라도 하듯이.

허원은 한 줄기 연민이 솟아올랐다. 그녀는 침대 머리맡에 앉아 가슴을 곧게 펴고 그의 가슴팍 쪽으로 다가가면서, 동시에 양손을 뻗어 그의 뻣뻣이 굳은 몸을 감싸 안으려 했다. 그는 빠르게 몸을 뒤로 젖혀 그녀의 가슴과 포옹을 피했다. 그녀는 오랜만에 메마른 작은 보조개를 얼굴에 띄우고 다시 그에게로 다가갔다. 그는 마찬가지로 몸을 피해 거의 자리에서 일어서다시피 했다. 그녀가 침대에 눕자 그는 다시 뻣뻣한 자세로 돌아와, 두 눈을 깜빡이지도 않고 다시 상반신을 그녀에게로 조금 기울였다. 텅 빈 소매에 생명력이 차오른 양, 두 손이 이미 허원의 풍만한 젖가슴 위를 누르고 있는 것 같았다. 허원은 그가 그녀의 가슴을 보려고 온 게 아니라, 자신의 두 손을 찾으러 온 거라는 걸 깨달았다. 다음 날 한밤중에 그가 또 왔다. 표정은 차갑고 음울했고, 모습은 우스꽝스러웠다. 그의 일본놈 전우가 미리 그의 허리띠와 바지 단추를 풀어서 편하게 일을 치르도록 도와주었다. 하지만 그는 여전히 침대 머리맡에 앉아 눈을 깜빡이지도 않고 그녀의 가슴을 빤히 쳐다보았다. 그가 방을 떠날 때는 허원이 그의 바지 단추와 허리띠를 채워 주었다. 셋째 날, 그는 군복을 단정히 입고 아주 일찍 와서는 마찬가지로 곧장 침대 머리맡에 앉았다. 눈썹은 더 깊게 찌푸려졌고, 표정은 더 차갑고 음울해졌다. 허원은 그가 응시하는 게 그녀의 가슴이 아니라 솟아오른 그녀의 배라는 걸 알아차렸다. 그는 갑자기 몸을 기울여 오른쪽 귀를 허윈의 배에 갖다 댔다. 십여 초 후에 그는 귀를 떼고, 침대 앞에 서서 허윈을 내려다보고는 몸을 돌려 방을 나갔다. 10분 후, 검은 뿔테 안경을 쓰고 가슴에 청진기를 건 군의관이 허윈의 침대 앞으로 왔다.

허윈은 가슴이 부풀어 오르는 정도에 비해 배가 부풀어 오르는 것에 대해서는 크게 이상하다고 생각하지 않았다. 월경이 반년 넘게 멈춘 것도 식염수를 너무 많이 마셔서 건강이 균형을 잃어 그런 거라고 생각했다. 군의관이 그녀에게 임신 8개월이라고 말했을 때, 그녀는 멍해져서 솟아오른 자신의 배를 바라보았다. 그날 밤, 그녀는 작은 보따리를 안고 어둡고 작은 방을 나와 병상 여섯 개가 놓인 방으로 갔다. 젊은 여자 세 명이 침대에 누워 있었는데, 깊이 잠든 사람도 있었고, 천장을 노려보는 사람도 있었다. 그녀는 빈 침대에 앉아 일본놈이 군홧발을 디디며 방을 나가는 걸 지켜보았다. 그녀는 침대 위에서 이리저리 뒤척거리며 날이 샐 때까지 비몽사몽한 상태로, 이마에 흉터가 있는 일본놈이 다시 침대 머리맡에 앉아 피가 줄줄 흐르는 열 손가락으로 그녀의 가슴을 어루만지는 꿈을 몇 번이나 꿨다. 다음 날 이른 아침, 일본놈 한 명과 파란색 군모를 쓴 주바 마을 사람 한 명이 침대 앞으로 다가와 그녀를 주바 마을 거리 입구에 데려다 놓았다. 파란 군모를 쓴 마을 사람은 고개를 숙이고 그녀에게 몇 마디 말을 하고는 일본놈과 함께 병영으로 돌아가, 그녀가 어깨에 보따리를 메고 동이 터 오는 텅 빈 거리 입구에 혼자 서 있게 했다.

4

야펑이 에밀리의 고각옥으로 들어와 다시 한 번 그 익숙한 체취를 맡았을 때, 허원은 마침내 그게 야펑이 자전거에 그녀를 태우고 우유를 배달할 때 풍겼던 체취이고, 그가 시냇물에서 그녀를 부축해 물가로 올라갈 때 났던 체취이며, 관목 덤불에서 그가 그녀의 몸속에 쏟아 부어 남긴 체취였다는 걸 깨달았다. 일본놈이 그녀를 주바 거리 입구에 버려둔 후, 그녀는 재빨리 거리를 빠져나가 풀숲으로 갔다. 그녀는 예전에 아버지와 함께 지프차를 몰고 우유를 배달하러 다니던 흙길과 젖소를 방목하던 좁은 오솔길을 지나고, 의외의 사건이 발생했던 그 외나무다리와 야펑이 낚시를 하던 호수를 지나, 그녀 스스로 야펑에게 몸을 바친 곳이지만 이제는 포탄 구덩이가 도처에 깔린 관목 덤불을 지났다. 그 체취는 시종일관 그녀를 따라왔다. 하늘이 점점 밝아졌다. 참매들은 풀숲에서부터 주바 마을을 향해 날아갔고, 큰까치들은 들판에서 뛰어다니며 먹이를 쪼아 먹었다. 들불이 사납게 날뛰어 시커먼 연기가 연달아 피풀 숲을 스쳐 지나갔다. 들새들이 헛간 위에 모여 시끄럽게 울었고, 캐나다 산의 북부돼지꼬리원숭이와 주바 마을의 긴꼬리원숭이들이 요란스럽게 떠들기 시작했다. 바싹 마른 함석지붕과 반쯤 마른 야자나무의 우상복엽(잎자루 양쪽으로 작은 잎이 새의 날개 모양으로 나는 잎)이 옅은 노란색 연기 속에 떠 있었다. 목이 잘리기를 기다리는 수탉이 새벽을 알리는 마지막 울음소리를 냈다.

예전에 지프차의 시동이 꺼졌던 황토길 위에 선 허윈은 풀숲에서 야펑이 버린 것인 듯한 낚싯대를 발견했다. 그녀가 집어 들자 낚싯대는 파삭 하는 소리와 함께 부서져 잿더미가 되었다. 그녀는 그때 그 외나무다리 위에 섰다. 이미 반쯤 마른 시내 바닥에 물이 졸졸 흘렀다. 왕잠자리는 더 이상 물 위에 내려앉아 알을 낳지 않았고, 물총새는 기우제를 지내는 무당처럼 울어 댔다. 그녀는 아침 내내 망연히 걸었다. 괭이와 갈퀴를 멘 주바 마을 사람들을 피해 빙 돌고, 보병총의 총열이 언제나 하늘을 향해 우뚝 서 있는 일본놈들의 자전거 부대의 눈을 피해 걸어서, 입이 마르고 눈이 게슴츠레해진 채 어느 야생 잭프루트 나무 아래 누워 잠이 들었다. 눈을 떴을 때는 이미 저녁때가 다 되어 있었다. 눈앞에 허리에 파랑 칼을 메고, 팔뚝에는 등나무 고리를 끼운 긴 머리의 여자가 서 있었다.

에밀리는 허윈을 데리고 고각옥으로 돌아가 그녀에게 비둘기 고기로 끓인 국 두 그릇과 카사바 한 접시를 주었다.

허윈은 황폐한 창밖을 바라보며 점점 더 희미해지는 메마른 보조개를 드러냈다. 그녀는 일본 여자가 그녀에게 준 참빗과 비녀를 꺼내 한 번, 또 한 번 긴 머리를 빗어서 미국가시풀의 가시와 마른 풀과 꽃잎을 털어내고 느슨하게 쪽을 졌다. 야펑이 고각옥으로 온 후로 허윈은 말을 한 마디도 하지 않았다. 그녀는 무심하게 야펑을 한 번 쳐다보더니 곧바로 그를 등지고 창문을 향해 돌아앉아 집 밖에 펼쳐진, 들불에 타 버린 들판을 바라보았다. 그녀는 벌레에게 좀 먹힌 책처럼 완전히 닫혔다. 야펑은 백 개가 넘는 바보 같은 화제를 생각했지만, 그 화제들은 슬프기도 하고 엉뚱하기도 했다. 위로의 말을 몇 마디 건네고 싶었지만 입을 열 수 없었다. 그는 입구에 잠깐 서 있다가 응접실의 다른 창문 앞으로 갔다. 에밀리가 이마 높이까지 자란 띠풀 숲에서 금방이라도 무너질 듯이 흔들거리는 나무 계단을 올라 주방으로 들어가는 게 보였다.

에밀리는 비둘기와 산비둘기를 잡는 함정을 몇 개 만들어 단열층 입구와 대들보 위에 마구 흩어 놓았다. 야펑은 주방 뒤쪽의 베란다로 가서 에밀리가 비둘기와 산비둘기를 죽이는 걸 지켜보았다. 그녀는 녹슨 철제 새장 속에서 비둘기와 산비둘기를 각각 네 마리씩 꺼내 가느다란 줄로 목을 졸라 죽였다. 비둘기의 털을 뽑고 배를 갈라 소금과 산초나무 열매를 뿌려서 솥에 넣어 끓여서 다 익었을 때쯤, 허윈은 이미 응접실 바닥에 누워 깊이 잠들어 있었다. 야펑은 비둘기 두 마리와 람부탄 한 줄기를 식탁 위에 놓아 두었다. 두 사람과 개 한 마리는 주방 뒤쪽 베란다에 앉아 비둘기와 산비둘기 여섯 마리를 먹었다. 해가 하늘 한가운데 떠서 열기가 단열층에 모였다. 비둘기와 산비둘기들이 하늘의 원형 경기장을 향해 날아갔고, 오랫동안 기다리고 있던 참매가 이들을 뒤쫓기 시작했다. 검은 개가 갑자기 나무 계단을 내려가 두리안 나무를 향해 달려갔다.

"멧돼지다!" 에밀리와 야펑은 파랑 칼과 엽총을 들고 두리안 나무 아래로 갔다. 검은 개는 나무 아래 남아 있는 두리안 껍질의 냄새를 맡더니 무너진 철제 울타리를 뛰어넘어 띠풀 숲속으로 사라졌다.

참매가 급강하하자 비둘기와 산비둘기들은 화살처럼 다시 단열층으로 날아 들어갔지만, 얼마 지나지 않아 또 하늘을 향해 날아갔다. 무슨 죽음의 게임이라도 하는 듯했다. 과일나무 곳곳에 흩어진 비둘기와 산비둘기들은 목의 공기주머니를 부풀리고 꼬리깃을 펼치고서 마늘이라도 찧는 양 고개를 끄덕거리며 대담한 소리로 울면서, 땅에서 먹이를 쪼거나 혹은 모이주머니에서 음식물을 토해내며 암컷 비둘기와 산비둘기에게 구애를 했다. 야펑과 에밀리는 울타리를 넘어서 검은 개를 따라서 예전에 멧돼지를 사냥했던 둥근 언덕 근처의 멧돼지 굴 앞으로 갔다. 버려진 멧돼지 굴 입구는 마른 나뭇잎과 풀과 나뭇가지로 틀어 막혀 있었고, 방어를 위해 펼쳐 놓았던 나뭇가지는 무너져 있었다. 언덕에는 여전히 작은 노란색 들꽃이 가득 피어 있었는데, 모든 꽃이 목을 똑바로 세우고 푸른 하늘을 향해 미소 짓고 있었다. 서남풍이 노란 꽃의 바다에 불어와 물보라 같은 작고 흰 나비들이 날렸다. 들판은 아득했고, 숲은 빽빽하게 우거져 있었다. 검은 개가 흰 구름 한 조각을 걸치고 언덕 꼭대기에 서 있는 모습이 마치 흰 깃발 위에 검은 야수의 휘장이 그려진 것처럼 보였다. 에밀리와 야펑도 언덕 꼭대기에 서서 사방을 둘러보았다.

"내일 미스 왕한테 좀 봐 달라고 하자." 야펑이 말했다.

미스 왕은 석유회사 의료소 직원들 중에서 유일하게 주바 마을에 남은 간호사 겸 산파였다.

언덕 아래로 내려간 검은 개는 버려진 돼지 굴을 두어 번 파헤치더니 왜목 덤불의 냄새를 맡았다.

야평은 눈을 감고 들풀이 통통하거나 마르고, 높거나 낮고, **빽빽하거나** 듬성듬성하고, 오래되었거나 새로 났거나 말라 죽은 상태를 탐색했다. 왼쪽에 있는, 모성애를 발산하는 움푹 파인 풀밭에는 일본놈들의 위협 폭격이 남긴 구덩이가 더 많이 늘어났는데, 구덩이에는 흰색과 자주색과 파란색의 작은 꽃들이 가득 피어 있었다. 왼쪽 뒤편의 왜목 덤불 속에는 큰까치 둥지가 두 개 더 늘었다. 하지만 들불에 타서 잿더미가 되어, 새끼들의 시체가 마치 불탄 나뭇잎 같았다. 오른쪽 뒤편에는 감람나무 두 그루가 자라나 지금 쑥쑥 크고 있는데, 나무 꼭대기에 개미집이 잔뜩 달려 있었다. 오른쪽의 다 말라 가는 모래톱에서는 여전히 클라이밍 퍼치와 가물치가 뛰어올랐다. 식도가 좁은 물총새가 물가에서 뛰어다니며 자기가 삼킬 수 있는 작은 물고기를 찾았다. 앞쪽의 작은 연못은 아주 조용했다. 수면에는 고목과 마른 풀, 새의 깃털, 그리고 일본놈들이 공중에서 뿌린 대동아 공영권을 묘사한 전단이 떠 있었다. 야평과 에밀리는 연못을 향했고, 검은 개는 뒤에서 따라왔다. 연못 주변에 거대한 발자국이 찍혀 있었다. 발자국 하나하나가 일본놈의 철모만큼 컸지만, 멧돼지는 보이지 않았다. 두 사람은 발자국을 따라 한동안 걸어갔다. 발자국은 작은 시내 앞에서 끊겼다. 검은 개는 마지막 발자국의 냄새를 맡고, 분홍색 혀로 코를 한 번 핥고는 하늘을 향해 낮은 소리로 짖었다.

저 멀리 띠풀 숲 위로, 하늘을 향해 줄지어 솟은 보병총의 총열이 자전거 부대를 따라 이리저리 돌며 달팽이처럼 느릿느릿 움직였다. 에밀리와 야펑은 연못 앞에서 한나절 동안 웅크리고 있었다. 자전거 부대는 꼭 제자리걸음을 하는 듯했다. 찰나, 일본놈들은 둥근 언덕 앞에서 자전거에서 내려 언덕에 앉아 쉬었다. 보병총을 들고 하늘 위의 참매를 향해 쏘는 놈도, 망원경으로 먼 곳을 살펴보는 놈도 있었고, 수통을 열어 물을 마시는 놈도, 총검으로 버려진 돼지 굴을 찔러 보는 놈도 있었으며, 언덕 위에 대자로 누워 전투모로 햇빛을 가리고 눈을 감고 쉬는 놈도 있었다. 뜨거운 태양이 하늘 높이 걸려 갈증이 나고 혀가 말랐다. 언덕 위에 핀, 일본놈들에게 눌려 목이 부러지지 않은 작은 노란색 들꽃이 서남풍 속에서 움츠러들었다. 흰 구름이 날아와 검은 그림자가 언덕 위를 덮었다. 구름이 또 한 덩이 날아오더니 날쌔게 언덕을 빙 돌아 빠른 속도로 멀어졌다. 일본놈들은 언덕 아래로 내려가 자전거를 짊어지고 계속 전진했다. 그 뒤에 흩어져 나는 참매들은 마치 그들이 끌고 가는 연처럼 속도에 맞춰 활공했다. 큰까치는 그들의 망루인 양, 풀숲 속에 망치처럼 우뚝 서 있었다. 에밀리와 야펑은 무기가 부족한 척후병들처럼 그들의 뒤에 숨어서 따라갔다.

5분쯤 걸어가다가, 야펑은 일본놈들이 에밀리의 고각옥 쪽으로 다가가고 있다는 걸 알아차렸다. 자전거의 속도가 갑자기 빨라졌다. 야펑은 자전거 부대를 빙 돌아 고각옥으로 숨어 들어가려 했지만 이미 늦었다. 비둘기와 산비둘기와 참매가 원형 경기장에 일으킨 전화가 꺼지지 않고 타올랐다. 비둘기들은 더 이상 맹목적으로 도전하지 않았다. 매번 3~5마리 정도의 비둘기와 산비둘기만 나와서 띠풀 위를 낮게 날다가, 참매가 급강하하면 늦지 않게 단열층이나 과일나무로 도망쳤다. 참매가 하늘 위로 돌아가면 비둘기 혹은 산비둘기가 다시 나와서 계속 똑같이 반복했다. 일본놈들은 자전거를 고각옥 앞에 세워 두고 반은 베란다 위로 올라갔고, 반은 집 밖에 남아 있었다. 야펑과 에밀리는 띠풀 숲속에 웅크리고 앉아 초조하게 고각옥의 뒤쪽 베란다를 바라보았다. 참매가 점점 더 낮게 날자, 집 밖의 일본놈이 참지 못하고 총을 들어 사격을 했다. 비둘기와 산비둘기들이 분분히 단열층과 과일나무에서 날아 나왔다. 일본놈이 몸집이 비교적 큰 참매를 겨누고 총을 쐈다. 참매 한 마리가 털썩 소리를 내며 지붕 위에 떨어졌다. 날카로운 발톱이 녹슨 함석지붕을 거의 찢을 뻔하면서 실이 끊어진 연처럼 띠풀 숲속에 처박혔다. 일본놈은 연달아 대여섯 발을 쐈다. 참매 두 마리가 총에 맞은 후로는 형세가 아주 어지러워져서 참매들은 하늘 위를 높이 선회했고, 비둘기와 산비둘기는 사방팔방으로 흩어졌다. 고각옥은 갑자기 쥐 죽은 듯한 정적에 빠졌다.

집 안의 일본놈들이 베란다 아래로 내려오자 집 밖의 일본놈들이 고각옥 안으로 들어갔다. 기관총의 화약 연기 냄새가 총구 밖으로 뿜어지자마자 천지에 가득한 연기 냄새에 소화되었다. 큰 도마뱀이 참매의 날개를 물었다. 초원의 포악한 강도와 공중의 패왕이 격투를 벌인 끝에, 참매는 곧 큰 도마뱀의 입에 통째로 삼켜졌다. 고각옥 주위를 돌면서 놀란 가슴을 달랜 비둘기와 산비둘기들이 차츰차츰 둥지로 돌아갔고, 고각옥은 다시 새들이 우는 소리로 가득 찼다. 참매는 더 높이 날았다. 집 안의 일본놈들이 베란다 아래로 내려왔다. 십여 명의 일본놈이 뭐라뭐라 한동안 얘기를 하더니 몇몇은 자전거에 올라타고, 몇몇은 핸들을 끌면서 고각옥을 떠났다.

야펑과 에밀리는 급히 뒤쪽 베란다를 통해 고각옥 안으로 뛰어 들어갔다.

허원은 응접실 바닥에 누워 발가벗은 두 다리를 드러내고 있었다. 가랑이와 엉덩이 아래로 실금한 소변 같은 액체가 흘렀다. 두 팔은 몸과 연결되지 않은 것처럼 축 늘어져 있었다. 그녀의 눈은 천장을 바라보고 있었지만, 천장이 아니라 칠흑 같이 검고 차가우며 더럽고 혼란스러운 우주를 보고 있는 듯했다. 돼지 간 모양의 반점은 얼굴 가죽이 벗겨진 것처럼 새빨갛고 축축했다. 솟아오른 배와 살짝 드러난 가슴은 그 어둡고 악취 나는 작은 방으로 다시 돌아간 것처럼 희미하게 보였다. 그녀는 발버둥치지도, 비명을 지르지도 않았다. 휴지와 콘돔에 파묻힌 그 작은 방으로 다시 돌아간 것만 같았다. 함석지붕의 갈라진 틈새로 그녀는 하늘의 명랑하고 사치스러운 이마와 끝없이 넓은 뇌를 다시 본 것 같았다.

열 명이 넘는 일본놈도 너무 적었는지, 그녀는 그대로 다리를 벌리고 다음 무리를 기다리고 있었다.

그날부터 야마자키가 두 번에 걸쳐 '조국 난민 구제 계획 위원회' 구성원들을 체포해서 처단하기 시작했으며, 헌병대와 자전거부대 대원들은 주바 마을을 제멋대로 돌아다니며 의심스러운 인물들을 수색하고 그물을 빠져나간 물고기들을 추격해 잡아들였다. '조국 난민 구제 계획 위원회' 활동 혹은 자선활동에 참가했던 마을 사람들은 샤오진, 납작코 저우씨, 붉은 얼굴 관씨의 인솔 하에 네 차례로 나뉘어, 낮에는 숨어 있다가 밤이 되면 움직여서 주바 강 상류 쪽으로 30여 킬로미터 떨어진 대왕 주씨의 고각옥으로 다 함께 피난했다. 야펑과 에밀리는 그날 오후에 보따리를 챙겨서 검은 개와 허원을 데리고 고각옥을 떠나, 저녁쯤에 주바 강가에서 마을 사람들 십여 명을 삼판선과 긴배에 태우고 내륙으로 도망치려는 납작코 저우씨와 마주쳤다. 저우씨는 게으름뱅이 자오씨와 추추가 돼지에게 줄 먹이를 찾으러 숲으로 들어갔다고 말했다. 야펑은 주씨의 고각옥에 도착한 다음 날 새벽에 주바 마을로 되돌아갔다가, 일본놈들과 원숭이 떼가 격렬하고도 황당한 격전을 벌이는 걸 보았다.

허원이 대왕 주씨의 고각옥에 도착한 후, 주씨는 허원을 작은 방에 혼자 가둬 두었다. 그녀는 방구석에 앉아 있다가 사람만 보면 객가식 웃옷의 단추를 풀고, 허리춤이 넉넉한 검은색 긴 바지를 벗고, 다리를 벌리고 풍만한 젖가슴과 어두컴컴한 가랑이를 드러냈다. 한 달 남짓 지난 어느 날 오후, 고각옥 주위의 거대한 교목에 수천 마리나 되는 들새가 모여들어 나무들이 고개를 들지 못

하고 대나무가 허리를 펴지 못하게 만들었다. 깃털은 가로로 날리고 새똥은 비스듬히 떨어지면서 저녁때가 되어도 소란이 가라앉지 않았다. 날이 어두워졌을 때, 허원은 방을 나와 9개월짜리 태아와 마력을 지닌 양수가 가득한 배를 안고, 온몸에는 뜨거운 땀이, 두 눈에는 흐릿한 눈물이 흐르고, 젖가슴에는 피가 가득 찬 몸으로 숲속으로 들어가 다시는 돌아오지 않았다.

요시노의 거울

1

요시노가 마사무네 칼로 가오리의 일곱 살짜리 딸을 베어 죽인 그날 저녁, 그는 혼자서 침실 밖 베란다를 한가롭게 거닐었다. 하늘이 노을빛 몇 줄기를 풀어 놓은 후, 긴꼬리원숭이 떼가 아프리카 소태나무 꼭대기에 흩어져 앉았다. 각자 마음속에 걱정을 품은 긴 꼬리들은 표정이 다양해서, 비틀려 있기도 하고, 똑바로 서 있기도 하고, 허공에 떠 있기도, 나무 위를 기어 다니기도 했다. 새끼 원숭이 세 마리가 어미의 배에서 뛰어내리더니 나뭇가지 위를 비틀거리며 걸었다. 어미는 꼬리를 뻗어 새끼들의 등에 난 털을 쓰다듬고, 입을 삐죽 내밀고 빈도가 높아졌다 낮아졌다 하는 우물거리는 소리를 냈다.

요시노는 긴꼬리원숭이의 얼굴과 다리와 꼬리의 생김새를 주시했다. 수컷 원숭이 한 마리가 긴 꼬리를 똑바로 세우고, 부서진 양귀비꽃 같은 빨간 엉덩이를 치켜들고 작은 눈을 깜빡이지도 않고 요시노를 쳐다보았다. 요시노는 원숭이의 시선을 피해 베란다 위에서 천천히 걸음을 옮기면서, 이따금씩 고개를 들어 아프리카 소태나무 상공에 늘어진 회색 구름으로 가득한 하늘가와, 인간 세상과 선경을 가르고 있는 결코 뒤엎을 수 없는 푸른 성벽, 그리고 태양이 끝없는 풀숲 위에 흩뿌리고 있는 눈을 찌를 듯한 빛의 칼날을 바라보았다. 주바 다리 어귀에는 여전히 살점과 머리카락이 남은 머리들이 서남풍을 맞으며 울부짖고 있었다.

요시노는 무심결에 수컷 원숭이를 쳐다보았다. 원숭이는 여전히 눈 한 번 깜빡이지 않고 그를 보고 있었다. 요시노는 수컷 원숭이의 빨간 엉덩이와 빨간 눈에 화가 치밀어 올랐다. 그는 남부 14식 권총을 뽑아 들고 나무 쪽을 향해 흔들어 보이면서, 뻣뻣하다 못해 파낼 수도 있을 듯한 딱지 같은 웃음을 지어 보였다. 원숭이는 뭘 먹었는지 붉은 양초 같은 날카로운 이빨을 드러내며, 천천히 눈꺼풀을 닫고 금방이라도 입적에 들 것 같은 얼굴을 했다. 요시노는 방아쇠를 한 번 당겼다. 총성이 거대한 참매의 그림자처럼 아프리카 소태나무를 옭아매어 원숭이 떼가 순식간에 사라졌다. 요시노가 권총을 말가죽 총집에 다시 꽂았을 때, 수컷 원숭이가 갑자기 그의 얼굴로 달려들어 차가운 왼쪽 귀와 축축한 코를 한 번씩 물어뜯었다. 보초병들이 달려왔을 때, 원숭이는 베란다에서 슬피 울부짖는 요시노만 남긴 채 한쪽 귓바퀴와 코의 살점을 물고 숲속으로 돌아간 후였다.

2

다음 날 새벽, 요시노는 벽에 걸린 커다란 전신거울 앞에 서서 귀와 코를 거즈로 싸맨 자신의 괴상한 모습을 보고 있었다. 하늘을 나는 머리가 주바 마을을 멋대로 돌아다닐 당시에, 마을의 유일한 거울 가게에서 거울을 급히 생산하느라 투명한 유리 뒤에 수은을 고르게 바르지 못하는 바람에 적지 않은 거울들이 형상을 뒤틀리게 비추게 되었다. 요시노의 대군은 주바 마을을 점령한 후에 정상적인 전신거울 한 개를 몰수했다. 이 거울은 일본놈들이 마을을 침략하기 전에 일어난 결혼 소동 당시에 어느 하객이 신랑 신부에게 결혼 선물로 준 것으로, 오른쪽 위에 '선남선녀 부부 화목'이라는 반듯한 여덟 글자가 붉은 글씨로 적혀 있었고, 청록색 새 두 마리와 히비스커스 꽃 한 송이가 그려져 있었다.

요시노는 눈을 깜빡이고, 머리를 툭툭 두드리고, 침실 안을 이리저리 서성거렸다. 거울 앞을 지나갈 때, 그는 원숭이에게 물어뜯기기 전에는 거울 속에 나타난 적이 없던 모습을 응시했다. 어두운 거울 표면에 떠오른 요시노는 모습이 뒤틀려 있을 뿐만 아니라, 악어 배 속에 남아 있는 사람 몸의 잔해 혹은 접시에 담긴 사람의 생고기처럼 모습과 부피와 무게가 모두 온전하게 고정되어 있지 않았다. 요시노는 빠르게 아침을 먹으면서 빠르게 거울을 한 번 흘끗 보았다. 그는 원숭이 한 마리가 식탁 앞에 앉아서 그를 흉내 내어 상처가 난 코를 어루만지는 걸 보았다. 아침을 먹은 후,

그는 빠르게 군복을 입고 거울을 보며 옷매무새를 정돈했다. 거울에 비친 창턱에 거대한 두루미 한 마리가 서서 커다란 입을 벌리고 깃털과 꼬리를 다듬고 있었다. 그는 군홧발로 바닥을 구르며, 그 마법의 거울을 짓밟아 부숴 버리려는 것처럼 침실 전체가 덜덜 떨릴 만큼 위협적인 소리를 냈다. 창문을 닫고 형광등을 끄고 침실을 나서려 할 때, 그는 커다란 거북이 한 마리가 거울 속에서 기어 다니다가 수십 개의 머리를 뻗어 그를 쳐다보는 걸 보았다. 그 거북이 머리들은 주바 다리 어귀에 매달린 살점과 머리카락이 남은 머리들 같았다. 그 머리들은 황완푸와 가오리와 그들의 십여 명의 아이들 같기도 했고, '조국 난민 구제 계획 위원회'의 구성원들 같기도 했으며, 달팽이를 삼킨 치민과 싱민 형제 같기도 했고, 배가 갈라진 임신부인 뉴유마와 후이칭과 차오차오 같기도 했다.

그는 문 밖을 향해 침을 뱉고 작은 소리로 욕을 했다. 쯔쯔오오, 괘씸한, 우우이이, 원숭이 침에는 독이 있어!-후후자자!

요시노의 군화가 문턱에 걸려 거의 넘어질 뻔했다. 그는 참지 못하고 다시 욕을 했다. 우우쯔쯔, 괘씸한, 우우이이, 원숭이 침에는 독이 있어! 후후자자!

그가 내뱉은 말 속에는 의미를 알 수 없는 허튼소리 외에도 야생 원숭이의 울부짖음 같기도 하고, 멧돼지의 환호 같기도 한 소리가 섞여 있었다.

눈 깜짝할 사이에 또 저녁이 되었다. 요시노는 주바 다리 어귀에 홀로 서서, 원숭이 특유의 멍한 얼굴을 하고 껍질이 터진 육두구 열매 두 개를 씹으며 변화무쌍한 하늘을 바라보았다. 석양이 쥐처럼 땅의 갈라진 틈새를 뚫고 들어간 후로 달빛이 점점 짙어졌다. 들새는 울음을 그쳤고, 개구리와 벌레와 부엉이가 뒤이어 울기 시작했다. 요시노는 계속해서 변화무쌍한 하늘을 바라보았다. 달빛 아래, 주바 강 표면에는 은빛의 빛줄기가 넘쳐흘렀다. 밤물결이 넘쳐 다리 어귀 양쪽에 선 육두구 나무 꼭대기를, 그리고 온주바 마을을 물에 잠기게 했다.

석양이 바다와 땅과 하늘을 붉게 물들이고, 주바 마을의 고각옥들까지도 아이들의 새총처럼 들새 피를 뒤집어썼다. 다리 어귀에 세워 둔 장대에 매달린 해골들은 야자나무에 매달린 오래된 야자열매와 함께 온통 붉게 물들어, 야자나무에 매달린 게 해골인지, 아니면 장대에 매달린 게 야자열매인지 구분할 수 없이 전부 새빨갛게 보였다. 제대로 묶이지 않은 해골이 떨어질 때, 해골에 둥지를 지은 어미 새가 슬피 울부짖는 소리가 울려 퍼졌다. 새들의 울음소리에도 피눈물이 섞여 있었다. 요시노는 침을 뱉고, 붉은 거즈로 싸맨 자신의 귀와 코를 강물에 비춰 보고는 남중국해를 등지고 마을을 향해 천천히 걸어갔다. 채소 시장의 함석지붕은 적린을 두텁게 뿌려 놓은 양 축축하게 썩은 홍조를 빛내고 있었다. 잭프루트 나무그늘 아래에 붉은 빛이 흩어졌고, 하수도에도 붉은빛이 떠다녔다. 나무 꼭대기에는 붉은 원앙이 앉아 있었다. 붉은 박쥐가 붉은 나뭇가지에서 날아 나와 붉은 모기를 쫓아갔다. 서쪽에서는 여전히 저녁놀이 하늘 가득 붉게 타고 있었고, 동쪽에 걸린 달은 붉은 고추 같았다. 군인들이 지키고 있는 붉은 땅 위에는 붉은색 환약이 그려진 깃발이 깃대 위에 걸려 있었다. 시끌벅적한 '위안부' 병영 앞에 도착한 요시노는, 젊었을 때 자신이 어느 농촌 소녀가 뺨을 붉힌 채 머뭇거리게 만들었던 일이 생각났다.

요시노는 주바 중학교에 있는 남방 파견군 총사령부 숙사로 돌아왔다. 군의관이 거즈를 갈아 줄 때, 그는 금속 테두리를 두른 거울 속에서 자신의 귀가 풀숲 속의, 곧 부화하려 하는 사마귀 알 모양을 하고 있는 걸 보았다. 그는 러닝셔츠에 반바지 차림으로 죽침을 베고 멍석 위에 대자로 누워 천장에서 돌아가는 선풍기와 탁자 위의 석유램프, 그리고 붉은색 방충망을 친 붉은 창문 밖의 붉은 아프리카 소태나무를 바라보았다. 더러운 파리 같은 붉은 별빛이 넘쳐흘렀다. 병사가 침대보로 창문 옆에 있는 전신거울을 덮었다.

다음 날 아침을 먹을 때, 창밖에서 서남풍이 불어와 전신거울을 덮은 침대보를 날려 버렸다. 요시노는 참지 못하고 고개를 돌려 거울을 보았다. 거대한 사마귀 한 마리가 세모진 얼굴을 흔들면서, 낫 같은 한 쌍의 앞발을 높이 들고 식탁 위의 살아 있는 어린아이를 베어 접시에 그 고기를 담고 있었다. 요시노는 권총을 뽑아 탕, 탕탕, 탕탕탕 하고 연달아 여섯 발을 쏴서 거울을 부숴 버렸다.

분노가 치밀어 올라 혼미한 정신으로, 요시노는 기관총 사수 50명과 포병 10명을 집결시켜 캐나다 산에 올라가 주바 마을의 야생 원숭이들을 철저히 소탕하려 했다. 하지만 산 위는 고요하고 평안했고, 원숭이는 그림자도 보이지 않았다. 그때 갑자기 수백 마리의 꼬리가 짧거나 긴 원숭이가 주바 강가의 과일나무 위에서 격전을 벌이고 있다고 부하가 보고했다. 요시노가 비탈길에서 보니 정말로 과일나무 위에서 원숭이 그림자가 어지러이 흔들리며 싸우는 소리가 귀에 가득했다. 그래서 비탈길 위에 가장자리에 붉은 술이 달린 환약 모양의 깃발을 세우고, 일본놈 60명이 6개 종대로 서서 강가의 과일나무, 가로수, 조경수, 숲속의 나무, 홀로 고고하게 서 있는 나무, 쓸모가 있거나 없는 나무들에 바람이 통하지 않을 정도로 빽빽한 화망을 펼쳤다. 38식 보병총, 97식 보병총, 그리고 분당 발사 속도가 느려 동맹군이 '딱따구리'라는 별명을 붙인 남부 92식 기관총이 멧돼지를 포위하고 공격하는 사냥개 무리처럼 비명을 질렀다.

3

해는 하늘 한가운데에 떠 있었고, 파란 하늘에는 구름 한 점 없었다. 야펑은 띠풀 숲속의 좁은 오솔길에 쪼그리고 앉아, 일본놈들의 포화 속에서 멀리 주바 마을을 바라보며 게으름뱅이 자오씨와 추추를 찾았다. 보르네오때까치 한 마리가 왜목 숲속에서 날아 나왔다. 총알이 때까치의 작은 몸을 뚫고 들어가 연기에 뒤덮인 띠풀 숲속으로 사라졌다. 일본놈 포병수들은 비탈길 위에 89

식 척탄통 네 문을 늘어놓았다. 소형 유탄이 연합군조차 다리가 풀려 버리게 만들 만한 폭발음을 냈다. 척탄통의 반동을 받아낸 받침대가 미친 듯이 달리는 말발굽처럼 잔디를 뒤엎었다. 유탄이 십여 그루의 두리안 나무에 작렬했다. 두리안 열매가 사람 머리통처럼 땅에 떨어졌고, 원숭이들의 시체가 사방팔방으로 흩어졌다. 원숭이 떼가 가는 곳이 바로 총알과 포화가 밀집되는 곳이었다. 비탈길을 바라본 야펑은 요시노가 기관총 사수들과 포병들의 뒤쪽에서 이리저리 걸어다니며 성난 목소리로 병사들을 독촉하며 구령을 외치는 걸 보았다. 그는 엉덩이와 턱을 하늘보다 더 높이 치켜들고 있어 꼭 벌집에 바쁘게 꿀을 모으는 일벌 같았다. 화약 연기를 뿜어내는 일본놈들의 총구에는 요사스럽기도 하고 난쟁이 같기도 한 하이쿠의 기괴한 분위기가 가득했다. 살육으로 인해 눈이 벌게진 일본놈 한 명이 비탈길을 떠나, 야펑에게서 30미터 정도 떨어진 왜목 덤불에 엎드려 구렁이 배 같은 흰 각반을 드러냈다. 이때가 되어서야 야펑은 일본놈들의 포화가 마을 사람들이 아니라 마을의 야생 원숭이들을 향한 거라는 걸 알아차렸다.

피난을 가는 마을 사람들이 야펑에게 게으름뱅이 자오씨와 추추가 이미 마을로 돌아갔다고 알려주었다. 어떤 사람은 자오씨가 축사를 열어 그가 기르던 보르네오수염돼지 네 마리를 띠풀 숲으로 내쫓고, 추추는 모래톱에서 물총으로 말뚝망둥이를 쏘고 있는 걸 봤다고 말했다. 야펑은 원래 왜목 덤불에 엎드린 일본놈을 빙 돌아 마을로 돌아가려 했지만, 비탈길 위 일본놈들의 화망 때문에 그 생각을 접었다. 해가 아주 빠르게 움직여 뉘엿뉘엿 넘어가고 있었다. 야핑은 파랑 칼을 뽑아 들고 몸을 굽힌 채 일본놈에게로 다가갔다. 북부돼지꼬리원숭이 한 마리가 갑자기 왜목 덤불에서 튀어나와 일본놈의 엉덩이 위에 뛰어내렸다가 띠풀 숲속으로 사라졌다. 몸을 뒤집은 일본놈은 화창한 햇빛 아래 흉악한 야핑의 모습을 보았다. 그가 미처 방아쇠를 당기기도 전에 야핑은 이미 그의 몸을 내리눌렀다. 야핑은 왼손으로 일본놈의 방아쇠울을 움켜쥐고, 오른손에 든 칼끝을 놈의 목에 찔러 넣었다. 총열은 야핑과 일본놈의 얼굴에 거의 붙은 채로 총알 한 발을 토해냈다. 총알은 혜성의 똥 같은 붉은 선을 그리면서, 비탈길 위에서 쏟아지는 콧물처럼 미끈미끈한 개구리 알 같은 화망을 따라 삐약삐약 소리를 내면서, 싸움에 져서 효수된 싸움닭의 머리처럼 일본놈들의 흉악한 기세를 계속 이어 가면서, 일본놈의 목을 벤 파랑 칼의 광채를 번쩍거리며 빛냈다.

죽은 마을 사람들과 원숭이들의 혼이 장구벌레 떼처럼 사방에서 꿈틀거리며 일어섰다. 죽은 사람과 죽은 원숭이의 혼령은 한데 모였다가 흩어지고, 흩어졌다가 또 모였다. 혼령들은 아주 미숙했고, 서로 아주 비슷하기도 했다. 야핑은 추추를 발견했다. 추추는 주바 강가의 망천수 그루터기 위에 앉아 왼손에는 마씨 할머니의 대나무 물총을 들고, 오른손에는 용수철이 달린 북 치는 인형 장난감을 들고 있었다. 북부돼지꼬리원숭이 한 마리가 나무에서 뛰어내려 그루터기 위에 올라서서 추추를 쳐다보았다. 추추는 본

대로 흉내 내어 털이 없는 북부돼지꼬리원숭이처럼 망천수 그루터기 위에 올라섰다. 총구 밖으로 나온 그 총알은 울타리 구멍에 난꽃 모양으로 의태해 앉아 있던 나비의 몸을 꿰뚫고, 우물 정 자 모양으로 어른의 이마 높이까지 쌓여 있던 장작더미를 무너뜨린 다음, 추추의 오른쪽 관자놀이로 들어가서 다시 왼쪽 관자놀이를 통해 미친 듯이 웃으며 뚫고 나와서는 망천수의 백 년이나 된 거대한 줄기 속에 파묻혔다. 추추의 몸은 반으로 무너져, 망천수의 거대한 줄기에 기대어 아래로 미끄러져서 다시 그루터기 위에 걸터앉았다. 나무줄기에 난 커다란 버섯이 추추의 왼쪽 겨드랑이를 부축해 아이가 괴상하게 앉은 자세를 유지하게 했다. 원숭이는 추추를 한 번 쳐다보고 망천수 위로 뛰어 올라갔다.

일본놈들이 200마리가 넘는 원숭이를 쏴 죽인 후, 살아남은 원숭이들은 더 이상 싸울 마음이 없어졌다. 꼬리가 긴 원숭이들은 풀숲으로 도망치고, 꼬리가 짧은 원숭이들은 캐나다 산으로 도망치고, 잭프루트 나무 위의 긴꼬리원숭이 대왕과 북부돼지꼬리원숭이 대왕만 남아 계속 싸움을 벌였다. 두 원숭이 모두 온몸이 상처투성이였고, 총에 맞아 한쪽 손만 남아 있었다. 두 원숭이는 망천수에서 싸우다가 야자나무로 옮겨갔고, 야자나무에서 다시 십여 채의 고각옥 지붕 위로 옮겨갔고, 마지막으로 어느 잭프루트 나무 위로 뛰어올라갔다. 잭프루트 나무는 포화의 세례를 받아 민둥민둥한 나뭇가지만 남았다. 나뭇가지에는 포화에 탄 원숭이 시체가 걸려 있어, 마치 비틀어진 거대한 석쇠 같았다.

요시노와 몇 명의 병사들은 잭프루트 나무 아래에 서서 두 원숭이가 싸우는 걸 지켜보았다. 쿡쿡 쑤시는 통증이 바늘처럼 요시노의 코와 귀를 찔렀다. 나뭇가지에 걸린 죽은 원숭이와 일그러진 얼굴의 두 원숭이는 그에게 거울 속의 기괴한 형상을 떠올리게 했다.

빌어먹을! 지지오오! 쾌씸한! 우우이이!

요시노는 기관총 사수의 기관총을 집어 들고 두 원숭이 대왕을 쏴 죽였다. 그는 마사무네 칼의 칼자루를 쥐고 땅 위에서 울며 발버둥치는 원숭이를 베었다. 늙은 부두 짐꾼이 장작더미 위에 앉아 숨이 다 끊어져 가는 늙은 아내를 껴안고 울고 있었다. 요시노는 짐꾼과 그 아내의 목을 베고, 원숭이와 사람을 구분할 수 없는 시체들에 대고 뜨거운 오줌을 뿌렸다. 그런 다음, 요시노는 병사들에게 소리를 질렀다. 병사들은 하루 종일 새와 짐승의 울음소리가 섞인 참모장의 호령을 들으면서 참모장이 말하는 방식에 점차 적응했다. 그들은 살아남은 마을 사람들에게 장작을 쌓아 불을 피워서 원숭이 고기를 구우라고 시켰다.

침실로 돌아간 요시노는 단잠에 빠졌다. 1년쯤 후에 바이하이의 독화살에 발린 유파스 나무의 독이 온몸에 퍼졌을 때, 그는 자신의 몸이 다시 제멋대로 뒤틀리고 바뀌어 사람의 머리가 잔뜩 달린 커다란 거북이로 변해서, 원숭이 같기도 하고 돼지 같기도 한 울음소리를 내면서 환영 같은 황폐한 세계 속을 헤엄치는 걸 보았다.

4

자전거 바퀴처럼 커다란 태양이 풍화륜처럼 바퀴통을 움직이며 바싹 말라 터진 하늘에 깊고 고집스러운 불탄 바퀴 자국을 냈다.

게으름뱅이 자오씨는 불씨가 남은 잿더미 속에 누워 있었다. 등에는 총알 자국이 서너 개 나 있었고, 한쪽 다리는 온데간데없었다. 야펑은 원숭이 시체를 밟고, 마을 사람들의 시체를 넘고, 커다란 나무 여섯 그루를 연달아 타넘었다. 불꽃이 여전히 불씨를 마구 만들어내는 열기 속에, 머리 반쪽을 잃어버린 추추의 몸은 그 버섯에 힘겹게 걸려 망천수 그루터기 위에 앉아 있었다. 왕도마뱀의 꼬리 같은 나무뿌리가 아이의 조그만 엉덩이를 받치고 있었다.

왕도마뱀의 꼬리 같은 나무뿌리가 추추의 조그만 엉덩이를 받치고 있었다. 야펑은 그루터기 위에 올라앉아 오른손으로 추추의 뒤통수를 감싸고, 왼손으로 통통한 양쪽 엉덩이를 받쳐서 차갑게 식은 추추의 몸과 반쪽만 남은 머리를 가슴 앞에 끌어안았다. 추추는 꼭지가 떨어진 여주처럼 더 이상 울지 않았다. 그는 추추를 껴안고 하늘을 가린 망천수와 잭프루트 나무와 두리안 나무를 올려다보았다. 추추가 콩나물 같은 조그만 엉덩이를 치켜세우고, 양손에 각각 물총과 용수철 달린 북 치는 인형을 들고서, 줄지어 선 원숭이들의 혼과 함께 나뭇가지의 파도 속으로 사라지는 게 보였다.

큰까치가 울기 시작했다. 어쩌면 큰까치는 한참 전부터 울고 있었는데, 포화와 총탄 소리 때문에 그가 청각을 한동안 잃고 있었던 것인지도 모른다. 하늘 위를 빙빙 돌며 똥을 뿌리던 들새들이 지쳐서 나뭇가지 위에 앉아 듣기 싫은 소리로 울어댔다. 참매 한 마리가 무거운 공기를 힘겹게 가르며 마을 안으로 날아 내려와, 발톱으로 피가 뚝뚝 떨어지는 원숭이 살점을 움켜쥐고 시뻘건 열기로 가득 찬 땅을 떠나 날아갔다. 더 많은 솔부엉이, 솔개, 독수리, 꿩매들이 마을 상공을 선회했다. 야펑은 심지어 까마귀 소리까지 들었다. 스톰황새 한 마리가 시냇가로 내려와 검은 날개깃을 우아하게 모으고, 털이 나지 않은 목과 날카로운 부리를 뻗었다가 움츠렸다가 하며 허공에 부적을 그렸다. 눈동자 속의 홍채가 시뻘건 열기 속에서 거대한 붉은 빛을 흩뿌리며 썩은 고기를 찾기 시작했다.

마을 사람들이 모여들어 달구지와 손수레에 온전하거나 온전하지 않은 사람들의 시체를 실었다. 야펑은 잔교에서 판자 몇 개를 뜯어내 추추를 위해 작은 관을 만들고, 게으름뱅이 자오씨를 위해 큰 관을 만든 다음, 달구지와 손수레를 따라 마씨 할머니가 생전에 관리했던 중국인 공동묘지로 갔다. 추추와 자오씨를 묻은 야펑은 주바 마을로 돌아와 추추가 마지막으로 앉아 있었던 망천수 그루터기 위에 앉았다. 피곤이 둥지로 돌아가는 새처럼 그의 목 주위를 세 바퀴 돌고 어깨 위에 떨어졌다. 여기저기 흩어진 연기 기둥이 한 줄기도 갈라지지 않고 하늘을 향해 빠르게 모여들었다. 바람이 갑자기 그쳤다. 그는 불현듯 사흘 동안 아편을 먹지 않았다는 게 생각났다.

태양이 새빨간 호저처럼 숲을 뚫고 구름을 지나면서 진창 같은 하늘에 엉겨 붙은 발굽 자국을 남겼다.

야펑은 망천수 한가운데를 보면서 추추의 머리를 날려 버리고 나무의 배 속으로 사라진 총알을 찾으려 했다. 그가 작은 파랑 칼을 꺼내 나무껍질을 돼지 머리통만 한 크기로 벗겨 내고 보니, 나무의 몸통은 **빽빽이 박혀 꿈틀거리는 총알로 가득 차 있었다. 총알 몇 개는 엉덩이를 나무의 배 밖으로 드러내고 뿡뿡, 뿡뿡, 뿡뿡뿡** 하며 화약 연기 냄새가 가득한 소리 없는 방귀를 뀌었다. 그는 또 돼지 머리통만 한 크기로 나무껍질을 벗겨 냈다. 상황은 여전히 똑같았다. 야펑은 아직도 연기를 뿜어내는 양철통과 의식을 잃은 펜치를 주워서 펜치로 망천수의 배 속에서 열 개가 넘는 총알을 파냈다. 그러자 의식을 되찾은 펜치는 기지개를 켜고 야펑의 손에서 벗어나 양철통 안으로 뛰어들더니 그를 향해 소리를 질렀다. 야펑은 이마의 땀을 닦고는 낮은 소리로 욕을 했다. 내가 도대체 며칠 동안 아편을 안 먹은 거야! 15분도 채 안 되어 야펑은 총알을 30개 넘게 파냈다.

그는 눈꺼풀이 무거워졌다. 들판을 함락시킨 피곤이 그의 몸을 뒤덮었다. 추추가 원숭이처럼 나뭇가지 위에서 팔짝팔짝 뛰었고, 말뚝망둥이처럼 물가 위를 달렸다. 일본놈들이 게딱지 같은 얼굴을 하고 집게발 같은 군도를 휘두르며 줄지어 돌격하자, 추추는 집게발 속에서 날아올랐다.

잠깐 졸다가 정신을 차린 야펑은 에밀리와 검은 개가 그의 눈앞에 서 있는 걸 보았다. 보르네오수염돼지 네 마리가 그녀의 뒤에서 킁킁거리며 먹이를 찾고 있었고, 머리 없는 닭은 말뚝 위에 앉아 초토화된 폐허를 '둘러보고' 있었다.

동쪽에서 환약처럼 조그마한 하얀 달이 떠올랐고, 개가죽으로 만든 가짜 고약만큼 큰 붉은 태양이 서쪽으로 졌다.

대왕 주씨의 고각옥

린샤오팅이 일본놈들에게 유린당했다는 소식이 주바 마을에 전해졌다. 소식을 전한 것은 그날 마씨 할머니의 고각옥이 불타는 걸 목격한 통역사였다. 이 통역사는 일본놈들이 개설한 '일본어 교사 양성소'에서 일본말을 배운 후 군복을 입고 파란 군모를 쓰고 일본놈의 앞잡이가 된 사람이었다. 연합군이 주바 마을을 접수한 후로 이 사람에게는 매국노라는 죄명이 씌워졌다. 연합군은 사람들의 분노를 가라앉히기 위해 마을 사람들 누구든 현금 1위안을 내면 이 사람을 마구 때리고 걷어찰 수 있게 해 주었다. 어린 연인을 잃은 가오자오창은 차오다즈가 3년 동안 몰래 좋아해 온 옌언팅을 좋아하게 되었다. '조국 난민 구제 계획 위원회' 명단이 폭로된 후, 옌언팅을 좋아하는 남자아이들은 도망갈 아이들은 도망가고, 죽을 아이들은 죽고, 실종될 아이들은 실종되어 연적들이 사라져서 이제는 사랑의 전장에서 치열한 전투가 벌어지지 않게 되었다. 하지만 가오자오창은 삼첨양인도를 들고, 상상 속의 매와 효천견을 부리고 활을 쏘아 광풍을 일으키면서, 일본놈들의 횡포와 국가의 재난 속에서 사랑의 큰 깃발을 높이 들고 제천대성 차오다즈의 손에서 옌언팅을 빼앗으려 했다.

샤오진이 이끄는 피난민 무리가 첫 번째로 대왕 주씨의 고각옥에 도착한 후, 사흘이 지나자 고각옥에는 이미 마을 사람들이 76명이나 모였다. 7월의 무더운 날씨에, 태양은 몇 천 개의 빨갛고 조그만 숯덩이로 변해 낮게 선회하는 듯했다. 마을의 어른들은 십여 명씩 여섯 조를 짜서 대왕 주씨, 중라오과이, 샤오진, 자라 대왕 친씨, 납작코 저우씨와 붉은 얼굴 관씨의 인솔하에 정해진 시각에 구역을 나눠 고각옥의 주위를 순찰했다. 아이들 열다섯 명 가운데 나이가 제일 많은 아이는 열세 살, 제일 어린 아이는 아홉 살이었다. 아이들은 관야펑과 에밀리의 관리하에 풀을 베고 물을 긷고 땔감을 줍고 소를 먹이고, 허세를 부리면서 주위를 정찰했다. 야펑의 동의를 얻어 가오자오창과 차오다즈가 아이들을 두 조로 나눠서 관야펑이 대대장을, 가오자오창과 차오다즈가 소대장을 맡았다. 가오자오창이 이끄는 조원은 여섯 명, 차오다즈의 조원은 일곱 명이었다. 차오다즈의 조원 중에는 나막신쟁이 난씨의 딸 옌언팅도 포함되어 있어서 가오자오창은 차오다즈가 더욱 눈에 거슬렸다. 조를 나눌 때 가오자오창이 말했다. "언팅은 우리 조에 들어와야 돼!"

차오다즈와 관야펑을 비롯한 아이들은 호기심에 찬 눈으로 가오자오창을 쳐다보았다.

"나랑 다즈의 조원 수가 딱 일곱 명씩이잖아." 가오자오창은 근육이 튼튼한 오른팔로 형편없이 망가진 삼첨양인도를 똑바로 세워 들고 만면에 미소를 지었다. 왼팔을 잃은 후로 그는 스파르타식으로 오른팔을 훈련했다. 날마다 한 손으로 철봉에 매달리고, 물구나무를 서고, 야자열매를 쪼개고, 벽돌을 깨고, 석유회사에서 쇠로 된 기차 바퀴 두 개를 훔쳐다가 통나무에 끼워서 30킬로그램쯤 되는 아령을 만들어서 이두근을 단련했다. "그런데 난 손이 하나 모자라니까 우리 조에 손 하나가 모자라는 거야. 언팅이 내 모자란 손을 보충해 줄 수 있을 거야."

"네 오른손은 아주 튼튼하니까," 옌언팅이 말했다. "한 손을 두 손처럼 쓸 수 있을 거야."

"아무리 튼튼해도 손가락 다섯 개랑 팔 하나뿐이잖아." 가오자오창이 엄숙하게 말했다.

"난 겁이 많고," 옌언팅이 애교스럽게 말했다. "행동도 느려."

"에이, 그럴 리가 있어?" 가오자오창은 웃느라 얼굴 근육이 경직됐다.

"한창漢強." 옌언팅이 부드러운 목소리로 말했다. 아이들은 불현듯 가오자오창의 본명이 가오한창이라는 걸 떠올렸다. "다즈의 조에는 여자애가 셋이고, 너희 조엔 둘이잖아. 남자애들은 힘이 세서 한 사람이 두 사람 몫을 하니까, 인력이 모자란 건 다즈네 조야."

"가오자오창. 너희 조에는 남자애들이 많으니까 언팅은 다즈의 조로 보내. 그래야 힘의 균형이 맞고 실력이 비슷해지지." 야펑이 말했다. "주씨 할아버지가 그러셨어. 나랑 에밀리랑 너희 15명까지, 우리 17명은 긴밀하게 결합한 대대이고 생명 공동체니까, 일본놈들을 소멸시키기 전까지 모든 일에 함께 전진하고 함께 후퇴하고, 내 것 네 것을 구분하면 안 된다고."

풀숲 속에 매서운 바람이 의례적으로 불어와 나뭇가지와 나뭇잎이 바스락거리며 호응했다. 구름은 김이 나는 주먹밥처럼 걸쭉하고 축축하며 무거웠다. 승냥이처럼 사나운 여름날, 태양은 굳세게 떠 있었다. 아이들은 허리에 작은 파랑 칼과 새총을 차고, 손에는 나무막대기나 대나무 장대를 들고, 플라스틱으로 된 가면을 목에 걸거나 혹은 얼굴에 쓰고, 호주머니에는 용수철 장난감을 가지고 있었다. 야펑과 다즈가 앞장서고 에밀리와 가오자오창이 맨 뒤를 지키면서 길게 줄을 지어, 대왕 주씨와 어른들이 짐승을 잡기 위해 설치해 둔 함정을 조심스럽게 피해서 상류 쪽으로 5킬로미터쯤 떨어진 절벽 아래 있는 연못을 향해 갔다.

절벽에는 샘물이 졸졸 흘러 절벽 아래에 반원형의 연못을 이루고 있었다. 샘물은 미네랄을 풍부하게 함유하고 있어 아기사슴, 원숭이, 들소, 구름표범 등의 포유동물과 초식동물을 끌어들였기 때문에 짐승의 발에 밟혀 평평해지고 풀이 돋지 않은 서식지가 만들어져 있었다. 대왕 주씨, 중라오과이, 샤오진, 자라 대왕 친씨, 납작코 저우씨, 붉은 얼굴 관씨는 짐승들이 갉아먹은 자국이 잔뜩 난 여섯 개의 나무 그루터기 위에 각각 앉아 있었다. 중라오과이는 어깨에 존슨 앤 존슨사의 엽총을 메고 외눈을 감고 쉬고 있었다. 겨드랑이 아래로 멧돼지 갈기처럼 뻣뻣한 체모 몇 가닥이 뻗어 나와 있었다. 대왕 주씨는 두 눈을 가늘게 뜨고, 입에 서양 담배를 물고 치석 쉰내가 나는 짙은 연기를 토해냈다. 샤오진은 오른손에 야생 호접란 한 줄기를 들고 있었는데, 흰색 꽃송이가 나풀나풀 춤추는 나비들 같았다. 왼손으로는 금속으로 된 작은 새 모양의 비녀를 만지작거리고 있었다. 그의 얼굴에는 그리움의 세로 주름과 애련의 가로 주름이 가득 새겨져 있었다. 일본놈의 96식 철모를 쓴 자라 대왕 친씨는 웃음 띤 입가에 뱀 같은 주름 몇 가닥을 꿈틀거리면서, 벼룩과 거머리가 붙는 걸 방지하기 위해 부서진 담뱃잎 찌꺼기를 손발에 조심스럽게 발랐다. 납작코 저우씨는 하품을 하면서 손바닥에 놓인 등나무 열매를 입에 넣었는데, 지네나 전갈을 씹기라도 한 양 씹자마자 바로 뱉어냈다. 붉은 얼굴 관씨는 얼굴에 평온한 표정을 띄우고 하늘을 바라보며 웅얼웅얼 혼잣말을 했다. 이 여섯 사람은 오랫동안 숲속에서 지내면서 얼굴에 큰 면적의 황폐한 산과 고개가 잔뜩 돋아났고, 눈동자 속에는 양의 창자 같은 꼬불꼬불한 길이 이리저리 교차했다. 여섯 사람의 앞에는 말라깽이 선씨와 납작코 저우씨의 잡화점에서 가져온 새 엽총들이 쌓여 있었다. 보랏빛 총열에 차가운 금속성 광택이 반짝였고, 원숭이 털 같은 색의 총자루는 막 부뚜막으로 들어가려는 마른 장작 묶음 같았다.

여섯 사람 앞에 비뚤비뚤하게 서 있던 15명의 아이들이 야펑과 에밀리의 지시를 받아 두 줄로 나란히 섰다.

야펑과 에밀리는 여섯 사람의 뒤에 섰다.

대왕 주씨는 두피에 난 흉터를 긁적이고, 아이들에게 한 명씩 이름을 대고 처지를 설명하라고 했다.

"저는 차오다즈입니다. 창칭 합판공장 벌목공 차오쥔차이曹俊材의 외아들이고, 나이는 열세 살이고, 주바 중학교 1학년입니다."

"저는 가오한창입니다. 열두 살이고, 창칭 합판공장 벌목공 가오롄파의 큰아들이고, 주바 소학교 6학년입니다. 우리 아버지는 일본인에게 목이 잘려서 머리가 주바 다리 위에 걸려 있습니다."

"저는 옌언팅입니다. 열두 살이고, 옌환난嚴煥南의 작은딸이고, 주바 초등학교 6학년입니다. 아버지의 별명은 나막신쟁이 난씨인데, 마을 사람들이 신는 나막신은 전부 아버지가 만들었습니다. 일본인이 아버지가 돈을 기부해서 중국의 항일운동을 지원했다고 했습니다. 다행히 아버지가 나막신을 잘 만들어서 목숨을 건졌습니다."

"저는 친위펑秦雨峰이고, 열두 살이고, 주바 소학교 6학년입니다. 우리 아버지 친둥샹秦冬祥은 자라 고기와 뱀탕을 파는데, 별명은 자라 대왕 친씨입니다. 지금 제 맞은편에 일본인의 철모를 쓰고 앉아 있습니다."

모든 사람이 자라 대왕 친씨를 흘끗 쳐다보았다. 아이들이 은방울이 굴러가는 듯한 소리로 웃었다.

"저는 자오자하오趙家豪고, 열한 살입니다. 부모님이 일찍 돌아가셔서 말라깽이 선씨 아저씨가 거둬 주셨습니다. 아저씨는 고원 항일 유격대에 참가해서 일본인과 싸우러 갔습니다. 제 친구 홍마오후이와 량융안과 라이정중은 일본인의 손에 아주 처참하게 죽었습니다."

"저는 우톈싱吳添興이고, 열한 살이고, 주바 소학교 4학년입니다. 우리 아버지 우웨이량吳偉良은 어부인데, 제가 자선 활동에 참가했기 때문에 아버지가 저한테 숨으라고 했습니다."

"저는 판야친潘雅沁이고, 열한 살이고, 주바 소학교 5학년입니다. 우리 아버지는 바오위안保元 중약방 주인인데, 일본인에게 잡혀 가서 감옥에 갇혀서 생사를 알 수가 없습니다." 판야친은 애정이 담긴 눈빛으로 가오자오창을 바라보았다. "아버지는 가오한창 오빠네 가족들과 제일 가깝게 지내서, 그 집에 비싼 약재를 아주 많이 선물했습니다. 그래서 한창 오빠가 이렇게 키가 커진 거예요."

아이들은 가오자오창을 흘겨보며 새벽을 알리는 곤줄박이처럼 웃었다. 가오자오창은 머쓱해 하며 웃었다.

"저는 차이융푸蔡永福입니다. 열 살이고, 주바 소학교 3학년입니다. 우리 아버지 차이량蔡良은 주바 소학교 선생님인데, 자선 가두 연극에 참가했다는 이유로 일본놈에게 목이 잘려서 머리가 주바 다리 위에 걸려 있습니다."

"그래, 그래. 다들 착하구나." 대왕 주씨는 성냥을 그어 서양 담배에 불을 붙이고, 팔을 흔들어 성냥을 등 뒤의 연못에 던져 버렸다. "사람을 죽여 봤니?"

아이들은 서로를 바라보며 힘주어 고개를 저었다.

"풀이나 나무를 베어 본 적은 있겠지." 주씨는 치석 쉰내가 나는 짙은 연기를 또 한 번 토해냈다. "사람 죽이는 것도 풀 베고 나무 베는 거랑 똑같다."

"왜 우리가 사람을 죽여야 돼요?" 차오다즈가 물었다.

"일본놈을 죽이는 거야!" 중라오과이가 말했다. "일본놈은 사람이 아니야."

"일본놈도 사람이에요!" 가오자오창이 말했다. "사람 죽이는 거랑 풀이나 나무 베는 건 달라요. 나무랑 풀은 머리도 없고, 팔다리도 없고, 뛰어가거나 도망가지도 않잖아요."

"수박을 가르고, 두리안을 쪼개고, 잭프루트를 잘라 본 적은 있지?" 대왕 주씨가 말했다.

"수박이랑 두리안이랑 잭프루트는 피도 안 흘리고, 아프다고 소리를 지르지도 않고, 우리를 칼로 베지도 않잖아요." 옌언팅이 사회자 특유의 낭랑하고 풍부하며 듣기 좋은 목소리로 말했다.

"오줌이나 똥을 누지도 않고요." 판야친이 말했다.

아이들이 다시 웃었다.

"닭 모가지를 베고, 생선을 썰어 본 적은 있겠지." 주씨가 말했다.

"닭이랑 생선은 말을 못 하고, 노래도 못 하죠." 옌언팅이 말했다.

"여자애를 괴롭히지도 않고요." 판야친이 말했다.

"돼지를 죽여 본 적은 있나?" 주씨가 말했다.

"전 죽여 봤어요." 차오다즈가 말했다. "돼지는 엄니밖에 없지만, 일본놈들한텐 총이랑 칼이랑 포탄도 있죠."

"무슨 일이든 처음이 있는 법이지." 주씨가 말했다. "때가 되면, 우린 같이 일본놈을 죽일 거다. 그럴 배짱이 있는 녀석 있나?"

아이들은 서로를 바라보았다.

"어떻게 죽여요?" 차오다즈가 말했다.

"당연히 네 여의봉으로 죽이는 건 아니지." 대왕 주씨가 말했다. "새총으로 죽이는 것도 아니고. 일본놈들한테 총이 있지만, 우리한테도 총이 있다. 총으로 죽이는 거다!"

나이가 좀 많은 아이들의 표정이 갑자기 엄숙해졌다. 옌언팅과 판야친과 다른 여자아이들은 새빨개진 얼굴로 큰 한숨을 몇 번이나 쉬었다. 일본놈들은 주바 마을의 아이들에게 일본어를 억지로 가르쳤을 뿐만 아니라, 나무 몽둥이를 무기 삼아 전투와 격투 기술을 가르치기도 했다. 아이들은 마씨 할머니의 장난감 상자를 처음 봤던 때 같은 눈빛을 하고서 땅 위에 놓인 진짜 총과 실탄을 바라보았다.

"일본놈을 한 명 죽이면," 주씨가 손 위에 놓인 쪼글쪼글한 초록색 종이를 손바닥으로 툭 쳤다. "바나나 지폐 10위안을 상금으로 주마!"

바나나 지폐는 일본놈들이 발행한 군용 지폐로, 바나나 나무와 야자나무가 인쇄되어 있었다. 풍성하고 보기 좋은 바나나 나무가 유탄처럼 단단한 바나나 꽃을 토해내는 그림이 지폐 전체를 차지하고 있어서 속칭 바나나 지폐 혹은 바나나 돈이라고 불렸다. 일본놈들이 태평양전쟁에서 연달아 패해서 물러난 후, 바나나 지폐는 가치가 빠르게 떨어져서 끝내 폐지나 다름없어져 버렸다. 일본놈들은 주바 마을에서 매년 중국인 한 사람당 6위안씩, 말레이시아인을 비롯한 다른 종족은 한 사람당 5마오씩 인두세를 내라는 규정을 정했다. 당시 물가는 닭고기 한 근에 3마오, 계란 열두 개에 2마오 6펀이었다. 바나나 지폐 10위안이라면 거의 중국인 두 명의 인두세를 낼 수 있는 돈이었다. "바나나 돈은 더럽고 냄새 나요." 가오자오창이 말했다. "일본놈 오줌이랑 ……."

"오줌이랑? 그리고 뭐?" 납작코 저우씨가 말했다.

"일본놈들이 바나나 돈으로 계집질을 한대요." 가오자오창이 더듬거리며 말했다. "그래서 돈에 분명히……."

대왕 주씨를 비롯한 여섯 명의 중노년인이 미묘한 표정으로 입가를 비틀었다.

"그럼 엉덩이나 닦으면 되잖아!" 차오다즈가 말했다.

"날 죽이려는 거야?" 가오자오창이 말했다. "일본놈들 그거엔, 독이 있다고."

어른들이 음란한 웃음소리를 냈다.

"전 돈은 필요 없어요." 가오자오창이 말했다. "일본놈을 죽이면, 그놈의 팔자수염을 뽑아서 거기다 내 거시기 털을 붙여서, 그놈이 귀신이 돼서도 계속 내 똥오줌 냄새를 맡게 할 거예요!"

어른들은 고개를 끄덕이며 칭찬하는 듯한 눈빛으로 가오자오창을 보았다.

"가오자오창." 샤오진은 비녀를 집어넣고, 납작코 저우씨의 손에서 등나무 열매를 하나 집어 입 속에 넣었다. "거시기에 털 났냐?"

"됐어, 쓸데없는 소리 그만해." 중라오과이가 검지를 뻗어 키가 큰 순서대로 아이들 열 명을 가리켰다. "오늘은 너희한테 총 쏘는 법을 가르쳐 주겠다."

차오다즈와 옌언팅을 비롯한 아이들 열 명이 앞으로 한 발 나섰다. 지명 받지 않은 가오자오창도 앞으로 한 발 나섰다.

"가오자오창, 넌 뒤로 가." 중라오과이가 말했다.

"왜요?"

"넌 손이 하나밖에 없잖아."

"한 손으로도 총 쏠 수 있어요!"

"엽총은 안 돼." 중라오과이가 말했다. "내가 말라깽이 선씨를 찾아서 미국제 리버레이터 권총이나 독일제 모제르총을 하나 구해다주마."

"언제요?"

"당연히 빠를수록 좋지." 중라오과이가 말했다. "선씨는 연합군의 고원 유격대에 참가해서 신출귀몰하게 다니니까, 언제든지 우리랑 연락할 수 있어."

"난 한 손으로도 총을 쏠 수 있다고요!"

가오자오창은 납득하지 않았다.

"당연히 쏠 수 있지." 납작코 저우씨가 등나무 열매를 씹으며 말했다. 풀을 씹어 먹는 산양처럼 입가로 초록색 찌꺼기가 흘렀다. "권총을 한 손으로 안 쏘는 사람이 누가 있어?"

붉은 해가 높이 걸려 있었다. 구름이 수탉의 충혈된 벼슬 같은 붉은색으로 물들었다. 나뭇잎과 썩은 나뭇가지 위에 산거머리들이 줄지어 서서 사람과 짐승의 부드러운 부위에 기어올라 피를 빨 준비를 하고 있었다. 빛줄기가 나무 꼭대기를 뚫고 땅 위에 꽂혔다. 빛줄기는 가늘기도 하고 굵기도 하고, 장식용 술처럼 드문드문하기도, 깃발처럼 빽빽하기도 했다. 원숭이들이 새빨간 엉덩이를 치켜들고, 부드럽고 긴 꼬리를 높이 들고, 끝없이 뻗은 들쭉날쭉한 나뭇가지를 밟으며 하늘과 땅 사이를 돌아다녔다. 숲을 태우는 연기가 풀숲 위를 선회하는 모습이 꼭 거대한 구렁이들이 단체로 교미하는 것 같았다. 중라오과이는 엽총을 메고, 예전에 어머니를 멧돼지로 오인해 죽인 야생 두리안 나무 앞까지 왔다. 그의 뒤로 납작코 저우씨, 야펑, 에밀리, 그리고 열다섯 명의 아이가 따라왔다. 두리안 나무는 나이가 더 들었지만 나뭇가지는 더 푸르러지고 열매는 더 무거워졌고, 나무 위의 야생 원숭이들은 더 시끄럽게 싸웠고, 나무 아래의 멧돼지는 더 살이 찌고 방탕해졌으며, 나무 바깥쪽의 가시덤불은 더 사납고 무성하게 자랐다. 열아홉 사람이 가시덤불 속에 발 디딜 틈 없이 매복한 후, 중라오과이는 명령을 내려 9명의 아이들이 좌우로 흩어져 일직선으로 서도록 했다. 그런 다음 한쪽 무릎을 꿇고 앉아 손으로 방아쇠의 안전장치를 쥐고, 총자루를 어깨의 움푹 들어간 곳에 바짝 붙여 받치고서, 검지를 방아쇠에 걸고 나무 위의 원숭이와 나무 아래의 멧돼지를 향해 탕탕탕 하고 아홉 발의 산탄을 쏘게 했다. 공기가 습해서 화약 연기가 누에고치에서 뽑은 실처럼 오랫동안 흩어지지 않았다. 유황과 숯 냄새가 꽃과 과일 향기를 누르고 더 오랫동안 흩어지지 않았다. 생애 첫 번째의 산탄을 쏜 아이들은 얼굴에 감격과 흥분의 붉은 물결을 가득 띄운 채 꼭두각시 인형처럼 두리안 나무를 바라보았다. 중라오과이의 명령을 받은 아이들은 양 무릎을 바짝 붙이고, 손으로 총열을 쥐고, 개머리판은 땅에 붙이고서 보초를 서는 일본놈들보다 더 곧은 자세로 섰다. 아이들과 총을 자세히 점검해 본 중라오과이는 만족스럽게 고개를 끄덕이며 외눈인 왼쪽 눈을 빠르게 깜박였다. 깜박거리는 눈에서 감탄의 말이라도 내뱉을 지경이었다. 의외의 사태가 발생하지 않게 하기 위해 아이들의 총에는 산탄이 한 발만 들어 있었다. 하지만 총구에서 동시에 발사된 아홉 발의 산탄은 규율이 엄격한 원숭이 군단과 각자 한자리씩 차지하고 흩어져 있는 돼지들 사이에 큰 재난을 일으켰다. 두리안 나무 아래, 암돼지 한 마리와 긴꼬리원숭이 두 마리가 피바다 속에 쓰러져 있었다. 코와 입에서 피를 흘리는 수돼지 한 마리가 찢어지는 소리로 울다가 야펑의 칼에 목이 잘렸다. 나뭇가지에 죽은 원숭이 한 마리와 반쯤 죽어가는 원숭이 한 마리가 걸려 있었다. 어깨에 총을 메거나 혹은 메지 않은 아이들이 나무 아래의 죽은 원숭이와 멧돼지를 보면서, 손가락을 뻗어 멧돼지의 엄니와 원숭이의 꼬리를 쿡쿡 찌르며 참새 떼처럼 재잘거렸다.

아이들은 가면을 쓰고서 갖가지 흉악하고, 간사하고, 우울하고, 익살맞은 표정으로 사냥감을 응시했다.

"일본놈들은 재수 옴 붙었군." 중라오과이는 시선을 나무 위의 죽은 원숭이에서 나무 아래의 죽은 멧돼지에게로 옮겼다가, 갑자기 요괴 가면들이 눈에 들어왔다. "이 자식들! 상스러운 일본 요괴 같으니!"

텐구 가면을 쓴 아이와 카라카사 가면을 쓴 아이가 다투기 시작했다.

"이 수돼지는," 텐구가 말했다. "내 총에 다리가 부러진 거야."

"아냐, 내가 부러뜨렸어." 카라카사가 말했다. "난 네가 나무 위로 총을 쏘는 걸 봤다고."

"난 수돼지를 조준했어." 텐구가 말했다. "네가 맞힌 건 원숭이야."

구미호 옌언팅이 두 사람 사이에 섰다. "나도 멧돼지를 조준하고 총을 쐈어."

"뭘 그리 다퉈?" 중라오과이가 말했다. "누가 맞혔든 다 똑같지!"

"안 똑같아요!" 카라카사가 말했다. "그럼 나중에 일본놈을 죽이게 되면 누가 그 바나나 돈 10위안을 받는데요?"

중라오과이는 카라카사의 머리를 세게 때렸다. "이 망할 요괴 녀석! 누가 쏜 총에 맞은 건지 구별할 수 없으면 각자 상금을 10위안씩 줄 거라고 주씨 할아버지가 그러셨다! 일본놈이 먼저 너를 찌르지나 않을지 걱정하라고!"

카라카사와 텐구는 서로를 쳐다보았다. 무슨 익살맞은 표정을 지었는지 알 수 없었다.

"너희들, 아무 때나 이 개똥같은 가면을 쓰고 다녔다간," 중라오과이는 침을 뱉었다. "언제고 내가 아편을 한 개 덜 먹어서 머리가 멍하고 눈앞이 흐리면 너희가 일본놈인 줄 알고 쏴 죽여 버릴 거다!"

"조용히 해!" 납작코 저우씨가 말했다. "두 명이 모자라!"

아이들은 가면을 벗고 인원수를 점검했다. 가오자오창과 판야친이 보이지 않았다.

중라오과이가 사람들을 인솔해 두리안 나무 아래에 집합했을 때, 가오자오창은 검은 얼굴에 엄니가 삐죽하고 뒷다리 한쪽을 절룩거리는 수퇘지 한 마리가 몸을 앞뒤로 흔들며 발굽으로 부목을 걷어차 포탄처럼 터뜨려서 뾰족한 부스러기를 흩뿌리고, 위와 장에 상처를 입은 듯이 왜목 덤불 앞에 혈변을 싸는 걸 보았다. 가오자오창은 발걸음을 멈췄다가, 놈이 부주의한 틈을 타서 움직였다. 허리에는 크지도 작지도 않은 파랑 칼을 차고, 손에는 삼첨양인도를 들고, 목에 매단 텐구 가면을 흔들면서, 썩은 잎을 바스락거리며 헤치고 발걸음을 옮겨서 부상을 입고 도망치는 수퇘지를 뒤따라갔다. 그는 수퇘지가 거침없이 뚫고 들어가는 왜목 덤불을 몇 번이나 빙 돌아 지나고, 팔괘 모양으로 진을 친 굵은 나무들을 몇 그루나 비껴 지났다. 삼첨양인도가 몇 번이나 멧돼지의 엉덩이를 핥았지만, 멧돼지가 더욱 불가사의한 속도로 달려가게 만들 뿐이었다. 그의 삼첨양인도는 사실 그저 끝을 날카롭게 깎은 나무 몽둥이로, 끝부분에 '삼첨양인도三尖兩刃刀'라는 다섯 글자가 새겨져 있는 것뿐이었다. 몽둥이의 나무 칼날은 이미 나뭇결이 일어났고, 몸체에는 돼지 피가 잔뜩 묻어 있었다. 부상당한 수돼지를 보고 손이 근질근질해진 그는 파랑 칼을 뽑으려는 생각을 몇 번이나 했지만, 그에게는 손이 하나밖에 없었고, 손에 든 삼첨양인도를 버리기가 아까웠다. 가오자오창은 결국 그루터기가 자기 어깨 높이까지 오는 오래된 새우나무 앞에서 멧돼지의 자취를 놓치고 말았다. 그는 그루터기 위로 뛰어올라 사방을 둘러보다가, 갑자기 바오위안 중약방 영애인 판야친이 그루터기 앞에 쪼그리고 앉아 있는 걸 발견했다. 그녀가 어깨에 멘 싱글 배럴 엽총의 개 머리판이 땅에 깔린 썩은 잎 위를 딛고 있어, 검은 곰팡이가 가득 핀 총열이 그루터기에 올라선 가오자오창의 진흙 껍질에 싸인 발가락의 냄새를 맡고 있는 것처럼 보였다.

"야친! 네가 왜 여기 있어?" 가오자오창은 그루터기에서 뛰어내린 다음, 삼첨양인도를 가볍게 휘두른 후 깃대처럼 땅 위에 세우고 한 손으로 잡았다.

판야친은 천천히 일어섰다. 그녀의 이마가 가오자오창 가슴팍의 두 번째 갈비뼈 앞에 왔다. 판야친은 한 갈래로 땋은 머리카락에 플라스틱으로 된 작은 빨간색 꽃을 꽂고 있었고, 앞머리를 내렸다. 가슴 앞에는 다진뉴가 만든 사슴 모양의 금목걸이를 걸고 있었고, 아름답고 사악한 날아다니는 머리 가면과 반쯤 찡그리는 듯, 반쯤 웃는 듯한 구미호 가면을 매달고 있었다. 야친은 어깨에 거의 자기 키만 한 싱글 배럴 엽총을 멘 채, 이마의 땀을 닦으며 주먹을 살짝 쥐고 가오자오창을 올려다보았다. 그녀는 일부러 머리를 땋고 앞머리를 내린 옌언팅의 머리 모양을 따라 했다.

"나 계속 오빠를 따라왔어!" 야친이 옌언팅처럼 매혹적인 미소를 지어 보였다.

"뭐 하러 따라왔는데?"

"오빠가 멧돼지를 사냥하고 싶어 하는 걸 알았거든."

가오자오창은 그녀가 어깨에 멘 싱글 배럴 엽총을 보면서 입을 오므리고 아무 말도 하지 않았다.

"나한테 총이 있어."

"총은 있지만 총알이 없잖아." 가오자오창은 다리를 쭉 뻗어 그루터기 위로 뛰어 올라갔다. "무슨 소용이야?"

"총알 있어!" 판야친은 주먹을 펴서 손바닥에 놓인 산탄 두 개를 보여주었다.

가오자오창은 다시 그루터기 아래로 뛰어 내려왔다. "네가 어떻게 총알을 갖고 있어? 중씨 할아버지 걸 훔쳤구나!"

"중씨 할아버지가 아니라 주씨 할아버지 거야! 그저께 베란다 바닥을 청소하는데, 주씨 할아버지가 난간에 엎드려 주무시고 계셨고, 탁자 위에 탄창이 있기에 두 개 가져왔지."

가오자오창은 두 개의 산탄을 뚫어지게 쳐다보았다. "총알은 왜 훔친 건데?"

"오빠 주려고." 야친은 엽총을 내려 약실을 열고 총알을 채워 넣었다. "오빠는 일본인을 죽이고 싶잖아?"

가오자오창은 말이 없었다.

야친은 엽총을 가오자오창의 몸 앞으로 내밀었다. "받아! 여긴 사슴 연못이랑 멀리 떨어져 있어서 쏴도 돼!"

야친의 이 말에 가오자오창은 순간 깜짝 놀랐다.

"여기가 연못에서 얼마나 먼데?"

"충분히 멀어." 야친은 엽총을 가오자오창의 가슴팍에 팍 하고 디밀었다. "받아! 일본인을 죽이기 전에 멧돼지부터 먼저 죽여 봐!"

가오자오창은 엽총을 받았다. 조금 의심스럽기도 하고 흥분되기도 했다.

"삼첨양인도는 내가 대신 메고 있을게!" 야친은 양손으로 삼첨양인도를 쥐고, 무 뽑듯이 뽑아서 어깨에 멨다. "가오자오창 오빠, 이 총은 반동이 아주 강하니까 조심해."

가오자오창은 검지를 방아쇠에 가볍게 대고, 개머리판을 어깨의 움푹 파인 곳에 받쳐 지탱하고 상하 좌우를 한 번 둘러보았다. 퍼런 핏줄이 불거지고 근육이 울퉁불퉁한 오른손이 마치 구렁이가 늙은 암탉을 옭아맨 듯했다.

그날 한낮, 눈부신 금색 빛이 구름 가장자리에 테를 둘렀고, 강렬한 햇볕이 붉은 가래처럼 부서졌다. 맑고 평온한 하늘에 참매가 거대한 발톱을 걸고 있었고, 들새는 나무 그늘에 축 늘어진 채 햇볕에 저항했다. 악어는 눈물을 흘려 온 얼굴에 소금기가 가득했다. 땀샘이 없는 멧돼지들은 몸에 진흙을 칠해 체온을 낮췄다. 중라오과이는 야평과 에밀리에게 아이들을 데리고 고각옥으로 돌아가라고 한 뒤에 자신은 납작코 저우씨와 함께 가오자오창과 판야친을 찾아다녔다. 야평은 아이들이 점심식사를 끝낼 때까지 지켜본 다음, 에밀리와 함께 사라진 아이들을 찾으러 다시 사슴 연못으로 갔다. 차오다즈는 식탁 위에 아편 즙을 섞은 네슬레 마일로 코코아 반 주전자가 남아 있는 걸 보고 양철 컵에 가득 따라서 단번에 다 마셨다. 옌언팅은 양철 주전자를 들어 올려 주둥이에 입을 대고 남은 코코아를 다 마셨다. 마씨 할머니가 아편 즙을 섞어서 끓여 준 코코아를 맛본 후로 아이들은 이미 중독이 되어, 날마다 대왕 주씨에게 아편을 한 덩이 끓여 즙을 만들어 달라고 졸랐다. 코코아 혹은 커피의 향기에 아편 즙의 지리고 비린 냄새와 썩은 내가 섞인 냄새가 주방을 가득 채울 때면 제일 어린 아이도 참지 못하고 군침을 꿀꺽 삼켰다. 코코아를 다 마신 차오다즈는 여의봉을 어깨에 메고, 허리에는 파랑 칼을 차고서 자기도 친구들을 찾으러 숲속으로 들어갈 준비를 했다. 옌언팅은 다즈가 반대하는 것도 아랑곳하지 않고, 고바야시 지로가 언제나 연주하던 일본 동요를 흥얼거리며 다즈와 함께 사슴 연못을 향해 갔다.

다즈는 언팅을 좋아하긴 했지만, 언팅과 둘만 있으면 좀 어색해졌다. 그는 멀바우 나무로 만든 여의봉을 메고, 가슴 앞에는 돼지머리 모양의 가면을, 목 뒤에는 제일 원숭이처럼 생긴 캇파 가면을 매단 채 고개를 숙이고 걷기만 하면서 발정 난 암컷 새 같은 언팅을 똑바로 바라보지 못했다. 지면에는 여기저기에 맑거나 탁한 물이 고인, 깊이가 서로 다른 웅덩이 여러 개가 흩어져 있었다. 생각이 많고 음침한 웅덩이들은 두 아이의 천진한 모습 혹은 짓궂고 흉악한 모습을 비췄다. 월도月桃(일본, 중국, 인도차이나 등지에서 관상용으로 재배 또는 자생하는 상록 초본식물)의 수상화서穗狀花序(길고 가느다란 꽃차례 축에 꽃자루가 없는 작은 꽃이 조밀하게 달려 곡식의 이삭 모양을 한 꽃차례)가 검은 서남풍 속에서 덜덜 떨고 있었다. 빛 없는 하늘이 나무 꼭대기 사이로 자살하듯 눈부신 광채를 던져 풀 끄트머리와 썩은 잎 위에 내려앉았다. 저 멀리 사슴 연못가에서 암컷과 수컷의 물사슴(삼바사슴이라고도 함. 인도 반도와 중국 화난 지역, 동남아시아에서 발견되는 대형 사슴의 일종) 두 마리가 배회하고 있어, 펼쳐진 두 개의 뿔과 여덟 개의 날씬하고 아름다운 다리가 보였다. 다즈와 언팅의 엽총은 이미 중라오과이에게 반납한 후였다. 물사슴을 본 그들은 가오자오창과 판야친을 잊어버리고, 띠풀 숲속에 웅크리고 앉아 온갖 지혜를 짜내어 사슴을 잡을 생각을 했다. 중라오과이의 말에 따르면, 야생 사슴은 절대로 같은 길로만 다니지 않아서 사슴 연못 주위에 사슴이 다니는 길이 이리저리 얽혀 있는 거라고 했다. 그리고 또, 야생 사슴은 절대로 왔던 길로 돌아가지 않기 때문에, 사슴을 사냥할 때는 머리를 베어

야지 꼬리를 자를 수는 없다고 했다.

야생 사슴은 청각이 예민해서, 다즈와 언팅이 엉덩이를 붙이고 쪼그려 앉기도 전에 수컷 사슴은 벌써 네 다리를 교차하며 다다다 하고 썩은 잎과 마른 나뭇가지를 밟으며 달리기 시작했다. 수사슴은 두 눈을 비둘기 알보다 더 크게 뜨고 그들이 몸을 숨기고 있는 띠풀 숲을 노려보며, 코로는 그들의 땀 냄새를 맡고는, 먹이 사슬의 하위 동물 특유의 풀 찌꺼기 냄새가 잔뜩 섞인 굴복하는 듯한 울음소리를 내뱉았다. 그리고 여덟 개의 발로 띠풀 숲속으로 달려 들어가면서 등 뒤로는 흩어졌다 모였다가 하는 파도 자국을 남겼다. 사슴은 나는 듯이 달려가긴 했지만, 몇 번이나 갑자기 멈춰 서서 뒤를 돌아봤고, 앞이 아니라 뒤만 신경 쓰며 달렸기 때문에 거리를 벌리는 데 한계가 있었다.

다즈는 길을 빙 돌아갔다. 사슴을 앞질렀다고 추측한 그는 파랑칼을 뽑아 들고 망천수 그루터기 뒤에 서서, 중라오과이를 비롯한 어른들을 보고 배운, 사슴의 발을 베는 비열한 수법을 쓸 준비를 했다. 언팅은 그의 등 뒤에 쪼그리고 앉아 무료하게 일본 동요를 흥얼거렸다. 다즈는 그녀의 입을 막으면서, 깨끗이 씻지 않은 손가락에 남아 있던 지린내를 그녀의 콧속으로 쏟아 넣었다. 망천수에는 기생식물들이 잔뜩 자라 있었다. 난초가 모여 자라고, 덩굴이 어렴풋이 휘감고, 코브라아비스의 잎이 나뭇가지 사이로 삐죽삐죽 서 있었다. 거대한 나무줄기 구석에는 무슨 벌레가 숨어 있는지 괴상한 울음소리를 냈다. 가로 세로로 교차한 나뭇가지가 저녁 무렵의 푸르스름하고 흐릿한 기운 속으로 사라졌다. 푸르스름한 기운이 계속 피어올랐고, 나뭇가지도 계속 위로 솟아올랐다. 망천수는 하늘가에 떠 있는 듯했고, 날개가 그루터기만큼 크게 부풀어 오른 괴상한 새들이 나무 주위를 오갔다. 언팅은 그루터기에 기대 앉아 작은 나뭇가지를 주워 손톱 밑에 낀 때를 파내고, 하얀 방아 꽃을 한 줄기 꺾어 다즈의 귓불을 간질이고, 연한 나뭇잎을 따서 반으로 접어 입에 물고 부드럽고 아득한 사슴 울음소리를 냈다. 그녀는 여자 요괴 가면을 쓰더니 〈온 하늘 가득한 저녁놀滿天晚霞〉을 흥얼거리고는 또 〈고추잠자리〉를 흥얼거렸다. 지린내가 잔뜩 풍기는 다즈의 손가락이 다시 그녀의 입과 코를 눌러 막았지만 그녀는 여전히 음음 하고 노래를 흥얼거려서, 목구멍 위쪽과 아래쪽이 바르르 떨리는 리드처럼, 하모니카 같은 맑고 분명한 소리를 냈다. 그녀는 참지 못하고 다즈의 중지를 세게 깨물었다. 다즈는 쓥 하는 소리를 내고, 손을 거둔 다음 애증이 교차하는 눈으로 언팅을 흘겨보았다. 맑고 분명한 하모니카 소리는 여전히 떠돌았고, 〈고추잠자리〉의 선율이 사라지지 않고 길게 맴돌았다. 다즈와 언팅은 저 멀리 열대아몬드나무 아래에 고바야시 지로가 열여덟 개의 홈에 열여덟 가지 잡화를 매단 18피트(약 5.5미터)짜리 대나무 장대를 메고, 기름때로 얼룩덜룩한 러닝셔츠와 반바지 차림에 나막신을 신고, 작두 자국이 잔뜩 남아 있는 상고머리에 이마에는 흰 수건을 맨 채 트레몰로 하모니카를 부는 걸 보았다. 그의 뒤에는 새총 대왕 첸바오차이, 수영의 명수 라이

정중, 귀뚜라미 대왕 량융안, 홍해아 홍마호후이를 비롯한 한 무리의 아이들이 바케다누키, 카라카사, 텐구, 캇파, 구미호를 끌고 열대아몬드나무 주위를 빙빙 돌고 있었다…….

가오자오창은 흥분한 채 싱글 배럴 산탄총을 메고, 몇 걸음쯤 걸어갈 때마다 깨끗하게 보이는 표적을 찾아 조준해 보았다. 그는 텐구 가면을 등 뒤로 넘기고, 계란 껍데기처럼 바스락거리며 부서지는 낙엽을 밟으면서 똑바로 뚫고 지나갈 수 없는 왜목 덤불을 몇 개나 돌아 지나고, 빽빽하게 팔괘진을 친 거대한 나무를 스쳐 지나면서 원숭이 떼가 먹이를 구하는 과일 나무를 찾았다. 중라오과이는 원숭이 떼가 있으면 그 나무 아래에는 반드시 힘들이지 않고 먹이를 구하려는 배고픈 돼지가 있다고 말했었다. 판야친은 삼첨양인도를 메고 날렵한 걸음을 내딛었다. 텐구 가면을 매단 가오자오창의 뒷모습을 보면서 걷던 그녀는 실수로 삼첨양인도의 날 끝으로 가오자오창의 견갑골을 찔렀다. 가오자오창은 아파서 쓥 하는 소리를 내고는 고개를 돌려 짜증 섞인 눈빛으로 그녀를 쳐다보았다. 가오자오창이 뒤를 돌아볼 때마다 야친은 구미호 가면을 얼굴에 썼다. 그러면 가오자오창은 뭔가 생각난 듯이 화를 내며 고개를 돌렸다.

단단한 구름이 하늘 위에서 굴러다녔다. 검은 서남풍이 숲속으로 불어 들어왔다. 이리저리 얽힌 나뭇가지는 작은 것들은 비틀려 꼬였고 큰 것들은 응어리가 져서 전부 입이 뾰족한 원숭이 얼굴 같아 보였고, 심지어 입을 쩍 벌리고 이를 드러낸 흉악한 얼굴처럼 보이기도 했다. 무료함이 극에 달하자 야친은 삼첨양인도로 가오자오창의 엉덩이를 찌르고, 가냘픈 숨을 내쉬며 씩씩거리는 멧돼지 소리를 냈다. 가오자오창은 고개도 돌리지 않고 말했다. "귀신 소리, 귀신 소리!" 야친이 점점 더 큰 소리를 냈고, 가오자오창은 화가 나서 그녀에게 소리를 질렀다. "한 번만 더 해 봐! 너 여기 혼자 버려두고 갈 거야!" 야친은 허리에 손을 얹고 옌언팅처럼 제멋대로 굴며 말했다. "그래! 그럼 그 엽총은 돌려줘!" 가오자오창은 굳은 얼굴로 입술을 두어 번 우물거렸다. 강렬한 햇빛 한 줄기가 땀이 줄줄 흐르는 그의 넓은 이마에 머무르며 이리저리 얽힌 나뭇가지 그림자를 드리웠다. "야친." 가오자오창은 엽총을 나무에 기대 놓고, 부자연스럽게 야친의 머리를 툭 쳤다. "멧돼지는 귀랑 코가 예민해서, 네가 주바 마을에서 방귀를 뀌고 트림을 하면 멧돼지가 그 소리를 듣고 냄새를 맡을 수 있을 뿐만 아니라, 네가 어제 오늘 무슨 고기를 먹고 코코아나 커피를 몇 잔 마셨는지도 알 수 있다고!" 야친은 삼첨양인도를 땅 위에 가볍게 세우고 낭랑한 목소리로 말했다. "오빠 말대로라면, 우린 영영 멧돼지를 못 잡겠네." "꼭 그런 건 아니지. 중씨 할아버지가 그랬는데, 큰 돼지는 먹는 걸 좋아하고, 작은 돼지는 놀기를 좋아한대." 가오자오창은 엽총을 다시 어깨에 멨다. "그리고 돼지가 뭘 먹을 땐 아주 큰 소리를 내고, 전혀 경계심이 없어진댔어." 가오자오창은 다시 한 번 부자연스럽게 그녀의 어깨를 쿡 찔렀다. "너처럼 이렇게 시끄럽게 굴어서 짐승들을 놀래면, 아무리 먹는 걸 좋아하는 멧돼지라도 놀라서 도망가 버릴 걸." 야친은 고개를 끄덕이며 하품을 했다. "오빠, 나 피곤해. 잠깐 쉬면 안 돼?"

가오자오창은 파랑 칼을 뽑아 덩굴과 이끼를 무너뜨리고, 썩은 나뭇가지와 잎을 밟아서 더 뭉개 버리고, 다리통만큼 굵은 부목을 가져와 마호가니 나무 아래에 걸쳐 놓았다. 두 사람은 어깨를 나란히 하고 나무에 기대앉았다. 이따금씩 빨간 꽃잎이 달린 타원형의 열매가 헬리콥터의 프로펠러처럼 빙빙 돌면서 발치에 툭 하고 떨어지면, 가오자오창은 곧바로 한 손으로 엽총을 받쳐 들고 이미 싹이 난 그 씨앗을 한참 동안이나 겨눴다. 야친은 바지주머니에서 용수철 달린 닭 모양 장난감과 개구리 모양 장난감을 꺼내 드르륵 하고 태엽을 감아서는, 밟아서 평평하게 만든 축축한 검은 흙 위에 놓아두고 장난감이 이리저리 돌아다니게 했다. 암탉은 이리저리 비틀거렸고, 청개구리는 한 자리에서 계속 튀어올랐다. 가오자오창은 다시 짜증난 듯 그녀를 노려보고, 암탉과 청개구리를 향해 총구를 겨누고서 입으로 빵 하고 총소리를 흉내 냈다. 야친이 검지를 튕기자 암탉은 그대로 쓰러져 발톱으로 진흙을 긁어 풀풀 날렸다.

마호가니 나무 아래, 원숭이 꼬리를 닮은 덩굴이 허공으로 솟아올라 밥 짓는 연기처럼 한들거리며 나무 꼭대기를 뚫고 점점 붉게 물드는 저녁놀 속으로 모습을 감췄다. 얼룩덜룩한 금빛 햇살이 가오자오창의 얼굴에 모여 1000분의 1로 축소된, 화약 연기가 흩날리는 포탄 구덩이 같은 모양으로 비췄다. 가오자오창의 의식이 햇살에 터져 나가서 그는 거부하지 못하고 녹초가 되었다. 비몽사몽한 가운데 용수철 장난감이 삑삑거리는 소리가 여전히 울렸다. 가오자오창은 눈을 떠서 사방을 둘러보았다. 판야친은 이미 온데간데없었다.

　가오자오창은 눈을 비볐다. 그는 안스리움과 종려나무, 월도, 야생 호접란이 가득 자라 있는 왜목 숲속에서 마씨 할머니가 객가식의 커다란 흰색 매듭단추 웃옷과 통 넓은 검은 바지를 입고 나막신을 신고, 오래 묵은 생강 같은 피부에 백발이 휘날리고, 눈썹 털 여남은 가닥이 새우 수염처럼 늘어지고, 코끝에는 뱀 쓸개 같은 사마귀가 번들거리고, 턱에는 버섯 모양 군살을 매달고, 목 뒤쪽에는 거위 알 같은 분홍색 혹이 난 모습으로, 손에 큰 낫을 들고서 끽끽거리며 우는 어미 돼지를 뒤쫓는 걸 보았다. 어미 돼지 뒤로는 몸에 갈색 줄무늬가 난 새끼돼지 무리가 무턱대고 도망치고 있었다. 흰 앵무새 한 마리가 마씨 할머니의 머리 위에서 날개를 퍼덕이며 네덜란드 혈통 암말의 힝힝거리는 울음소리를 흉내 냈다. 요괴 가면을 쓰고 손에는 용수철 장난감을 든 아이들이 처마 아래에서 선회하는 새끼 제비의 솜털과 어미 제비의 침으로 만들어진 걸쭉한 소용돌이처럼 마씨 할머니 엉덩이 뒤에서 빙빙 돌았다. 린샤오팅은 아이들의 맨 앞에서 구미호 가면을 쓰고 가오자오창이 오매불망 그리워하는 깔깔거리는 웃음소리를 냈다. 판야친은 날아다니는 머리 가면을 쓰고 아이들의 맨 뒤에서 가면서 린샤오팅을 흉내 내어 깔깔깔 하는 웃음소리를 냈다. 가오자오창은 엽총을 메고 판야친의 뒤에서 쫓아가다가 끽끽거리며 우는 어미 돼지를 향해 방아쇠를 당겼다…….

야펑과 에밀리가 차오다즈와 옌언팅을 찾아냈을 때, 두 아이는 망천수 그루터기에 기대어 단잠을 자고 있었다.

중라오과이와 납작코 저우씨가 가오자오창을 발견했을 때, 그는 마호가니 나무 아래에 대자로 누워 자고 있었다. 삼첨양인도는 썩은 나뭇잎 더미 위에 비스듬히 꽂혀 있었고, 오른손으로는 싱글 배럴 산탄총을 쥐고 있었는데, 총구에서 푸르스름한 화학 연기가 피어오르고 있었다. 4.5미터 정도 떨어진, 안스리움이 잔뜩 자라 있는 왜목 덤불 속에는 산탄을 맞아 배가 터진 어미 돼지의 시체가 누워 있었다.

대왕 주씨 일행이 숲속에서 열흘이 넘게 찾아다녔지만, 판야친은 보이지 않았다.

침묵

Air yang tenang jangan disangka tiada buaya.
잔잔한 물에는 악어가 있다.

— 말레이시아 속담

새벽 무렵, 샤오진은 주바 강가에 앉아 손에 비녀를 든 채 서양 담
배를 피우고 있었다. 땀방울이 그의 얼굴에 새겨진 그리움의 세
로 주름과 애련의 가로 주름에서 넘쳐흘러, 뾰족한 턱을 타고 흘
러내려 흉악한 갈비뼈에 둘러싸인 그의 가슴에 떨어졌다. 그의 팔
과 다리는 흉터로 얼룩덜룩했고, 오래 전 혹은 최근에 악어에게
물린 상처가 잔뜩 나 있었다. 30여 년 동안, 그는 자신의 몸에서
쉽게 빠져 다른 곳에 박히는 악어의 조생치 열두 개를 뽑아냈다.
그중 두 개는 각각 척골과 슬개골에 박혀 그가 두 달 동안 절룩거
리며 다니게 만들었다. 한 개는 가슴에 박혀 갈비뼈 두 대를 부러
뜨려서 거의 목숨을 잃을 뻔했다. 사람들의 말에 따르면, 오랫동
안 악어 고기를 먹으면 땀과 침과 대소변과 입김에서 악어 냄새

가 풀풀 나서 악어를 끌어들이기 쉽다고 했다.

젊었을 때, 샤오진은 악어 냄새가 어떤 것인지 전혀 알지 못했다. 언젠가 그가 뉴유마의 다방에 갔을 때, 커피와 빵의 향기 사이로 강렬한 썩은 내를 맡은 손님들이 의심스러운 눈으로 그를 쳐다봤을 때에야 그는 소위 악어 냄새라는 것이 바로 시체 썩는 냄새라는 걸 알게 되었다. 이 썩은 내를 감추기 위해 샤오진은 양품점에서 향수와 머릿기름과 얼굴에 바르는 화장품을 샀다. 이 물건들은 싸구려도 있었고 고급품도 있었다. 얼굴에 바르는 하얀 분, 분말 땀띠약, 미국제 매니큐어, 프랑스제 담배와 중국제의 뎨솽蝶霜, 바이췌링百雀羚, 싼화三花 상표의 화장품 등의 제품들은 남양 아가씨들보다도 더 사람을 홀리는 구슬픈 향기를 뿜어냈다.

그는 온몸이 상처투성이가 되어서도 '대형 악어'를 만나러 갔다.

우기가 되어 비가 두 달 동안 그치지 않고 내렸다. 처마에서 흐르는 물은 여인의 투명한 손가락이나 팔 같았다. 주바 강이 갑자기 불어나서 움푹 들어간 땅에 온순하게 물이 고여 웅덩이가 생겼다. 물건들에는 축축한 곰팡이가 피었고, 마을 사람들의 눈은 이끼 같은 빛을 내뿜었다. 오후에 비가 그치자 샤오진은 낚싯대를 들고, 어깨에는 파랑 칼과 엽총을 메고 주바 강 상류를 향해 갔다. 강물이 갑자기 불어난 후로 산만하고 겁이 많은 큰 물고기들이 상류에서 강물을 타고 수십 킬로미터를 떠내려 와 주바 강가에 모여서 사람의 대소변과 곡식 지게미, 새우, 게, 조개를 먹고 있었기 때문에, 아무리 경험이 없는 낚시꾼이라 해도 고기를 잔뜩 낚을 수 있었다. 너무 부주의했던 샤오진은 자기 몸에서 나는 악어 냄새가 사람 피가 잔뜩 묻은 모기장처럼 냄새를 풀풀 풍긴다는 걸 잊어버렸다. 그는 파랑 칼과 엽총을 내려놓고 부목이 흩어진 부두에 앉아서, 얼음처럼 차갑고 거센 물살이 흐르는 강물 속에 종아리를 담그고 신선처럼 서양 담배 한 대를 다 피웠다. 낚싯대를 막 던지려는 순간 종아리에 격통이 일었고, 그의 몸 전체가 강물 속에 내던져졌다.

강물이 허리까지 잠긴 후, 샤오진은 곧바로 냉정을 되찾았다. 물어뜯는 힘과 그를 끌고 가는 속도와 물보라의 크기로 미루어 보아 아마도 3미터쯤 되는 대형 악어인 듯했다. 발버둥치며 저항하면 그저 악어가 태산 같은 힘으로 죽어라고 엎치락뒤치락하게 만들게 될 뿐이다. 그는 극심한 아픔을 견디고 숨을 참으며, 사지에 힘을 빼고 두 눈을 가늘게 뜨고서 자신의 몸이 시체처럼 악어에게 물려 강바닥으로 가라앉게 했다. 강물은 탁했고, 찌꺼기가 흩어져 있었다. 물고기와 새우들이 깜짝 놀라 헤엄쳐 달아났다. 순막瞬膜이 덮인 악어의 호박색 눈은 꼭 도깨비 눈 같았다. 각질 비늘이 가득한 거대한 몸통에 사지가 단단히 붙어 있었고, 통나무처럼 굵은 꼬리를 흔들고 있었다. 샤오진은 20년이 넘게 악어 사냥을 해 오면서 주바 강에 사는 악어들에 대해 제 손금 보듯이 훤히 알고 있었다. 그는 한눈에 이놈이 사람 고기를 맛본 적이 있는 특별한 등급의 짐승이라는 걸 알아보았다. 조상이 덕을 많이 쌓은 덕분인지, 대형 악어는 당장은 그를 잡아먹으려 하지 않고, 그를 강바닥으로 끌고 들어간 다음 그의 가슴팍을 물고 가서 강가에 이리저리 얽힌 나무뿌리 속에 밀어 넣었다. 샤오진은 너무 아파 주먹을 꽉 쥐고, 여전히 강인한 서른두 개의 이를 악물었다. 악어의 근시안이 그를 노려보고, 코가 그의 엉덩이를 쿡 찌르고 나무뿌리 냄새를 맡더니, 거대한 꼬리를 흔들며 얼음처럼 차갑고 혼탁한 강물 속으로 사라졌다.

샤오진은 대형 악어가 돌아와 자신을 뜯어 먹는 건 바로 그가 썩어 문드러질 때가 될 거라는 걸 알았다.

선혈이 장딴지와 가슴에서 느릿느릿 흘러나왔다. 핏줄기는 머리카락처럼 가늘게, 혹은 흔들거리는 물고기 지느러미처럼 굵게 흘러나오면서 복잡하게 얽힌 그의 힘줄과 핏줄의 모양을 묘사했다. 나무뿌리가 핏빛 안개에 휘감겼을 때, 샤오진의 인내심이 한계에 다다랐다. 그는 기포를 내뱉고, 함정에서 벗어나는 분노한 자라처럼 나무뿌리 밖으로 헤엄쳐 나와 수면으로 떠올라 부목이 흩어진 부두로 돌아갔다.

밤의 장막이 드리워진 후에 그는 아편 한 덩이를 피우고, 람부탄 한 줄기와 소금에 절인 돼지고기와 사신탕 한 그릇을 가지고 홍등가의 유일무이한 '대형 악어'를 찾아갔다. 그날 밤엔 큰 비가 쏟아졌다. 빗물이 주바 마을의 거리를 작은 강으로 변하게 해서, 개구리와 두꺼비 떼가 가게 밖의 판자로 된 복도에서 서로 쫓고 쫓기며 짝짓기를 하면서 부끄러움을 모르는 음탕한 울음소리를 냈다. 갖가지 색깔의 들고양이 혹은 집고양이, 들개 혹은 집개들이 비에 젖지 않은 복도 구석을 차지하고서 흥분한 나머지 실성한 개구리와 두꺼비들을 엄한 눈으로 바라보았다. 커다란 빗방울이 연발 폭죽처럼 함석지붕을 폭격했다. 샤오진은 지우산을 펴고 물을 건너며 주바 거리를 걸었다. 종아리의 상처가 날카로운 빗방울의 칼날에 베여 차시우바오의 소 같은 선홍색 힘줄이 드러났다. 지우산 살 속에 강인한 피막이 자라난 것이 마치 악어 입속에서 방수 역할을 하는 막처럼 보였다.

샤오진은 손에 든 과일과 음식을 내려놓고, '대형 악어'의 단단하고 풍만한 가슴 위에 엎어져 어린아이처럼 울었다.

큰 비가 내리던 그날 밤, 그녀에겐 손님이 뜸해서 그는 거의 그 밤 내내 그녀를 독차지하다시피 했다.

"나, 악어한테 물려서 물속으로 끌려 들어갔어." 그는 그녀를 보면서, 그녀가 알아듣기를 바라며 중얼중얼 혼잣말을 했다. "끝장나는 줄 알았어."

그녀는 샤오진의 상처에서 흘러 나와 자기 몸에 묻은 핏자국을 닦아내고, 멍석이 깔린 나무 침대 위에 샤오진을 내리누르고 뜨거운 혀를 내밀어 그의 상처를 핥았다.

"백 년도 더 넘게 산 대형 악어였어." 샤오진이 말했다. 혀가 상처를 핥고 지나가자 샤오진은 온몸의 근육이 전율했고, 오장육부가 전부 핥아진 것만 같았다. 편안한 건지, 아픈 건지 알 수가 없었다. "이런 늙은 악어들은 사냥감을 통통 불린 다음에 먹기를 좋아해. 게으른 데다가 겁도 많지."

방 안에는 좋지 않은 냄새가 가득했다. 그의 바로 전에 '대형 악어'의 몸을 내리눌렀던 남자가 쥐똥처럼 온 방 안의 냄새를 망쳐 버렸다. 샤오진의 중국산 고급 '솽메이雙妹' 상표 화장품과 미국산 매니큐어, '대형 악어'가 고바야시에게서 산 싸구려 향수 냄새가 연달아 풍겨오는 남자들의 고약한 냄새에 밀려 흩어졌다.

'대형 악어'를 껴안을 때, 그는 자신이 그저 암컷 개구리의 등에 올라탄 수컷 황소개구리 같다는 생각이 들었다. 더 많은 수컷 개구리가 위성처럼 '대형 악어'에게 달라붙어 자신들의 풍부한 정자로 된 유성우를 앞 다퉈 뿌렸다.

창문을 통해 복도에서 두꺼비가 짝을 찾으며 내는, 빗소리처럼 빽빽하고 가시 돋친 울음소리가 전해져 왔다.

"악어한테 산 채로 물속으로 끌려 들어가서 한참 동안 물밑에 잠겨 있었는데도 염라대왕은 안 보이더라고." 샤오진이 말했다. "이런 말을 해도 마을 사람들은 안 믿겠지."

'대형 악어'는 그의 젖꼭지 옆에 난 반달 모양의 상처를 핥았다. 입가로 핏줄기 섞인 진액이 흘러내렸다.

그녀는 시종일관 말이 없었지만, 입술과 혀로 쪽쪽 소리를 내며 그의 상처에 대고 끊임없이 말을 했고, 그의 갈비뼈를 머금고 쉬지 않고 수천 마디의 말을 쏟아냈다.

"혹시 내가 거짓말하는 것 같아?" 샤오진이 말했다.

'대형 악어'는 핥는 것을 멈추고 거대한 말거머리처럼 그의 몸 위에 늘어졌다. 그녀의 부드러운 가슴, 따뜻한 배와 빨판 같은 음부가 뜨겁게 데운 약처럼 그의 새로 난 상처 위에 칠해졌다.

"당신한테 한쪽 눈을 찔린 그 악어는……." 그녀의 체중은 거의 그의 두 배나 됐다. 샤오진은 질식할 듯한 행복감을 느꼈다. "나이가 겨우 30살쯤 됐을 거야. 몸길이가 오늘 본 대형 악어의 반도 안 됐어……."

빗줄기가 돼지 창자만큼 굵었던 그날 밤, 개구리와 두꺼비들은 성욕이 왕성했지만 손님은 드물었다. 그녀는 침대에 앉아 샤오진이 가져온 람부탄 껍질을 벗겨서 과실을 샤오진의 입에 넣어 주었다. 과실은 즙이 풍부하고 아삭아삭했다. 샤오진의 눈가에서 피곤하고도 달콤한 눈물이 반짝였다.

"나도 백 살짜리 대형 악어를 잡은 적이 있어." 과즙이 샤오진의 목구멍을 촉촉이 적셔, 그는 이야기를 풀어 놓기 시작했다. "그때 난 아직 당신을 몰랐지……."

그는 잠꼬대를 하듯이 한 번, 또 한 번 악어의 입속에서 도망쳐 목숨을 건진 경험을 털어놓았다. 그 이야기들은 죽음의 냄새가 가득한 동화 같았다. 그녀는 사신탕을 데운 다음, 철제 국 숟가락을 들고 돼지 뼈를 고아 끓인 국물을 후루룩거리며 한 모금씩 마시면서 그 소리를 그에게 들려주었고, 마, 연밥, 율무, 당귀와 돼지 곱창을 으적으적 씹으면서 씹는 소리를 들려주었다. 그가 제 굴을 지키고 있던 암컷 악어가 돌격해 와서 한쪽 팔을 잃을 뻔했다는 얘기를 할 때, 그녀는 갑자기 그의 왼팔을 움켜쥐더니 엄지로 팔 위의 삐죽삐죽하고 오래된 흉터를 문질렀다. 그는 오래된 흉터가 슬피 울부짖는 목구멍처럼 경련하며 꿈틀거리는 걸 느꼈다.

그는 그녀가 자기 말을 알아들었다고 생각했다……. 그는 그녀의 바싹 마른 눈빛을 응시하며, 분명히 풍만하지만 종이 공예품처럼 얄팍하고 평온하며 생각의 깊이가 전혀 보이지 않는 얼굴을 뜯어보았다. 그렇게 오랫동안 바라보다가, 자기도 모르게 실소했다. 그녀는 폐허 같은 얼굴로 너무나 많은 손님들을 상대했다. 남자들의 낙원은 부서진 벽돌과 깨진 기왓장, 심지어는 해골 더미 위에 세워져, 일장춘몽이 눈 깜짝할 사이에 연기처럼 사라졌다. 그는 계속해서 암컷 악어와의 웅장한 격투를 과장스럽게 이야기했다. 그녀는 여전히 마른 우물 같은 눈빛과 고인 물 같은 표정을 하고 람부탄을 연달아 까서 그의 입속에 가만히 집어넣었다. 마치 병사가 고향에 있는 연인에게 연애편지를 쓰는 것처럼, 그가 총알이 빗발치는 전장에 있으면서도 한가롭고 무료한 집안일 얘기만 하고 있다는 듯 굴었다.

얼룩덜룩하게 녹이 슬고 코브라아비스와 양치식물로 뒤덮인 함석지붕 위에 간격이 빽빽한 빗줄기의 숲이 우뚝 섰다. 흠뻑 젖은 개구리 한 마리가 빗살을 거슬러 창턱으로 뛰어오르더니, 개굴개굴 개굴개굴 하고 목청을 높여 비를 기원하는 글을 암송하고는 방의 어두운 구석으로 사라졌다. '대형 악어'는 람부탄을 까던 손을 멈추고 샤오진 옆에 바짝 붙어 누웠다. 샤오진은 '대형 악어'를 껴안고, '대형 악어'의 가슴을 베고 누웠다. 그녀의 이름을 부르고 싶은 충동이 솟구쳤다.

기름 같은 홍수가 주바 마을 전체를 봉쇄했다.

"아차이阿彩⋯⋯."

샤오진의 입에서 익숙하면서도 아득한 여자아이의 이름이 토해져 나왔다.

출생증명서에 기재된 내용에 따르면, 그해 그는 열네 살이었다. 어쩌면 더 어렸을 수도 있다. 어른들은 습관적으로 나이를 속여서 등록하곤 했는데, 아이가 나이 제한이 있는 일자리를 가능한 한 빨리 얻어 합리적인 보수를 받게 하기 위해서였다. 그해에 아차이는 열세 살이었고, 어쩌면 더 어렸을지도 모르지만, 이미 그 마을에서 볶은 쌀국수를 잘 만들기로 유명한 달인이었다. 수탉이 한 차례 울어 옅은 새벽빛이 작은 마을을 뒤덮고 나면, 샤오진은 발이 네 개 달린 것처럼 땅을 거의 밟지도 않고 가볍게 아차이 가족이 운영하는 쌀국수 가게로 갔다. 요리는 아차이와 그녀의 어머니가 맡았다. 아차이의 아버지는 하반신이 마비되어 부뚜막 앞에 앉아서 콩나물을 고르고, 새우 껍질을 벗기고, 마늘을 다지고, 빠르고 숙련된 손길로 아궁이에 장작을 집어넣어 불을 피우는 일밖에 할 수 없었다. 아차이네 가게는 하이난지판海南雞飯(익힌 닭고기와 닭 육수로 지은 밥과 국물로 구성된 하이난 지역의 대표 요리) 가게와 푸젠차오몐福建炒面(푸젠 지역의 볶음국수) 가게 사이에 끼어 있었는데, 밥 짓는 연기가 자욱하고, 불길이 치솟고, 뒤집개 소리가 천지를 뒤덮고, 열기가 끓어오르고, 손님들이 가득 붐볐다. 손님들 중 몇몇은 기름때가 낀 의자에 앉아 느릿느릿 국수를 먹었고, 몇몇은 부뚜막 앞에 서서 아차이와 어머니가 국수를 볶는 걸 보면서 자기가 주문한 국수가 포장되기를 기다렸다. 아차이는 머리를 엉덩이까지 기르고 있었는데, 국수를 볶을 때는 머리를 한 갈래로 땋은 다음 맨 끝부분에 철제 머리핀을 열 개 넘게 꽂아서 땋은 머리가 저울대처럼 똑바로 늘어지게 했다. 가끔씩은 땋은 머리 끝에 빨간색 리본을 나비 모양으로 묶었는데, 나풀거리는 리본이 곧게 뻗은 사타구니에 끼어 있었다. 샤오진은 아차이가 국수를 볶는 모습을 아무리 봐도 싫증이 나지 않았다. 아차이는 기름을 달구고, 다진 마늘을 한 국자 넣어 볶아서 향을 내고, 국수와 콩나물, 계란, 간장, 껍질을 벗긴 새우, 절인 고기, 부추를 넣어 국자로 재빨리 뒤집어 가며 센불에서 볶아냈다. 샤오진이 부뚜막 앞에 와서 서기만 하면 아차이는 국수를 세 접시 볶아서 커다란 잎사귀 세 장에 고르게 나눈 다음, 오래된 신문지로 싸서 샤오진이 가지고 돌아갈 수 있게 해주었다. 샤오진은 뜨끈뜨끈한 볶음국수 세 봉지를 들고 집으로 돌아갈 때면 어깨에 날개가 돋아난 듯이 발이 땅에 닿지 않았다. 아차이가 국수 세 접시를 볶아낸 다음 커다란 두 눈으로 말없이 그를 백 번이나 바라보면 그는 행복해서 죽을 지경이었다. 그는 열세 살 때부터—어쩌면 더 어려서부터—아차이가 국수를 볶는 모습을 봐 왔다. 그런 지 1년이 다 되어 가지만, 그녀와 말을 나눠 본 건 단 한 번뿐이었다. 그날 오후에 집에 손님이 와서, 샤오진은 손에 5마오를 쥐고 아차이네 국수 가게로 가서 일부러 아주 다정하게 말했다. "1마오짜리 볶음국수, 다섯 봉지 줘!"

아차이는 입가에 미소를 머금었다. 두 눈이 팔월 열닷새의 보름달 같았다.

"아, 다섯 봉지."

"아빠가 간장 좀 적게 넣어 달래." 샤오진은 목소리를 깔고, 어른처럼 낮게 잠긴 목소리를 짜냈다. "그리고 어묵이 있으면 절인 고기 대신 넣어 줘."

아차이는 조개껍질 같은 이를 내보였다.

"아……."

하늘이 어두워지고, 우레 소리가 북소리처럼 울렸다. 아차이가 국수 다섯 봉지를 다 볶았을 때, 콩나물 색깔에 콩나물 모양을 한 꼬불꼬불한 빗방울이 구더기처럼 처마에서 떨어져 내렸다. 샤오진은 볶은 국수 다섯 봉지를 들고 아차이네 가게에 앉아 비가 그치기를 기다렸다. 빗줄기가 세차게 내려 거리의 풍경이 희미해졌다. 한 무리의 사람들이 비좁은 가게 안에 발 디딜 틈 없이 끼어서 비를 피하고 있었다. 더 기다리면 국수가 식어 버릴 터였다. 아차이의 어머니는 높은 의자에 앉아 이를 쑤시며, 아주 신비롭게 웃으면서 말했다. "아차이, 손님이 없으니까 우산 하나 가지고 샤오진을 바래다 줘라." 아차이는 샤오진 곁으로 다가와 지우산을 펴고 그를 바라보았다. 샤오진은 국수 다섯 봉지를 들고 아차이와 어깨를 나란히 하고 빗속을 걸었다. 여남은 걸음쯤 가다가 아차이는 지우산을 샤오진에게 건네주더니 쪼그리고 앉아 비에 젖은 바짓자락을 걷고 종아리를 드러냈다. 걸쭉한 빗방울이 꿀벌의 번데기처럼 우산의 처마를 따라 떨어지면서 다섯 봉지의 볶음국수에서 흘러나온 계란과 간장, 다진 마늘 냄새를 고치처럼 밀봉했다. 빗방울이 지우산을 딸랑이처럼 두드리며 갓난아이의 깔깔거리는 웃음소리를 냈다. 샤오진은 지금까지 아차이와 이렇게 가까이 있어 본 적이 없었다. 그는 떠오르는 생각을 오백 개나 꺾어 버린 끝에 마침내 한 마디 말을 남겼다.

"아빠는 네가 만든 볶음국수를 제일 좋아하셔." 샤오진이 차갑게 말했다.

"아……."

"아빠가 그러는데, 우리 마을에서 네가 만든 볶음국수가 재료가 제일 제대로 들어 있대. 새우랑 콩나물이 제일 신선하고, 계란이랑 절인 고기가 제일 많이 들었대." 샤오진은 안절부절못하며 손을 우산 밖으로 뻗어 손바닥을 적시고, 목에 흐른 땀방울을 닦았다. 아버지는 이런 말을 한 적이 없었다.

"우리 엄마는 내가 재료를 너무 많이 넣는다고 싫어하시는데."

"마을 사람들은 다들 네가 만든 볶음국수를 좋아해." 샤오진이 말했다.

"오빠는?" 아차이가 말했다. "오빠도 좋아해?"

"좋아해." 샤오진은 다시 냉랭하게 말했다.

단단한 비의 부리가 지우산을 미친 듯이 쪼아댔고, 뚱뚱한 비의 발이 들풀과 웅덩이 속을 마구 뒹굴었다. 대울타리 구멍과 나무줄기 위에 진흙처럼 혼탁한 들새 떼가 앉아 있었다. 하늘 위에는 풀숲 같은 청록색이 자욱했고, 땅 위에는 짙은 수증기가 가득 퍼져 있었으며, 지우산 아래에는 계란 노른자 같은 밝고 노란 기운이 어렸다. 샤오진은 허리를 숙여 돌멩이 하나를 집어 들어 나무줄기 위에 진흙탕처럼 모여 있는 들새 떼를 향해 던졌다. 돌멩이가 나무줄기에 맞아 줄기가 흔들렸지만 새들은 미동도 없었다. 그는 또 돌멩이를 하나 집어 퍽 하고 들새를 맞혔다. 들새 떼가 꿈틀거렸다. 아차이는 그를 한 번 쳐다보았다. 콧잔등에 맺힌 땀방울이 반짝였다. 우산 손잡이를 쥐고 있는 아차이의 다섯 손가락은 새싹 같은 청춘의 활기를 발산하고 있었는데, 마치 뼈가 없는 것 같았다. 샤오진은 자신의 치기가 거슬렸다. 외나무다리를 하나 건너면 샤오진의 고각옥이 바로 지척이었다. 큰 비가 한나절이나 세차게 내려 시냇물이 갑자기 불어났다. 숯나무 두 개를 나란히 놓아 만든 외나무다리가 시냇물 위에 오만하게 똑바로 서 있었다. 교각이 더 높아지고, 다리 틈새의 들풀이 더 촘촘하게 자라난 듯했다. 진흙 같은 두꺼비 한 마리가 나무 한가운데 웅크리고 앉아서 공격성이 가득한 조그만 두 눈으로 그들을 노려보았다. 주먹만 한 두꺼비가 다리를 좁아 보이게 하는 것 같기도 하고, 좁은 다리가 두꺼비를 비대해 보이게 하는 것 같기도 했다. 샤오진이 앞서 가면서 두꺼비를 뛰어넘자 두꺼비는 꾹꾹 하고 두 번 울었다. 머리 위의 사마귀와 등에 난 혹이 커졌다 작아졌다 했다. 아차이가 뛰어넘었을 때도 두꺼비는 마찬가지로 꾹꾹 하고 두 번 울더니, 혹이 오그라들고, 사지를 허공으로 뻗었다. 샤오진은 고각옥 처마 아래에 서서 두꺼비가 미친 듯이 우는 소리를 들으며 아차이의 뒷모습이 외나무다리를 건너 희뿌연 세상 속으로 사라지는 걸 지켜보았다.

석달 후, 온 마을 남자들이 엽총과 파랑 칼과 낫과 방망이를 들고 삼판선을 타고 가서 옆 마을 강가에서 몸길이가 2미터가 넘는 바다악어 한 마리를 죽이고, 배를 갈라 아차이의 산산조각 난 시체를 수습했다. 아차이는 아버지 심부름으로 새벽에 강어귀를 돌아다니며 참꼬막을 주웠다. 차오저우潮州 사람들이 음식에 참꼬막을 넣는 걸 보고 배워서, 볶음국수에 재료를 더 풍부하게 넣으려 했던 것이다. 바다악어 한 마리가 아차이의 종아리를 물고, 파도가 넘실대는 고요한 강물 속으로 사라졌다.

"아차이……."

샤오진은 '대형 악어'의 부드러운 가슴을 베고 누워 나무줄기처럼 방사형으로 뻗어 나간 스무 개의 유선엽 위에서 떠돌면서, '대형 악어'의 심장이 뛰는 소리와 빗소리, 그리고 개구리와 두꺼비의 음란한 울음소리 속에서 깊이 잠들었다.

그는 대왕 주씨를 비롯한 다른 사람들 앞에서는 그녀를 '대형 악어'라고 불렀지만, 그녀와 둘만 있을 때는 언제나 무언의 눈빛으로 그녀를 불렀다. 무언의 어루만짐, 무언의 포옹, 무언의 입맞춤, 무언의 절인 돼지고기와 사신탕, 무언의 개구리와 두꺼비 같은 신음, 무언의 작별 인사. 때때로 그의 머릿속에 벙어리와 곱사등이의 이름 하나가 떠올랐다. 아차이…….

그가 고바야시에게 '대형 악어'의 이름을 물어보려고 생각했을 때, 일본놈들이 이미 주바 마을을 침략했다.

샤오진은 서양 담배 한 갑을 다 피웠다. 그리움의 세로 주름과 애련의 가로 주름이 그의 홀쭉한 얼굴을 비틀었다. 15센티미터쯤 되는 비녀가 밤새 그의 불면을 함께하며, 그의 손바닥 위에서 새벽까지 몸을 뒤척였다. 비녀 끝부분에는 모호한 새 모양 장식이 있었다. 이 비녀는 3년 남짓 전에 '대형 악어'의 손에 쥐어져 어느 악어의 눈을 찔러 한쪽 눈이 멀게 만들었다. 3년 남짓 전에 그가 한쪽 눈이 먼 그 대형 악어를 죽이고, 비녀를 '대형 악어'의 까마귀 깃털처럼 검은 머리카락에 꽂아 줬을 때, 그녀의 눈동자는 두 줄기 뜨거운 눈물을 흘렸다.

에밀리가 비녀를 샤오진에게 주었을 때, 샤오진은 울긋불긋하게 잔뜩 녹이 슨 비녀를 쥐고 오랫동안 말이 없었다. 그는 에밀리를 바라보았다. 눈에서 번뜩이는 빛이 뿜어져 나왔다.

"허윈이 일본군 병영에 있었을 때, 몸집이 큰 일본 여자가 허윈한테 이걸 줬대요." 에밀리가 말했다. "전쟁이 끝나면 이걸 주바 마을의, 몸에 악어한테 물린 흉터가 가득한 40대의 악어 사냥 전문가한테 전해 주라고 하면서요. 그 사람이 아마 아저씨겠죠."

샤오진이 허윈이 갇혀 있는 방으로 갔을 때, 허윈은 미끈미끈한 커다란 눈을 뜨고 늙고 지친 암컷 산양처럼 웃으며 한 마디도 하지 않았다. 그녀를 본 샤오진은 볶음국수를 만들던 아차이가 떠올랐다. 그녀는 입술을 오물거리더니, 뭔가가 생각난 듯이 눈을 빛내고, 객가식 매듭단추 웃옷과 긴 바지를 벗고, 풍만한 가슴을 활짝 열고, 가랑이 아래에 형광색으로 빛나는 축축한 두 개의 주름을 드러냈다. 샤오진의 몸에서 풍겨 나온 썩은 내가 방 안 가득 퍼져 오랫동안 사라지지 않았다.

그날 점심때쯤, 샤오진은 엽총과 파랑 칼을 메고 대왕 주씨 몰래 고각옥을 떠나서 경계가 삼엄한 주바 마을에 숨어들었다. 그는 버려진 헛간에서 밤을 보내고, 동틀 무렵에 주바 강가에 숨었다. 사흘 후, 가지와 잎이 무성한 녹나무 줄기 위에 앉아 있던 그는 60여 명의 여자들이 완전무장한 일본놈들의 감시를 받으며 주바 강가에 흩어져 멍하니 생각에 잠기고, 꽃이나 풀을 꺾고, 옷을 벗고 몸을 씻고, 웃으며 잡담을 하는 걸 보았다. 서남풍이 예리한 칼날처럼 주바 강물을 가르고 지나가며 가축을 도살하는 듯한 피비린내를 퍼뜨렸다. 흰 구름이 마치 교미하는 토끼 떼 같아, 하늘에 육욕이 넘쳐흘렀다. 언제나 굳세게 주바 강가에 우뚝 서 있는 야자나무 숲은 해질 무렵의 쪽빛 기운 속에서 수심에 찬 듯 보였다. 유유히 흐르는 강물에 갖가지 답답하고 우울한 얼굴이 떠다니며 갖가지 한숨을 내쉬었다. 새소리는 어지럽고, 풀숲은 들쭉날쭉했다. 냉담한 주바 사람들이 겁 많은 노를 저어 경박한 삼판선이나 긴배를 몰며, 얼마 안 되는 생선과 야생 과일을 싣고 일본놈들의 기관총이 주시하는 아래 새벽의 고요한 주바 강을 건넜다. 일본놈 한 명이 샤오진이 숨어 있는 나무 아래로 와서 오줌을 눴다. 언제나 하늘을 향해 있는 96식 기관총의 총구가 샤오진의 엉덩이를 겨눴다. 일본놈은 마른 나뭇가지 같은 짐승의 방망이를 내놓고 탁한 노란색의 뜨거운 오줌을 뿌리고, 엄지와 검지 사이에 짐승의 방망이를 끼우고 두어 번 휘두른 다음 그것을 바지춤 안으로 아무렇게나 쑤셔 넣었다. 오줌을 다 눈 일본놈은 청회색 철모를 벗고 턱을 들고는 조그만 두 눈을 가늘게 뜨고 나무 위를 한 번 쳐다보았다. 샤오진은 엽총의 개머리판을 꽉 쥐고 고개를 들어 나무줄기 사이로 드러난, 갈라진 자국이 가득한 조그만 하늘을 바라보면서, '대형 악어' 젖가슴의 울긋불긋한 유선을 떠올렸다. 그가 고개를 숙여 보니 일본놈은 이미 나무 아래를 떠난 뒤였다. 녹나무는 주바 강에서 너무 멀리 떨어져 있었다. 피부가 흰 60여 명의 여자들이 강가에 모여 있는 것이 꼭 구더기 떼가 썩은 고기를 갉아먹고 있는 것처럼 보여서, 키가 큰지 작은지, 뚱뚱한지 말랐는지 구분할 수 없었고, 얼굴도 모호하게 보였다. 샤오진의 시력이 아무리 좋아도 '대형 악어'의 모습을 구분할 수 없었다.

이틀 후, 샤오진은 삼판선 한 대를 빌려서 허리가 굵고 목이 좁은 광주리를 어깨에 메고, 해지고 더러운 러닝셔츠를 입고, 챙이 사방으로 뒤집힌 밀짚모자를 쓰고, 낚싯대를 들고, 얼굴에는 검은 진흙을 바르고, 엽총과 파랑 칼은 판자 아래에 숨겨 둔 채, 60여 명의 여자들이 강가로 나와 쉴 때에 맞춰서 맞은편 강가의 야자나무 아래로 삼판선을 저어 가서 낚싯대를 드리웠다. 그날 아침은 날씨가 흐렸다. 강가의 채소밭 이랑은 잔뜩 부른 배를 드러냈고, 솟아오르는 지온이 원두막 위에서 칼날처럼 뛰어올랐다.

큰 나무의 수척한 얼굴과 아름다운 몸이 콧물 같은 색의 하늘 속에 우뚝 솟아 있었다. 이따금씩 강풍이 한바탕 불어오면 큰 나무는 연달아 전율하면서 큰 재채기를 몇 번이나 했다. 가냘픈 띠풀 숲에는 쇠로 된 저울추처럼 무거운 큰까치가 매달려 있었고, 입이 비뚤어지고 눈이 내려앉은 허름한 집 몇 채가 강가에 꼿꼿하게 서 있었다. 맞은편 강가에는 십여 명의 일본놈이 보초를 서고 있었다. 붉은색 환약이 그려진 일본 국기가 위풍당당하게 높이 걸려 있었고, 깃발 가장자리에 달린 선홍색 술이 가기歌妓처럼 여성스러운 분위기를 내뿜었다. 60여 명의 여자는 안색이 창백하고 입술은 핏기 없는 말거머리 같았는데, 기운이 넘치는 건지, 아니면 잠에서 막 깬 건지 구분할 수 없었고, 수심에 찬 것인지, 아니면 얼굴에 웃음꽃이 핀 것인지도 알 수 없었다. 작은 보폭으로 걸음을 내딛으며 스산한 하늘과 비천한 주바 강가를 공허하게 바라보는 여자들은 걱정이 가득한 암탉들 같았다.

그물로 첫 물고기를 건졌을 때, 샤오진은 풍겨 오는 썩은 내를 맡고, 시끄러운 개구리 울음소리를 들었다.

체격이 큰 여자가 강가에 서 있었다. 가슴까지 오는 분홍색 앞치마를 걸친 그녀는 허리를 굽혀 머리카락을 물속에 담그고, 하얀 수건을 적셔서 느릿느릿 몸을 문질러 씻었다. 강물이 그녀의 복사뼈까지 잠겼고, 하얀 무 같은 색의 피부는 맑고 깨끗한 빛으로 반짝였다. 그녀는 나선형으로 배배 꼬인 젖은 수건의 끝부분을 한 손으로 꽉 쥐고 힘껏 휘둘러서 큰 소리를 냈다. 샤오진의 오른손이 떨리고, 다섯 손가락에 힘이 빠져 낚싯대가 물속에 빠졌다. 그는 재빨리 낚싯대를 건져서 다시 미끼를 걸어 드리웠다. 그의 동작이 일본놈들의 주의를 끌었다. 일본놈 두 명이 96식 기관총의 총구를 그에게 겨누고, 두 다리를 방망이처럼 굳게 딛고 말뚝처럼 우뚝 서서 그를 아래위로 훑어보았다. 샤오진은 쉴 새 없이 허리를 숙여 절하며 만면에 웃음을 띠었다. 체격이 큰 여자는 수건으로 목을 닦았다. 불꽃같은 두 눈이 샤오진을 덮쳐왔다. 일본놈들이 그에게서 시선을 돌렸고, 총구는 하늘을 향했다. 여자가 몸을 닦는 속도는 아주 느려졌고, 가끔씩은 완전히 멈추기도 하면서 눈동자에 다시 금속이나 돌이라도 녹일 듯한 불꽃이 타올랐다. 샤오진은 입술을 달싹이며 소리 없이 그녀를 불렀다. 무언의 어루만짐, 무언의 포옹, 무언의 입맞춤, 무언의 절인 돼지고기와 사신탕, 무언의 개구리와 두꺼비 같은 신음, 무언의 작별 인사……

샤오진은 머리에 딱지가 잔뜩 생겨 순간적으로 사고능력을 잃어버렸다. 그는 품속에서 15센티미터짜리 비녀를 꺼내 이마 위로 높이 들어올렸다.

샤오진은 여자의 입술이 옆에 있는 일본놈을 향해 헐떡이는 걸 보았다. 일본놈은 고개를 돌려 샤오진을 노려보더니, 엄지와 검지를 입가에 모으고 높고 낮은 소리로 휘파람을 불었다.

일본놈 십여 명의 기관총이 샤오진을 향해 불을 뿜었다.

총소리가 닭 우는 소리처럼 머리와 귀를 맑게 깨우고, 샤오진의 오장육부를 시원하고 편안하게 뒤흔들었다.

에밀리의 사진

폭탄이 떨어지기 전에 당신의 손을 잡고, 당신의 고귀한 뺨에 입을 맞추고 귓가에 속삭이게 해 주세요…….

재난이 닥쳐오기 전에 당신과 함께 화원을 거닐고, 꽃향기 속에서 함께 잠들게 해 주세요…….

당신은 아름다운 여인을 누리고, 내 부드러운 젖가슴에서 위안을 얻을 수 있어요…….

집으로 돌아가요. 고향에서 내가 기다리고 있어요. 우리가 꿈속에서 만나기를…….

— 태평양전쟁 당시 일본군이 연합군에게 투척한 항복 권유 전단

1

납작코 저우씨는 잡화점을 비우고 대왕 주씨의 고각옥으로 피난할 때, 매둥지 호수에서 익사한 일본놈의 비행복 주머니에서 누런 백지 한 뭉치를 꺼냈었다. 백지는 호수 물에 잠겨 옅은 노란색

이 되었고, 글씨와 그림이 좀 희미해져 있었다. 모든 종이 위에는 서양 혹은 동양 여자의 흑백사진 혹은 채색된 그림이 인쇄되어 있었는데, 여자들은 풍만한 가슴과 치켜 올라간 엉덩이를 드러내고 조각달처럼 웃고 있거나 외로운 별처럼 슬픔에 잠겨 있거나 했다. 여자들은 어두운 밤의 반딧불이처럼, 자기만의 독특한 빈도로 반짝이며 납작코 저우씨를 부르는 듯한 형광빛을 내뿜었다.

납작코 저우씨는 종이 뭉치를 들고 옆집인 지샹 잡화점으로 말라깽이 선씨를 찾아갔다.

백면서생인 말라깽이 선씨는 얼굴에 동그란 검정 테 안경을 걸고 있었고, 손가락은 옥으로 깎은 죽순 같았다. 그는 여러 언어에 정통하고 기이한 책을 즐겨 읽었으며, 머리카락부터 발가락 끝까지 신선 같은 기운이 가득 넘쳐흘러서, 달력에 그려진, 북쪽의 선계에서 남양 군도의 인간 세상으로 내려온 인물을 떠올리게 했다. '조국 난민 구제 계획 위원회'에서 자선행사를 개최했을 때 선씨는 아편을 피우는 도구 한 상자를 기부했다. 그 상자에는 상아와 코뿔소의 뿔에 붉고 푸른 보석을 끼워 넣은 아편 담뱃대와 자사紫砂(장쑤江蘇성 이싱宜興에서 생산되는 자주색 흙으로 도자기를 만드는 데 씀)로 된 담배통, 춘화가 새겨진 담뱃갑과 아주 오래된 아편용 등과 쇠막대가 들어 있었는데, 이 상자는 엄청나게 높은 자선 판매가를 기록했다. 주바 마을 아이들은 일본놈에게 목이 베여 죽을 위험을 무릅쓰고 연합군과 일본군의 탄두와 탄피를 주워 선씨를 찾아와서 희귀하고 이상한 장난감과 맞바꿨다. 들리는 말에 의하면, 말라깽이 선씨는 아이들이 주워 온 탄두를 탄피로 감싸고 거기에 탄약과 뇌관을 집어넣을 수 있는데, 그걸 그가 가진 미국제 리버레이터 권총으로 쏘면 그 살상력이 일본놈들의 남부 14식 권총에 뒤지지 않는다고 했다. 아이들은 선씨에게서 아주 많은 구슬과 귀뚜라미를 기를 수 있는 각국의 성냥갑과 담뱃갑, 날짜가 지난 달력, 고무줄 다발 여러 개, 갖가지 크기의 낚싯바늘, 그리고 새총의 고무줄을 만들 수 있는 못쓰게 된 자전거의 타이어 튜브 같은 것들을 얻었다. 해진 가죽신 한 짝이라도 아이들에게는 귀한 보물을 얻은 거나 마찬가지였다. 그걸로 새총의 탄환 싸개를 만들 수 있기 때문이었다. 말라깽이 선씨는 국민당의 인도 미얀마 원정군과 연합군의 고원 항일 유격대에 참가한 후로 군사 전략과 살인에 대한 지식을 잔뜩 배웠다. 납작코 저우씨가 지상 잡화점에 나타났을 때, 선씨는 침대에 앉아서 상아 담뱃대로 아편을 피우고 있었다. 그의 옆에는 보따리가 하나 놓여 있었고, 손에는 계란처럼 생긴 노란색 캡슐을 들고 있었다.

말라깽이 선씨는 아주 조심스럽게 그 계란 모양의 캡슐을 단단한 종이 곽에 담아서 가슴 앞의 작은 주머니 속에 넣었다. 그는 납작코 저우씨가 그에게 건넨 백지를 받아 자세히 보더니 온화한 미소를 지었다. 뺨에는 여자의 얼굴에서나 보일 것 같은 고운 붉은빛이 일렁였고, 입으로는 흰 국화꽃 같은 연기를 내뿜었다.

납작코 저우씨는 이 백지의 내력을 설명했다.

"아, 이건 일본놈들이 카우보이 대군한테 뿌린 항복을 권하는 전단이야." 카우보이 대군, 원탁의 기사, 그리고 캥거루 군단은 각각 말라깽이 선씨가 미국과 영국과 호주의 군대를 습관적으로 부르는 이름이었다. "난 이런 걸 필리핀에서 아주 많이 봤지. 일본 여자 그림이 인쇄된 전단도 본 적이 있어."

납작코 저우씨는 고개를 끄덕였다.

말라깽이 선씨는 하얀 손수건으로 하얀 얼굴을 한 번 닦고 채색된 그림 한 장을 응시했다. 그림 속에는 새빨간 잠옷을 입고 등을 드러낸 서양 여자가 침대 위에 엎드려 손으로 젊은 남자를 어루만지는 모습이 그려져 있었다. 선씨는 취한 듯 홀린 듯한 말투로 전단에 영어로 적힌 내용을 번역했다. "왜 날 떠났어? 내가 왜 혼자서 이렇게 괴로운 고독을 견뎌야 해? 이 죽음과 같은 적막을? 이 끝없는 정욕을? 왜? 왜? 달링, 돌아와! 내 품속으로 돌아와!"

선씨는 전단을 저우씨에게 돌려주고, 사람을 홀릴 듯한 미소를 띠고서 이쑤시개처럼 가느다란 눈썹을 찌푸리더니 엄지와 검지로 다른 전단 한 장을 가볍게 잡았다. 전단에는 손에 꽃을 든 젊은 남자 두 명이 젊은 여자 한 명을 껴안고 있는 채색된 그림이 그려져 있었다. "당신은 어째서 전쟁의 냉혹함과 무정함 속에 깊이 빠져 있나요? 톰은 몇 달 전에 집으로 돌아왔어요. 토마스는 계속 내게 정성을 보이고 있고요. 내 사랑, 난 공허하고 외로워요. 나 자신에게 점점 더 자신이 없어져요……."

말라깽이 선씨는 또 전단 몇 장을 내키는 대로 번역했다. "라오 저우, 이것들은 일본놈들 눈에 안 띄게 해."

납작코 저우씨가 가게를 떠난 후, 말라깽이 선씨는 보따리를 메고 연합군의 고원 항일 유격대를 찾아갔다. 1945년 8월 20일, 대왕 주씨는 대오를 짜서 숲으로 들어가 도망친 일본군을 소탕하다가 말라깽이 선씨가 죽었다는 소식을 전해 들었다. 선씨의 사인에 대해서는 의견이 분분했다. 일설에는 그가 연합군의 수송기에서 낙하산을 타고 뛰어내려 유격대원들과 집합할 때, 먹구름이 짙게 끼고 날씨가 좋지 않아 비행기가 낮게 내려올 수 없어서 어쩔 수 없이 3천 미터의 고공에서 구름을 뚫고 뛰어내렸는데, 낙하산이 다약족이 멧돼지를 잡기 위해 파 놓은 함정 속에 떨어지는 바람에 뾰족한 말뚝에 가슴이 찔려 죽었다고 했다. 하지만 그와 동시에 뛰어내린 어느 원탁의 기사 말로는 선씨의 낙하산이 망천수에 걸렸는데, 카빈총의 방아쇠가 나뭇가지에 걸려 총알이 선씨의 머리를 꿰뚫었다고 했다. 다른 설에 의하면, 선씨가 유격대원들과 함께 일본 해군 육전대 2백 명이 주둔하고 있는 내륙의 어느 마을에 잠복했는데, 병력 차이가 너무 커서 유격대의 캥거루 군단 대장이 연합군에 지원을 요청했다고 한다. 연합군은 블릿츠 폭격기 두 대를 보내 대량의 소이탄을 투하해 일본놈들을 산산조각으로 터뜨려 버렸는데, 그러면서 선씨를 포함한 유격대원 몇 명도 폭탄에 맞아 죽었다고 했다. 또 다른 설에 의하면, 선씨가 숲속에서 일어난 조우전에서 일본놈들에게 포위당해 마지막 총알을 쏜 다음, 안에 극독이 든 계란 모양의 노란색 캡슐을 삼키고 입에서 흰 거품을 토하면서, 일본놈들이 총검으로 그의 가슴팍을 누르고 그를 사로잡으려고 하는 순간에 숨이 끊어졌다고 했다.

잡화점으로 돌아온 납작코 저우씨는 비행복을 다시 자세히 살펴보다가 조그만 안주머니에서 쪼글쪼글하게 주름이 진 항복 권유 전단을 한 장 발견했다. 전단의 내용은 다른 것과 대체로 같았고, 동양인 여자의 흑백 사진이 인쇄되어 있었다. 여자는 반소매 웃옷 차림에 긴 머리를 어깨까지 늘어뜨리고, 양손을 허리에 얹고서 고개를 들고 하늘을 바라보고 있었다. 여자의 뒤에는 흰 구름이 넘실거리고, 한 줄기 햇빛이 그녀의 수려한 얼굴에 바나나 나뭇잎과 야자수 잎의 한들거리는 그림자를 드리우고 있었다.

2

야마자키가 '조국 난민 구제 계획 위원회'의 구성원들을 체포하기 시작한 후로, 자라 대왕 친씨가 제일 먼저 보따리를 싸서 납작코 저우씨와 샤오진에게 인사를 한 다음 한밤중에 아들을 데리고 대왕 주씨의 고각옥으로 도망쳤다. 그날 밤에 붉은 얼굴 관씨의 아내인 예샤오어를 닮은 사람 머리가 달린 뱀이 가게에서 소란을 피우는 걸 본 뒤로, 원래는 밤새 꿈도 꾸지 않던 수면이 지리멸렬해졌다. 그는 남중국해에서 전해져 오는 돌고래가 일으킨 파도소리, 고래가 숨구멍으로 수증기를 뿜어낼 때 나는 느릿한 소리, 옆집 음식점의 부부가 사랑을 나누는 소리에 놀라서 몇 번이나 잠에서 깼다. 대왕 주씨의 고각옥으로 옮겨온 후로 돌고래의 파도

소리와 고래가 수증기를 내뿜는 소리는 사라졌고, 풀숲의 심장이 뛰는 소리와 헐떡이는 소리, 짐승들이 교미하는 소리 혹은 서로 싸우는 소리가 계속해서 그의 수면의 질을 좀먹어, 아편을 피우는 횟수와 양이 폭증했다. 가랑비가 내리던 어느 날, 그는 하루 종일 꾹 참고 아편을 피우지 않았다. 그러다가 저녁때가 되어 몇 번 몸을 부르르 떨고, 투명한 콧물 몇 줄기를 흘렸다. 그는 열두 살짜리 아들 친위펑이 야펑이 이끄는 순찰대가 해산한 후 돌아오는 걸 보았다. 아들은 바다악어 배 속에서 꺼낸 그 청회색의 90식 철모를 쓰고 있었다. 높고 커다란 상록교목이 가랑비 속에서 보랏빛 후광을 발했고, 아들의 철모도 검푸른 민물 자라 같은 색채를 내뿜었다. 아들의 얼굴에는 용맹한 관우 같은 붉은 기색이 넘쳐흘렀다. 목에는 카우보이 대군들이 하듯이 무사 귀환을 기원하는 노란 리본을 묶고, 흉악하게 생긴 요괴 가면을 매달고 있었으며, 손에는 암살 무기처럼 가볍고 정교한 작은 파랑 칼을 거꾸로 들고 있었다. 자라 대왕 친씨는 아들이 그 일본놈 철모를 쓰는 걸 제일 싫어했다. 지나치게 큰 철모가 그의 조그만 머리에 덮어씌워지면 여주처럼 가느다란 목이 언제고 부러져 버릴 것 같았다.

"이놈, 맞고 싶냐! 그 철모 쓰지 말라고 했지?" 친씨는 마구 욕을 퍼부었다. "언젠가 중라오과이가 널 일본놈으로 잘못 보고 쏴 죽여 버릴 거다!"

아들은 혀를 쏙 내밀고는 철모를 벗었다.

친씨는 아들이 머리를 만지는 걸 보았다. 철모는 머리 위에서 두개골로 변했고, 두개골 아래에 뇌와 피가 돌아다니고 있었다.

"철모 벗으라고 했지." 친씨는 아들의 뺨을 한 대 때렸다. "뭐 하는 거야?"

"벗었잖아요?" 아들은 손에 든, 축축하게 젖은 철모를 흔들어 보였다.

자라 대왕 친씨는 아들의 손바닥에 자라처럼 검푸르고 흐릿한 빛이 가득 번져 있는 걸 보았다. 관우처럼 붉은 빛이 넘쳐흐르던 얼굴은 순간 가지 같은 기다란 코가 달린 요괴의 얼굴로 변했다. 아들이 그가 알아들을 수 없는 일본놈의 말을 하는 걸 들은 그는 손으로 콧물을 훔쳤다. 머리끝부터 발끝까지 부들부들 떨렸고, 양팔에 힘이 풀렸다. 그는 손으로 허리에 찬 파랑 칼의 칼자루를 더듬었다. 아들은 아버지의 얼굴 피부가 뻣뻣하게 굳어 자라 등딱지 같은 혁질 피부로 변하고, 입가에 침이 한 줄기 흐르고, 아래턱이 빠진 것처럼 축 늘어지는 걸 보고는 아버지가 아편 중독으로 발작하는 거라는 걸 알아차리고, 철모를 버리고 몸을 돌려 곧장 도망쳤다.

"망할 자식!" 친씨는 민물 자라 한 마리가 아들의 손에서 벗어나 마른 잎 더미 속으로 뚫고 들어가는 걸 보았다. 그는 파랑 칼을 뽑았다. 발가락이 다섯 갈래 갈퀴처럼, 한 걸음 딛을 때마다 진흙탕을 뒤엎었다. 십여 걸음쯤 걷자 얼굴에 땀과 눈물이 가득했지만, 거의 제자리걸음을 한 거나 마찬가지였다.

아들은 여남은 걸음을 미친 듯이 달려가다가, 양손을 허리에 얹고 고개를 돌려 아버지를 보았다. 얼굴에는 장난꾸러기 같은 표정을 지은 채 그리 무서워하지 않았다. 아버지가 아편 중독 발작을 일으키는 걸 본 건 이번이 처음이 아니었다. 아버지가 발작을 일으킬 땐 무섭긴 하지만 꼭 열흘 넘게 아무것도 못 먹고 굶어 죽은 사람 같고, 심지어는 지느러미가 잘린 물고기 같아서, 아들이 영리하게 행동하기만 하면 다칠 리가 없었다. 반대로, 그는 아버지가 어리석은 짓을 하지 않도록 감시해야 하기도 했다.

　일본놈들이 마을을 침략하기 전에, 내륙에서 싸움닭을 기르는 걸로 유명한 천옌핑과 아버지가 내기를 한 번 한 적이 있었다. 천옌핑은 탕산唐山에서 동물을 거세하는 일로 먹고 살았다. 말, 소, 돼지, 양, 개, 고양이, 닭 등등 가리는 동물이 없이 전부 능숙했다. 필리핀으로 도망쳐 온 후로는 싸움닭 기르는 법과 닭싸움의 각종 기술을 배워서 싸움닭을 팔아서 먹고 살았다. 보르네오에 정착한 후에도 계속 싸움닭을 길러 팔면서 가끔씩은 도박을 하기도 했고, 석 달에서 다섯 달 걸러 한 번씩 뱀과 자라를 몇 광주리 실어 와서 자라 대왕 친씨에게 팔았다. 친씨는 천옌핑의 거세 기술이 남양 군도에서 독보적이라는 얘기를 듣고 그에게 기술을 배우려 했지만, 아무리 부탁해도 천옌핑은 가르쳐 주지 않았다. 그가 말했다. "남양 군도 전체에서 이런 기술을 가진 사람은 몇 안 되는데, 내가 자네한테 가르쳐 주면 난 뭘 먹고 살라고? 그리고, 난 뱀이랑 자라를 불까는 건 못 하고, 사람은 더더욱 못 하는데, 그걸 배워서 뭘 하려고?" 친씨는 천옌핑의 아편 중독도 자기 못지않다는 걸 알고 있었기 때문에 그와 내기를 하기로 했다. 자기가 지면 앞으로 천옌핑에게서 뱀과 자라를 살 때 돈을 두 배로 주고, 천옌핑이 지면 반드시 동물을 거세하는 기술을 가르쳐 주기로 한 것이다. 내기의 방식은 아주 간단했다. 천옌핑과 자라 대왕 친씨가 뱀고기 가게에서 함께 먹고 자면서 서로 감시하기로 하고, 누가 더오랫동안 아편을 안 피우고 참을 수 있는지 보는 것이었다. 사흘후 새벽에, 천옌핑은 온 얼굴이 눈물 콧물로 범벅이 된 모습으로뱀고기 가게에 드러누운 채로 발견되었다. 그의 주위에는 우리에서 도망쳐 나온 독사와 독 없는 뱀들이 잔뜩 흩어져 있었다. 친씨의 아들은 마을을 한 바퀴 돌아본 끝에 아버지가 주바 강가에 엎어져 있는 걸 발견했다. 아버지의 머리부터 발끝까지 피를 배불리 빤 거머리 십여 마리가 붙어 있었는데, 전부 돼지 창자만큼 크고 굵어져 있었다. 두 사람은 큰 재난을 겪은 끝에 살아남았지만승패를 가릴 수 없었다. 일본놈들이 마을에 쳐들어온 후의 어느날, 자라 대왕 친씨는 황혼 무렵에 아들과 함께 일본놈의 초소를지나 걸어갔다. 아들은 영리하게도 일본놈에게 그들이 요구한 정확한 자세로 허리를 굽혀 절을 했다. 하지만 친씨는 그날 아직 아편을 피우지 않아 머리가 멍해서, 절을 하지 않았을 뿐만 아니라아들의 머리를 세게 때리면서 욕을 했다. 완전무장을 한 일본놈보초병이 부자의 앞으로 와서 일언반구 없이 아버지의 뺨을 때리고, 발로 걷어찼다. 친씨는 애처롭게 비명을 지르고 개처럼 땅에쓰러져 일본놈을 올려다보았다. 일본놈이 뭐라뭐라 고함을 쳤고,

그의 입에서 튀는 침이 목수의 대팻밥처럼 친씨의 몸 위로 떨어졌다. 친위펑은 다시 알랑거리는 듯한 보기 좋은 자세로 절을 한 번 하고, 일본놈 보초병을 향해 이가 꽃잎처럼 다 떨어지려 할 정도로 찬란한 웃음을 지어 보였다. "아빠, 일어나서 황군 대인께 절하세요!" 친씨는 메마르고 짠맛 나는 침을 삼키고 철모 아래의, 이목구비는 없고 그저 노기만 있는 일본놈의 음침한 얼굴을 보았다. 그는 꾸물거리며 일어나 일본놈에게 빠르게 허리를 숙였다가 빠르게 허리를 폈다. 일본놈은 그의 뺨을 더 세게 때렸고, 그를 걷어차서 두어 바퀴 데굴데굴 구르게 만들었다. 친위펑은 아버지를 부축해 일으켰다. "아빠, 절하는 방법이 틀렸어요. 저를 보고 따라하세요!" 일본놈이 요구한 정확한 자세는 몸에 지니고 있는 소지품과 장식품을 전부 내려놓고 몸을 곧게 펴고, 목과 어깨를 앞으로 기울이고 허리를 15도 굽힌 채 속으로 다섯까지 센 다음 다시 원래 자세로 돌아오는 것이었다. 자세가 정확하지 않으면 얻어맞거나 걷어차여 넘어져서 입이 비뚤어지고 이가 깨질 뿐만 아니라, 하늘에 뜬 눈부신 태양이나 저녁놀 속의 지는 해를 향해 등허리가 시큰거리고 사지가 노곤해질 때까지 절하는 연습을 해야 했다. 거의 모든 마을 사람들이 이런 괴롭힘을 당했다. 일본놈들이 투항한 후, 연합군은 민심을 위로하기 위해 마을 사람들의 요구에 따라 일본놈들을 몇 줄로 세워 놓고 눈부신 태양이나 지는 해를 향해 절하게 했다. 그걸 본 마을 사람들은 기분이 아주 통쾌해졌다. 그날 자라 대왕 친씨는 아편 두 덩이를 덜 피운 탓에 일본놈에게 뺨을 열 대 넘게 얻어맞고, 엉덩이를 군홧발로 열 번 넘게 걷어차이고서야 정확한 자세로 절할 수 있게 되었다.

친위펑은 아버지와 열 걸음 넘게 거리를 벌린 후에 그 자리에 우뚝 서서 공손하고 고분고분하게 아버지를 바라보았다. 자라 대왕 친씨가 한 걸음 한 걸음 걸을 때마다 파랑 칼의 칼끝이 연달아 축축한 땅에 꽂히면서 두껍게 쌓인 썩은 잎을 파헤쳐 일으켰다. 땀과 눈물과 콧물과 침이 그의 얼굴에서 흘러내렸다. 이목구비의 윤곽선을 따라 피부도 흘러내리는 듯해, 그의 네덜란드인 특유의 각진 이목구비가 나무 그루터기처럼 평범해졌고, 왕년에 뱀을 죽이고 자라를 베던 풍채도 흔적 없이 사라져 버렸다. 친씨는 무릎이 꺾여 땅에 무릎을 꿇었다. 파랑 칼이 축축한 땅에 반쯤 박혔다.

"너, 너 위펑이냐?" 친씨는 손등으로 콧물과 눈물을 닦은 다음, 두개골 아래에 뇌가 알록달록하게 빛나고, 가지 같은 코가 돼지 꼬리처럼 구불거리는 붉은 얼굴의 요괴를 바라보며 모호하게 한마디를 내뱉었다. 그 말은 5분 전부터 혀끝에 맴돌고 있다가 지금이 되어서야 입 밖으로 나왔다.

"응, 응, 저 아빠 아들이에요. 친위펑이요." 친위펑은 언제고 전속력으로 달려 나갈 수 있도록 쪼그리고 자세를 잡았다.

"위펑, 착하지. 주씨 할아버지나 납작코 저우 삼촌한테 가서 아편 두 덩이만 받아 오너라." 친씨는 아편을 딱 하루만 참았기 때문에 이성을 완전히 잃지 않았다. 아들의 얼굴에 어린 관우처럼 용맹한 붉은빛과 빨간 코의 피비린내 나는 사악한 빛이 뒤섞여 신과 마귀의 유약을 뿜어내는 두 얼굴의 자오즈타오交趾陶(타이완의 전통 도자기로 색이 매우 화려함) 도자기 요괴 같은 모습으로 타올랐지만, 마음 속으로는 그것이 아들이 오랫동안 써 온 요괴 가면의 신기루 같은 환상이라는 걸 분명히 알고 있었다. 그가 아편을 피워서 정신이 맑고 상쾌할 때도 아들이 가면을 안 쓴 모습을 봤을 때가 가면 쓴 모습을 봤을 때보다 많지 않았다. 손가락으로 눈물을 닦고 고개를 돌려 보니 정말로 풀숲 속에 일본놈의 청회색 철모가 보였다. 그는 무릎을 꿇고 진흙 속에서 파랑 칼을 뽑아서 칼날에 묻은 진흙을 훔쳐내 알로카시아 잎에 닦은 다음, 칼끝을 칼집 입구에 넣었다. 그래도 어떻게든 보지도 않고 칼집에 제대로 집어넣을 수 있었다. 그는 고개를 들어 선재동자처럼 알록달록하게 반짝거리는 아들을 바라보았다. "착하지, 아들. 내 말 들었니?"

친위펑은 여전히 달려 나갈 듯 팽팽하게 자세를 잡고 있었다. 몸을 그렇게 팽팽하게 당긴 그는 더 깡말라 보여서 날아갈 수 없는 연의 뼈대 같았다. 아버지가 너무 빨리 정신을 차려서 그는 조금 실망스러웠다. 예전에 아편 중독 발작을 일으켰을 때 아버지가 풀숲을 반 넘게 빙 돌아 그를 쫓아오게 만들었다. 이상하게도, 아버지는 달릴수록 기력이 왕성해져서 마지막에는 결국 쫓던 것도 멈추고 그를 버려둔 채 원기 왕성하게 자리를 떠났다. 가끔씩은 무리에서 떨어져 나온 멧돼지를 사냥해서 어깨에 메고, 바짓가랑이에 돼지 피가 잔뜩 고여 부풀어 오른 채 돌아오기도 했다. 위펑은 안심이 되지 않아 땅 위에 난 핏자국을 따라갔다. 먼발치에서 아버지가 등에 멘 죽은 돼지가 눈을 감고 편히 잠들어 있는 걸 보고, 아버지 얼굴에 예전처럼 자상한 빛이 어린 걸 본 그의 눈에서 눈물이 떨어졌다.

친위펑은 달려 나가려던 자세를 풀고, 난처한 표정을 지었다.

"얘야? 위펑?"

자라 대왕 친씨는 일어서서 물웅덩이 쪽으로 가서, 물을 떠서 무릎에 묻은 진흙을 씻었다.

"주씨 할아버지가 그랬는데," 친위펑은 앞으로 두 걸음 내딛었다. "아빠가 아편을 너무 심하게 피워서 아빠 몫을 좀 줄여야 된댔어요."

"그럼 줄여야지 뭐." 친씨는 눈을 깜빡였다. 아들의 장난스럽고 까불거리는 마성이 어쩐지 파파베린과 모르핀의 위로를 받지 못한 그의 마념魔念을 불러일으키는 듯했다. "하루에 아편 두 덩이는 심하진 않지?"

"알았어요, 두 덩이 받아 올게요." 위펑이 말했다. "그런데 오늘 세 덩이, 네 덩이가 필요하면, 아빠가 직접 주씨 할아버지한테 달라고 하세요."

"응? 내가 다섯 덩이, 여섯 덩이, 심지어 열 덩이, 백 덩이를 달라고 해도 감히 안 줄 수 없을 걸!" 친씨는 코웃음을 치고, 다시 한 번 콧물과 눈물을 닦았다. "아들, 빨리 가라. 더 못 버티겠다."

여전히 가랑비가 내렸다. 위펑은 양손을 뒤로 뻗어 머리카락을 빗어 내렸다. 뒤통수에 빗물과 땀이 섞인 물줄기가 흘렀다. 그는 고개를 들어 요철이 점점 분명해지는 네덜란드인 특유의 아버지 얼굴을 보면서, 종종걸음으로 아버지 옆을 지나 뒤쪽의 고각옥을 향해 뛰어갔다.

"애야, 철모 주워서 가져와라." 자라 대왕 친씨가 말했다.

위평은 풀숲 앞에서 걸음을 멈추고, 몸을 굽혀 미끈거리는 철모를 집어 들고 아버지에게로 가서 철모를 건넸다. 친씨는 아들의 머리통이 한 손에 들어올 만큼 커다란 손바닥을 뻗어 손가락으로 아들의 팔뚝을 두 바퀴 감고, 위평의 발이 땅에 제대로 닿지도 않을 정도로 품속으로 끌어당겼다.

"아들, 마지막 경고다." 친씨는 바람이 새는 이를 드러냈다. 턱에 난 짧은 수염이 아들의 이마를 찔렀다. 이 가까운 거리에서, 친씨는 다시 아들의 두개골 아래에 흐르는 뇌와 피를 보았다. 아들의 목에 걸린 가면이 눈썹이 찌푸려지고 코가 비뚤어진 채 그의 가슴에 파묻혀 있었다. "다시는 이 일본놈 물건을 쓰지 마라. 내 말 들었지?"

위평은 윽 하는 신음 소리를 냈다. 대나무 장대처럼 야윈 팔뚝이 너무 아파 심장까지 쪼그라들어서, 그는 참다못해 주먹을 쥐고 아버지의 배를 쳤다.

친씨는 아들의 주먹을 막고, 계란 껍데기를 쥐어 깨뜨리듯이 움켜쥐어서 위평의 눈물을 짜냈다. "들었어? 못 들었어?"

"드, 들었어요……." 위평은 힘겹게 한 마디를 쥐어짜냈다.

"이게 지금 때린 거냐?" 친씨는 아들의 주먹을 놓아 주었다. "다시 때려 봐라."

위펑은 아버지가 사람을 때릴 땐 첫 주먹이 제일 중요하다고, 때리다가 질린 듯한 답답한 소리가 아니라 반드시 뼈가 부러지고 이가 빠지는 소리를 내야 한다고 말했던 걸 기억하고 있었다. 아버지는 사람을 때릴 때는 짐승을 때릴 때처럼 조금도 마음이 약해지면 안 되고, 단 한 대로 상대방을 굴복시켜 반격할 생각조차 못 하게 해야 한다고 했다. 위펑은 다시 주먹을 쥐고 아버지의 가슴을 때렸다. 자라 대왕 친씨는 한숨을 쉬고, 아들의 팔뚝을 놓아주고 그의 손에서 철모를 받아 들었다.

"아들, 너 날마다 돼지고기랑 생선을 먹지 않냐?" 친씨는 철모의 턱끈을 손목에 걸고, 아들의 팔뚝을 쥐어 보았다. "왜 살이 안찌는 거야?"

위펑은 아버지의 갈비뼈를 보면서 주먹으로 몇 대 때리고 싶다고 생각했다. 지금보다 더 어렸을 때, 그가 잘못을 할 때마다 아버지는 나뭇가지로 땅에 그를 둘러싼 원을 하나 그려서 원 밖으로 못 나가게 했는데, 그러면 그는 개처럼 아버지 말대로 따라야 했다. 원의 크기는 아버지의 기분과 그가 저지른 잘못에 따라 달라졌다. 아버지가 그리는 원의 크기는 대체로 쌀독보다 조금 더 컸다. 아버지가 정신이 좀 멍한 날이면 원을 좀 크게 그리거나, 아니면 원을 땡볕 아래에서 시원한 나무그늘이나 처마 아래로 옮겨주었다. 그는 아버지가 원을 그린 후에 어딘가로 사라져서 이 일을 완전히 잊어버리는 게 제일 무서웠다. 그래서 그는 연신 입술을 내밀고 개 소리, 고양이 소리, 오리 소리, 닭 소리, 거위 소리, 소 울음소리를 따라 했다. 만약 그를 좀 일찍 풀어 주고 싶으면 아버지는 원 안에 서서 위펑에게 자신을 원 밖으로 밀어내 보라고 했다. 그는 두 손으로 야자나무처럼 곧고 부드러우면서도 강인한 아버지의 허리를 떠밀고, 정수리로 멧돼지 굴처럼 깊은 아버지의 바짓가랑이를 들이받고, 발로 자전거의 차체 같은 아버지의 정강이를 마구 찼다. 그는 주먹을 꽉 쥐고 아버지의 갈비뼈와 배를 점점 더 아프게 때렸다. 아버지가 반격할 때는 한 손으로 그의 머리통을 막고 그의 엉덩이를 바닥에 눌러 앉히거나, 아니면 다섯 손가락을 그의 겨드랑이로 뻗어서 그가 웃는 건지 우는 건지 구별이 안 갈 정도로 간지럽혔다. 아버지는 절벽에 조각된 석조 미륵불처럼, 등 뒤에 산이 있어 그를 지켜 주는 듯했다. 한번은 위펑이 아버지의 바짓가랑이를 깨물었다. 무슨 근₩이나 무슨 알을 깨물었는지, 아버지는 처량한 비명을 지르면서 뒤로 자빠져서 원 밖에 털썩 주저앉더니 온갖 사람과 짐승이 난잡하게 성교를 한다는 내용의 욕을 마구 퍼부었다. 그때가 위펑이 유일하게 아버지를 원 밖으로 밀어낸 때였다.

자라 대왕 친씨는 아들의 팔뚝을 놓아 주고, 아들의 목 아래로 손을 뻗어 가면을 붙잡고 가면에 달린 끈을 끊었다. 가면의 얼굴이 위로 향한 채로 바람에 날려 썩은 나뭇가지와 마른 잎 위로 떨어지자, 친씨는 발로 몇 번 짓밟아 가면의 얼굴이 엉망이 되게 만들었다.

"라오친老秦, 또 아들 괴롭히는 거야?" 친씨의 등 뒤에서 납작코 저우씨의 목소리가 들려왔다. "오늘 아직 아편 안 피웠지?"

저우씨는 보따리를 내려놓고 아편 두 덩이를 꺼내 친씨에게 주었다.

3

사진사 스즈키는 앞가르마를 탄 머리에 커다란 귀가 눈썹 위까지 올라왔고, 희고 깨끗한 얼굴은 승려처럼 자기 자신을 억제하면서도 자비로운 기색을 발산했다. 그의 목에는 항상 독일제 '브로니카Bronica' 사진기가 걸려 있었고, 외출할 때면 하얀색 캔버스 천으로 된 사냥모자나 꼭대기가 기울어지고 허리가 움푹 들어간 밀짚모자를 썼다. 그의 사진관은 식량 잡화점과 토산품 가게, 약재 가게, 커피 노점과 바느질집 사이에 있었는데, 유리를 끼운 진열창이 가게의 4분의 3을 차지했고, 진열창 안에는 주바 마을 사람들과 마을 풍경을 찍은 흑백사진을 압정으로 고정시켜 놓았다. 마을 사람들은 사진관 앞을 지나갈 때면 문발 사이로 스즈키가 삼각대 위에 설치해 둔 상자형 카메라 앞에서 머리엔 검은 천이 덮이고 엉덩이를 높이 치켜든 채로 서 있고, 텅스텐 전구가 그의 머리 위에서 번개 같은 빛을 터뜨리고, 새둥지 같은 흰 연기가 천장까지 솟아오르고, 불빛이 흰색 캔버스 천 앞에 서 있는 몇 명의 마을 사람을 마치 강시처럼 보이도록 비추는 모습을 볼 수 있었다. 손님은 대부분 양놈들과 마을의 부자들이었다. 사진관 안에는 평소엔 어두운 전구 하나만 켜져 있었다. 스즈키는 암실에서 사진을 현상하고 있을 수도 있었고, '브로니카' 사진기를 가지고 산으로 바다로 돌아다니고 있을 수도 있었다. 사진관 앞을 지나는 마을 사람들은 습관적으로 걸음을 멈추고 유리 진열창 안의 사진을 감상했다. 이미 천 번이나 봤어도 마찬가지였고, 납작코 저우씨도 예외가 아니었다. 삼륜차를 끄는 인력거꾼, 돼지고기를 써는 푸줏간 주인 배불뚝이 리씨, 나막신을 만드는 나막신쟁이 난씨, 양품점을 구경하는 서양 여자, 손님을 끄는 남양 아가씨, 머리를 길게 땋은 주바 마을 여학생 등이 백지 위에 응고제로 응고되어 마치 수명을 잃어버린 옛사람들처럼 보였다.

에밀리의 긴 머리는 한 쌍의 검은 날개처럼 어깨 위에 웅크려 있었다. 목에는 유리구슬로 된 목걸이를 걸고 양손으로 허리를 짚고 있었으며, 팔뚝에는 호랑이 가죽 같은 색깔의 등나무 고리 몇 개를 걸고 있었다. 낙타색 반팔 웃옷이 바람에 날려 주름이 여러 개 졌고, 청바지 위로 배꼽이 드러나 보였다. 햇빛이 그녀의 깊은 이목구비를 비춰 바나나 나뭇잎과 야자수 잎의 한들거리는 그림자를 드리웠고, 햇빛에 반짝이는 연못의 물결과 선사시대로부터 내려온 듯 어두운 동굴의 그림자도 함께 드리웠다.

납작코 저우씨는 사진관 앞을 백 번이 넘게 지나다녔고, 에밀리의 사진도 백 번 넘게 보았다.

자라 대왕 친씨는 아편 두 덩이를 다 피운 다음, 납작코 저우씨와 함께 항복 권유 전단을 자세히 살펴보았다. 전단의 종이는 얇고 가벼웠고 잉크가 뒷면까지 스며들어 있었으며 사진과 글씨는 희미했다. 날개처럼 웅크린 에밀리의 검은 머리카락은 종이 뒷면까지 뚫고 들어간 것 같았고, 허리에 올린 두 손도 종이 위에 움푹 팬 두 개의 자국을 남긴 듯했다. 대량인쇄를 거친 그녀의 얼굴은 하늘과 구름에 파묻혀 천이 한 겹 덮인 것처럼 보였다. 그녀의 윗옷은 항복 권유 전단처럼 허공에서 날리다가 거센 바람에 의해 거두어져서 어느 나뭇가지나 판자 틈새에 끼인 듯했다. 팔뚝에 건 등나무 고리는 먹물이 뿌려진 양, 호랑이 꼬리의 검은 고리를 더욱 닮아 보였다. 의심할 여지 없이, 그건 진열창 속에서 잉크로 복제되어 하늘에서 꽃처럼 어지러이 날려 떨어진 에밀리였다.

가랑비가 그쳤다. 햇볕이 더 맹렬하게 내리쬐었고, 아이들은 요괴 가면을 쓰고 고각옥 주위에서 귀신 잡는 놀이를 했다. 야펑은 고열이 나서 이틀 동안 침대에 누워 있었다.

납작코 저우씨와 자라 대왕 친씨는 에밀리가 주바 강가에 서 있는 걸 보았다. 에밀리는 양손으로 낚싯대를 쥐고 있었는데, 낚싯바늘에는 죽어가면서 수면 위에서 파닥이는 메뚜기가 걸려 있다. 검은 개는 진흙처럼 강가의 나무 그루터기 위에 엎드려 있다. 주바 강의 물고기들은 점점 더 영리해져서 낚싯바늘에 쉽게 걸리지 않게 되었다. 그러자 붉은 얼굴 관씨는 '공중 낚시'라는 방법을 개발했는데, 살아 있는 곤충을 미끼로 삼아 수면 위에서 날아다니게 하는 것이다. 그러면 물고기가 함정인 줄 모르고 수면 위로 뛰어올라 미끼를 무는데, 바늘에 걸린 물고기는 전부 깊이 숨어 있던 커다란 고기들이었다. 저우씨와 친씨가 에밀리 옆으로 다가갔을 때, 그녀는 정신을 집중하고 있어 두 사람이 온 것을 전혀 눈치 채지 못했다. 커다란 부리를 가진 물총새와 코뿔새가 그다지 듣기 좋지 않은 소리로 한바탕 울었다.

"에밀리, 그만둬라." 저우씨가 말했다. "헛수고야."

"방법엔 문제가 없는데," 친씨가 말했다. "같은 방법을 같은 장소에서 집중적으로 쓰면 안 돼. 물고기도 기억이 있다고."

에밀리는 미끼를 주시하며 아무 말도 하지 않았다. 검은 개가 고개를 들더니 웅웅거리며 몇 마디 대답을 했다.

"작은 고기는 조급하고, 큰 고기는 침착하지." 친씨가 말했다. "미끼를 무는 놈이 있더라도, 걸린 놈은 자라 꼬리보다도 작을 거다."

"이 근처의 물고기들은 미끼를 너무 많이 먹어 봐서 안 걸릴 거야." 저우씨가 말했다. "삼판선을 타고 상류 쪽으로 가 봐라. 한 시간도 안 돼서 삼판선에 다 못 싣고 올 정도로 많이 낚을 수 있을 걸!"

에밀리는 미끼를 흔들었다. 메뚜기는 이미 죽어서 더 이상 날아다니지 않았다.

"네가 큰 고기를 한 마리라도 낚으면, 내가 강 속으로 잠수해서 단번에 열 마리를 잡아다 주마." 저우씨는 바싹 마른 나무 그루터기 위에 앉아 품속에서 항복 권유 전단을 꺼냈다. "예전에 내가 다약족이랑 경기를 했을 때, 물에 들어갈 때는 석양이 아주 아름다웠는데, 나왔을 땐 벌써 하늘에 별이 가득 떠 있었다고!"

친씨는 그 자리에서 철써기(여치과의 곤충으로 한국, 일본, 타이완 및 동양 열대 지방에 분포함) 한 마리를 잡았다. "미끼를 산 놈으로 바꿔 봐. 삼보빙어랑 붕어는 이놈을 좋아하니까, 한두 마리는 낚을 수 있을지도 모르지."

에밀리는 낚싯대를 끌어당겨 죽은 메뚜기를 던져 버리고, 낚싯바늘을 철써기의 겹눈에 꽂았다. 철써기는 낚싯줄을 끌면서 수면 위에서 빙빙 돌았다. 물총새 한 마리가 풀숲에서 튀어나와 철써기를 쫓아다녔다. 에밀리는 낚싯대를 힘껏 들어 올려 강물을 내리쳐 물총새를 쫓았다. 철써기는 한쪽 겹눈을 크게 뜨고 날아다니면서 이따금씩 나뭇잎 같은 날개를 펴고 대나무 장대 위에 앉았다. 낚싯바늘이 철써기의 왼쪽 눈을 뚫고 들어가서 바늘 끝이 입틀을 뚫고 나와, 갈고리가 아래턱을 꽉 닫고 있었다. 철써기는 고통 때문에 의지를 잃고 더 이상 날지 않았다.

"에밀리. 일본놈들이 들어오기 전에 마을에 있었던 일본놈 기억나니? 스즈키라고, 사진관 하던 놈." 납작코 저우씨는 품속에서 담배 두 대를 꺼내 한 대를 자라 대왕 친씨에게 건네고, 그러면서 항복 권유 전단을 에밀리의 손에 쥐여 주었다.

"사진관 주인 스즈키, 약초 장수 가메다, 이 뽑는 와타나베, 장작 장수 오하다, 잡화 장수 고바야시," 친씨는 저우씨의 담배에 자기 담배를 갖다 대고 불을 붙였다. 오랜 가뭄 끝에 단비를 만난 듯이 아편 두 덩이를 피운 친씨는 기운이 넘쳐서 아름다운 선율로 휘파람을 불었다. "몸 파는 일본 여자들, 그리고 이름 모르는 몇 명. 주바 마을에 사는 일본놈은 그게 다였잖아. 그런데 지금은 온 마을에 일본놈이 잔뜩 돌아다니니 원!"

에밀리는 항복 권유 전단에 실린 자기 사진을 보면서도 얼굴에 큰 동요가 없었다. 날개를 모은 철써기는 꼭 파란 잎사귀 같았다. 철써기는 거의 바닥난 생명력으로 자기 몸보다 두 배나 긴 더듬이를 꿈틀거렸다. 강가에는 들풀이 빽빽이 늘어서 있었고, 햇빛이 구불거리며 기어갔다. 풀줄기처럼 의태를 한 초록색 뱀 한 마리가 강의 수면에 떠 가더니 눈 깜짝할 사이에 반대편 기슭에 닿았다. 강 표면에는 나뭇가지가 뒤얽혀 있어 강가의 숲보다 더 빽빽했다. 에밀리는 항복 권유 전단을 저우씨에게 돌려주고 낚싯대를 거두어들이고, 저우씨에게 서양 담배 한 대를 얻어서 친씨의 담배에 대고 불을 붙인 다음 옅은 연기 몇 줄기를 토해냈다. 검은 개는 그루터기에서 기어 내려와 혀를 내밀고 물을 핥았다. 저우씨와 친씨는 그녀가 담배를 피우는 걸 본 적이 없어서 신기해하며 그녀를 바라보았다.

"이 사진은 전쟁 전에 스즈키가 찍은 거예요." 에밀리는 전단을 두어 번 쳐다보고는 담배를 문 채 쪼그리고 앉아 물을 퍼서 손을 씻었다.

"이게 일본놈들이 항복을 권하는 전단이라고요?"

저우씨가 고개를 끄덕였다. "말라깽이 선씨가 그러는데, 항복을 권하는 전단에 인쇄된 건 대부분이 서양 여자고, 일본 여자가 인쇄된 것도 있대. 에밀리, 일본놈들이 널 일본 여자로 만들어 버렸다!"

에밀리는 썩은 나뭇가지를 하나 집어 강에 던지고, 강물을 향해 힘주어 침을 뱉았다.

"두 달쯤 전에," 저우씨가 말했다. "스즈키가 순찰 중에 연합군 폭격에 맞아 죽었대. 인과응보지."

에밀리는 잠깐 멈칫하더니 저우씨를 쳐다보았다.

"하느님이 눈이 밝으신 거지!" 친씨가 탄식하듯 말하더니 에밀리의 낚싯대를 집어 들었다. "내가 한번 운을 시험해 봐야겠다."

자라 대왕 친씨가 낚싯대를 힘껏 휘둘렀다. 낚싯바늘은 강 표면에 얽혀 있는 나뭇가지에 걸렸다. 친씨가 이리저리 줄을 당기자 팡 하면서 낚싯줄이 끊어져 버렸다. 친씨는 다시 탄식을 했다.

"라오친, 아편을 피웠는데도 그렇게 행동이 굼떠?" 납작코 저우씨가 크게 웃었다. "자네는 자라하고 뱀이나 잡을 줄 알지!"

친씨는 온갖 사람과 짐승이 난잡하게 성교를 한다는 내용의 욕을 마구 퍼붓고는 낚싯대를 던져 버리고, 저우씨에게 담배를 한 대 더 달라고 했다. 물을 다 마신 검은 개는 다시 그루터기 위로 뛰어올라 나무 꼭대기를 바라보며 또 몇 마디 웅웅거렸다.

"허원이 실종된 지 사흘 됐어요." 에밀리가 갑자기 말했다. "삼촌들도 아시죠?"

저우씨와 친 씨는 서로를 한 번 쳐다보고 고개를 끄덕였다.

"어떤 애가 허원이 주바 강 하류 쪽으로 가는 걸 봤대요." 에밀리가 말했다. "제 생각에 허원은 제 고각옥으로 돌아갔을 수도 있을 것 같아요. 삼촌들, 저랑 같이 좀 가 주실래요?"

4

해질 무렵, 납작코 저우씨와 자라 대왕 친씨, 에밀리, 그리고 검은 개는 긴배를 타고 강 하류를 향해 갔다. 주바 강에는 온갖 크고 작은 물고기와 물새들이 먹이를 먹는 사사삭 하는 소리가 울려 퍼졌다. 녹나무 씨앗이 높은 곳에서 날개를 펴고 선회하며 떨어져 풍덩 하고 강 속에 빠졌다. 꼬리가 길고 짧은 원숭이 떼가 나무 꼭대기에서 서로 쫓고 쫓기며 으르렁거렸고, 아주 일찍 일어난 부엉이가 나뭇가지 위에서 기지개를 켰다. 태양이 미소 지으며 졌고, 부드럽고 매끈매끈하던 하늘의 피부가 빠르게 노쇠했다. 천지가 색채를 잃어 검은색 아니면 흰색만 보였고, 얼마 지나지 않아 전부 검어졌다. 강도 기질이 가득한 달이 떠올랐고, 비적들 같은 여남은 개의 별이 달을 둘러쌌다. 동굴에서 나온 박쥐들이 질서정연하게 하늘을 나는 검은 용과 같은 모습으로 줄지어 하늘을 건너 풀숲 속으로 사라졌다. 달이 점점 더 높이 떠오르면서 강도 같은 광채가 온 땅에 더욱 흩뿌려졌고, 불량스러운 금빛의 비적들도 점점 더 많이 모여들었다. 부엉이 울음소리는 더 우렁차졌고, 강 표면에 얽힌 나뭇가지도 점점 더 빽빽해졌다. 높은 하늘에 예고 없이 갑자기 강대한 권층운이 밀려와 비적 같은 별들을 가리고 하늘 전체를 덮었다. 달의 윤곽이 흐릿해지고, 강도 기질이 더 강한 달무리가 생겨났다. 달무리는 안쪽은 붉고 바깥쪽은 자줏빛인 흐릿하고 이상한 모습이었는데, 채색된 빛의 고리를 등에 메고 복면을 한 여자 도적 같았다. 드문드문 흩어진 박쥐와 부엉이들이 달무리 아래 이리저리 날아다니며 검푸른 색의 비행 흔적과 추측하기 어려운 의미를 남겼다. 강 표면도 흐릿하고 이상한 연기에 뒤덮였다. 납작코 저우씨는 손전등을 켜서 강 표면과 양쪽 기슭의 풀숲에 커졌다 작아졌다 하는 둥그런 빛을 만들어냈다. 빛에 반응하는 곤충들이 손전등 앞으로 달려들어 풍뎅이, 사슴벌레, 바구미, 나방들이 갑판과 세 사람의 몸에 내려앉았다. 강 표면에 이따금씩 새빨간 빛 두 개가 번뜩였는데, 빛은 멀어졌다 가까워졌다 하며 강 위를 떠 가는 긴배를 조용히 응시했다. 자라 대왕 친씨와 납작코 저우씨는 파랑 칼을 뽑아 갑판 위에 세워 놓고, 엽총을 다리 사이에 끼운 채로 노를 저으며 물 위에 둥둥 떠 있는 새빨간 불빛을 주시했다. 에밀리도 파랑 칼을 칼집에서 뽑아 칼끝으로 강물을 가르고 있었다. 검은 개는 고물에 웅크리고 앉아 강 표면을 향해 목을 쭉 빼고 웅웅거리며 냄새를 맡았다. 저우씨의 손전등 불빛이 새빨간 불빛 위를 덮자 새빨간 불빛이 갑자기 사라지고, 수면에는 물결과 소용돌이가 일었다. 저우씨와 친씨는 노를 더 빨리 저었고, 에밀리는 강 표면에서 눈을 떼지 않고 주시했다. 악어가 움직이는 배를 공격하는 일은 거의 없지만, 배가 고파 흉악해지면 어찌될지 모르는 일이었다.

강물의 흐름을 따라 내려가는 긴배는 속도가 아주 빨라서, 눈 깜짝할 사이에 주바 마을까지 5킬로미터 정도밖에 남지 않았다. 세 사람은 강가로 배를 몰아 기슭에 대고 나무뿌리에 배를 묶고, 종려나무 잎과 나뭇가지로 배를 덮었다. 그런 다음 손전등을 켜고 빠른 걸음으로 마을을 향해 걸어갔다. 달무리의 출현은 비가 온다는 예언이다. 정말로 얼마 지나지 않아 가랑비가 내리기 시작했다. 나뭇잎이 빗줄기를 막아 주어, 세 사람과 개 한 마리가 풀숲을 빠져나와 에밀리의 고각옥으로 통하는 띠풀 숲 쪽으로 갈 때가 되어서야 가느다란 빗발이 그들의 몸 위에 떨어지기 시작했다. 띠풀 숲은 들불과 폭격의 학대를 받아 웅덩이와 구덩이가 더 많이 생겼고, 풀줄기는 여전히 창처럼 빽빽하게 서 있었다. 검은 개가 앞장서서 에밀리와 저우씨와 친씨를 이끌고 띠풀 숲을 지나고, 빠르게 고각옥의 울타리 틈을 넘고, 두리안 나무와 잭프루트 나무들 사이를 지나서, 거의 폐허가 되어 문이 열려 있는 고각옥 안으로 들어섰다. 세 사람의 발소리 때문에 단열층의 비둘기와 산비둘기가 소란을 일으켜 쿵쿵거리는 발소리와 새 우는 소리가 울려 퍼졌다. 집 안에 있던 탁자와 의자와 문짝은 사라졌고, 한쪽 벽에 기둥 몇 개만 남아 있었다. 누가 베란다에서 불을 피웠는지, 마룻바닥에 돼지 머리만 한 구멍 몇 개가 생겨 있었다. 그 외에는 고각옥의 외관과 기본적인 구조는 그래도 온전한 편이었다. 에밀리는 검은 개와 함께 고각옥의 앞뒤와 안팎을 수색해 봤지만 허윈이 머물렀던 흔적은 찾을 수 없었다. 가랑비가 그쳤다. 달무리는 없어지지 않았지만 빛의 고리가 더 커졌다. 이제 안팎에 붉은빛과 자줏빛이 돌지 않는 빛의 고리는 팽창해서 거대한 흰색의 광륜을 이루고 있었다. 박쥐와 부엉이가 다시 날아다녔고, 띠풀 숲의 벌레와 개구리들이 시끄럽게 울어 댔다. 고각옥은 말없이 고요했다. 눈물을 가득 머금은 달빛이 고각옥 안팎에 흩어져 떨어져서 노쇠한 밤이 슬프고 고단해 보이게 했다. 한밤중이 되어, 세 사람은 지치고 졸려서 응접실 바닥 위에 누워 쿨쿨 잠이 들었다.

하늘이 어슴푸레하게 밝아 올 때, 납작코 저우씨와 자라 대왕 친씨는 단열층의 비둘기들이 날개를 퍼덕거리는 소리에 놀라 잠에서 깼다. 두 사람은 엽총과 파랑 칼을 주워 들었다. 창밖의 띠풀 숲 위로 황토색 전투모와 청회색 철모, 그리고 검푸른 색의 총열과 총검이 파도처럼 고각옥으로 밀려오고 있었다. "에밀리!" 저우씨와 친씨는 목소리를 낮춰 집안의 사방을 향해 에밀리를 불렀다. "일본놈들이 왔어!" 두 사람은 고각옥 안을 찾아봤지만 에밀리와 검은 개는 보이지 않았다. 다시 창밖을 보니 총열과 총검이 점점 더 다가오고 있었다. "라오저우, 도망치자!" 친씨와 저우씨는 허리를 숙이고 주방을 지나 나무 계단을 내려가서 집 뒤편의 띠풀 숲속으로 뛰어들었다.

두 사람이 울타리 틈을 넘어간 후, 총알이 끊이지 않고 쌩쌩 하고 총구를 떠나 그들의 머리와 어깨 위로 날아갔다.

그들 때문에 놀란 큰까치 한 마리가 둥지에서 나오자마자 총알 몇 발을 교묘하게 비껴간 후, 수려한 머리가 총알을 맞아 터져 버렸다. 큰까치의 시체가 납작코 저우씨의 얼굴을 덮쳐서, 경련하는 발톱이 그의 두 눈을 찌를 뻔했다. 자라 대왕 친씨는 새로 싼 돼지 똥 더미를 밟고 잠깐 멈칫하다가 뒤를 돌아보고 총을 한 발 쐈다. "라오친, 일본놈들이 수가 많아." 저우씨는 돌아보지도 않고 말했다. "반격하지 말고 도망치자고!" 띠풀 숲에는 물웅덩이와 구덩이, 왜목 덤불, 가시나무, 시내, 대숲과 수풀이 잔뜩 흩어져 있었고, 때때로 도마뱀과 멧돼지가 뛰어다녔다. 그 탓에 일본놈들의 미친 듯한 추격은 속도가 늦춰졌지만, 들판의 생태에 오래 전부터 익숙해져 있는 저우씨와 친씨를 그리 곤란하게 만들지는 않았다. 매들이 먹이를 찾으러 나왔다가 일본놈들의 총소리에 놀라 날개를 펴고 높이 날아올랐다. 바퀴벌레 색깔의 해가 떠오르고, 하늘가에 곰팡이 핀 구름이 여럿 생겨났다. 마른 우물 같은 푸른 하늘에 총알이 눈부시게 빛났다. 일본놈들의 기관총 총구에서 피어오른 화약 연기가 빽빽하게 모여 속세의 음식도, 신선이 마시는 미주도 입에 대지 않는 귀신이 뀐 방귀처럼 솟아올랐다. 산나물을 뜯던 모자가 깜짝 놀라 띠풀 숲속에서 벌벌 떨고 있었는데, 저우씨와 친씨는 그들을 발견하지 못하고 옆으로 꺾었다가 하필 그들 앞으로 뛰어들었다. 총알이 아들의 가슴을 꿰뚫었다. 아들은 윽 하는 소리를 내더니 입가와 콧구멍에서 핏줄기를 흘리면서 어머니의 품에 쓰러졌다. 선혈이 어머니의 가슴팍을 붉게 물들였다. 어머니는 아들을 끌어안고, 마치 십 년 전처럼 산파와 의사의 도움 없이 아들이 자궁 밖으로 나와 가랑이 아래에서 기어 나오는 걸 지켜보았다. 그녀는 탯줄을 이로 물어 끊고, 아들을 안고 아이가 첫 울음을 울기를 기다렸다. 아들은 정말로 말을 했다. 그는 분명치 않은 소리로 엄마를 부르고는 천국의 문을 열었고, 총기로 가득한 눈빛이 꺼져 버렸다. 어머니는 아들을 안고서 믿을 수 없다는 듯이 아들의 아명을 소리쳐 불렀다. 총알 여러 발이 괴로움에 찬 그녀의 심장에 줄줄이 박혔다. 그녀는 응 소리를 내더니 두 눈을 감았다. 납작코 저우씨는 모자의 시체 옆을 지날 때 걸음을 늦추면서 양심의 가책이 어린 눈빛을 보냈다. 총알이 슝 하고 그의 허벅지에 박혔다.

저우씨의 하반신은 이미 이슬에 축축하게 젖어 있었다. 총알이 그의 검은 바지에 조그만 구멍을 냈고, 드물고 귀한 피가 흘렀다. 그는 아픔을 느끼지는 못했지만 걸음이 둔해져서 들판에 구덩이와 말뚝이 잔뜩 흩어져 있는 것처럼 달렸다. 허벅지를 흉악한 짐승에게 뜯어 먹히고, 날카로운 불꽃이 핥고 있는 듯했다. 부드러운 띠풀 숲이 갑자기 쇠처럼 단단해진 것만 같았다. 친씨는 고개를 돌려 그를 보았다. "라오저우, 괜찮지?" 저우씨는 아무 말 없이 총의 개머리판으로 땅을 짚으며 얼마 동안 거의 한 발로 깡충깡충 뛰어갔다. 일본놈들의 군홧발이 들판을 밟으며 강철 같은 숨소리를 냈다. 우유 사탕과 양갱 냄새가 일본놈들의 고함 소리를 따라 계속해서 그의 콧구멍을 덮쳐 왔다. 저우씨의 한 발이 물웅덩이를 밟았다. 튀어 오른 물보라에 그의 두 눈이 번쩍 뜨였다.

"라오친!" 그는 걸음을 늦춘 친씨의 어깨를 붙잡았다. "우리 갈라져서 도망치자. 내가 자네 발목을 잡으면 안 돼." 친씨는 망설였다. "라오저우, 괜찮겠어?"

"걱정 마." 저우씨는 품속에서 항복 권유 전단을 꺼내 친씨의 손에 쥐여 주었다. "이 전단을 라오주한테 보여주고, 무슨 일이 일어났는지 알려줘." 저우씨는 친씨를 밀어냈다. "자네는 왼쪽, 나는 오른쪽으로 가서 일본놈들의 병력을 분산시키자고."

납작코 저우씨는 엽총을 어깨에 메고, 아픔을 참으며 허리를 숙이고 작은 시내를 건너 띠풀 숲속으로 들어갔다. 태양이 바퀴벌레처럼 구름 틈새로 지나가면서 빛이 어두워졌고, 두껍고 무거운 짙은 안개가 띠풀 숲을 내리눌렀다. 저 먼 풀밭 비탈에 마을 농부 두 사람이 나타나더니 호미와 낫을 내던지고 비탈 위에 납작 엎드렸다. 저우씨가 그 비탈을 지날 때는 그들은 이미 사라졌고, 풀덤불 위에는 커다란 날짐승이 엎드렸던 흔적이 남아 있었다. 저우씨는 고개를 돌려 뒤를 바라보았다. 끓어오르는 열기 속에 청회색 철모와 황토색 전투모 더미가 곳곳에 모여 있었다. 철모와 전투모 아래 일본놈들의 얼굴은 희미하게 보였다. 95식 기관총의 총검이 뒤틀리며 늘어나 개미핥기의 혀처럼 허벅지에 난 상처를 뚫고 들어갔다. 저우씨는 주바 마을 풀숲에 대한 영원한 기억에 의지해 좌로 우로 꺾으면서 왜목 덤불과 코브라아비스와 양치식물 무리를 지나고, 인도고무나무와 자트로파 나무와 열대아몬드나무를 지나고, 물이 졸졸 흐르거나 아니면 말라 버린 시내를 뛰어넘어서, 마침내 물안개가 자욱하게 끼어 있고 호숫가에 수백 가지의 크고 작은 식물이 빽빽이 서 있는 매둥지 호수가 보이는 곳까지 왔다. 그는 호숫가의 가시나무 덤불을 헤치고, 파랑 칼로 기다란 구덩이를 파서 엽총과 파랑 칼을 파묻었다. 고개를 들어 보니 황토색 전투복을 입은 일본놈들이 띠풀 숲 밖으로 뛰쳐나오는 게 보였다. 선두에 선 놈은 왼쪽 팔뚝에 붉은 글씨로 '헌병'이라고 수놓인 흰 완장이 둘러진 황토색 군복을 입고, 허리에 말가죽으로 싸인 박달나무 칼집을 매달고, 손에는 남부 14식 권총을 든 일본놈이었다. 저우씨는 한눈에 이놈이 바로 헌병대 조장 야마자키라는 걸 알아보았다. 조그만 흰색 뱀 한 마리가 호숫가에서 튀어나와 저우씨의 다리 사이를 지나 호수 한가운데를 향해 헤엄쳐 갔다. 저우씨는 물속으로 천천히 걸어 들어갔다. 상처에 빨갛게 달군 쇠못을 몇 개 집어넣은 것 같았다. 호숫물이 허리 위까지 잠겼을 때, 저우씨는 머리를 아래로, 발을 위로 하고 그 작은 뱀과 동시에 호수 속으로 잠수했다.

총알이 물속으로 쏘아져 들어오자 속도가 달리던 치타에서 천천히 헤엄치는 거북으로 변했다. 총알이 팽이처럼 돌면서 한 줄기 하얀 흔적을 남겼고, 수백 개의 개구리알 혹은 계란만 한 물거품을 뿜어냈다. 총알은 곧장 호수 바닥을 향해 들어가면서 점점 속도가 느려져 고철처럼 가라앉았다. 더 많은 총알이 호수의 거대한 저항력 때문에 튀어 올라 '표류탄'이 되어 반대편 호숫가의 풀덤불 속에 박혔다. 어느 정도 깊이까지 잠수한 후, 저우씨는 다시 머리를 위로, 발을 아래로 향한 정상적인 자세로 돌아와 고개를 들고 빛의 물결이 일렁이는 호수 표면을 올려다보았다. 탁한 호수에는 풀줄기와 썩은 잎과 등나무가 떠다녔고, 이따금씩 커다란 물고기가 지나갔다. 물결과 크고 작은 소용돌이 속에 희미하게 보이는 일본놈들은 머리와 몸이 분리되고 사지가 떨어져 나가, 머리통 여러 개가 허공에 걸려 있는 것 같기도 하고, 물 위에 떠 있는 것 같기도 했다. 일본놈들은 호수 표면에 계속 총을 쐈지만, 총알은 저우씨가 있는 곳까지 오기 전에 힘을 잃고 녹나무 씨앗처럼 날개를 펴고 선회하며 떨어졌다. 저우씨는 손바닥에 총알 하나를 받아 눈앞에 대고 보다가 갑자기 허벅지에 똑같은 총알이 박혀 있다는 게 생각났다. 그는 고개를 숙여 허벅지의 상처를 보았다. 끝없이 하얀 호수에 흐려졌다가 짙어졌다가 하는 피 안개가 솟아올랐다. 그와 함께 물속으로 들어온 흰 뱀은 피 안개를 휘젓더니 사라져 버렸다. 영국인과 주바 마을 사람들이 버린 고철과 추락한 일본놈의 전투기가 그의 가랑이 아래 깊이 잠들어, 거대하고 너무나 깊어 바닥이 보이지 않는 검푸른 색의 달걀 같은 무덤 속에 묻혀 발톱과 날개의 잔해들을 드러내고 있었다. 그는 맥없는 방귀를 몇 번 뀌었다. 여남은 개의 기포가 흔들거리며 올라오다가 그의 콧방울 아래서 터졌다. 토란과 카사바 냄새는 나지 않았지만 여자의 체취는 났다. 그의 폐가 계란만 한 크기로 쪼그라들었을 때 흰 뱀이 다시 나타났다. 뱀의 얼굴이 소녀의 얼굴로 변해 가면처럼 그의 얼굴을 뒤덮더니 입속으로 기체를 불어넣어 그의 폐가 다시 늘어나게 했다. 한 줄기 맑은 기운이 숫구멍으로 불어넣어져 오장육부로 흘러들어, 단전을 지나고 아홉 구멍을 뚫어 다시 살아난 것 같은 기분이었다.

그가 기슭으로 올라왔을 때, 해는 이미 하늘 가운데까지 기어 올라가 고치처럼 두꺼운 구름 속에 숨어 있었다. 그 모습이 천 년은 묵은 괴상한 하얀 원숭이처럼 보였다. 온 띠풀 숲이 평온하고 고요했고, 듣기 좋은 음악을 연주하고 있었다. 큰까치는 바쁘게 풀을 물어다가 둥지를 지었고, 흰 원앙은 자기가 하늘을 나는 아름다운 모습을 호수에 비춰 보며 감상했다. 외로이 서 있는 오래된 야자나무는 허리를 구부리고 유수 같은 세월을 추억했고, 하늘 위를 선회하는 참매들은 전에 없던 적막을 널리 펼쳤다. 납작코 저우씨는 기지개를 몇 번 켜고, 옷과 머리카락의 물기를 짜내고, 가시덤불 아래 묻어 뒀던 파랑 칼과 엽총을 파낸 다음, 품속에서 물에 푹 젖어 엉망이 된 서양 담배를 꺼냈다. 저우씨는 손바닥에 하얀 주름이 온통 쪼글쪼글하게 진 표모피 현상을 보고 고개를 저으며 쓴웃음을 짓고, 흥분한 듯이 침을 뱉었다. 그는 고개를 들고 해의 방향과 바람이 부는 방향을 보고 주바 강이 어느 쪽에 있는지 추측했다. 허벅지의 상처를 한참 전부터 잊어버린 그는 유쾌한 발걸음을 내딛으며 매둥지 호수를 떠나 주바 강을 향해 걸어갔다.

그가 어느 왜목 덤불 위를 넘어 지날 때, 양손으로 무라마사 칼을 쥔 야마자키가 덤불 속에서 원숭이처럼 튀어나왔다. 칼이 한번 번득인 후, 납작코 저우씨의 머리는 목 위에서 미끄러진 양, 야자나 두리안 열매처럼 조용히 그의 발치에 떨어졌다. 저우씨는 눈을 깜박이며, 목에서 토해진 피의 장막이 자신을 뒤덮고, 자기 몸이 천천히 쓰러지는 걸 보고, 야마자키가 냉소하는 소리를 들었다. 그는 머리와 몸이 분리되었지만 그 순간 욕지거리가 떠올랐다. 입술이 우물거렸지만, 미처 입 밖으로 나오지 못했다.

5

네덜란드인에게서 물려받은 긴 다리와 튼튼한 발은 자라 대왕 친 씨가 풀숲으로 뛰어든 후에 낚싯바늘을 벗어난 자라처럼, 바다로 돌아간 교룡처럼 눈 깜짝할 사이에 일본놈들에게서 벗어나 남방군 보르네오 연료 공장의 일본군 묘지로 들어가게 해 주었다. 묘지는 마을 뒤편에 있는 캐나다 산의 산중턱에 있었는데, 일본놈들이 주바 마을을 점령한 날부터 지금까지 무덤이 300개가 넘게 늘어나 있었다. 자라 대왕 친 씨는 산중턱에 서서 저 멀리 풀숲 속에 흰 뱀처럼 웅크리고 있는 주바 강을 바라보았다. 강 위의 주바 다리는 천마처럼 강을 건넜고, 들새들이 사람 머리가 매달려 있는 대나무 장대 주위를 빙빙 돌면서 깨끗하고 시원한 해골 둥지를 찾고 있었다. 친 씨는 어느 일본놈 무덤 위에 올라서서 더 높은 각도에서 마을을 내려다보았다. 논밭 사이로 길이 비뚤비뚤 나 있었고, 밭두렁이 빽빽하게 깔려 있었다. 가난한 밥 짓는 연기가 피어올랐고, 울타리와 오두막들은 여전했다. 고각옥의 수는 조금씩 줄어들었고 숲은 무성했으며, 일본놈들의 일장기가 휘날리고 있었다. 예전에 많은 사람들이 오가던 황토길 위로 황토색 군복을 입은 일본놈들의 자전거 부대가 활보했다. 채소 시장의 마을 사람들은 고개를 숙이고 어깨를 움츠리고 있었고, 일본 헌병대원들은 머리를 쳐들고 엉덩이를 치켜들고 있었다. 마을 상공에 이따금씩 일본놈들의 정찰기와 전투기가 지나가면서 마을 사람들이 통치자의 늠름한 자태와 일본 제국이 약속한 무한한 영광을 우러러보게 했다. 친씨는 무덤을 걷어차고 침을 뱉고, 온갖 사람과 짐승이 난잡하게 성교를 한다는 내용의 욕을 마구 퍼붓고는 캐나다 산의 산봉우리를 넘어갔다. 불꽃같은 색의 털을 가진 북부돼지꼬리원숭이 한 마리가 유파스 나뭇가지 위에 앉아 있었는데, 엉덩이 아래의 나뭇가지에 북부돼지꼬리원숭이 떼가 등나무 덩굴처럼 뒤엉켜 있었다. 친씨는 산등성이 위를 한동안 멍하니 걸어가다가 안에 호랑이가 산다는 전설이 있는 동굴을 발견했다. 동굴 입구는 서남쪽으로 나 있었고, 바깥에는 칡과 등나무 덩굴이 우거져 있었으며 나무 몇 그루가 드문드문 자라 있었다. 동굴 안에는 뒤틀리고 부러진 대들보와 기둥이 흩어져 있었고, 멧돼지와 박쥐의 옅은 지린내가 자욱했으며, 사람과 짐승이 모였던 흔적이 남아 있었다. 친씨는 손전등을 켜고 동굴 안으로 걸어 들어갔다. 백여 걸음 걸어가자 벌써 동굴 끝에 도착했는데, 호랑이는 없고 뱀과 쥐만 있었다. 밤새 제대로 자지 못해 피곤을 느낀 친씨는 동굴 밖의 나무그늘 아래 앉아 꾸벅꾸벅 졸았다. 오후에 잠을 깬 후에는 오후 내내 산 앞뒤를 돌아다니며 등나무 열매와 샘물로 배를 채운 다음 저 멀리 주바 마을과 남중국해를 바라보았다. 붉은 해가 서쪽으로 지면서 햇빛이 점점 어두워졌다. 누군가가 산중턱에서 나무와 산을 태워서 연기가 바람을 타고 산꼭대기로 불어왔다. 자라 대왕 친씨는 원래 산 위에 이삼 일 정도 숨어 있다가 소란이 가라앉으면 내려갈 생각이었다. 하지만 그는 어제 아편을 평소의 반인 두 덩이밖에 피우지 않은 채로 하루를 참았기 때문에, 혈관 속에 칼로 베고 불로 태우는 것 같은 쇠와 구리 부스러기가 흐르고, 머리가 무겁고, 손발에 쇠사슬과 족쇄가 채워진 것 같고, 눈물 콧물이 줄줄 흘렀다.

그는 엽총과 총알 상자 속에 든 산탄 여섯 개를 점검하고 파랑 칼을 뽑아 한 번 퉁겨 본 다음, 노르스름한 색의 첫 번째 별이 얼굴을 내밀 때까지 기다렸다가 조심스럽게 좁은 오솔길을 따라 캐나다 산 아래로 내려갔다. 나무와 산을 태운 불이 일으킨 연기는 원래 아주 짙었지만, 그가 결심을 하고 산을 내려올 때쯤에는 사악한 서남풍이 산등성이로 불어와 연기를 흩어 버려서, 오염을 겪지 않아 맑고 깨끗한 캐나다 산의 자연스러운 모습을 드러냈다. 자라 대왕 친씨는 몸을 부르르 떨었다. 손에 파랑 칼을 든 젊은 농부 한 사람이 과일이 가득 담긴 대광주리를 어깨에 메고 광둥 지방의 노래를 흥얼거리며 산 아래로 내려가는 게 보였다. 농부의 노랫소리가 완전히 사라진 후에 친씨는 걸음을 옮겨 300개가 넘는 일본놈의 악령이 묻혀 있는 묘지 쪽으로 걸어갔다. 묘지의 바깥쪽 둘레에 도착했을 때, 그는 무덤 사이에서 사람 그림자가 흔들리는 걸 보았다. 귀신이라고 생각한 그는 급히 걸음을 멈추고 왜목 덤불 뒤에 웅크렸다. 황토색 전투복을 입고 96식 기관총을 어깨에 멘 일본놈 십여 명이 묘지 안에 서 있었다. 놈들은 다들 손에 영국산 담배를 하나씩 들고 뭐라뭐라 잡담을 하고 있었다. 머리 뒤쪽의 전투모 차양이 바람에 나풀거렸다. 친씨는 허리를 숙이고 되돌아가서 다른 황폐한 길을 골라 산 아래로 내려갔다. 산기슭에 도착한 그는 또 완전무장을 한 일본놈들이 야자나무 아래에 서 있는 걸 보았다. 그가 산을 내려가는 길을 바꿀 때마다 매번 길을 막고 있는 일본놈들과 마주쳤다. 그는 동굴로 돌아가 밝은 달이 높이 뜨고 별빛이 찬란해질 때까지 기다렸다가, 눈물 콧물을 닦은 다음 다시 오솔길을 따라 일본놈들의 묘지로 갔다. 총총히 서 있는 무덤이 번뜩이며 빛났고, 하루살이 같은 도깨비불이 일렁였다. 일본놈들은 보이지 않았다. 달빛이 무덤 위에 흩뿌려져 무덤 주위의 새로 판 구덩이를 비췄다.

자라 대왕 친씨는 몸을 부르르 떨고, 무덤을 하나, 또 하나 지났다. 하모니카 소리가 둥지로 돌아가는 새끼제비 소리처럼 등 뒤에서 전해져 왔다. 뒤를 돌아본 친씨는 머리가 없고 땅딸막한 누군가가 대나무 장대에 잡화를 매달고, 눈을 크게 뜨고 혀를 내민 요괴 몇 마리를 이끌고 있는 걸 보았다. 트레몰로 하모니카가 목 위의 허공에 둥둥 떠 있었다. "고바야시, 자네야?" 친씨는 또 몸을 부르르 떨었다. 콧물 한 방울이 땅에 떨어졌다. 그는 곧바로 파랑 칼을 뽑아서 갑자기 눈앞에 나타난, 붉은 얼굴에 코가 긴 요괴를 향해 휘둘렀다. 힘을 너무 세게 주는 바람에 어느 무덤 앞에 엎어졌다. 친씨는 웅얼거리는 소리로 욕을 내뱉고, 바로 몸을 일으켜 서서 사방을 둘러보았다. 하모니카 소리가 멎었고, 머리 없는 녀석도 사라졌다. 그는 또 '뒈질 놈'이라고 욕을 하고 산 아래를 향해 내려갔다. 산기슭에 도착한 그는 눈물을 닦고 산 위를 올려다보았다. 시야에 요괴와 구렁이와 산짐승이 가득했고, 귀에는 귀신들이 시끄럽게 떠드는 소리가 울려 퍼졌다. 그는 힘주어 눈을 깜빡이고, 침을 한 번 뱉은 다음 산기슭을 따라 주바 강 쪽으로 갔다. 왜놈들이 불태워 잿더미가 된 샤오 선생의 고각옥을 지나가는데, 다 타지 않고 남아 있던, 심오한 한문이 인쇄된 마분지가 그의 발 아래서 공중제비를 돌면서 벼룩 같은 한자들의 잔해를 말아 올렸다. 주바 강가에 도착한 그는 주바 다리 어귀를 배회하다가, 대나무 장대에 아는 사람의 머리가 매달린 게 어렴풋이 보여서 위험해질 것도 생각지 않고 손전등을 켰다. 납작코 저우씨의 머리가 대나무 장대의 맨 아래쪽에 매달려, 눈을 부릅뜨고 혀를 내민 채 맑게 갠 밤하늘을 바라보고 있었다. "라오저우! 라오저우!……" 친씨는 저우씨가 예전에 그에게 잘해 줬던 게 생각났다. 저우씨는 뱀이나 자라를 잡으면 그에게 돈을 받지 않고 그냥 주었고, 그가 충분히 피우도록 아편도 공짜로 주었다. 저우씨는 쩨쩨한 대왕 주씨처럼 시시콜콜 따지지도 않았고, 여자들처럼 분량을 깎아먹지도 않았다. 그는 다리 어귀에 쪼그리고 앉아 어린아이처럼 엉엉 울면서 심신이 지치고 상심한, 그리고 아편을 갈망하는 눈물을 흘렸다. 부엉이들이 아직 오지 않고, 참매와 까마귀가 깊이 잠들어 있고, 아직 햇빛이 내리쬐고 비가 뿌리지 않은 틈을 타서, 그는 대담하게 다리 위로 올라가 파랑 칼을 뽑아서 납작코 저우씨의 머리카락을 묶어 놓은 밧줄을 잘랐다. 그는 저우씨를 안고 어느 농가로 숨어들어, 빨랫줄에서 제일 커다란 윗옷을 걷어서 저우씨를 조심스럽게 쌌다. 그리고 광주리도 하나 훔쳐서 저우씨의 머리를 짊어지고 다시 주바 강 상류 쪽을 향해 갔다.

달빛이 휘영청 밝았다. 달은 아직 다 익지 않은 조그만 바나나 같았다. 달은 하나밖에 없었지만 그의 눈에는 줄줄이 늘어선 것처럼 보였다. 줄줄이 늘어선 달 중에 단 하나만 진짜고 나머지는 전부 환영이라는 걸 그도 알았지만, 어느 게 진짜고 가짜인지 구분할 수 없었다. 온 하늘에 별이 가득했다. 수많은 작은 별이 불꽃같은 무지개를 그리면서 세찬 유성우가 내리는 것처럼 하늘을 밝게 비췄다. 별이 남긴 재가 그의 몸을 찔러와 온몸이 가렵고 아팠고, 피 속의 쇠와 구리 부스러기가 점점 더 걸쭉해졌다. 그중 일부는 철근처럼 발바닥 아래에 굳어 그가 발걸음을 옮기기 힘들게 만들었다. 그는 마찬가지로 수많은 유성우 중에 단 하나만이 진짜고, 진짜 유성은 대기층으로 빨려 들어가 불타서 재가 되었을 것이고, 불타 죽지 않은 조그만 운석이 세상에 떨어졌을지도 모른다는 것도 알고 있었지만, 가짜와 진짜를 구별할 수가 없었다. 그는 주바 강을 따라 걸었다. 만약 강이 없었다면 그는 남중국해까지 걸어 갔을지도 모르고, 어쩌면 주바 마을의 일본놈 헌병대 총사령부까지 걸어갔을지도 모른다. 얼마나 오래 걸었는지, 손전등의 전지가 약해져서 전구가 악어 눈알처럼 붉은 빛을 내며 번쩍였다. 그는 손전등을 껐다. 온 하늘에 별이 가득했고, 달은 여전히 줄줄이 꿰인 바나나 같았다. 그는 어느 나무에 기대어 잠이 들었다. 오랫동안 들리지 않았던 돌고래의 파도소리와 고래가 숨구멍으로 수증기를 뿜어낼 때 나는 느릿한 소리가 들려왔고, 총소리, 돼지 울음소리, 돼지 발굽 소리, 어른과 아이의 고함 소리, 가축 소리, 로켓 모양 폭죽이 터지는 소리가 섞여 들려왔다. 20년 전에 멧돼지들이 마을을 습격했던 그날 밤, 자라 대왕 친씨는 손에 파랑 칼을 들고 온몸에서 피비린내를 풍기며 마을 안을 돌아다니다가 한 무리의 멧돼지들이 붉은 얼굴 관씨네 고각옥의 숯나무 기둥에 몸을 비비고 오줌을 싸는 걸 보았다. 그는 엽총을 들어 돼지 떼를 향해 쏴서 한 마리를 쓰러뜨렸다. 다른 돼지들은 소리를 지르며 뿔뿔이 흩어졌다. 그는 나무 계단을 따라 고각옥의 베란다로 올라갔다. 좀 높은 곳에서 마을의 형세를 살펴볼 생각이었다. 대문이 삐걱거리며 열리고, 손에 파랑 칼을 들고 어깨에 엽총을 메고 온몸에서 피비린내를 풍기는 대왕 주씨가 그와 정면으로 부딪칠 뻔했다. 대왕 주씨는 입가에 서양 담배를 문 것처럼 지금 막 불을 붙인 신선하고 사악한 미소를 물고, 그를 무섭게 노려보더니 그의 귓가에 입을 갖다 대고 두어 마디 중얼거렸다. 친씨의 안색이 급변했고, 파랑 칼이 손에서 벗어나 땅에 떨어질 뻔했다. 말을 마친 주씨는 말레이 단검 모양 문신을 한 어깨로 친씨를 세게 밀치고 나무 계단을 내려가 어지럽고 시끄럽고 어두운 마을 속으로 사라졌다. 친씨는 나무 조각상처럼 문간에 서서 캄캄한 집안을 바라보았다. 석유램프가 펑 소리를 내며 타오르면서 심지를 삼킨 개구리가 입에서 새빨간 불꽃으로 된 혀를 토해내, 연기에 꿰뚫린 채 모습이 점점 분명해지는 여자의 머리를 휘감았다.

잠에서 깨어 보니 환한 햇빛이 눈꺼풀을 뜨겁게 비추고 있었다. 자라 대왕 친씨는 광주리 속에 담긴 납작코 저우씨의 고약한 냄새를 맡았다. 배가 꼬르륵거렸다. 그는 파란 야자열매를 몇 개 따서 야자 즙과 과육으로 배를 채우고, 야생 올리브와 등나무 열매 여남은 개를 통째로 삼킨 다음 주바 강 상류를 향해 계속 갔다. 그러다가 납작코 저우씨가 잠에서 깼는지 안 깼는지 모르겠다는 생각이 들었다. "라오저우, 일어나." 친씨는 불분명한 발음으로 그를 불렀다. "돌아가서 우선 방탕한 자네 머리를 어디 안장하고 나서, 여자들이 앙앙 소리를 지르게 만들었던 자네 몸뚱이를 찾아보자고." 그는 재채기를 했다. 눈물 콧물이 사방으로 날리고, 온몸이 와들와들 떨리고, 피 속에 가라앉아 있던 쇠와 구리 부스러기가 곧바로 뇌까지 올라가서 그의 눈앞에 기름처럼 끈끈한 그늘이 들러붙었다. 그는 눈꺼풀을 열 번 넘게 깜빡여 양파를 썰듯이 그 그늘을 깎아냈다. 그러는 바람에 그의 얼굴 위에 눈물과 콧물과 땀으로 이루어진 피막이 한 겹 씌워져 그의 낯빛이 점점 더 창백하고 굳어졌다. 그는 무거운 걸음을 옮겨 상류를 향해 갔다. 걸으면서 진흙 속에 묻혀 있는 각종 금속 광맥을 흡수해, 부슬부슬한 주석이나 은이나 납이 그의 혈관 속으로 들어와 피 속의 산소가 점점 희박해졌다. 그의 종아리가 뾰족한 말뚝에 걸려 긁혀서 상처가 났는데, 상처에서 붉은 피가 아니라 은백색의 액체가 흘러나왔고, 응고된 후에는 소금이나 다이아몬드 같은 결정체로 변했다.

하늘에는 줄줄이 꿰인 달은 없고, 한 줄로 엮인 붉은 태양이 있었다. 털이 북슬북슬 나 있는 게 꼭 람부탄 같았다. 몇 개는 가죽이 갈라져서 즙이 줄줄 흐르는 속살을 드러내고 있었다. 그는 고개를 들어 태양이 주렁주렁 열려 있는 하늘을 바라보았다. 한나절 동안 쳐다봤지만 어느 게 진짜 태양이고, 어느 게 그의 환각인지 알 수가 없었다. 그의 발걸음은 숯나무 기둥으로 된 발을 떼어 걷는 고각옥처럼 때때로 무거워졌고, 그의 등은 함석지붕처럼 뜨겁게 달아올랐다. 발걸음은 때로는 가벼워져서, 한 걸음 걸을 때마다 뼈와 관절이 전부 흩어지고 가슴과 엉덩이와 손발이 서로 위치를 바꾼 것처럼, 상하좌우와 천지와 음양을 구분할 수 없었다. 라오저우의 머리를 담은 대광주리도 때때로 무거워졌다가 가벼워졌다가 했는데, 무거워질 때는 라오저우의 이가 척추를 꽉 깨물어 그가 걸음을 내디딜 때마다 너무 아파서 눈물을 흘리게 만들었고, 가벼워질 때는 라오저우가 대광주리에서 날아 나와 그의 귓가에 소곤거리며 예전에 처녀와 정을 통했던 연애 이야기를 해 줘서 그가 여자가 주는 기쁨을 느끼게 하고, 일곱 구멍을 틀어막은 금속의 독액도 잠시나마 없애 주었다. 그가 몸에 지니고 있는 모든 물건, 그의 엽총, 총알 여섯 개가 든 탄알 상자, 파랑 칼, 그리고 일본놈의 항복 권유 전단에도 무겁거나 가볍고, 크거나 작은 물질적이고 화학적인 변화가 일어나, 무거울 때는 소용돌이를 이뤄 그를 붙잡았고, 가벼울 때는 흐르는 물처럼 전진하는 그의 발걸음을 싣고 갔다. 붉은 태양이 하늘 가득 걸렸고, 참매들은 미친 듯이 빙빙 돌았고, 나무그늘은 들쑥날쑥하게 겹겹이 쌓여 있었다. 그는 이미 동서남북을 구별할 수 없었지만, 주바 강만 따라가면 돼, 주바 강만 따라가면 돼, 주바 강만 따라가면 돼 하고 끊임없이 자기 자신에게 일깨웠다.

그는 마침내 천지를 온통 뒤덮은 풀숲에서 나와 허리까지 오는 끝없는 띠풀 숲속에 섰다. 수백 개의 태양의 빛이 어두워졌다. 구름이 짙어진 것일지도 모르고, 어쩌면 동공 속의 쇠와 구리 부스러기가 더 걸쭉해진 걸지도 모른다. 나무가 가리고 있지 않아 하늘은 더 이상 깊고 멀지 않고, 헤아릴 수 없이 가까워졌으며, 대지가 끝이 있는 섬처럼 떠올랐다. 들판에 홀로 서 있던 나무의 키가 작아져 나무 꼭대기가 그의 가랑이 아래에 닿았다. 참매의 날개가 그의 어깨를 쳤고, 날카로운 울음소리가 고막을 찢었다. 호수는 그의 발에 밟혀 웅장하고 아름다운 파도가 쳐서 놀란 물고기 떼가 비늘을 숨기고, 새들이 날개를 거뒀다. 열매가 줄줄이 달린 야생 잭프루트 나무가 그의 손에 뿌리까지 뽑혀 구름 속으로 던져졌다. 걸어온 길을 돌아보니 삼판선보다 더 큰 발자국이 띠풀 숲에 순식간에 시들어 버리는 물결을 일으킨 게 보였다. 멧돼지 떼가 줄을 지어 개미처럼 그의 눈앞을 스쳐 지나갔다. 그는 파랑 칼을 뽑아 내리쳤다. 모래와 돌이 날렸지만 돼지를 맞히지는 못했다. 개미떼는 갈라졌지만 여전히 앞을 향해 미친 듯이 달려갔다. 멧돼지가 너무 작아서 조준하기가 어려웠다. 그는 파랑 칼을 칼집에 집어넣고 손을 뻗어 움켜쥐었지만, 멧돼지들은 그의 손가락 틈새로 빠져나가면서 발굽에 뒤집힌 진흙 자국만 남겼다. 그는 힘주어 눈물 콧물을 닦고 엽총을 들어올렸다. 방아쇠를 당기려던 순간, 갑자기 멧돼지가 이상할 정도로 작다는 생각이 들었다. 그는 총열을 움켜쥐고 개머리판으로 돼지 떼를 내리쳤다. 한나절 동안이나 내리쳤지만 멧돼지들은 여전히 빠르게 달려갔다. 그는 다시 총을 들어 올려 첫 발과 두 번째 발을 쏘고, 산탄 두 개를 장전해 세 번째, 네 번째 발을 쏘고, 또 산탄 두 개를 장전해 다섯 번째와 여섯 번째 발을 쐈다. 다시 총알을 장전하려 했지만 총탄 상자가 비어 있었다. 긴 엄니가 솟아 있는 수퇘지 한 마리가 그의 발치에 쓰러져 구슬피 울었다. 그는 파랑 칼을 뽑아 단번에 베었다. 어디를 베었는지, 수퇘지는 더 이상 울지 않았다. 그는 수퇘지의 시체를 보면서 두어 번 걷어차 보고 놈이 완전히 죽었다는 걸 확인한 다음, 돼지의 뒷다리를 움켜쥐고 초원 위로 질질 끌고 갔다. 수퇘지는 열 배로 커진 것처럼 무거워졌다가 죽은 병아리처럼 가벼워졌다가 했다.

해가 그의 이마 높이에 걸렸다. 그는 손을 뻗어 해를 찔러서 가짜 해를 부숴 버리려 했다. 시냇물은 때로는 그의 복사뼈 위까지 잠겼다가, 때로는 그의 발자국을 따라 거룻배가 지나가는 구불구불한 물길이 되었다가 했다. 그는 앞쪽에 개미떼가 한 무리 더 늘어난 걸 보았다. 맨 앞에 가는 개미는 어디선가 본 얼굴 같았고, 그 외의 작은 개미들은 얼굴에 알록달록한 색깔의 요괴 가면을 쓰고 그가 언젠가 들어 본 듯한 동요를 부르며 걸어갔다. 그는 웅크리고 앉아 목을 길게 빼고 개미를 좀 자세히 보려 했지만, 띠풀 덤불이 그의 눈앞을 가려 개미떼가 보이지 않게 되었다. 몸을 일으킨 그는 요괴 가면들이 띠풀 숲 위에 떠오른 걸 보았다. 가면들은 점점 더 멀어지다가 눈 깜짝할 사이에 사라져 버리고, 그중 한 개의 가면만이 그를 향해 천천히 다가왔다. 머리에는 검푸른 민물 자라 같은 색채를 내뿜는 철모를 쓰고, 얼굴에는 용맹한 관우 같은 붉은 기색이 넘쳐흘렀다. 얼굴에는 가지 같은 기다란 코가 달렸고, 눈썹이 곤두서고 눈이 치켜 올라간 채 개의 이빨을 드러내고, 목에는 노란 리본을 묶고, 손에는 긴 칼을 거꾸로 들고 있었다. 여주처럼 가느다란 목은 언제고 부러져 버릴 것만 같았다.

"일본놈!"

자라 대왕 친씨는 엽총을 움켜쥐었다가, 산탄을 한참 전에 다 써 버렸다는 걸 깨닫고 파랑 칼을 뽑았다. 그가 엽총을 던져 버렸을 때 총열이 붉은 해 하나를 찔렀다. 해는 계란 노른자 같은 즙을 흘렸고, 즙이 일본놈의 청회색 철모 위에 뿌려졌다. 친씨는 일본놈이 입안에 가득한 개 이빨을 쩍 벌리고, 텐구가 해를 먹는 것처럼 그 맛있어 보이는 해를 한입에 삼키는 걸 보았다. 웅장한 야자나무가 보랏빛 후광을 내뿜어 일본놈의 비대한 가랑이를 밝게 비쳤다. 일본놈은 한 발을 들어 뻥 하고 걷어차서 야자나무의 허리를 부러뜨려 버렸다. 친씨는 대광주리 속에 있던 납작코 저우씨가 뛰어나와 그의 귓가에 소리치는 걸 들었다. 라오친, 이 일본놈은 몸집이 아주 크고 건장하니 조심해!

친위펑은 병을 앓고 막 일어난 관야펑의 인솔하에 차오다즈와 가오자오창 등의 아이들과 함께 풀숲을 순찰하고, 중씨 할아버지의 감독하에 엽총을 두 발 쏜 다음 사슴 연못을 떠나 고각옥으로 돌아가려던 참이었다. 끝없이 넓은 띠풀 숲을 지날 때, 맨 뒤에서 가던 친위펑은 띠풀 숲에 어깨까지 파묻힌 아버지가 들판에 우뚝 서 있는 걸 보았다. 땀과 눈물과 콧물과 침이 아버지의 얼굴에서 흘러내리고, 얼굴 피부가 뻣뻣하게 굳어 자라 등딱지 같은 혁질 피부로 변한 걸 본 그는 실종된 지 이틀이 된 아버지가 또 아편 중독 발작을 일으켰다는 걸 알았다. 아버지가 정신이 혼미한 모습을 동료들이 보는 게 싫었던 그는 걸음을 멈추고 띠풀 숲속에 웅크리고 앉아 순찰조가 멀어지기를 기다렸다가 몸을 숙이고 아버지 쪽으로 갔다. 아버지에게 가까이 다가간 그는 아버지가 등과 허리를 구부리고 있고, 등에 멘 대광주리에서 눈을 부릅뜨고 혓바닥을 내민 머리가 자라나 아버지의 어깨 위에 엎드리는 걸 보았다. 표정이 아버지와 아주 비슷해서 마치 아버지가 머리 두 개 달린 괴물이 된 것 같았다. 아버지의 몸은 구렁이에게 삼켜진 사냥감처럼 점점 더 뒤틀리고 오그라들었다.

아버지는 파랑 칼을 움켜쥐고 그를 덮쳐서, 한 손으로 그의 가느다란 팔뚝을 붙잡고 땅 위에 내리눌렀다.

"아빠! 저예요!" 친위펑은 주먹을 쥔 두 손으로 아버지의 갈비뼈를 미친 듯이 때렸다. "저 위펑이라고요!"

자라 대왕 친씨는 일본놈의 몸 위에 올라타고, 바람이 새는 어금니를 드러냈다. 이 가까운 거리에서 보니 일본놈의 두개골 아래에 흐르는 뇌와 피가 분명히 보였고, 일본놈이 그가 알아들을 수 없는 일본말로 소리치는 게 들렸다. 일본놈의 주먹이 화살비처럼 그의 가슴에 퍽퍽 떨어졌다. 그는 목 뒤의 납작코 저우씨가 말하는 걸 들었다. 라오친, 이 일본놈은 아주 힘이 세니까, 사정을 봐주면 안 돼!

친씨는 파랑 칼을 들어올려, 일본놈의 두정골을 겨누고 내리쳤다.

머리 없는 기사

다약Dayak족, 혹은 이반Iban족은 보르네오의 원주민으로, 19세기 이전에는 사람을 사냥해 그 머리를 취하는 것으로 힘과 위신과 용맹함을 뽐냈다.

다약족 용사는 성스러운 의식을 거치고 나면 머리의 주인이 자신의 것이 되어, 알라딘의 요술 램프 속에 사는 정령처럼 부르면 바로 달려온다고 굳게 믿었다.

머리는 땅을 풍요롭게 하고, 가족을 왕성하게 한다.

머리에 대한 다약족 여자들의 피비린내 나는 갈망 탓에 다약족 남자들은 머리를 병적으로 원하게 되었다. 머리를 더 많이 가질수록 다약족 여자들의 더 큰 총애를 받을 수 있었다.

머리는 다약족 남녀 사이의 가장 훌륭한 성욕 촉매제이기도 했다.

19세기 중엽에 영국인과 네덜란드인이 보르네오를 통치하게 된 후로 사람을 사냥해 머리를 취하는 풍속을 폐지했다.

2차 대전 시기에, 연합군과 항일 유격대의 선동과 종용하에 다약족 용사들은 일본놈 수천 명을 사냥해 그 머리를 취했다.

1

대왕 주씨는 베란다에 앉아 액정 라디오를 만지작거리면서, 들불이 들판을 태우는 소리 같은 전파의 잡음 속에서 불처럼 맹렬하게 타오르는 국제 정세를 찾고 있었다. 서남풍이 이미 한동안 멎어서 햇볕이 뜨거웠다. 열기가 고각옥과 풀숲 위로 바다처럼 차올랐고, 나무 꼭대기 위에서 끓어오르는 뜨거운 열기 위에는 부서진 하늘에서 떨어진 깨진 기와와 부러진 기둥이 떠다녔다. 주씨는 땀을 줄줄 흘리면서 끊임없이 연기를 토해냈다. 저장해 둔 서양 담배가 점점 줄어들어서 주씨는 직접 만 수제 담배를 피우고 있었다. 담배의 속은 말린 바나나 잎과 파파야 잎, 각종 등나무 잎이고, 담배를 만 종이는 책, 신문지, 포장지와 갖가지 폐지였다. 머리 없는 닭이 나무 그루터기 위에 서서 '머리'를 들고, 열기를 몰면서 표류하는 참매를 바라보았다. 참매의 구부러진 부리와 거대한 발톱이 삽날과 갈퀴처럼 번뜩였다. 황소와 멧돼지는 나무에서 떨어져 이미 발효되기 시작한 등나무 열매를 잔뜩 먹고 취해 눈이 풀리고, 사지는 북채처럼 마구 떨렸다. 황소는 설사를 하면서 울타리를 뚫고 나가 새로 갈아 놓은 카사바 밭을 밟고 지나갔다. 쇠발굽이 어린 감밀나무(넥탄드라속Nectandra에 속하는 나무) 두 그루를 부러뜨리고 풀숲 쪽으로 가면서 취객이 소란을 피우는 듯한 씩씩거리는 소리를 냈다. 사람들은 황소가 행패를 부리는 데 익숙해져서 아무도 말리지 않았다. 원숭이 떼도 등나무 열매를 배불리 먹고 사지가 나른해져서 함석지붕 위에 엎드려 곯아떨어졌다. 대부분의 마을 사람이 만 수제 담배는 구불구불하고 '담뱃잎'이 자꾸 떨어졌으며 종이와 인쇄용 잉크 냄새가 풍겼다. 나막신쟁이 난씨의 딸 옌언팅이 만 담배만이 유일하게 곧고 단단하고, 가득 든 '담뱃잎'이 잘 말려 있어서 피우면 향이 오랫동안 유지되고, 맵거나 달콤한 바나나와 파파야, 그리고 각종 등나무 열매의 맛이 느껴졌다. 그녀는 하루에 담배를 딱 서른 개만 말았다. 혀가 갈라지고 입술이 닳을 정도로 담배를 말아서, 그녀가 만 수제 담배에서는 짙은 침 냄새가 났다. 열두 살짜리 여자아이의 침이 그녀가 만 수제 담배에 특별한 맛을 더해 주었다. 마을 사람들은 계속해서 고각옥으로 피난을 왔다. 싸움닭을 기르는 천옌핑도 싸움닭 두 마리를 안고 대왕 주씨를 찾아와서, 지금 세 채의 고각옥에는 어른과 아이를 합해 120여 명의 마을 사람이 모여 있었다. 사람 수가 늘어날수록 대왕 주씨는 더 걱정이 되었다. 그는 망천수 위의 버려진 매둥지를 쳐다보고, 라디오를 들고 고각옥의 베란다 아래로 내려가 자기가 심어 놓은 세 그루의 람부탄 나무를 둘러보았다.

　주바 마을 사람들은 여전히 맨발에 웃통을 벗고서 비분에 찬 괭이와 삽과 갈퀴를 휘두르고, 무거운 도끼와 톱과 낫과 망치를 휘두르면서, 안개가 자욱한 숲속에서 마음대로 황무지를 개간하며 예전과 다름없는 나날을 보냈다. 그러나 몇몇 흔적들은 거대한 변화가 곧 찾아올 것을 나타내고 있었다. 어젯밤에 한 벌목공이 샤오진과 납작코 저우씨의 비보와 자라 대왕 친씨가 감감무소식이라는 이야기를 전해 왔다. 일본놈들이 주바 마을에서 더욱 맹렬하고 철저한 소탕 작전을 전개해, 그들이 잘 아는 더 많은 마을 사람들이 죽었다는 소식이 끊이지 않고 전해져 왔다. 일본놈들은 연합군의 갑작스러운 폭격과 연합군이 반격하고 있다는 소문에 대응하느라 머리를 주바 다리 어귀에 매달 시간도 인력도 없었고, 시체를 매장할 시간과 인력은 더더욱 없어, 주바 거리 곳곳에 시체가 흩어져 썩는 냄새가 진동했다. 정찰기가 대왕 주씨의 고각옥 상공에 점점 더 자주 나타났고, 기체가 나무 꼭대기를 거의 스치다시피 했다. 마을 사람들은 우유 사탕과 양갱 냄새, 그리고 스리 캐슬 상표의 담배 냄새를 맡을 수 있었다.

그는 세 그루의 람부탄 나무 주위를 한 번 빙 돌고, 그중 한 그루의 아래에 앉아 옌언팅이 만 수제 담배를 피우면서 나뭇가지에 줄줄이 달린 덜 익은 열매를 바라보았다. 천옌핑이 작은 대광주리와 조그만 다섯 갈래짜리 갈퀴를 들고 사방의 땅을 파헤쳐 싸움닭에게 먹일 지네와 전갈을 찾고 있었다. 허런젠의 아들 바이하이는 허리에 크고 작은 두 자루 파랑 칼과 바람총의 화살통을 차고, 손에는 창처럼 생긴 바람총을 들고 있었는데, 바람총의 총구에는 일본놈의 기관총에서 떼어낸 외날 총검을 등나무 줄기로 비끄러매 놓았다. 그는 괴상야릇한 얼굴로 유파스 나무 아래 서서, 맞은편의 보르네오철목(학명은 Eusideroxylon spp. 보르네오와 수마트라의 저지대와 우림에 분포함) 허리께의 과녁을 응시하면서 바람총을 입술에 갖다 대고 화살을 빠르게 쏘아 과녁에 명중시켰다. 온가족이 일본놈에게 죽고 누나인 허원이 실종된 후로 바이하이는 더 괴상해지고 말이 없어졌다. 야펑이 그를 마을에서 이곳으로 데려온 후로 바이하이는 벙어리처럼 하루 온종일 바람총 쏘는 것만 열심히 연습했다. 그는 등 뒤의 유파스 나무에서 진을 채취해 가열해서 액체로 만들어 백 개가 넘는 화살에 발랐다. 긴꼬리원숭이 한 마리가 람부탄 나뭇가지 위로 펄쩍 뛰어와 파란 열매 한 개를 따서 입 속에 넣고 씹었다. 바이하이는 원숭이를 향해 화살을 쐈다. 원숭이는 잠깐 멈칫하더니 펄쩍 뛰어 나뭇가지 몇 개를 지났다. 원숭이의 동작이 점점 느려지다가 높은 가지 위에서 떨어져 대왕 주씨의 발치에 쓰러졌다. 바이하이는 원숭이를 주워 들고 주씨를 곁눈질하며 화살 같은 눈길을 쏘아냈다. 주씨는 답답하고 무료해 바이하이와 얘기를 좀 하고 싶었다. 그는 한참 동안 생각해 봤지만 바이하이의 아버지인 허런젠과 누나인 허원의 이름만 생각났을 뿐, 바이하이의 본명은 생각나지 않았다. 주바 마을에선 다들 그를 바이하이라고 불러서 아무도 그의 본명을 기억하지 못했다.

"바이하이!"

대왕 주씨는 그의 등 뒤에 대고 소리쳤다. 바이하이는 원숭이의 꼬리를 쥐고 임시로 지은 돼지우리 쪽으로 가서 죽은 원숭이를 우리에 던져 넣었다. 취한 멧돼지가 흥미롭다는 듯 죽은 원숭이의 냄새를 맡았다. 바이하이는 주씨를 한 번 쳐다보고는 숯나무 아래로 가서 화살을 뽑고, 다시 주씨를 쳐다보았다. 그가 더 이상 말을 하지 않자 바이하이는 뽑은 화살을 바람총에 끼우고, 철제 귀뚜라미 모형을 꺼내 귀뚤귀뚤 귀뚤귀뚤 하는 소리와 함께 풀숲 속으로 들어갔다.

주씨는 람부탄 나무 주위를 순찰한 다음 고각옥으로 돌아와 베란다에 놓인 앉은뱅이 걸상에 앉아, 라디오를 귀 앞에 갖다 대고 안테나를 뽑고 조심스럽게 주파수를 조절하며 국제 정세를 찾아 들었다. 전파가 혼선된 소리는 먼 곳에서 들려오는 포탄 소리 같았다. 아편의 배급량도 줄어들어서 야펑과 중라오과이 등의 사람들은 하루에 아편을 한 덩이밖에 피울 수 없었고, 아이들의 코코아에도 더 이상 아편 즙이 들어가지 않았다. 들리는 말에 의하면, 주바 마을에 전염병이 도는 걸 방지하기 위해 일본놈들에게 협조해 시체를 처리하는 중국인들이 마을 사람들에게 시체를 매장하는 걸 도와달라고 했는데, 시체 한 구를 매장하면 지금 가치가 급속히 떨어지고 있는 바나나 지폐 100위안 혹은 아편 네 덩이를 받을 수 있다고 했다. 아편 중독이 비교적 심한 마을 사람들 몇 명이 벌써 몰래 고각옥을 떠나 그 아편 네 덩이를 받아서 중독 증상을 달랬는데, 이 일 때문에 주씨는 더 걱정스러워졌다. 언팅이 만 담배를 다 피운 주씨는 그녀를 불러 추가로 담배를 몇 개 더 말아달라고 하려고 했지만, 갑자기 야펑이 아침 일찍 다즈와 언팅을 비롯한 아이들을 데리고 판야친과 친위펑과 허원을 찾으러 숲속으로 들어간 게 생각났다. 천옌펑이 대광주리에서 살아 있는 지네와 전갈을 꺼내 망천수 아래에 있는 싸움닭에게 먹였다. 머리 없는 닭은 그루터기에서 내려와 지네의 조그만 다리와 전갈의 커다란 집게발을 '응시'했다. 천옌핑이 지네 한 마리를 머리 없는 닭의 발치에 떨어뜨렸다. 머리 없는 닭은 커다란 발톱으로 지네를 갈기갈기 찢었지만, 먹을 생각은 없는지 날개를 퍼덕이며 그루터기 위로 다시 올라가 이글이글 타는 하늘을 '응시'했다. 주씨는 고각옥 안으로 들어가 흐물흐물한 담배 다섯 대를 만 다음 베란다에 앉아 라디오를 계속 들었다. 웅웅거리는 전파 소리 속에서 양놈들의 목소리가 귀신이 울부짖는 소리처럼 들렸다. 주씨는 성냥불을 켜서 수제 담배에 불을 붙이고 한 모금 깊이 빨았다. 언팅의 침 맛은 나지 않았지만 파파야 맛이 났다. 그는 고개를 들고 함석지붕 위에서 괴상한 자세로 자고 있는 원숭이를 바라보았다. 눈꺼풀이 무거워졌을 때, 누군가가 귓가에서 작은 소리로 말했다.

"주씨 할아버지, 제가 담배 말아 드릴게요."

옌언팅이 탁자 앞에 앉았다. 그녀는 품속에서 전쟁 전의 주바일보 한 장을 꺼내 손톱으로 직사각형 모양으로 여남은 장을 찢어 놓고, 품속에서 마른 바나나 잎과 파파야 잎을 몇 장 꺼내서 입에 넣고 씹은 다음 직사각형으로 자른 종이 위에 뱉고, 열 손가락으로 그러모아 순식간에 곧고 깔끔한 담배 한 개비를 말아 주씨의 손 위에 내려놓았다. 주씨는 언팅이 말아 준 담배를 피우면서 그녀가 동요를 흥얼거리며 두 번째 담배를 마는 모습을 지켜보았다. 열두 살의 언팅은 머리를 한 갈래로 땋고, 머리에 호접란 한 송이를 꽂고 있었다. 이마에는 귀여운 여드름 몇 개가 나 있었고, 희고 고운 피부에 두 뺨은 발그레했고, 목에는 구미호 가면을 매달고 있었다. 대왕 주씨는 세 살짜리 뉴유마가 온 얼굴이 눈물 범벅이 된 채 우물 속에 쪼그리고 앉아 있는 걸 처음 봤던 때를 떠올렸다. 이상한 것은 세 살짜리 뉴유마가 갑자기 열세 살로 변해버렸다는 것이다. 그녀는 온 얼굴에 여드름이 나고, 양 뺨은 숯처럼 새빨갛고, 땋은 머리에는 돼지 피가 잔뜩 묻어 있었다. 주씨가 몸을 숙여 그녀를 우물 속에서 끌어올렸을 때 그녀가 입은 객가식 매듭단추 웃옷이 찢어져 풍만한 가슴이 반쯤 드러났고, 그의 몸에서 흩뿌려진 돼지 피 몇 방울이 떨어졌다. 그는 언팅이 말아 준 첫 번째 담배를 다 피우고 두 번째 담배를 피우기 시작했다. 언팅은 구미호 가면을 쓰고, 바나나 잎이나 고구마 잎을 씹은 다음 잘라 놓은 신문지 한 장을 입 앞에 갖다 대고 혀와 입술을 오물거리다가 푸 하는 소리를 내면서 침이 잔뜩 묻은 수제 담배를 뱉어냈다. 그는 언팅의 땋은 머리가 전갈 꼬리처럼 곧추서고, 앞머리가 백 개나 되는 지네발처럼 흩어진 걸 보았다. 언팅은 담배 한 개 분량을 또 뱉어내고는 주씨의 비위를 맞추려는 듯이 웃어 보였다. 구미호 가면이 투명해진 것만 같았다. 대왕 주씨는 그녀의 얼굴에 여드름 몇 개가 모래처럼 박혀 있고, 왼쪽 뺨에 있는 머리가 크고 배가 둥그런 개미 모양의 점이 이리저리 도망 다니다가 가슴 앞까지 가서 점보다 그리 크지도 않은 두 개의 까만 젖꼭지로 변하는 걸 보았다.

전파의 잡음이 라디오의 스피커를 거의 터뜨리다시피 해서, 사람의 피부에 물집이 생기게 할 만큼 뜨거운 회오리바람이 대왕 주씨의 몸을 뒤덮었다. 주씨는 눈을 두어 번 깜빡거렸다. 옌언팅은 보이지 않았고, 탁자 위에는 흐물흐물한 수제 담배 세 개비가 놓여 있었다. 그는 자기가 만 담배를 피우면서, 북쪽 숲을 바라보며 베란다 아래로 내려가서 몸을 굽혀 왼쪽 귀를 망천수 그루터기에 갖다 댔다.

모터가 달린 긴배 수십 척이 주바 강 하류 쪽에서부터 고각옥을 향해 다가오고 있었다. 배 한 척마다 황토색 군복을 입고 완전무장을 한 일본놈들이 열 명씩 타고 있었다. 허리에 무라마사 요도를 차고 손에 남부 14식 권총을 든 헌병대 조장 야마자키 겐키치가 전갈 꼬리처럼 곧추선 선미에 서 있었다. 왼쪽 팔뚝에 수놓인 '헌병'이라는 붉은 글자가 햇빛 아래서 싸움닭 벼슬 같은 붉은빛으로 요사스럽게 빛났다. 적의 경계심을 사지 않기 위해 모터는 한참 전부터 꺼져 있었고, 일본놈들이 손에 든 노가 백 개나 되는 지네발처럼 빠르고 소리 없이 움직였다.

2

달빛과 번개가 그들의 얼굴 위에 떨어졌다. 야펑은 고개를 들고 위를 올려다보았다. 눈꺼풀이 튀어 올랐고, 산산조각 난 달빛도 끊어진 도마뱀 꼬리처럼 튀어 올랐다. 물소리가 흐느껴 울었고, 숲도 오열하고 있었다. 주바 강은 아스팔트처럼 검고 걸쭉했다. 강가의 피풀 숲에서 흰 연기가 피어올라 늘보원숭이처럼 느릿느릿한 속도로 띠풀 숲을 뚫고 나가 큰 나무를 타고 오르고, 다시 그 나무 아래로 내려와 띠풀 숲을 뒤덮었다. 대오는 이 흰 연기처럼 느린 속도로 서남쪽을 향해 이동했다. 야평은 일본놈들이 주바 마을에 상륙하던 그 새벽에도 마을 상공에 번개가 가득 치면서 마을을 대낮처럼 밝게 비췄던 걸 떠올렸다.

출발하기 전에 말라깽이 선씨가 죽었다는 소식이 전해져 와서, 근심이 어려 있던 대오에 갑자기 약간의 비장함이 싹텄다. 선씨의 수양아들 자오자하오는 무슨 귀신이라도 들렸는지, 걸으면서 허윈이 주바 강가에서 배워 온 〈솔로 강〉이라는 인도네시아 노래를 가성으로 흥얼거렸다. 그러는 바람에 다른 아이들도 개가 짖고 고양이가 우는 것처럼 따라 불러서, 대왕 주씨는 화가 머리끝까지 치밀었다.

"자하오! 어디 계속 불러 봐! 네 혀를 잘라 버릴 테니!" 달빛 아래, 대왕 주씨의 얼굴은 사나운 바람 속에서 쾅쾅 울리는 함석판처럼 굳어 있었다.

"라오주, 일본놈들은 우리랑 한참 멀리 떨어져 있잖아. 개를 백마리나 풀어 놔도 일본놈 지린내를 못 맡았다고." 중라오과이는 손에 존슨 앤 존슨사의 엽총을 들고서 왜목 덤불 위에 앉아 낮은 소리로 우는 부엉이를 쳐다보았다. 그의 냉담한 이마는 거대한 조개껍데기 같았다. "자하오 노래가 아주 듣기 좋은데 뭘. 자하오, 목소리가 변해 버리기 전에 좀 더 불러 봐."

"라오중," 대왕 주씨는 마치 살아 있는 소를 뿔과 발굽 째로 삼켜 버릴 준비를 하는 구렁이 같았다. "일본놈들이 열흘 넘게 도망 다니면서 죽을 놈은 죽고, 도망칠 놈은 도망치고, 미칠 놈은 미치고, 따로 떨어질 놈은 떨어지고, 자살할 놈은 자살했을 거야. 괜히 놈들을 놀라게 하면 놈들은 흔적 없이 숨어 버리거나, 아니면 나무 위에서 뛰어내려서 이 꼬마들 여남은 놈의 머리를 베어 버릴 거라고."

"일본놈도 죽으면 강시가 된다던데, 진흙을 뚫고 튀어나와서 네 좆을 물어뜯을 걸!" 천옌핑이 자오자하오를 보면서 히죽거리며 말했다. 그는 등나무 바구니를 메고 있었다. 그 속에는 게으름뱅이 자오씨의 머리 없는 닭이 웅크리고 앉아 있었는데, 광주리 주둥이 밖으로 선홍색 꽁지깃 두 개가 튀어나와 있었다.

"삼촌, 삼촌 좆이 우리 것보다 크니까," 가오자오창이 외팔을 흔들어 독일제 모제르총을 모방해 만든 권총을 휘두르면서 천옌핑의 가랑이를 쳐다보았다. "아마 삼촌이 먼저 물어뜯길 거예요."

"이 자식!" 천옌핑이 침을 뱉었다. "네 좆은 숫총각 거라서 더 연하고 맛있겠지!"

"가오자오창, 솔직히 말해 봐라. 너 그 좆 가지고 일본 여자랑 놀아 봤냐?" 중라오콰이가 괴상야릇한 표정으로 말했다. "넌 이토 그 망할 자식 뒤꽁무니를 따라다니면서 일본 여자들을 보면 가랑이가 다 불룩해져서, 쬐끄만 좆이 이토가 입에 문 하모니카처럼 딱딱해졌을 텐데."

천옌핑이 가오자오창의 머리를 한 대 때렸다. "나중에 시간 나면 네 좆을 한번 검사해 봐야겠다. 이 몸은 짐승을 수천 마리나 불까 봐서, 한번 보면 네가 숫총각인지 아닌지 바로 안다고."

"숫총각이면 어떻고 아니면 어때요?" 가오자오창은 붉어진 얼굴로 천옌핑의 손을 뿌리쳤다. "자오 삼촌네 머리 없는 닭 좆도 삼촌이 깠어요?"

"까긴 뭘 까." 천옌핑은 고개를 돌려 등나무 광주리를 보았다. "이놈을 씨닭 삼아서 싸움닭을 잔뜩 낳아서 돈 벌 거다."

열여섯 명의 아이들이 낭랑하게 울리는 소리로 웃었다. 야펑은 아이들을 노려보았다. 야펑의 성난 눈길과 대왕 주씨의 호통 때문에 아이들은 더 이상 자오자하오의 노래를 따라 부를 엄두를 내지 못했다. 아이들 중 몇몇은 요괴 가면을 쓰고, 몇몇은 엄숙하게 인상을 쓰고, 몇몇은 어깨에 메고 있던 총을 내려 들고 나무 위를 이리저리 조준하고, 몇몇은 파랑 칼을 뽑아 양쪽에 빽빽이 자란 덩굴과 들꽃을 베고, 몇몇은 마른 나뭇가지를 주워 부엉이가 울부짖는 숲을 향해 던지고, 몇몇은 갑자기 바지춤을 풀고 오줌을 눴다. 차오다즈와 가오자오창이 아이들의 맨 앞에서 걸었고, 야펑과 에밀리가 아이들 뒤에서 걸었다. 대오의 맨 앞에는 대왕 주씨와 중라오과이와 젊은 벌목공 두 사람이 있었고, 붉은 얼굴 관씨와 천옌핑, 샤오 선생이 맨 뒤에서 따라갔다. 뚱뚱한 달은 검푸른 색의 구름에 반쯤 가려져 있었다. 구름은 강 위에 떠 있는 악어 떼처럼, 번개가 칠 때면 달의 기름진 살을 뜯어 먹으며 떼로 죽어 나뒹굴었다. 돼지꼬리원숭이 무리의 허깨비가 무화과나무 위에서 펄쩍펄쩍 뛰었고, 새와 벌레의 울음소리는 빗발치는 총탄처럼 날카로웠다. 강물이 쏴쏴 소리를 내며 양쪽 기슭의 나뭇가지와 풀을 핥았다.

1945년 6월, 연합군이 주바 마을에 대해 상륙전을 전개했다. 마을에 주둔하고 있던 2천여 명의 일본군은 저항할 힘이 없어 내륙으로 집단 퇴각하면서 무인지경에 들어가듯이 숲을 불태우고 사람들을 죽였다. 8월 15일에 일본이 투항했고, 9월 9일에 영국령 보르네오 주둔 일본군 제37군 총사령관 바바 마사오馬場正郎가 정식으로 연합군의 항복 문서에 서명한 후, 보르네오 각지의 수비군 지휘관들이 잇따라 무기를 버리고 투항했다. 요시노 마키와 야마자키 겐키치가 이끄는 2천여 명의 일본군은 내륙으로 도망쳐 총사령부와 연락이 끊겼다. 연합군의 전투기가 흩뿌린 일본군이 패했다는 전단을 보고도 요시노와 야마자키는 그 진위 여부를 알지 못해 투항을 거부했다. 9월, 2천여 명의 일본군은 원주민, 연합군, 유격대의 저격에 반 이상이 죽거나 다쳤다. 그때까지, 저항군의 병력을 분산시키기 위해 요시노가 이끄는 6백여 명의 일본군은 주바 강을 따라 상류를 향해 전진했고, 야마자키가 이끄는 4백여 명의 일본군은 동북쪽으로 우회 전진하면서 두 부대로 나뉘어 도망쳤다.

1945년 5월, 주바 마을에서 30여 킬로미터 떨어진 대왕 주씨의 비밀기지가 야마자키의 대군에 습격당했다. 주씨와 마을 사람들은 산발적으로 반격했지만, 결국은 일본놈들의 96식 기관총과

89식 척탄통의 공격을 버텨내지 못해 백 명에 가까운 피난민이 일본놈들에게 학살당했고, 대왕 주씨를 비롯한 몇몇 사람과 그 자리에 없던 아이들만이 요행히 도망쳤다. 야마자키가 떠난 후, 대왕 주씨와 중라오과이는 불타서 잿더미가 된 고각옥으로 돌아와 풀과 나뭇가지로 마을 사람들의 시신을 덮어 주었다. 그런 다음, 말라깽이 선씨가 제공한 방수 외투로 싸서 세 그루의 람부탄 나무 아래에 묻어 뒀던 총과 총알과 아편 중 일부를 파내어 비밀기지를 사슴 호수 근처로 옮기고, 9월 말쯤에 어른과 아이 20여 명을 이끌고 일본놈들의 도주 부대 두 무리를 매복 공격했다.

번개는 하늘에 뿌리를 내린 양, 먹구름이 흩어진 후에야 사라졌다. 끝내 큰 비가 내리기 시작했지만, 그들의 머리 위에 떨어지지는 않고 30미터쯤 떨어진 풀숲 위에 떨어졌다. 풀숲 위에 수염 같은 빗줄기가 내려 수증기가 자욱했고, 미간을 깊이 찌푸린 산봉우리 몇 개가 떠올라 있었다. 수증기 속에 태양의 황금빛 얼룩이 드러났을 때, 마성을 발산하는 뚜렷하고 흐릿한 두 개의 무지개가 길게 걸쳐졌다. 청록빛의 참매가 오만한 두 날개를 펼치고 노기가 충만한 채 그들을 향해 날아왔다. 하늘은 양초처럼, 타오르는 햇볕을 받아 촛농이 들판에 뚝뚝 떨어져 푸른 연기가 피어올랐고, 들불이 꿈틀거렸다. 내륙의 들새도 주바 마을 주위의 들새와 똑같이 숨 가쁜 소리로 쌕쌕거리며 울었고, 깃털이 이슬에 축축이 젖어, 날개를 펴자 안개가 한 겹 피어올랐다. 굶주린 원숭이 떼가 큰 나무에서 다른 나무로 옮겨가며 배를 채울 먹이를 찾았다.

긴 꼬리와 짧은 꼬리를 가진 각기 다른 종의 원숭이들이 마주치자 원숭이들의 털이 곤두서고 눈에서 불이 뿜어져 나왔다. 아이들은 걸음을 늦추고 원숭이들이 싸우는 걸 구경하느라 잠깐 사이에 대왕 주씨와 중라오과이 등의 어른들과 거리가 벌어졌다. 차오다즈와 가오자오창은 각자 여의봉을 땅에 괴어 지탱하거나 삼첨양인도를 어깨에 메고서 아예 걸음을 멈춰 버렸다.

"야펑, 애들이 멍하니 있게 놔두지 마라!" 대왕 주씨가 고개를 돌려 뒤떨어진 대오를 쳐다보았다. "이틀만 더 지나면 일본놈들이 도쿄까지 도망쳐 버릴 거다!"

"그만 봐, 가자!" 야펑은 앞에 선 아이의 땀에 흠뻑 젖은 머리를 한 대 때렸다.

차오다즈는 여의봉을 휘두르고, 휘파람을 휙 불고 앞을 가리키며 아이들을 이끌고 걷기 시작했다. 가오자오창은 허리에 찬 권총을 만지작거리며 등 뒤의 옌언팅을 흘끗 쳐다보았다. 해가 천천히 떠올라 먼 곳의 빗줄기와 무지개가 사라지고, 이마가 뾰족하고 턱이 넓고 몸이 비대한 산봉우리 몇 개가 드러났다. 참매는 여전히 성이 나서 그들을 향해 날아왔지만, 한나절 동안이나 날아도 그대로 그 자리에서 꼼짝도 않고 있었다. 구름은 흩어지지 않았지만 열기에 녹아 버렸는지, 하늘이 점점 바닷물 같은 남색으로 돌아왔다. 마른 나뭇가지 하나가 나무 위에서 쉬쉬안이許軒儀의 발치로 떨어졌다. 쉬쉬안이는 미처 피하지 못하고 나뭇가지를 밟고 넘어져서, 땅 위에 무릎을 꿇고 엎어진 채 울기 시작했다.

야펑이 그녀를 부축해 일으켜 보니 두 무릎이 긁혀 상처가 나서 지렁이 같은 빨간 핏줄기가 흘러나오고 있었다. 쉬쉬안이는 열한 살이었다. 그녀의 부모는 재봉사였는데, 넉 달 전에 야마자키에게 기습당해 죽었다. 쉬쉬안이의 왼쪽 입가에는 애교점이 있었는데 그녀는 그걸 큰 자랑으로 여겼다. 전쟁이 나기 전에 주바 마을에서 그녀는 언제나 부모님이 새로 지어 준 옷을 입고 작은 공주처럼 지냈다. 쉬쉬안이가 관야펑을 좋아한다는 소문이 있었는데, 야펑이 자기를 부축해 일으켜 주자 그녀는 곧바로 쪼그리고 앉아 상처를 어루만지며 눈물을 머금은 배꽃처럼 울었다. 야펑은 목에 두르고 있던 흰 수건으로 무릎에 난 피를 닦아내고 상처를 살펴보았다. "피부만 다친 거라 괜찮아. 일어나." 쉬쉬안이는 내숭을 떨며 일어났다가 다시 쪼그리고 앉았다. 처참하게 죽은 부모님이 생각나, 우는 척을 하던 것이 진짜로 눈물이 나서 울면 울수록 더 마음이 아파졌다.

"쉬쉬안이." 야펑이 그녀 앞에 쪼그리고 앉았다. "아직 걸을 수 있지?"

"엄마-" 쉬쉬안이가 울면서 말했다. "나 엄마 찾아갈래."

"쉬쉬안이, 아픈 척 그만해." 어부의 아들인 열한 살짜리 우톈싱이 말했다. "너 여기 눌러앉아 있을 거면 너만 혼자 놔두고 갈 거야. 그럼 일본놈들이 널 데려가겠지!"

"일본놈들이 너한테 새 옷 많이 지어 줄 거야." 자오자하오가 말했다. "그놈들은 나이가 많든 적든 다 좋아하니까."

"자하오, 쓸데없는 소리 하지 마라!" 대오의 뒤쪽에서 샤오 선생의 목소리가 들려왔다. 자하오는 혀를 쏙 내밀었다.

가오자오창은 갑자기 린샤오팅이 생각났다. 그는 권총을 세게 쥐고, 저도 모르게 총열로 칼집을 두드렸다.

"쉬쉬안이, 내가 잠깐 업어 줄게." 야핑이 말했다. "이제 안 아프다 싶으면 말해 줘."

야핑은 파랑 칼과 엽총을 에밀리에게 건네주고, 쉬쉬안이에게 등을 돌리고 쪼그리고 앉았다. 쉬쉬안이는 훌쩍거리며 야핑의 등 위에 엎드렸다. 야핑은 몸을 일으키고, 소리를 쳐서 대오에게 전진하라는 신호를 했다. 주바 소학교 교사 차이량의 아들 차이융푸가 인력거꾼의 아들 위윈즈餘雲志에게 다가가 귓가에 뭐라고 소곤거리자, 윈즈가 깔깔 웃었다.

"쉬쉬안이." 위윈즈가 큰 소리로 말했다. "차이융푸가 네 욕했어! 네 얼굴에 있는 점이 애교점이 아니라 눈물점이래!"

"내가 그런 거 아냐." 차이융푸도 큰 소리로 말했다. "우리 아빠가 한 말이야!"

"눈-물, 눈-물." 자오자하오가 괴상한 곡조를 붙여 흥얼거렸다. "눈물 줄줄."

쉬쉬안이가 훌쩍훌쩍 울었다.

나무 꼭대기 아래로 떨어지는 햇빛이 점점 더 빽빽하게 수직으로 떨어졌고, 해가 점점 더 높이 떠올랐다. 대왕 주씨와 중라오과이는 숲이 드문드문한 길을 골라서 가느라 구불구불한 길을 앞으로 갔다가 뒤로 갔다가 해서 길을 잃기 쉬웠기 때문에, 반드시 바람의 방향과 해의 방위를 계속 확인해야 했다. 벌목공 두 명은 수시로 잡목과 풀덤불을 베어 구불구불하고 희미한 좁은 오솔길을 뚫었다. 아이들은 땀이 흘러 등이 온통 젖어서 걸음이 점점 무거워지고, 웃음소리와 떠드는 소리도 줄어들었다. 열 살짜리 판칭롄範青蓮이 갑자기 걸음을 멈추더니 오줌을 누겠다고 했다. 판칭롄은 키가 크고 뚱뚱해서 꼭 작은 어른 같았다. 그녀의 부모가 파는 수입 식용유와 밀가루와 통조림 중에서 적지 않은 수가 그녀의 오장육부를 채워 주었다. 판칭롄이 오줌을 누겠다고 하자마자 농부의 아들인 열한 살짜리 첸구이안錢桂安과 열두 살짜리 마위정馬玉錚이 큰 소리로 맞장구를 쳤다. "야펑 오빠, 우리 거의 다섯 시간은 걸었어." 마위정의 집이 문구와 시계를 파는 가게였기 때문에, 아이들 중에서 그녀 혼자만 손목에 수입 손목시계를 차고 있었다. 은빛으로 반짝이는 시계는 조그만 흰 뱀처럼 그녀의 손목을 감싸고 있었다.

야펑은 대왕 주씨를 바라보았다. 주씨는 중라오과이의 7배율 쌍안경을 들고 서남쪽을 살펴보면서, 사냥감을 노리는 구름표범처럼 집중하고 있었다. 중라오과이는 손차양을 하고 주씨와 같은 방향을 주시했다. 야펑은 쉬쉬안이를 내려 주고 칭롄과 아이들에게 고개를 끄덕여 보이고, 세 아이들이 각자 갈라져서 풀숲 속으로 들어가는 걸 지켜보았다. 남자아이 한 명이 카키색 바지의 바지춤을 풀고 풀숲을 향해 두 줄기 노란 오줌을 뿌렸다. 아이들 네 명이 요괴 가면을 쓰고 땅바닥에 쪼그리고 앉아 캄캄한 나무 꼭대기를 올려다보았다. 석유 기술자의 아들인 아홉 살짜리 황광린黃光霖과 채소 장수 아들인 열 살짜리 팡자오차이房招財가 바지주머니에서 용수철이 달린 토끼와 거북이 모양 장난감을 꺼내서, 흙바닥을 골라 평평하게 만든 다음 거북이와 토끼에게 경주를 시켰다. 장난감은 귀뚜라미 소리 같은 찌륵찌륵 소리를 냈다. 음식 노점 주인의 딸인 열두 살의 류징징劉菁菁이 옆으로 다가와서 허리를 숙이고 쉬쉬안이의 상처를 살펴보았다. 징징의 남동생인 열한 살짜리 류자오궈劉兆國가 초록색 철써기 한 마리를 잡아서 자오자하오의 머리카락 위에 몰래 올려놓았다. 차이융푸와 위원즈는 벌레잡이통 풀의 뚜껑을 몇 개 열고 포충통 속에 든 개미와 벌레의 잔해를 들여다보았다. 옌언팅은 차오다즈가 나무 그루터기에 앉은 걸 보고 자기도 털썩 앉아서 고바야시가 부르던 일본 가요를 흥얼거렸다. 가오자오창은 파랑 칼을 뽑아 망천수 나무의 몸에 사악한 기운을 쫓는 부호 같은 것을 새기려다가, 붉은 얼굴 관씨에게서 일본놈이 알아볼 수 있는 어떤 흔적도 남기지 말라고 야단을 맞고 그만뒀다. 예가 아니면 보지 않는 샤오 선생은 오줌을 누는 세 아이에게서 등을 돌렸다. 일본놈들에게 3년 8개월이나 시달린 샤오 선생은 이미 그다지 선생님 같아 보이지 않았다. 더러운 러닝셔츠와 검은색의 긴 바지를 입고, 어깨에 엽총을 메고 허리에 파랑 칼을 찬 그는 주바 거리 어귀에서 어슬렁거리는 본토박이 건달 같았다. 그는 망천수 위를 올려다보다가 구름표범 한 마리가 구렁이처럼 나뭇가지 위에 엎드려 있는 걸 보았다. 나뭇가지 끝에 자라난, 연못처럼 무거운 푸른 잎이 개구리마냥 튀어 올랐다. 그 나뭇가지는 구름표범에게 길들여져 표범을 태우고 있는 짐승처럼, 무서운 기세로 하늘을 노려보며 구름표범과 똑같이 오만한 태도를 보였다. 구름표범의 몸 색은 나뭇가지와 비슷해서 발견하기 어려웠지만, 나뭇가지 아래로 늘어져 있는 화려한 꼬리는 어두운 밤에 타오르는 봉화처럼 나무 꼭대기를 변화무쌍하게 비추며 여기저기에 불꽃의 발톱이 할퀸 흔적을 냈다.

야마자키의 대대가 고각옥을 습격했을 때, 천옌핑은 백전노장인 싸움닭 두 마리를 버리고 게으름뱅이 자오씨의 머리 없는 닭만 안고 풀숲 속으로 뛰어들었다. 이 머리 없는 닭은 지금 천옌핑이 등나무 광주리에서 내보내 줘서, 가슴을 펴고 '머리'를 들고 나무 그루터기 위에 서서 에메랄드색의 꼬리깃과 부드럽게 빛나는 깃털을 흔들며 소리 없는 울음을 울었다. 에밀리는 한 손을 허리에 올리고서 커다란 낙엽을 한 장 쥐고 부채질을 했다. 검은 개는 땅 위에 놓인 개구리 시체의 냄새를 맡았다. 까맣고 긴 꼬리가 허공에서 검은 소용돌이를 만들었는데, 장난꾸러기 꼬마들을 가두는 요사스러운 안개 같았다. 야펑은 눈을 감고 아이들이 오줌을 누는 졸졸 소리를 들으면서, 코를 찌르는 짜고 신 지린내와 농익은 두리안 열매가 내는 향기로운 썩은 내를 맡았다. 그는 오른편의 왜목 덤불 속에서 판칭롄이 땅에 떨어진 마른 나뭇잎 몇 장을 집어 가랑이 밑을 닦은 다음, 잎을 버리고 벽돌색의 긴 바지를 입고 땅 위에 잔뜩 깔린 썩은 잎을 밟으며 왜목 덤불 밖으로 나오는 걸 보았다. 첸구이안은 엉덩이를 까고, 막 흙을 뚫고 나온 풀의 싹 같은 조그만 고추를 내놓고, 아직 어려 열매를 맺지 못하는 야생 두리안 나무 아래로 갔다. 그는 파란 잎 몇 장을 따서 가랑이 아래에 펼쳐 놓고, 아주 과장스럽고 보기 흉한 자세로 엉덩이를 닦은 다음 바지를 입고 대오로 돌아왔다. 몸길이가 작은 파랑 칼과 비슷한 도마뱀 한 마리가 두리안 나무 위에서 땅으로 내려와 칼날 같은 뾰족한 주둥이와 날카로운 꼬리를 치켜들고 가시나무 덤불 속으로 사라졌다. 야평은 은색의 작은 뱀 한 마리가 여자용 손목시계의 시침과 초침처럼 한쪽은 길고 한쪽은 짧게 갈라진 혀를 내민 채 다다다 하고 마위정의 손목 위로 미끄러져 가서 그녀의 겨드랑이 아래로 들어가 가슴 앞에서 사라지더니, 금색 빛에 뒤덮여 그녀의 가랑이 아래에서 꿈틀거리며 기어 나와 바나나 잎인지 토란잎인지 모를 잎 위에 떨어져서 금빛 개구리처럼 움직이지 않고 가만히 웅크리는 걸 보았다. 야평은 온몸이 바싹 마르고 뜨거워진 채 에밀리를 쳐다보았다. 에밀리의 머리카락 끄트머리에 보기 좋게 붙어 있던 손바닥만 한 푸른 잎사귀가 갑자기 바람에 날려 나뭇가지 사이로 사라졌다. 그걸 본 야평은 어렴풋한 뭔가를 연상했다. 야평은 허원의 메마른 보조개와, 뉴유마의 젖꼭지 뒤의 양쪽 젖가슴과, 밤중에 주바 강에 떠오른 악어 눈처럼 작열하던 후이칭의 두 눈이 생각났다. 허원이 아직 낳지 않은 아이와 뉴유마와 후이칭이 낳을 수 없었던 아이들이 태어나 머리 셋에 팔이 여섯 개 달린 괴물로 합체해, 요사스러운 빛을 사방에 흩뿌리는 칼날 아래서 덜덜 떨었다.

"야펑 오빠." 마위정이 야펑의 옷소매를 잡아당겼다. "됐어. 이제 가도 돼."

대왕 주씨와 중라오과이와 벌목공 두 명은 벌써 앞으로 한참 걸어가고 있었다. 아이들은 차오다즈와 가오자오창의 구령에 맞춰 대오를 정비한 다음 야펑이 명령을 내리기를 기다리고 있었다.

"너 무릎 괜찮아?" 류자오궈가 쉬쉬안이 옆으로 다가와서 작은 소리로 말했다. "내가 업어 줄 수 있어."

쉬쉬안이는 류자오궈를 한 번 흘겨보고, 류징징의 손을 잡고 가오자오창의 대오로 돌아갔다.

대오는 30분 정도 걸어갔다. 정오가 되자 대왕 주씨는 어느 유파스 나무 아래서 식사를 하고 휴식을 취하라고 명령했다. 출발할 때 각자 조그만 보따리를 등에 멨는데, 그 안에 바나나 잎에 싸인 하루치의 절인 고기와 등나무 열매가 들어 있었다. 지친 아이들은 고기와 열매를 마구 먹은 다음 나무 아래 드러누워 잠들었다.

3

아이들 무리에서 판야친과 친위펑이 빠졌지만 류징징과 류자오궈 남매가 들어와서 15명의 대오를 유지했다. 백 명에 가까운 마을 사람이 살해당한 후로 대왕 주씨가 람부탄 나무 아래에 묻어 됐던 총과 총알과 아편이 아주 넉넉해져서, 아이들도 모두 엽총을 한 자루씩 받을 수 있었다. 가오자오창은 엽총 외에도 말라깽이 선씨가 인편에 보내 준, 독일제 모제르총을 모방해 만든 권총을 받았다. 사슴 호수 근처에서 지낸 3개월 동안 아이들은 중라오과이의 교육을 받아 산탄을 열 발 넘게 쐈다.

한잠 잘 자고 깨어난 아이들은 기운이 넘쳤다. 마위정이 손목시계를 보았다. "2시 30분이야!" 태양 할아버지가 무정하게 대지를 내려다보며 풀숲에 고대의 공성 병기 같은 벼락과 불덩이를 던져서, 땅을 뜨겁게 달궈 다들 엉덩이를 붙이고 앉아 있지 못하게 했다. 저 멀리 띠풀 숲에서 들불이 잇따라 피어올라, 서남풍을 맞아 미군이 일본놈들을 향해 발사한 화염방사기처럼 생생하고 사납게 타올랐다. 참매 떼가 들불 위의 상공을 떠나지 않고 선회하면서 불 속에서 도망쳐 나온 들새와 파충류를 잡아먹으려고 기다리고 있었다. 연기가 하얀 도깨비처럼 제멋대로 돌아다녔다. 아이들이 자는 동안 대왕 주씨와 어른들은 길을 살펴보러 갔고, 샤오 선생과 야평, 에밀리, 검은 개, 머리 없는 닭, 그리고 차오다즈를 비롯한 열다섯 명의 아이가 남았다. 심심해진 아이들은 동그랗게 모여서 〈새장 속의 새〉를 엉망진창으로 부르면서 고바야시와 함께 했던 귀신 잡는 놀이를 했다. 아이들은 마위정, 류자오궈, 황광린까지 귀신을 세 명 잡아서 그들에게 30분 안에 속칭 '머리 감는 열매'라고 불리는 등나무 열매 세 개를 따 오라고 시켰다. 따 오지 못하면 벌로 속칭 '냄새나는 콩'이라고 불리는 페타이Petai콩

세 알을 생으로 먹어야 했다. '머리 감는 열매'는 과육이 맛있고, 껍질을 찧어 즙을 내서 머리카락에 문지르면 머리를 개운하게 감을 수 있고 좋은 향기도 났다. 굽거나 삶지 않은 '냄새나는 콩'은 매운맛이 나서 먹기 힘들었고, 똥오줌 냄새나 시큼하고 구린 동물의 체취가 심하게 나서 먹고 나면 계속 구린내가 나는 방귀가 나왔고, 똥을 눠도 냄새가 아주 심했다. 열다섯 명의 아이 중 제일 나이가 많은 차오다즈가 열세 살, 제일 어린 황광린이 아홉 살이었다. 아이들 사이의 감정은 아주 복잡하게 얽히고 진실과 거짓이 뒤섞여 있어 어른들과도 견줄 만했다. 차오다즈와 가오자오창과 차이융푸는 옌언팅을 좋아했고, 옌언팅은 차오다즈를 좋아했다. 자오자하오와 우톈싱은 마위정을 좋아했고, 마위정은 차오다즈를 좋아했다. 류자오궈와 첸구이안은 쉬쉬안이를 좋아했고, 쉬쉬안이는 관야펑을 좋아했다. 위윈즈는 류징징을 좋아했고, 류징징은 가오자오창을 좋아했다. 판칭롄은 유일하게 어느 남자아이도 좋아하지 않는 여자아이였지만, 그녀는 황광린을 좋아했다. 자오자하오와 우톈싱이 자원해서 마위정 대신 벌을 받겠다고 했고, 판칭롄은 수줍어하며 황광린과 함께 '머리 감는 열매'를 찾으러 가겠다고 했다. 야펑은 아이들의 흥을 깨고 싶지 않아서 에밀리가 자오자하오, 류자오궈, 황광린, 판칭롄을 데리고 '머리 감는 열매'를 찾으러 가게 했다. 류자오궈는 자오자하오가 쉬쉬안이의 애교점을 비웃은 게 마음에 들지 않아 열매를 찾으러 가면서 계속 말다툼을 했다. 왜소하고 희멀건 황광린은 몸집이 크고 뚱뚱한 판칭롄을 무서워해서, 일부러 류자오궈와 자오자하오 사이에 끼어 걸으면서 판칭롄이 자기 옆으로 오지 못하게 했다. 류자오궈와 자오자하오는 자꾸 황광린과 판칭롄을 일행의 가운데로 몰아넣어, 황광린은 화가 나서 계속 뚱한 표정을 지었다. 새와 벌레가 시끄럽게 울었고, 해가 높이 걸렸다. 연합군의 전투기 두 대가 나무 꼭대기 위로 씽씽 지나가면서 수천 마리의 박쥐를 깨워 하늘이 온통 새까매졌다. 나뭇가지 위에 엎드려 이를 잡다가 곯아 떨어져 있던 긴꼬리원숭이 한 마리가 전투기는 본체만체하고, 무관심한 듯 경멸하는 듯한 눈으로 아이들을 쳐다보았다. 40분을 걷는 동안 '냄새나는 콩'은 수도 없이 봤지만, '머리 감는 열매'는 반쪽도 보이지 않았다.

"자오자하오, 네가 재수 없어서 그래." 류자오궈가 그를 원망했다. "머리 감는 열매를 못 찾으면 네가 우리 대신 냄새나는 콩을 먹어야 돼!"

"먹으면 먹는 거지." 자오자하오가 말했다. "너희 세 명 몫을 먹으면 나 혼자 배부르겠네!"

"넌 귀신도 아닌데 왜 끼어들어?" 류자오궈가 말했다. "네가 마위정한테 잘해주면 걔가 널 좋아할 것 같아? 걔가 좋아하는 사람은 차오다즈야. 네가 뭔데?"

"그러는 너는? 쉬쉬안이가 별로 안 다쳤는데도 야핑 형한테 업어 주라고 했잖아. 네가 야핑 형도 아니면서 뭘 끼어들어?"

"분수도 모르는 게."

"지는, 돼지 목에 진주목걸이면서."

"돌아가면 내가 야펑 형이랑 차오다즈한테 말해 줄 거야." 황광린이 복수하듯 말했다. "분수를 모르는 사람이랑 진주목걸이를 한 돼지가 형들 여자 친구를 뺏으려고 한다고."

자오자하오와 류자오궈는 요괴 가면을 쓰고, 황광린의 팔을 붙잡고 그의 발끝을 판칭롄 쪽으로 돌려세워서 그녀의 가슴팍에 확 밀어붙였다. 황광린의 얼굴이 버터 덩어리처럼 판칭롄의 불룩 솟은 가슴에 들러붙자, 혼비백산한 황광린은 양손으로 판칭롄의 젖가슴을 붙잡고 그녀를 밀어내려 했다. 판칭롄은 한 걸음 한 걸음 뒤로 물러서다가 어느 녹나무에 기대섰다. 자오자하오와 류자오궈가 손을 놓아 주지 않아 판칭롄은 이러지도 저러지도 못했다. 황광린의 머리 반쪽이 판칭롄의 양 젖가슴 사이에 완전히 파묻혀, 그는 숨쉬기도 힘들어서 계속 비명을 질렀다. 에밀리가 자오자하오와 류자오궈의 머리를 한 대씩 세게 때린 뒤에야 두 아이는 잡고 있던 손을 놓았다. 황광린은 원숭이 엉덩이처럼 새빨개진 얼굴로 자오자하오와 류자오궈를 쫓아갔다. 판칭롄은 나무 그루터기 위에 털썩 주저앉아 훌쩍거리며 울었다.

"광린-" 판칭롄은 바싹 마른 목소리로, 소리만 내면서 눈물은 나오지 않았다. "네가 날 만졌어-"

"광-린-" 자오자하오가 가성으로 〈솔로 강〉을 부를 때처럼, 목소리를 높여 판칭롄을 따라 했다. "네가-날-만졌-어-"

"황광린이 판칭롄 가슴을 만졌다- 가슴을-" 류자오궈가 긴팔원숭이 같은 큰 소리로 말했다.

황광린은 키는 작지만 달리기는 아주 빨라서, 마른 나뭇가지를 주워 자오자하오와 류자오궈의 엉덩이를 찔렀다.

세 아이는 나무 그루터기를 연달아 지나면서 어린 나무를 몇 그루나 밟아 부러뜨리고, 의태하고 있던 곤충과 도마뱀을 놀래고, 썩은 잎과 진흙 부스러기를 수도 없이 파헤쳤다. 아이들의 모습은 빠르게 작아져서, 이리저리 부딪쳐 쓰러진 듯 보이는 거목들의 몸통 뒤로 사라졌다.

"자하오, 자오궈," 에밀리가 소리쳤다. "그만 뛰어다니고 이리 와!"

거목은 곧게 서서 에밀리와 검은 개를 오만하게 응시했다. 마치 오래되고 심오한 언어로 에밀리에게 대답하는 것처럼, 나뭇가지에서 누렇게 시든 잎 몇 장이 떨어져 내렸다.

"칭롄, 어디 가지 말고 여기 있어." 에밀리가 종종걸음으로 거목의 몸통 뒤로 사라졌다.

판칭롄은 울음을 그치고, 약간 어두운 나무그늘 아래 서서 그녀의 주위에서 움직이며 말을 하는 듯한 거목을 바라보았다. 하늘에는 거북이 등껍질처럼 단단하고 축축한 먹구름이 밀집한 채 떠 있었다. 해가 달아오른 무쇠처럼 갑자기 담금질당해 꺼진 듯 세상이 순식간에 어두워지고, 사방에 풀숲의 검푸른 빛이 가득 칠해졌다. 마른 나뭇가지가 새의 뼈대와 깃털을 따라 펼쳐져서 짹짹거리는 새소리를 냈다. 긴팔원숭이의 손바닥이 거미처럼 줄을 토해내 흔들거리는 청록색의 나뭇가지를 짜 올려서, 위를 올려다보는 판칭롄의 시야를 가렸다. 나무 꼭대기는 새까맣고 나뭇가지는 빽빽해서 낮이 아니라 밤 같았다. 선홍색 별빛이 하늘을 점점이 수놓았다. 칭롄은 별과 달에 대한 동요가 몇 곡 떠올라 부르고 싶었지만, 입술과 혀가 바짝 말라 점심에 먹었던, 몸에 화기가 오르고 구린 방귀를 뀌게 하는 등나무 열매 냄새만 뿜어냈다. 그녀는 혀를 내밀어 입술을 핥았지만, 그럴수록 목이 더 말라졌다. 커다란 코뿔새 한 마리가 삽날 같은 까만 날개를 펼치고 그림 속에서 본 익수룡처럼 그녀의 머리 위로 날아가다가, 화살이라도 한 대 맞은 것처럼 왜목 덤불 위에 떨어졌다. 칭롄은 그루터기 위에 앉아 이리저리 두리번거렸다. 얼마나 오래 앉아 있었는지 엉덩이가 저리고 다리가 굳어졌다. 가만히 있는 시간이 길어질수록 두려움이 더 커지고, 입도 더 말랐다. 그녀는 어깨에 멘 엽총의 총열을 한 번 쳐다보고는 에밀리와 아이들이 사라진 풀숲 쪽으로 걸어갔다. 얼마나 오래 걸었는지, 또 얼마나 오래 이리저리 배회했는지 알 수 없어졌을 때, 음침한 왜목 덤불 뒤쪽에 검은 호수가 하나 보였다. 호숫가에는 푸른 갈대가 자라 있었고, 가느다란 백로 한 마리가 갈대 줄기 위에 서 있었다. 그 백로 뒤쪽의 나뭇가지에 황금색의 '머리 감는 열매'가 주렁주렁 매달려 있었다.

판칭롄은 땅 위의 마른 잎을 밟으며 열매가 있는 쪽으로 걸어갔다. 낙엽은 잠꼬대 같은, 달콤하고 아주 듣기 좋은 신음 소리를 냈다. 구렁이의 허물이 낙엽 위에 연기처럼 떠올라 있었는데, 언제라도 허공으로 솟아올라 흩어져 사라질 것 같았다. 그녀가 힘주어 밟아 부수자 허물은 별과 달처럼 신비로운 웃음소리를 냈다.
칭롄이 갈대밭에 들어섰을 때 백로는 이미 사라졌고, '머리 감는
열매'는 황금색의 사과처럼 잘 익은 채로, 아주 쉽게 손에 넣을
수 있도록 나뭇가지에 매달려 있었다. 그녀는 '머리 감는 열매'를
한 개 따서 껍질을 벗기고 흰 과육을 한 입 베어 물었다. 시원하고
달콤한 즙이 그녀의 두 입술을 적셔 주었다. 열매를 다 먹은 그녀
는 두 개째의 '머리 감는 열매'를 따서 호수에 비치는 그림자를 보
면서 베어 먹었다. 호수는 나무 꼭대기처럼 그 깊이를 알 수 없을
정도로 검었고, 고철처럼 무거웠다. 수면에 떨어진 잎은 진흙 위
에 꽂힌 것처럼 떠오르지도, 가라앉지도 않았다. 호수에 거대한
나뭇가지 위에서 교미하는 긴꼬리원숭이 한 쌍의 그림자가 비쳤
다. 암컷 원숭이는 나뭇가지를 껴안고, 머리를 온순하게 나뭇가
지에 대고 있었다. 얼굴에는 여성만이 가질 수 있는 고운 붉은빛
이 떠올라 있었다. 수컷은 암컷의 엉덩이 위에 올라타 있었고, 꼬
리는 홍두깨처럼 단단했다. 왕복 운동을 하는 움직임이 격렬해서
나뭇가지가 발버둥쳤고, 나뭇잎이 신음했다. 검은 호수까지도 흥
분해 좀처럼 일어나지 않는, 아름다운 환상이 가득한 굳어진 물
결을 일으켰다. '머리 감는 열매' 두 개를 먹은 판칭롄은 통통한
얼굴에 붉은 노을이 가득 어렸다. 과즙이 턱을 타고 흘러 웃옷에
떨어져서 그녀의 풍만한 가슴에 털이 복슬복슬한 조그만 오리 모
양의 자국을 냈다. 칭롄은 잘 익은 '머리 감는 열매' 다섯 개를 더
따서 바닥에 쌓아 놓고, 호수 앞에 쪼그리고 앉아 양손으로 물을

떠서 얼굴을 씻고는 물에 비친, 목 뒤쪽에 매달려 있는 날아다니는 머리 모양의 가면을 바라보았다. 그녀는 일어서서 요괴 가면을 얼굴에 쓰고 물에 비친 그림자를 보았다. 긴 머리를 늘어뜨린 가면은 두 눈이 텅 비어 있었고, 웃는 것 같기도 하고 아닌 것 같기도 했다. 그녀는 가면을 벗고, '머리 감는 열매' 다섯 개를 가슴 앞에 안고 검은 호수를 떠나 두어 걸음 걸어가다가 손에 힘이 풀렸다. '머리 감는 열매'가 땅에 떨어져 통통 튀었고, 그중 한 개는 아주 멀리까지 굴러가서 발이 달린 것처럼 호수 속으로 떨어졌다. 열매 두 개는 더 멀리까지 굴러가다가 줄지어 서 있는 군홧발 앞에 데굴거리며 멈췄다.

황토색 전투복에 황토색 전투모를 쓴 20여 명의 일본놈이 총열이 하늘을 향해 솟아 있는 99식 경기관총 혹은 보병총을 메고 있었다. 놈들은 모두 어깨에 청회색 혹은 황토색의 자전거를 메고 있었는데, 자전거 핸들에는 철모가 걸려 있었고, 철모에는 햇볕에 누렇게 시든 종려나무 잎이나 띠풀 줄기가 꽂혀 있었다. 판칭롄과 마주치자 맨 앞에 선 일본놈이 어깨에서 자전거를 내려놓고, 군홧발로 썩은 나무를 밟았다. 자전거 20여 대가 삐그덕거리며 땅 위로 뛰어내리면서 지친 짐승 같은 신음 소리를 냈다. 일본놈들의 모자챙 아래로 진 그늘이 커졌고, 얼굴이 모자 뒤로 늘어진 차양과 목에 걸린 더러운 수건에 얽매인 양, 미혹과 흥분에 빠져들었다.

맨 먼저 자전거를 내려놓은 일본놈은 마치 껍데기 속에서 빠져

나온 소라게처럼 갑자기 동작이 빠르고 가벼워졌다. 그는 한 걸음 한 걸음 판칭롄에게 다가가면서, 새로 바꿔 달 껍데기를 찾는 소라게처럼 판칭롄의 풍만하고 성숙한 몸을 이리저리 훑어보았다.

판칭롄은 한 발짝씩 물러나다가 어느 큰 나무의 허리께에 기대섰다.

"천한 것!" 그의 두 손이 거대한 집게발처럼, 시험 삼아 건드려 보는 듯이 판칭롄의 가슴에 과즙이 흘러 생긴 작은 오리 모양의 얼룩을 건드렸다.

4

해가 가라앉고, 하늘가에 남은 빛의 띠에 야수가 물어뜯은 흔적이 여기저기 남았다. 황야는 이글이글 타오르는 지열을 뿜어냈다. 아이들은 엽총을 내려놓고, 유파스 나무 아래를 파서 부뚜막을 만들어 썩은 나무와 마른 덩굴을 쌓아 불을 피우고, 주위에 마른 두리안 열매 껍질을 쌓아 뜸을 들였다. 코를 찌르는 흰 연기가 피어올라 모닥불과 함께 어둠과 짐승을 쫓고, 모기와 도깨비를 물리쳤다. 숲에 큰 불이 나지 않게 하기 위해 아이들은 파랑 칼로 주위의 들풀과 작은 나무를 뽑아서 풀과 나무의 시체를 모닥불에 던져 넣었다. 모닥불이 더 사납게 타올랐다.

대왕 주씨와 중라오과이를 비롯한 어른들은 오후 내내 어딘가로 가서 아직 나타나지 않았다. 에밀리가 자오자하오, 류자오궈,

황광린을 쫓아가서 데리고 돌아와 보니 판칭롄은 이미 보이지 않았다. 네 사람과 개 한 마리는 오후 내내 칭롄을 찾아다니다가 밤이 되기 전에 호수로 돌아왔다. 열네 명의 아이가 모닥불을 둘러싸고 남은 절인 돼지고기와 막 따 온 등나무 열매를 먹었다. 판칭롄의 실종 탓에 아이들은 웃음을 잃고, 얼굴에 앳된 슬픔과 미성숙한 엄숙함이 더해졌다. 아이들은 샤오 선생이 소변을 보러 풀숲으로 들어간 틈을 타서, 황광린이 판칭롄의 가슴을 만져서 사람들 보기 부끄러워서 어딘가에 숨어 울고 있을 거라며 황광린을 놀리기 시작했다. 자오자하오와 류자오궈가 사악하게 웃어서, 화가 난 황광린은 계속 등나무 덩굴로 모닥불을 쿡쿡 쑤셨다. 한나절 동안이나 소변을 본 샤오 선생은 수면부족으로 두 눈이 붉은 고추처럼 새빨개진 채 돌아와서는 차오다즈와 가오자오창 사이에 책상다리를 하고 앉아 마지막 수업을 시작했다. 그는 『봉신방』 제89회의 「주왕이 뼈를 쪼개고 임신부의 배를 가르다紂王敲骨剖孕婦」와 『서유기』 제72회의 「팔계가 메기로 변해 거미요괴를 희롱하다八戒變鯰魚戲耍蜘蛛精」를 해설했는데, 이야기를 하면 할수록 흥분해서 피 섞인 걸쭉한 가래를 토했다.

에밀리는 주왕이 임신부 세 명의 배를 가르는 대목까지 듣고 난 후, 손전등을 켜고 야평의 손을 끌면서 검은 개와 함께 캄캄한 풀숲 속으로 들어갔다. 그날 밤은 구름이 드물고 별빛이 희미했고, 담황색 보름달이 높이 걸려 있었다. 선홍색 박쥐들이 하늘을 이리저리 오갔고, 부엉이가 울었다. 도깨비불이 밝게 빛났고, 청개구리가 기다란 혀를 내밀어 사냥을 했다. 뾰족한 풀줄기가 손전등 불빛을 칼날처럼 비췄다. 두 사람과 개 한 마리는 판칭롄이 사라진 곳으로 다시 가서 새빨간 달빛과 손전등 빛에 의지해 자세히 찾아보았다. 밤의 풀숲에는 갖가지 색깔의 짐승의 눈이 흩어져서 나무 위와 풀덤불과 땅 위를 선회하며 푸르고 붉고 흰색의 눈으로 야평과 에밀리를 응시했다. 검은 개는 도전적인 듯 냉담한 듯한 태도로 짐승들의 눈을 보면서 웅웅거리며 혼자 묻고 또 답했다. 야평은 이 개에 대해 줄곧 아리송한 기분이 들었다. 개는 한동안 에밀리의 곁에서 사라져서 사람들이 그 존재를 잊게 만들었다. 이 개는 거의 짖지도, 꼬리를 흔들지도 않았고, 알랑거리며 밥을 달라고 조르지도 않았고, 사람이 쓰다듬어 주는 걸 좋아하지도 않았다. 자신을 향해 사납게 울어 대는 고양이나 개, 닭, 오리를 쫓지도 않았고, 그저 멧돼지를 잡을 줄만 알았다. 개의 사지는 등나무 덩굴처럼 유연했고, 발톱은 날카롭고 귀는 뾰족하고 꼬리는 둥글게 구부러져 있었고, 표범 머리에 고리 눈을 하고 있었다. 잠을 잘 때는 속이 빈 동그라미 모양으로 웅크려서 꼭 검은색 꽃 같았다. 풀숲의 벌레 소리가 빗방울처럼 파초 잎과 함석지붕 위에 떨어져 잠이 솔솔 오게 했다. 야평과 에밀리는 나무 몸통에 등을 기대고 그루터기 위에 걸터앉아, 눈꺼풀이 무거워져 가는 동안 검은 개가 연신 땅 위의 냄새를 맡는 걸 바라보았다.

샤오 선생은 피 섞인 걸쭉한 가래를 뱉은 다음, 또 온몸에 경련을 일으키며 한바탕 기침을 하면서 들불이 풀숲을 태우는 듯한 기침 소리를 냈다. 목구멍에 새빨간 숯덩이가 걸린 것처럼, 기침을 하다가 그 불꽃이 온 얼굴에 두려움을 퍼뜨리고, 샤오 선생의 턱에 난, 마치 원숭이 정수리의 촘촘한 털 같은 수염을 태워 버렸다. 아이들은 샤오 선생이 기침을 하는 것에 익숙해져서 그가 기침을 그치기를 조용히 기다렸다. 샤오 선생은 기침을 그치고 힘주어 목청을 가다듬었다. 차마 아이들의 흥을 깰 수 없었던 그는 힘을 내어 저팔계가 거미요괴를 희롱한 이야기를 마쳤다. 그는 방금 전에 소변을 보러 갔다가 돌아오는 길에 피 섞인 가래를 두 번이나 토하고 작은 물웅덩이 속에 쓰러져 혼절해서, 예전에 그를 괴롭혔던 일본놈이 국화 무늬가 새겨진 총의 개머리판으로 그의 등을 세게 내리치는 걸 보았다. 그는 일본놈에게 강제로 징용되어 가서 2년 넘게 노역을 했는데, 어느 날 고열이 나자 일본놈은 소진배검 방식으로 그의 양손을 등 뒤로 묶은 다음 도축될 날을 기다리는 돼지처럼 그를 헌병대 총사령부로 끌고 가서 악취가 코를 찌르는 작은 방에 가두고, 헌병 한 놈이 시도 때도 없이 총의 개머리판으로 그의 등을 때렸다. 사흘 후에 그가 다시 삽을 들고 도로 건설 현장으로 돌아왔을 때는 피 섞인 가래를 소변을 보는 것만큼이나 자주 토하게 되었다. 아이들은 그의 바지가 온통 젖은 걸 보고 그가 바지 속에서 오줌을 쌌나 보다고 생각했다. 『서유기』의 해설을 마친 샤오 선생은 더는 버티지 못하고, 몸이 기우뚱하더니 차오다즈의 품에 쓰러졌다. 아이들은 샤오 선생을 부축해 나무 앞으로 가서 그가 그루터기에 기대어 쉬게 해 주었다. 다즈는 샤오 선생의 품속에서 옌언팅이 만 수제 담배를 찾아내 모닥불에 대고 불을 붙여서 샤오 선생의 입에 물려 주었다. 샤오 선생은 눈을 감고 세게 두어 모금 빨았다. 모닥불 앞에 모인 아이들은 심심해져서 용수철 장난감을 가지고 놀고, 엽총을 점검하고, 덩굴과 나뭇가지를 멋대로 베어 모닥불 속에 던졌다. 가오자오창이 다섯 사람으로 구성된 작은 조를 짜서 숲으로 들어가 판칭롄을 찾아보자고 건의했다. "야펑 형이랑 에밀리가 벌써 찾으러 갔어." 차오다즈가 말했다. "두 사람이 돌아오기 전엔 아무도 여기를 떠나면 안 돼.""판칭롄은 너희 조원이잖아. 이 일은 네가 책임을 져아지." "류자오궈랑 황광린은 너희 조 소속이잖아. 걔들이 난리를 피우지만 않았어도 칭롄은 실종되지 않았을 거야. 너도 이 일에 대한 책임을 져야 돼." …… "그만해." 옌언팅이 말했다. "야펑 오빠가 무단이탈하면 안 된다고 했어. 우리 귀신 잡는 놀이 하자!" 마위정이 귀신이 된 사람은 벌로 노래를 한 곡 부르게 하자고 말하자 쉬쉬안이 곧바로 동의했다. 어린 미녀 세 명이 이렇게 말하자 남자아이들은 감히 말대답을 할 수 없었다. 그래서 아이들은 요괴 가면을 쓰고 귀신 다섯 마리를 잡았다. 팡자오차이는 노래 부르는 걸 아주 싫어했다. 그는 이리저리 빼면서 음정이 엉망인 채로 객가 지역의 동요를 불렀다.

달빛이 논밭을 비추네. 섣달 그믐날 밤에 빈랑(말레이시아 원산의 야자나무과 빈랑나무의 열매로 각성효과를 가지고 있음)*을 따네. 빈랑은 맛있지.*

돼지 창자를 사네. 돼지 창자는 기름지지. 쇠가죽을 사네. 쇠가죽은 얇지. 마름 열매를 사네. 마름 열매는 뾰족하지. 말채찍을 사네. 말채찍은 길지. 대들보를 올리네. 대들보는 높지. 칼을 사네. 칼로 채소를 썰지. 배를 사네. 배가 가라앉아 붉은 털이 난 양놈 둘이 빠져 죽지……

노래를 다 부른 팡자오차이는 차이융푸 뒤에 숨어 깔깔 웃었다. 류징징이 부뚜막 앞에 서서 등 뒤로 팔짱을 끼고 새까만 나무 꼭대기를 올려다보았다.

일본 개들이 온 산으로 달리네. 달리다가 길이 없어 나무 위로 올라가네. 나무에 가지가 없어 똥구덩이에 떨어지네. 노란 동과冬瓜(동남아시아 원산으로, 쌍떡잎식물 박목 박과에 해당하는 호박의 일종)를 하나 주워 온통 설사를 하네.

옌언팅 차례가 되었다. 옌언팅은 거드름을 피우며 연신 손짓을 하면서, 모닥불 앞에서 이리저리 천천히 걸어다니며 노래를 불렀다.

옌언팅이 만 수제 담배를 다 피운 샤오 선생은 눈알에 납을 부어 넣은 것 같고, 입과 혀가 마르고, 가슴이 답답하고 등이 시큰거리고 사지에 힘이 빠졌다. 그는 아편을 한 대 피우고 싶었지만 아편은 두 벌목공이 가지고 있었다. 그는 자오차이와 징징이 객가 동요를 부르는 건 정확히 들었지만, 옌언팅의 듣기 좋은 목소리는 제대로 들리지 않았다. 그는 옌언팅이 노래를 부르고 있다는 건 알았다. 마을 전체에서 옌언팅만이 이런 천상의 목소리를 가지고 있었기 때문이다. 그의 콧구멍과 목구멍에는 옌언팅의 침 냄새가 가득했고, 심지어 지린내도 좀 나는 것 같았다. 그는 언팅이 그 담배를 말기 전에 오줌을 누고 손을 제대로 씻지 않았던 게 아닌가 의심했다. 아이들에 의해 점점 더 커진 불은 임신이라도 한 양 펄떡펄떡 뛰는 불꽃을 낳고, 들풀과 뒤섞여 잡종들을 만들어내려는 듯이 들풀을 향해 꼬리를 쳤다. 작은 불꽃들이 아이들 발밑의 마른 잎을 따라서 그가 누워 있는 나무 그루터기까지 타들어왔다. 그가 발로 밟자 불씨는 꺼졌지만, 한 줄기 연기가 위로 솟아올라 새까만 나무 꼭대기 속으로 사라졌다. 고개를 든 샤오 선생은 낮에 봤던 그 구름표범이 어느 나뭇가지 위에 서서 새빨간 보름달을 올려다보는 걸 보았다. 기다란 주둥이가 포화가 총구에서 뿜어져 나오는 소리나 총알이 탄창에서 쏘아져 나가는 소리 같은 울부짖는 소리를 냈고, 꼬리는 봉화처럼 타올랐다. 표범은 하늘처럼 까맣고, 가죽은 별처럼 차가운 빛으로 반짝여 마치 화려한 성좌 같았다.

국화 무늬가 새겨진 보병총의 개머리판이 샤오 선생의 견갑골을 세게 내리쳤다. 피 섞인 가래를 토한 샤오 선생은 한 무리의 일본놈들이 모닥불 주위를 둘러싼 걸 보았다. 아홉 명의 아이는 모닥불 앞에 둘러앉아 겁에 질린 눈으로 일본놈들을 쳐다보았다.

샤오 선생은 개머리판에 맞아 깨어난 것만 같았다. 그는 팡자오 차이, 우톈싱, 첸구이안, 차이융푸, 위윈즈까지 다섯 명이 피바다 속에 쓰러지는 걸 보았다. 다섯 아이들 중 두 명은 머리에 총을 맞고, 한 명은 목이 베여 머리가 떨어지고, 한 명은 배에 군도를 맞아 구멍이 뚫리고, 한 명은 총검에 가슴을 꿰뚫렸다. 총검은 여전히 아이의 가슴에 꽂혀 있었고, 아이는 숨이 다하지 않은 채 손발에 경련을 일으켰다. 아이의 목에 우스꽝스러운 얼굴의 카라카사 가면이 걸려 있었다.

일본놈의 총 개머리판이 다시 샤오 선생의 관자놀이를 내리쳤다. 샤오 선생은 그루터기에 기대어, 달을 올려다보며 울부짖던 그 표범의 성좌가 어둠 속에서 여전히 반짝이는 걸 보았다. 황토색 전투복을 입은 20여 명의 일본놈이 보병총이나 경기관총을 들고 하이에나 떼처럼 아이들 주위를 돌아다녔다. 그들의 뒤쪽에는 자전거 20여 대가 서 있거나 땅에 누워 있었는데, 청회색 몸체에 불꽃에 비쳐 마치 피와 살을 가진 짐승처럼 보였다. 모자챙 아래 그들의 얼굴은 지쳐 있으면서도 흥분해 있었고, 격정적이면서도 사악해 보였다. 그들이 뭐라뭐라 말을 했다. 샤오 선생과 아이들은 잘 알아들을 수 없었지만, 3년 8개월 동안 일본놈 말을 듣고, 또 강제로 일본어 수업을 들어왔기 때문에 더럽고 사악한 말이라는 걸 알아들을 수 있었다.

"천한 것!" 한 일본놈이 총열로 마위정의 목에 걸린 구미호 가면을 들어 올리더니 손을 뻗어 가면에 달린 실을 끊고, 얼굴 앞에

갓다 대고 보면서 혀를 내밀어 입술을 핥고는 등 뒤로 가면을 던져 버렸다. 마위정은 손바닥으로 얼굴을 가렸다. 아이들의 잔해를 보기 힘든 것인지, 아니면 일본놈의 수염투성이 얼굴을 감히 보기 힘든 것인지 알 수 없었다. 그녀의 손목시계가 손목을 깊이 파고들었다. 새하얀 표면이 가오자오창이 자기 이마에 크레용으로 그린 선안을 연상시켰다.

깡마른 일본놈이 군홧발로 쉬쉬안이 엉덩이 아래의 흙을 쿡 찔렀다. 아이들의 엽총은 우롄싱 등 뒤의 그루터기에 기대져 있었다. 일본놈들이 나타났을 때, 우롄싱은 엽총을 들어 올리자마자 일본놈의 칼에 배를 찔려 몸이 거의 반동강이 났다. 우롄싱과 제일 가까운 곳에 앉아 있던 쉬쉬안이 으앙 하고 울음을 터뜨렸고, 뜨거운 흙바닥에 흥건한 오줌 자국을 남겼다. 쉬쉬안이는 계속 훌쩍훌쩍 울었다.

류징징도 울고 있었다. 징징은 이따금씩 고개를 들었다가 일본놈 몇 명이 인상을 쓰고 자기를 노려보는 걸 보고 깜짝 놀라 곧바로 고개를 숙이고, 가오자오창 옆에 딱 달라붙었다.

남자아이들은 안색이 창백해져서 입술이 파르르 떨렸고, 눈에 눈물이 고였다. 차오다즈와 가오자오창은 노기 어린 얼굴로 눈알을 이리저리 굴리며 일본놈들의 군화와 각반을 노려보았다. 아이들은 일본놈이 사람 목을 베는 것도 봤고, 주바 거리와 들판에 널린 시체도 봤고, 주바 다리 어귀에 매달린 사람 머리통은 더 많이 봤기 때문에 피투성이 시체는 무섭지 않았지만, 고개를 들어 일본놈을 쳐다보는 건 무서웠다. 위위안즈는 고개를 들어 일본놈을 노려봤다는 바로 그 이유로, 파리가 두꺼비에게 잡아먹히듯이 군도에 맞아 머리 반쪽이 날아갔다.

체격이 큰 일본놈이 손을 뻗어 옌언팅의 희고 보드라운 목을 만졌다. 옌언팅은 노래를 부를 때 왜목 덤불에서 유백색 호접란 두 송이를 따서 한 송이는 손에 들고, 한 송이는 머리카락에 꽂았다. 나비 두 마리가 아득하게 흩날리는 노랫소리를 따라 날아다니는 듯한 그 모습에 차오다즈와 가오자오창의 표정이 갓난아이처럼 순결해졌다. 옌언팅이 노래를 마치고 다즈 옆으로 돌아가려던 바로 그때, 일본놈들이 갑자기 풀숲에서 튀어나왔다. 빵빵 하고 총소리가 두 번 울리고, 팡자오차이와 첸구이안이 머리에 총을 맞고, 가면을 쓰고 있던 차이융푸가 총검에 가슴을 꿰뚫렸다. 옌언팅의 손에 힘이 풀려, 호접란은 모닥불 속에서 불타 사라져 버렸다.

체격이 큰 일본놈은 옌언팅의 머리에 꽂힌 호접란을 빼내어 코앞에 대고 향을 맡고 허공으로 휙 튕겨 버렸다. 일본놈 두 명이 쉬쉬안이의 겨드랑이 아래로 손을 뻗었다. 쉬쉬안이는 날개가 생긴 것처럼 발이 땅에 닿지 않은 채 풀숲 속으로 사라졌다. 다른 일본놈 두 명이 마위정의 팔뚝을 움켜쥐고 그녀를 거대한 그루터기 위에 내리눌렀다. 한 일본놈이 류징징을 갓난아이처럼 안아 들고 일본놈 너덧 명이 둘러싼 가운데로 느릿느릿 걸어갔다. 류징징의 열 손가락이 미소 짓고 있는 일본놈의 얼굴을 할퀴었다. 한 일본놈이 옌언팅의 머리채를 쥐고 1미터쯤 끌고 가서 그녀를 대여섯 명의 일본놈 앞에 밀어 넘어뜨렸다.

"대성." 가오자오창이 갑자기 입을 열었다. "너 도대체 몇 살이야?"

"열두 살." 차오다즈가 말했다. "우리 엄마가 내 나이를 속여서 등록했어. 이랑, 골목대장은 너야."

"아냐, 우리 엄마도 내 나이를 두 살 더 많게 등록했어. 너 언팅 좋아하지?"

"응- 응-"

"난 언팅 때문에 너랑 싸우지 않을 거야. 린샤오팅을 찾아갈 거야."

가오자오창은 엉덩이 아래에서 권총을 뽑아 모닥불 앞에 둘러서 있던 일본놈 두 명을 쏴서 쓰러뜨렸다.

"나한테 바나나 돈 20위안을 줘야 된다고 주씨 할아버지한테 전해 줘."

차오다즈는 품속에서 작은 파랑 칼을 뽑아 단칼에 일본놈의 목을 찔렀다.

"나한테도 10위안 줘야 돼."

나무 꼭대기를 올려다본 샤오 선생은 그 표범의 꼬리가 봉화처럼 타오르고, 주둥이를 열어 포화가 총구에서 뿜어져 나오는 소리나 총알이 탄창에서 쏘아져 나가는 소리 같은 울부짖는 소리를 내는 걸 보았다. 한 일본놈이 다가와 총검으로 그의 가슴을 두 번 찔렀다. 샤오 선생은 윽 하는 신음 소리를 내고, 너무 아파서 까무

러쳤다. 그는 구름표범이 도깨비불 같은 두 눈으로 그를 흘끗 보더니 갑자기 몸을 웅크려서 두세 번 도약해 나무 꼭대기 속으로 사라지면서 낙인 같은 수많은 발자국을 남겼다가, 시간이 얼마나 지났는지 갑자기 그루터기 앞에 나타나 고개를 숙이고 그의 가슴에 난 상처를 핥는 것을 보았다. 으 하고 신음하며 고통 때문에 깨어난 그는 백 명이 넘는 다약족이 모닥불 앞에 서 있는 걸 보았다. 불꽃같은 달빛이 나무 꼭대기를 통과해 땀으로 범벅이 된 그들의 황금빛 몸 위에 떨어졌다. 온몸에 가득한 문신이 푸른 연기처럼 맴돌았고, 모기나 파리 같은 수천 개의 불혀가 피어올랐다. 새까맣고 짧은 머리에 눈썹을 깨끗이 민 그들은 얼굴에 표정이 없었다. 귓불에는 멧돼지의 엄니를 박아 넣었고, 가슴 앞에 곰이나 표범 혹은 다른 동물의 엄니를 걸고서 날카로운 이를 살짝 드러내고 있었다. 머리에는 등나무 덩굴로 엮은 투구를 썼는데, 투구 꼭대기에 코뿔새 깃털 두 개가 꽂혀 있었다. 그들은 양가죽이나 곰가죽 혹은 살쾡이 가죽으로 만든 전투용 조끼를 걸치고, 가랑이를 나무껍질로 된 허리수건으로 감싸고, 엉덩이 뒤로 수탉의 꼬리 같은 굵은 매듭을 늘어뜨리고서, 허리에 파랑 칼을 차고, 어깨에는 일본놈의 경기관총이나 보병총 혹은 아이들의 엽총을 메고 있었다. 그들 중 20여 명은 손에 일본놈의 머리를 하나씩 들고 있었는데, 잘린 목에서 피가 줄줄 흘러내려 그들의 종아리와 발을 붉게 물들였다.

20여 명의 머리 없는 일본놈과 10여 명의 머리 없는 다약족이 피바다 속에 쓰러져 있었다.

똑같은 깊이로 미간을 찌푸린 다약족 사람들의 눈에는 같은 온도의 차가운 빛이 감돌았고, 날카로운 이는 같은 틀에서 찍어낸 것 같았다. 그들의 몸에 새겨진 문신은 거대한 침묵을 복제했고, 심지어 손에 든 모든 머리까지도 이를 드러내고 입을 일그러뜨린 똑같은 고통을 복제하고 있었다. 그들은 양손을 높이 들고 별이 총총한 하늘을 올려다보며 날카롭고 긴 소리로 휘파람을 불면서 인간 세상의 아름다움을 노래한 다음, 한 줄로 늘어서서 풀숲 속으로 사라졌다.

그루터기 위에서 잠든 야펑은 꿈에서 모양과 크기가 사과와 비슷한 '머리 감는 열매' 몇 개가 나뭇가지 위에서 금빛을 뿜으며 반짝이다가 통통 떨어져서, 나뭇가지 아래의 검은 호수 속에서 튀어 오르다가 호숫가로 튀어나와 낙엽과 풀덤불 속에 흩어지는 걸 보았다. 그중 한 개는 날개라도 달린 양 유난히 멀리까지 튀어가서 진창과 웅덩이를 지나고, 숲과 산기슭과 마른 그루터기를 지나고, 곰의 둥지와 돼지 굴을 지나서 그의 발치에 있는 나무뿌리 아래로 굴러왔다. 눈을 뜬 야펑은 검은 개가 선홍빛 하늘을 보며 울부짖는 소리를 들었다. 에밀리는 그의 어깨 위에 누워 깊이 잠들어 있었고, 그루터기 아래는 어두컴컴했다. 그는 고개를 들고 먼 곳을 바라보았다. 풀숲 속에서 금빛이 점점이 반짝였고, '머리 감는 열매'가 또 한 개 나뭇가지에서 떨어져 쇠와 구리 찌꺼기로 된 검은 호수에서 튀어나와 낙엽 위의 구렁이 허물을 부숴 버렸다.

야펑은 에밀리를 흔들어 깨우고, 손전등을 켜고 진창과 웅덩이를 지나고, 숲과 산기슭과 마른 그루터기를 지나고, 곰의 둥지와 돼지 굴을 지났다. 그렇게 얼마나 걸었는지, 마침내 마른 잎과 풀덤불 속에 흩어져 있는 잘 익은 금빛의 '머리 감는 열매'와 나뭇가지에 달린 반쯤 익은 '머리 감는 열매'를 발견했다. 선홍색 달빛 아래 검은 연못은 뒤집어진 커다란 가마솥처럼 불룩 튀어나와 있었고, 옷을 입지 않고 얼굴이 아래를 향한 여자의 시체가 떠 있었다.

판칭롄의 안색은 차분했고, 목에는 날붙이가 낸 상처가 있었다. 군홧발 자국이 희미하게 남아 있는 흙바닥에서 야펑은 판칭롄의 윗옷과 카키색 바지를 찾아냈다. 에밀리가 판칭롄의 몸에 윗옷과 바지를 입혔고, 야펑이 그녀를 업었고, 검은 개가 길안내를 했다. 선홍색 달빛과 갖가지 색깔의 짐승 눈이 숲속을 비췄고, 그들이 마른 잎을 밟는 발소리는 부엉이와 벌레와 개구리 울음소리에 삼켜졌다. 에밀리는 품속에서 '머리 감는 열매' 세 개를 꺼냈다. 그녀는 입이 말라 열매를 한 개 까서 먹고 싶었지만, 야펑의 등에 업힌 판칭롄을 보고 그 생각을 접었다. 그들은 가는 내내 말이 없었다. 땅 위에 어지러이 찍힌, 일본놈의 군화만이 남길 수 있는 발자국과 판칭롄의 나체가 이미 그들에게 무슨 일이 일어났는지 알려주었다. 야펑은 고개를 숙이고 빠른 걸음으로 길을 재촉했다. 빨리 다른 아이들을 보고 싶었다.

샤오 선생은 점점 사그라지는 모닥불을 노려보고, 아이들의 산산조각 난 시체가 30여 구의 머리 없는 시체와 뒤섞여 이리저리 흩어져 있는 걸 바라보았다. 기침에 딸려 나오는 건 이미 가래가 아니라 순수한 핏덩이였다. 그는 눈을 감았다. 요괴 가면을 쓴 아이들이 모닥불 앞을 둘러싸고 있는 게 희미하게 보였다. 그는 정신을 집중해서 옌언팅이 노래를 부르는 걸 바라보았다. 침 냄새와 지린내가 연달아 그를 덮쳐왔고, 셀 수 없이 많은 유백색 호접란이 빗방울처럼 그의 몸을 덮었다. 그는 자기가 죽었다고 생각했다. "샤오 선생님! 샤오 선생님!" 그는 누가 자신의 이름을 소리쳐 부르는 걸 듣고 눈을 떴다. 야펑과 에밀리와 검은 개가 보였다.

5

샤오 선생은 말을 하고 싶었지만, 입을 열자마자 입과 코에서 피가 솟아나와 그가 잠시 숨을 쉬지 못하게 했다. 가슴을 총검에 찔린 상처 탓에 그의 하반신이 피 속에 잠겼다. 그는 발이 얼음같이 차가워지고, 죽음이 그의 늙은 몸을 조금씩 잠식하고 있다고 느꼈다.

야펑은 마른 나뭇가지 한 무더기를 모닥불에 던져 넣었다. 꺼져 가던 불꽃이 갑자기 솟구치더니 분노하며 사방에 널린 시체를 응시했다. 야펑은 일본놈과 다약족의 시체 속에서 남자아이들의 시체를 찾아 나무 그루터기 아래에 가지런히 줄지어 눕혔다. 에밀리는 알몸을 드러낸 여자아이 네 명의 시체에 이미 갈기갈기 찢어진 옷을 입혀서 판칭롄과 함께 그루터기 아래에 가지런히 눕혔다. 여자아이 다섯 명의 하반신에서 피가 흘렀고, 날카로운 칼에 베인 목의 상처에서도 피가 흘렀다.

샤오 선생은 으으 하고 신음하며 선혈을 왈칵 토해냈다.

"일본놈들이 왔어……애들은 일본놈한테……." 야펑은 샤오 선생의 입 앞에 귀를 갖다 댔다. "이반족이 왔어……."

샤오 선생은 눈을 감았다. 구름표범이 그루터기 위로 뛰어내리는 게 보였다. 표범은 그의 어깨를 물고 나무 꼭대기 위로 도약해 별빛이 찬란한 검은 하늘로 곧장 뛰어올라갔다.

"구덩이를 파서," 에밀리가 말했다. "애들을 묻어 주자."

야펑은 그루터기 위에 앉아 목 놓아 울었다. 에밀리는 그루터기 앞에 서서 검은 개가 형형색색의 시체들의 냄새를 맡는 걸 망연히 바라보았다. 흙바닥 위에 검은색 혹은 진홍색의 피바다가 흘렀다. 사방에 자욱한 피 냄새는 바다의 비리고 짠 냄새 같았다. 모닥불은 피비린내를 풍기며 흉악하게 타올랐다. 검은 개는 잘린 팔을 하나 물고 돼지 굴을 공격할 때처럼 의뭉스럽게 굴더니, 에밀리를 한 번 쳐다보고 팔을 내려놓고는 팔다리가 이리저리 뒤엉켜 쌓여 있는 다른 시체 더미 쪽으로 갔다. 청회색 자전거 여러 대가 일본놈들의 시체 사이에 뒤엉켜 있었다. 핸들에는 마른 덩굴과 종려나무 잎이 꽂힌 철모가 피로 물든 채 걸려 있었다. 자전거 몇 대는 차체가 머리 없는 일본놈들의 어깨에 여전히 걸려 있었다. 바퀴가 천천히 돌아가면서 바퀴살에서 피가 뚝뚝 떨어졌다. 한 일본놈의 시체는 자전거 아래에 깔려 있었다. 그는 한 손으로 군도를 쥐고, 한 손으로는 자전거 앞바퀴를 꼭 껴안고, 용감히 적을 무찌르려는 모습과 허둥대며 도망치려는 모습을 동시에 보였다. 자전거 한 대가 시체들 가운데에 꼿꼿이 서서 추방당하기라도 한 듯한 당황스러움을 드러냈다. 일본놈들은 자전거를 메고 이곳을 떠날 준비를 하던 그때 다약족의 갑작스럽고 맹렬한 공격을 받은 듯했다. 검은 개는 서 있는 자전거 쪽으로 다가가서, 궁금한 듯이 바깥에 드러나 있는 체인을 발톱으로 긁었다. 자전거는 휙 기울어 콰당 하고 넘어지면서 붉은 피의 물결을 일으켰다. 난투 중에 나 뭇가지 사이에 끼었던 일본놈의 머리통이 풍덩 하고 피바다 속에 떨어지면서 또 물결을 일으켰다. 젊은 일본놈의 머리는 머리카락 이 무성했고, 눈을 가늘게 뜨고 혀와 이를 조금 드러내고 콧수염 을 빳빳하게 세운 채 에밀리를 쳐다보았다. 눈꺼풀이 한 번 깜빡 인 듯, 처참한 미소를 지었다.

에밀리는 온몸에 경련이 일었다. 그녀는 고개를 돌려 야펑을 보았다.

"구덩이를 파자." 그녀는 야펑의 어깨를 두드리며 다시 말했다. "애들을 묻어 줘야지." 야펑은 얼굴에 흐른 눈물을 닦고, 파랑 칼 을 뽑아 들고, 비교적 넓은 땅을 골랐다.

파랑 칼은 땅을 파는 도구가 아니어서, 두 사람이 기진맥진해질 때까지 땅을 판 후에야 열 명이 넘는 아이들과 샤오 선생을 묻을 장방형의 깊은 구덩이를 팔 수 있었다. 아이들은 아주 가볍고 샤 오 선생도 무겁지 않아서, 두 사람은 그리 큰 힘을 들이지 않고도 아이들과 샤오 선생을 구덩이 바닥에 안치한 다음 가슴 앞에 요괴 가면과 용수철 장난감, 여의봉과 삼첨양인도를 늘어놓을 수 있었 다. 대충 묻어 준 후에 에밀리는 품속에서 '머리 감는 열매' 두 개 를 꺼내 껍질을 벗겨서 야펑과 함께 그루터기 위에 앉아 베어 먹 었다. 검은 개는 머리 없는 일본놈과 다약족*의 시체들 사이로 걸 어가서 혀를 내밀어 끈적끈적하고 비리고 짠 피를 핥았다. 담황 색 보름달이 높이 걸렸고, 선홍색 박쥐들이 낮게 날았다. 갖가지 색깔의 짐승 눈알이 반짝였고, 이따금씩 야수의 우렁찬 울음소리 가 전해져 왔다. 야펑과 에밀리는 '머리 감는 열매'를 다 먹고 나 서 호숫가로 가서 흙먼지와 핏자국을 씻었다. 배가 부풀고 소변 이 급해진 그들은 풀숲 속으로 들어가 서로에게서 등을 돌리고 뜨 끈뜨끈한 오줌을 눴다. 곧게 선 풀줄기에 오줌이 뿌려지는 것이 꼭 들짐승이 나무껍질에 발톱을 갈고 가죽을 비비는 것 같았다. 오줌을 다 눈 두 사람은 마주보고 섰다. 에밀리가 갑자기 야펑을 끌어안더니, '머리 감는 열매' 즙에 적셔졌지만 여전히 건조한 입 술을 야펑의 입술에 갖다 댔다. 먼 곳에서 야수의 우렁찬 울음소 리가 계속 들려왔고, 풀숲 속의 지린내가 코를 찔렀다. 야펑과 에 밀리는 풀숲 속에 누워 검은 개가 젊은 일본놈의 머리를 입에 물 고 모닥불이 희미하게 비추는 나무그늘 아래 서 있는 걸 보았다.

머리 없는 일본놈 한 명이 힘겹게 일어섰다가 다시 쓰러졌다.

---

* 다약족은 전사한 동료의 머리를 적이 베어 가는 것을 방지하기 위해 동료의 머리를 베어 땅에 묻는다.

자전거 한 대가 삐걱삐걱거리며 그의 앞에 멈춰 섰다. 눈부신 전조등이 땅 위에 엎드려 있는 머리 없는 일본놈들을 비췄다. 바퀴살은 자욱하게 퍼졌고, 체인은 지쳐 늘어졌고, 바퀴 테는 움푹 들어가 있었다. 자전거 경적이 땡땡 하고 두 번 울렸다. 머리 없는 일본놈은 휘어진 차체를 툭툭 치고, 양손으로 몸을 지탱하고 핸들에 의지해 안장에 올라타고 페달을 밟으며, 귀신 그림자가 이리저리 흔들거리고 몽롱하고 흐릿한 숲속의 오솔길을 따라 달려갔다. 그가 출발하자마자 자전거를 탄 20여 명의 머리 없는 일본놈이 양쪽의 숲속에서 튀어나와 그를 따라갔다. 발전기가 달린 바퀴가 타이어와 마찰하며 크고 부드럽게 웅웅거리는 소리를 냈고, 전조등이 밝아졌다 어두워졌다 하는, 칼날처럼 희게 번뜩이는 수십 줄기의 빛을 내쏘았다. 칼날 같던 빛은 금세 바늘 같은 빛으로 변했다가 끝없이 넓은 숲속에서 꺼져 버렸다.

유파스 나무 아래

1

야펑은 그와 에밀리가 자전거를 타고 주바 마을과 띠풀 숲을 돌아다니는 모습을 몇 번이나 보았거나, 혹은 꿈에서 보았다.

자전거가 띠풀 숲의 좁다란 오솔길을 지나다가 총열이 하늘을 향해 솟아 있는 일본놈들의 자전거 부대와 마주쳤을 때, 그와 에밀리는 자전거에서 내려 자전거를 밀어 넘어뜨리고 풀숲 속에 웅크리고서 일본놈의 자전거 부대가 천천히, 그들의 완장에 적힌 부대 번호가 보이고 그들의 땀 냄새를 맡을 수 있을 정도로 가까이 다가오는 걸 보았다. 이따금 일본놈 한 명이 자전거를 세우고 띠풀 숲에 옥수수 알처럼 드문드문한 노란 오줌을 뿌렸다. 야펑은 심지어 콩꼬투리처럼 납작한 놈의 생식기까지도 볼 수 있었다. 일본놈은 에밀리의 자전거에서 나는 닭똥 냄새를 맡았는지, 모자챙 아래 썩은 내를 풀풀 풍기는 얼굴이—이렇게 가까운 거리에서도 야펑은 그들의 얼굴이 또렷하게 보이지 않았다—서남풍을 향해 길고 뻣뻣한 침을 뱉었다. 침은 투명하고 미끈미끈한 말거머리처럼 띠풀 끄트머리에 핑 하고 걸렸다.

그는 아버지의 자전거가 발정기의 수퇘지처럼 들판을 내달리는 걸 자주 보았거나, 혹은 꿈에서 보았다. 니켈 도금을 한 전조등과 녹슨 핸들이 마치 홀스타인 젖소의 크고 축축한 눈과 억센 뿔 같았다. 뒷바퀴의 받침대가 구피의 배지느러미가 변형된 생식기처럼 튀어나와 있었다. 닭똥 냄새가 풀풀 나는 에밀리의 자전거는 네덜란드 품종의 암말처럼 가냘픈 소리로 투레질을 하면서, 튼튼한 목과 깊고 넓은 흉곽과 비대한 엉덩이를 높이 치켜들고, 불타는 갈기를 휘날리며, 입에 새빨간 당근을 한 개 물고서 카사바 밭에서 튀어나와 그의 자전거와 어깨를 나란히 하고 달렸다. 두 자전거는 구덩이와 물웅덩이를 거침없이 지났다. 체인과 바퀴살에서 진흙이 더러운 사랑의 액체와 테스토스테론과 질 분비물처럼 넘쳐흘렀다. 두 자전거의 타이어는 탄성이 뛰어나서, 펄쩍펄쩍 뛰면서 관목 덤불과 그루터기, 집의 지붕, 나무 꼭대기, 산봉우리를 뛰어넘어 구름 속까지 뚫고 들어갈 것만 같았다.

그와 에밀리가 띠풀 숲속으로 쓰러졌던 그 한밤중에, 구름은 드물고 별빛은 흐릿하고, 보름달은 혈기를 잃고 도깨비불처럼 해골 같은 흰색을 드러냈다. 에밀리가 풀숲 속에 꿇어앉아 옷을 입은 다음 검은 개—야평은 그 개가 계속 일본놈의 머리를 물고 있던 것만 같았다—와 함께 유파스 나무 아래로 걸어갔을 때, 야평은 여전히 반라인 채로 풀숲 속에 누워 있었다. 보름달은 이미 유파스 나무 뒤로 넘어가 그의 몸 위에 덩실덩실 춤추는 듯한 기괴

한 나무 그림자 혹은 처량한 달그림자를 흩뿌렸다. 그는 검은 개의 털과 비슷한 색의 하늘을 바라보며 에밀리가 곧 돌아올 거라고 생각했지만, 아득한 별빛이 그의 졸음을 일깨웠다. 그는 눈을 감고, 벌레 소리가 비처럼 퍼붓는 가운데 피로를 조금 씻어냈다. 다시 눈을 떴을 때는 유파스 나무 그림자가 검은 치맛자락처럼 풀숲을 덮고 있었다. 치맛자락이 바람에 젖혀지면서 오색찬란한 짐승의 눈이 드러났다. 나무의 바깥쪽에는 불그스름한 빛의 테가 둘러져 있었다. 그는 옷을 입고 띠풀 숲속에 앉았다. 유파스 나무 아래에 모닥불이 깜박이고, 사람 그림자가 흔들리는 게 보였다.

대왕 주씨는 그루터기 위에 앉아 아껴 왔던 서양 담배를 세게 빨았다. 두피에 난 흉터는 마치 방금 전에 멧돼지에게 물어뜯긴 듯했고, 그가 뿜어낸 연기 속에 스스로 구속되어 있는 것처럼 보였다. 중라오과이는 존슨 앤 존슨사의 엽총을 메고 웅크리고 앉아 일본놈들의 몸을 수색했다. 그는 양쪽 손목에 손목시계를 두 개씩 차고 있었고, 손에는 일본놈의 몸에서 찾아낸, 50만분의 1 축척의 보르네오 지도를 들고 있었다. 천옌핑은 모닥불 앞에 서서 엄숙하게 시체들을 응시했다. 머리 없는 닭이 그루터기 위에서, '고개를 들고' 서남풍을 받아 흔들리는 나무 꼭대기를 바라보았다. 젊은 벌목공 두 명이 유파스 나무 아래를 오가며 장작을 패서 모닥불을 유지했다. 붉은 얼굴 관씨는 서양 담배를 피우면서 모닥불의 제일 바깥쪽에 서 있었다.

보름달이 서쪽으로 기울어 달빛이 숲의 경계로 가라앉았다. 별빛이 빛났다가 희미해졌다가 했다. 야펑의 출현은 모든 사람의 시선을 고정시켰다.

"너 아직 살아 있었구나." 일본놈들의 몸에서 소지품을 약탈하는 중라오과이의 얼굴에는 뭐라 형용하기 힘든 감정이 넘쳐흘렀다. 그는 가슴 앞주머니에서 핏자국이 잔뜩 묻은 철제 개구리 장난감을 꺼냈다. "죽은 줄 알았네! 애들은?"

입에 서양 담배를 물고, 마르고 키가 큰 체격에 긴 머리가 어깨를 덮고, 온 얼굴에 수염이 가득하고, 어깨에 엽총과 파랑 칼을 멘 사람이 그루터기 가운데서 천천히 일어섰다. 그는 대나무로 된 노로 배를 젓는 것처럼 양손으로 말뚝을 붙잡고 몸을 지탱하고 있었다. 그루터기는 작은 배처럼 피바다에 정박해 있었다. 자라 대왕 친씨는 야펑을 바라보며 아무 말도 하지 않았다. 그는 말뚝을 쳐다보았다. 그가 두 발을 옮겨 피바다를 건너오는 것인지, 아니면 그루터기가 배처럼 항해해 오는 것인지, 천천히 야펑을 향해 다가왔다.

2

자라 대왕 친씨가 단칼에 위펑의 두정골을 베어 버린 후, 수백 개의 태양이 그를 둘러싸고 선회했고, 구름이 그의 가슴을 덮었고, 하늘은 그의 머리에 뚫려 구멍이 났다. 땅은 그의 커다란 발에 밟혀 깊고도 무겁게 가라앉았고, 띠풀 숲은 그의 헐떡임과 눈물 콧물이 섞인 재채기에 가죽과 뿌리까지 뽑혀 나갔다. 머리 반쪽이 철모와 함께 몸에서 떨어져 나갔을 때, 위펑의 입가가 일그러지면서 희미하고 섬뜩한 웃음소리가 흘러나왔다. 친씨는 지난날 아들의 얼굴에 넘쳐흘렀던 관우처럼 정의로운 붉은빛과 사악한 텐구 같은 빨간 빛이 서로 엇갈리며 싸우는 걸 보았다. 마치 신과 마귀의 유약을 뿜어내는, 자오스타오로 만든 두 얼굴의 요괴 같았다. 하늘이 높이 뻗어 나갔고, 참매 몇 마리가 아주 조그맣게 쪼그라들었다. 대지는 광활해져서 그 위에 섬이 흔들리고, 지구의 배둘레가 보이고, 끝없는 오솔길이 생겨났다. 야자나무와 잭프루트 나무와 올리브 나무가 거인처럼 우뚝 섰다. 오래된 야자나무 한 그루가 등 뒤의 연못 속에 소리 없이 빠지면서 백조의 날갯짓 같은 아름다운 물보라를 일으켰다. 부드럽게 살이 오른 띠풀이 갑자기 작은 꽃을 한 송이, 또 한 송이 피워냈고, 참새와 큰까치, 물총새의 상서롭고 화목한 울음소리가 울려 퍼졌다. 친씨는 또 한번 재채기를 했다. 눈물 콧물이 쇠와 구리 찌꺼기처럼 위펑의 몸 위에 뿌려졌다. 피 속의 금속 광맥이 기름진 대지 위를 빙 돌며 흘렀다. 연못의 아름다운 물보라가 눈앞의 기름 같은 그늘을 씻어냈다. 훌쩍거리며 우는 피가 칼날을 따라 그의 손가락과 손목으로 흘러내렸다. 그는 10초 전에 아들이 그의 가슴팍의 갈비뼈를 세게 때렸던 것을 뒤늦게 느끼고, 10초 지연된 아들의 고통스럽고 진실한 외침을 들었다. "아빠! 저예요! 저 위펑이라고요!" 그는 자기가 파랑 칼을 들어 철모에 덮인 아들의 두정골을 베어 버린 걸 보았다. 그는 절규하고, 포효하며, 거미줄에 걸린 나방처럼 잠시 동안 거꾸로 흐르는 10초 전의 시공간 속에 갇혔다. 그는 전신의 의지를 그러모아 아들의 선혈이 흐르는 파랑 칼을 던져 버리려 했지만, 파파베린과 모르핀이 그의 말초신경을 태워 버렸다. 10초 후에야 파랑 칼은 마침내 휙 하는 소리와 함께 사악하게 날아갔다. 칼등이 띠풀 숲에 놓인 엽총의 개머리판을 때리면서 오만한 울음소리를 냈다. 그는 덜덜 떨면서 이리저리 비틀거리며 아들의 몸 위에서 일어나서, 띠풀 숲속에서 아들의 두개골과 뇌의 반쪽이 담긴 철모를 찾았다. 그는 물이라도 한 바가지 뜨듯이, 부들부들 떨면서 텅 빈 두개골을 줍고, 몇 그램 되지도 않는 뇌를 퍼담았다. 그는 철모를 살며시 젖히고, 성난 손길로 위펑의 목 앞에 매달린 텐구 가면의 줄을 끊어 떼어내고, 자라 등껍질 같은 커다란 손바닥으로 깨져 버린 위펑의 머리를 받치고, 아들의 부드러운 몸을 가슴에 끌어안고, 언제라도 떨어져 나갈 것 같은 머리 반쪽에 입을 맞췄다.

"위펑, 위펑……."

그는 띠풀 숲속에 무릎을 꿇고 앉아 고개를 들고 하늘을 올려다보았다. 태양은 또다시 빨간 속살을 벌리고 암세포처럼 기하급수적으로 분열해 증식했다. 흉악한 병균으로 가득한 빛이 대지와 하천, 그리고 줄줄이 이어진 산봉우리와 풀숲을 비추며 지구의 각종 기관으로 퍼졌다. 그는 비틀거리며 일어나 등으로 하늘을 지탱했다. 그는 자기 몸이 더 커져서, 손쉽게 빨간 암세포 몇 개를 따서 풀숲에 던져 병들어 비실비실한 들불 몇 개를 피워낼 수 있을 것 같은 기분이 들었다. 그는 야자나무를 한 그루 뽑아 하늘을 향해 던져서, 빠르게 확대되는 최후의 날의 빨간 불꽃을 피웠다. 그는 두 주먹을 쥐고 대지를 향해 슬피 울부짖었다. 콧물과 눈물이 진짜인 척하는 붉은 태양 몇 개를 꺼 버렸다. 그는 들판에 대고 무겁게 발을 굴렀다. 대지가 금세 기울어졌고, 호수는 풀숲을 향해 넘쳤고, 나무가 쓰러지고, 산이 움직이고, 동굴 속의 멧돼지와 악어가 떼 지어 달려 나왔다. 파랑 칼이 공중제비를 돌더니, 산봉우리를 베는 신장의 호신 무기처럼 그의 몸 앞에 꽂혔다. 친씨는 칼자루를 쥐고 위펑 옆에 꿇어앉았다.

"위펑아, 아빠가 미안하다……."

자라 대왕 친씨는 가슴팍에 대고 칼을 두 번 휘둘렀지만, 갈비뼈를 베었는지 못 베었는지 알 수가 없었다. 칼을 거꾸로 들고 등 뒤를 향해 두 번 베었지만, 혈관을 끊었는지 못 끊었는지 알 수 없었다. 마지막 한 칼은 손 가는 대로 휘둘러, 목을 위해 남겨두었다.

3

고원 유격대는 2차 대전 시기에 미국, 영국, 호주, 뉴질랜드와 보르네오의 각 부족이 보르네오 내륙에서 조직한 비밀 항일 부대이다. 그날 오후, 중국인 여섯 명으로 구성된 소규모 조사대가 주바 마을에 잠입해 마을의 상황을 조사하다가, 띠풀 숲속에서 사람 머리가 담긴 대나무 광주리를 멘 채 숨이 곧 끊어질 듯한 건장한 남자와 머리가 잘린 남자아이를 마주쳤다. 건장한 남자와 광주리에 든 머리의 주인이 일본놈들의 수배 명단에 있는 '조국 난민 구제 계획 위원회'의 자라 대왕 친씨와 납작코 저우씨라는 걸 곧바로 알아본 그들은 구덩이를 파서 남자아이와 납작코 저우씨를 묻고, 유격대원 두 명이 자라 대왕 친씨를 데리고 비밀 기지로 돌아갔다. 자라 대왕 친씨가 자살을 시도했을 때, 피 속의 쇠와 구리 찌꺼기와 광물질이 그를 토둔(土遁, 도가道家의 술법인 오둔五遁 가운데 하나)의 흙 인형처럼 만들었고, 뿌리를 내린 파랑 칼은 너무 무거워 고개를 들 수 없었다. 그는 갈비뼈가 하나 끊어지고, 등 뒤에 뼈가 보일 정도의 상처가 두 개나 나고, 목 오른쪽에 부젓가락 정도 크기의 베인 상처가 나서, 몸의 반쪽이 흥건한 피에 뒤덮인 채 두 눈만이 이승을 엿보고 있을 뿐 몸의 나머지 부분은 이미 저승을 떠돌고 있었지만, 그래도 9할 정도만 죽어 있었다. 두 유격대원은 나뭇가지와 덩굴로 들것을 만들어 꼬박 하루가 걸려서 한밤중이 되어서야 친씨를 비밀 기지로 옮겼다. 기지를 지키는 나이 든 중국인 대원 한 사람이 중의학에 능통해, 한눈에 친씨의 아편 중독이 상처보다 더 심하다는 판단을 내리고 그에게 아편 네 덩이를 주었다. 출혈과다로 안색이 새하얀 친씨는 아편 중독을 해결하자 목숨이 7~8할 정도 회복되어 신생아처럼 엉엉 울었다. 그는 기지에서 한 달 넘게 요양한 끝에, 어느 정도 회복하자마자 유격대에서 제공한 카빈총과 자신의 파랑 칼을 가지고 유격대에 작별을 고하고 대왕 주씨 일행에 합류했다.

1945년 9월, 요시노가 이끄는 600여 명과 야마자키가 이끄는 400여 명의 대오가 도주하던 중에 고원 항일 유격대와 원주민들에게 추격을 당해 뿔뿔이 흩어져, 죽을 놈은 죽고, 도망칠 놈은 도망치고, 미칠 놈은 미치고, 자살할 놈은 자살했다. 10월 중순쯤에 300명이 채 안 되는 두 무리의 도주 대오가 모여서 연합군에 투항했다. 대왕 주씨와 중라오과이 등 여섯 어른은 야펑과 아이들을 두고 떠났을 때 요시노와 야마자키 부대에서 도망쳐 나온, 전투력이 없는 일본놈 십여 명을 죽였는데, 그때 연합군에 의해 주바 마을로 호송된 3백 명의 일본놈 중에 요시노와 야마자키는 없었다는 얘기를 들었다. 그들은 내륙으로 숨어들 준비를 하던 중에 상처를 회복한 자라 대왕 친씨와 마주쳤다.

친씨는 고원 유격대로부터 주씨 일행을 걱정시킬 만한 소식을 가져왔다. 8월 초에, 어느 자전거 조위曹尉가 이끄는 120여 명의 자전거 부대가 주바 강을 따라서 동남쪽으로 흩어졌다는 것이었다. 대왕 주씨 일행이 놓친 이 자전거 부대는 유격대와 원주민들에 의해 두어 달 동안 약화되어 20여 명으로 줄어들었는데, 이들이 요 며칠 동안 야펑을 비롯한 이들이 휴식을 취하고 있는 유파스 나무를 향해 전진하고 있었다.

일본놈들은 사실 두 부대가 아니라, 세 부대로 갈라졌던 것이다.

4

밤 풍경은 여전히 끝없이 넓었다. 하늘은 구름을 걸치고 숙면했고, 풀숲은 대지에 기대어 깊이 잠들었다. 유파스 나무 아래 이리저리 흩어진 머리 없는 시체들은 이미 피를 전부 다 흘렸다. 하지만 일본놈의 피와 다약족의 피, 아이들의 피, 샤오 선생의 피는 완전히 다 마르지 않아 모닥불의 불빛을 받아 창해처럼 흘렀고, 고여 있는 피 웅덩이는 그 깊이가 몇 천 미터나 되는 듯했다. 벌목공들은 유파스 나무의 다른 한쪽에 크게 성나지 않은 듯한 모닥불을 하나 더 피운 후, 엽총과 파랑 칼을 메고 나무의 사방을 순찰했다. 대왕 주씨, 중라오과이, 천옌핑, 자라 대왕 친씨, 붉은 얼굴 관씨는 모닥불 주위에 둘러앉아서 야펑이 유파스 나무 아래의 참극에 대해 얘기하는 걸 들었다. 중라오과이는 주머니에 든 철제 개구리 장난감이 갑자기 개굴개굴 소리를 내는 걸 듣고 장난감을 꺼내 땅 위에 내려놓았다. 개구리는 태엽이 돌아가며 펄쩍 뛰어서 마른 나뭇가지와 낙엽을 뛰어넘어 아이들이 묻혀 있는 무덤을 향해 나아갔다. 그는 그 철제 개구리 장난감이 우옌싱이 자기가 좋아하는 마위정에게 준 생일선물이었다는 게 생각났다. 마위정은 이 개구리를 가지고 황광린의 철제 토끼와 팡자오차이의 철제 거북이와 경주를 해서, 지는 사람이 돼지가 되어 이긴 사람을 태워주기로 했다. 개구리는 한 번도 토끼와 거북이를 이기지 못해서, 벌을 받는 사람은 늘 우옌싱이었다. 봉분에는 에밀리가 나뭇가지와 덩굴을 엮어 만든 큰 십자가 한 개와 작은 십자가 두 개가 놓여 있었는데, 꼭 골고다 언덕 위의 예수와 두 강도의 십자가처럼 보였다. 개구리는 두세 번 펄쩍 뛰어 봉분 위로 올라가서 한동안 개굴개굴 울다가, 울음을 그치고 숨이 끊어져 버렸다.

중라오과이는 개구리의 속도를 재려는 듯이 손목에 찬 일본놈의 손목시계 네 개를 노려보았다. 그는 손목시계 네 개를 풀고, 주머니에서 또 손목시계 세 개를 꺼내 모닥불 앞에 던진 다음, 그중 하나를 골라 손목에 찼다. 그는 어제 점심때쯤 대왕 주씨를 비롯한 사람들과 함께 이곳을 떠난 후, 밤이 될 무렵에 다약족 사람들과 연합해 맹그로브 숲에서 한 무리의 일본놈들을 몰살했다. 그는 야마자키와 요시노에게 따라잡히기 전에 가오리와 황완푸의 아이들 열 명을 쏴 죽이고도 그리 큰 수치심과 고통을 느끼지 않았던 것처럼, 유파스 나무 아래에 잔뜩 널린 시체들을 보고도 이상하게 여기지 않았다. 하지만 자기가 총 쏘는 법을 전수해 준 아이들이 갑자기 다 같이 저승으로 가 버렸다고 생각하니 아무래도 좀 우울하고 마음이 아팠다. 맹그로브 숲과 유파스 나무 아래에서의 혈전은 존슨 앤 존슨사의 엽총과 쌍안경의 주인인 네덜란드인 판 바우어를 떠올리게 했고, 판 바우어의 유령이 마치 그와 교배해 그의 수명과 정혈을 섭취하기를 갈망하는 낭만적인 여자 귀신처럼 그의 곁을 떠나지 않고 계속 서성거리게 만들었다. 어제 저녁 무렵, 그들 일행은 맹그로브 숲을 지나다가 나무뿌리 위에 아직 수액이 흐르는 군화 발자국이 찍혀 있는 걸 보았다. 일본놈들이 바로 지척에 있다는 걸 알게 된 그들이 소리 없이 전진하려던 순간, 여남은 명의 일본놈이 갑자기 에티오피아가지(화초가지라고도 하며 붉은색을 띤 가지속의 식물. 아시아와 열대 아프리카에서 주로 발견됨) 나뭇가지 사이에서 튀어나와 우뚝 섰다. 그들의 군복은 남루하고, 머리카락과 수염은 삐죽삐죽해 마치 유령들 같았다. 몇몇은 웃통을 벗고 있었고, 몇몇은 총검을 나무방망이에 동여맸고, 몇몇은 보병총의 개머리판으로 그루터기를 내리쳤고, 몇몇은 군도와 총검을 휘두르면서 덩실덩실 춤을 추며 공포와 분노가 어린 비명을 지르고, 거머리 같은 혀를 내밀고 푸른 반점이 번득이는 이끼 같은 눈을 부릅떴다. 천황의 성지聖旨와 연고가 그들의 얼굴을 신으로 화하게 했다. 일본놈 한 명이 미친 듯이 군도로 공기뿌리와 덩굴을 연신 베면서, 맹그로브 식물이 불구대천의 원수라도 되는 양 고개를 돌려 그들을 노려보았다. 하반신을 벌거벗은 일본놈이 보병총을 땅에 던지고, 나뭇가지를 들고 원숭이처럼 허공에 휘둘렀다. 작고 납작한 엉덩이 아래로 수탉의 벼슬 같은 생식기와 고환이 늘어져 있었다. 대왕 주씨 일행이 총을 들어 쏘기 시작했을 때, 일본놈들은 미친 듯이 소리를 질러 대면서 군도와 총검과 보병총을 휘두르며 그들을 향해 한 걸음씩 다가왔다. 그들이 일본놈 몇 명을 쏴 죽였을 때, 파랑 칼을 손에 든 다약족 30여 명이 옆쪽에서 튀어나왔다. 흥분에 차 울부짖는 소리에 일본놈들의 비명이 파묻혔다. 그들은 뛰어난 칼솜씨로 수박을 자르고 채소를 써는 것처럼 일본놈들을 베어 쓰러뜨리고 머리를 자른 다음, 손으로 물고기의 아가미 같은 일본놈들의 아래턱을 움켜쥐고, 고개를 들어 하늘을 바라보고 노래를 읊으면서 인간 세상의 아름다움을 노래했다. 다약족 한 사람이 중라오과이에게로 걸어와 검지로 그의 가슴 앞에 걸린 쌍안경을 쿡쿡 찌르고, 다른 다약족 사람에게 뭐라뭐라 말을 했다. 대충 알아들은 중라오과이는 쌍안경을 벗어 다약족 사람의 목에 걸어 주고, 피가 줄줄 흐르는 엄지를 위로 세워 보였다. 다약족은 피비린내 나는 싸움에 취해 있을 때면 일본놈과 중국인을 구별하지 못했기 때문에, 살육으로 흥이 오른 그들에게 맞춰 주지 않으면 무슨 일이 생길지 알 수 없었다. 중국인으로 구성된 고원 유격대원들이 다약족에게 일본놈으로 오인되어 목이 잘렸다는 이야기도 돌았다. 목에 쌍안경을 건 다약족 용사는 그곳을 떠날 때 중라오과이를 향해 연신 미소를 지으며 고개를 끄덕였다. 그의 손에 들린 일본놈 머리의 아래턱에서 갑자기 금색의 염소수염이 자라나고, 두 눈은 한쪽은 커지고 한쪽은 작아졌다. 중라오과이는 산탄에 맞아 벌집이 되어 죽어가면서 하늘을 향해 미친 듯이 총을 쏘던 판 바우어를 떠올렸다.

판 바우어의 손목에도 금색 손목시계가 하나 채워져 있었지만, 아깝게도 이미 총알에 맞아 다 깨져 버렸다. 유파스 나무 아래서 일본놈들의 시체를 수색할 때, 중라오과이는 쌍안경을 잃은 손해를 메꾸기 위해 일본놈들의 손목시계와 몸에 지닌 모든 소지품을 벗겼다. 그는 모닥불 앞에서 한나절 동안이나 고른 끝에 마침내 금색 손목시계를 하나 골라서 손목에 찼다. 손목시계는 오랫동안 모닥불에 달궈져서 손목이 꼭 부집게에 집힌 것 같았고, 시계가 아주 무거워서 익숙하지 않았기 때문에 그는 시계를 풀었다. 하지만 손목에는 이미 붉은 자국이 남고 옴이 오른 것 같은 물집이 잡혀, 손목 전체로 퍼져서 계속 사라지지 않았다. 서남풍이 불어와 모닥불을 덮치면서 뜨겁고 건조한 회오리바람을 일으켰다. 중라오과이는 대왕 주씨와 자라 대왕 친씨와 야펑을 비롯한 사람들이 모닥불 앞에 사악한 요괴들처럼 모여 그가 알아들을 수 없는 짐승과 새의 말을 내뱉는 걸 보았다. 엽총이 그의 가슴 앞에서 몸을 떨면서 총구에서 검은 화약 연기를 흘렸고, 총열 위에선 좁고 긴 찬란한 은하수가 빛났고, 마치 유성 같은, 끝이 뾰족한 모제르 총알 열 개가 날아갔다. 엽총은 사냥용 매처럼 어깨 위로 뛰어올라 중라오과이만이 느낄 수 있는 망령의 주파수로 찢어지는 듯한 포효를 내뱉었다. 중라오과이는 그 검은 화약 연기 속에서 익숙한 우유 사탕과 양갱 냄새, 그리고 영국산 담배 냄새를 맡았다. 봉분 위의 십자가가 철제 개구리 장난감처럼 펄쩍 뛰었고, 썩은 시체 조각 몇 개가 후두둑 떨어졌다. 사지가 온전하게 달린 난쟁이 세 명이 십자가를 메고 캄캄한 풀숲 속으로 사라졌다. 중라오과이는 저도 모르게 검지를 방아쇠울에 걸고, 천천히 몸을 일으켜 무덤을 향해 걸어갔다. 대왕 주씨와 붉은 얼굴 관씨가 그를 흘끗 보았다. 그가 헛것이라도 되는 양, 그들의 눈빛은 공허했다. 중라오과이는 매일 아침에 아편 한 덩이를 피운 후 베란다에서 존슨 앤 존슨사의 보병총을 들고 이리저리 조준하던 것처럼, 개머리판을 오른쪽 옆구리에 꽉 끼우고 입술을 총열에 붙이고서 몇 개의 가시나무 덤불을 지나고, 오래된 두리안 나무 주위를 빙 돌고, 코브라아비스와 덩굴이 잔뜩 자라 있는 관목 덤불 앞에 멈춰 섰다. 만물이 굳어 있었고, 바람도 없었다. 나뭇잎 끝에서 물방울이 떨어졌다. 선홍색 보름달이 알로카시아 무리를 비췄다. 중라오과이는 불현 듯 자기가 실수로 어머니를 죽였던 그 관목 숲으로 돌아간 것 같다고 느꼈다. 알로카시아 그늘 아래 멧돼지의 울음소리가 메아리 쳤다. 엽총과 파랑 칼을 등에 멘 여자가 젊은 시절의 어머니처럼 관목 덤불 앞에 서 있었다.

"중 삼촌,"

달빛이 에밀리의 몸 위에 흩뿌려져 불그스름한 테두리를 만들어냈다.

"에밀리," 중라오과이는 오른쪽 옆구리에 끼우고 있던 개머리판을 내렸다. "여기 있었구나."

"중 삼촌," 에밀리의 팔뚝에 끼워진 등나무 고리가 호박색으로 빛났다. 일본놈 두 명이 그녀 뒤에서 튀어나와 양쪽에서 그녀의 팔뚝을 붙잡았다. "조심하세요."

황토색 전투복을 입은 일본놈이 에밀리의 등 뒤에서 밀물처럼 덮쳐 왔다. 한 일본놈이 보병총을 들어 중라오과이를 향해 쏘려다가 몸집이 큰 일본놈에게 제지당했다.

중라오과이는 외눈으로 자세히 보았다. 몸집이 큰 일본놈은 바로 야마자키 겐키치였다.

중라오과이는 엽총을 들어 올리다가, 손목이 무겁고, 뜨겁고, 부집게에 집힌 것 같고, 온 손목의 가죽과 살이 전부 불에 타서 아궁이 속의 숯처럼 불씨가 사나운 물집이 잔뜩 잡힌 걸 느꼈다. 그의 손은 흐물흐물했고, 무수한 사람과 짐승을 쏴 죽인 존슨 앤 존슨사의 보병총도 흐물흐물했다. 총열은 성욕 과잉인 생식기처럼 어혈 같은 검은 화약 연기를 흘리며 어쩔 수 없다는 듯한 처참한 미소를 드러냈다. 중라오과이의 검지는 심하게 부어올라 방아쇠에 걸리지도 않았다. 아래턱에 염소수염이 난 판 바우어가 두리안 나무 아래 서서, 입가를 비틀며 잠꼬대 같은 고통스러운 신음을 뱉어냈다.

야마자키는 무라마사 칼을 뽑아 들고, 원숭이처럼 중라오과이를 향해 뛰어들었다.

5

새벽 4시, 피바다 같은 하늘에 곧 침몰할 보름달이 정박해 있었다. 넓고 납작한 구름은 샤오 선생이 책장 사이에 끼워 둔 나뭇잎의 시체 같았다. 샤오 선생은 예쁜 낙엽을 줍는 걸 좋아했는데, 그 낙엽이 먼지가 되어 책의 일부로 변할 때까지 책장 끝이 말리고 털이 부승부승한 책 속에 묻어 두곤 했다. 서남풍이 맹렬히 불어와 나뭇잎의 시체가 온 하늘에 나뒹굴었다. 마른 잎이 유파스 나무에게 작별을 고하고 하늘이라는 관 속으로 들어갔다. 야평은 고개를 숙이고 모닥불에 의지해 자라 대왕 친씨의 항복 권유 전단을 들여다보았다. 전단에 난 쪼글쪼글한 주름은 낙엽의 바싹 마른 잎맥 같았다. 야펑은 스즈키의 사진관 앞을 족히 백 번은 지나갔고, 에밀리의 사진도 백 번은 보았다. 스즈키가 찍어 준, 야펑과 아버지가 후지 자전거를 끌고 주바 거리를 거니는 흑백사진은 아주 오랫동안 에밀리의 사진 바로 옆에 붙어 있었다. 아버지는 안색이 어두웠고, 근심 걱정의 소용돌이에 깊이 빠져 쿨리처럼 지친 웃음을 지었다. 어린 야펑은 한 손으로 자전거 짐받이를 붙잡고, 한 손은 허리에 올리고 있었다. 여위고 수려한 얼굴이 꼭 어린 여자아이 같았다. 에밀리는 언제나 웃는 얼굴로 사람들을 맞았다. 하지만 진열창 안에 포위된 그녀의 웃는 얼굴은 잔뜩 억눌려 있어, 큰까치가 일부러 가짜 둥지를 만드는 전략이나 검은 개의 난해함, 그리고 풀숲 속에 의태한 호랑이 꼬리처럼, 차원이 다른 신비감이 한 겹 덮여 있었다.

"에밀리는 살아 있냐?" 자라 대왕 친씨는 아주 오랫동안 침묵하다가 한 마디를 뱉었다.

야펑은 고개를 끄덕였다.

"아," 친씨는 한숨을 쉬었다. "언제 오는데?"

"곧 올 거예요." 야펑이 말했다. "그 앤 자기가 키우는 그 검은 개처럼 행방을 종잡을 수가 없잖아요."

대왕 주씨는 모닥불에 대고 서양 담배에 불을 붙였다. 벌목공 두 명이 메고 있던 보따리가 그의 등 뒤에 놓여 있었다. 보따리 속의 아편과 서양 담배는 그리 많지 않았지만, 주씨는 전혀 아끼지 않고 피웠다. 그는 살아 있는 연기를 폐 가득 빨아들였다가, 고기를 먹고 뼈를 뱉거나 과일을 먹고 씨를 뱉는 것처럼, 마음속의 수많은 사악한 생각을 뱉어내듯이 입을 크게 벌리고 죽은 연기의 잔해를 토해냈다. 그의 주위에 자욱한 연기는 그에게 사지와 머리를 뜯어 먹히고 머리카락이 산발이 된 머리 없는 혼령 같았다. 대왕 주씨 일행은 유파스 나무로 돌아오기 전에 붉은 얼굴 관씨가 뼈 고약*을 넣고 삶은 붕어와 가시껍질생선을 열 마리가 넘게 먹었기 때문에 입에서 생선 비린내가 풀풀 났다. 주씨가 입을 크게 벌리고 연기를 내뱉을수록 그 생선 비린내도 더 짙어졌다. "일본 놈들이 자세하고 빈틈없는 '조국 난민 구제 계획 위원회' 명단을 파악해서, 자선 연극과 바자회에 참여한 애들까지도 봐주지 않을 줄은 몰랐어. 우리가 빨리 도망치지 않았다면 벌써 예전에 머리가 주바 다리 어귀에 매달렸겠지."

머리 없는 닭이 천옌핑 옆을 떠나 무덤 위로 걸어 올라가 큰 십자가 옆에 서서 발톱으로 흙을 파헤치고, 철제 개구리를 공중에 던지고, 새벽의 숨결 냄새를 맡았다. 천옌핑은 머리 없는 닭의 일거수일투족에 주목하면서 풀숲 속에서 갑자기 큰 도마뱀이나 구렁이가 튀어나오지는 않을지 걱정했다. 곧 전쟁이 끝나면, 그는 주바 마을에서 지네와 전갈이 출몰하는 들판에 경계선을 그어 땅

---

* 동물의 뼈를 삶은 물을 농축한 수지와 비슷한 액체로 열을 가하면 바로 녹는다. 뼈 고약은 냄새와 맛이 좋고 충분한 염분을 함유하고 있어, 숲속에서 생선이나 채소를 조리할 때 가장 좋은 조미료가 된다.

을 차지하고 커다란 닭장을 세워, 머리 없는 닭을 씨닭으로 삼아 교배시켜 백전백승하는 후손을 얻을 작정이었다. 주씨는 담배꽁초를 모닥불에 던지고, 담배 한 대를 붉은 얼굴 관씨에게 건네고 자기도 한 대 꺼내 불을 붙였다. 관씨는 담배를 받아들고, 관자놀이에 난 곰 발톱 모양의 흉터를 긁적이고, 담배를 입에 물었지만 불은 곧바로 붙이지 않았다. 예샤오어가 세상을 떠난 후로 그가 내뱉는 말은 그의 보병총이 토해내는 총알 수보다 많지 않았다. 모닥불 아래, 주씨의 얼굴은 녹슨 깡통처럼 검버섯과 주름이 빽빽이 퍼져 있었다. 그의 말투에는 잠꼬대의 흔적이 남아 있어 누구도 말참견을 하기가 힘들었다. "'조국 난민 구제 계획 위원회' 명단이 유출된 것 말고도, 지금까지도 알 수 없는 일이 많아." 주씨는 모닥불을 바라보며 발가락에 난 가래 모양의 티눈을 긁었다. 그는 올리브 열매를 꽤 많이 먹었지만 티눈은 점점 더 커졌다. "바이하이네 가족이랑 석유회사의 백인 고위 간부들이 내륙으로 숨었을 때, 일본놈들이 몇 달 만에 바로 그 사람들을 찾아냈잖아. 누가 밀고한 게 아니라면, 놈들한테 어떻게 그런 능력이 있었던 거지? 린자환이랑 배불뚝이 리씨랑 저우춘수가 우리를 찾으러 숲으로 왔지만 일본놈들한테 붙잡혀서 마씨 할머니네 집으로 돌아갔지. 일본놈들은 애들이 마씨 할머니네 집에 숨어 있다는 걸 어떻게 알았을까? 야마자키는 주바 강가의 비밀기지를 어떻게 알았던 걸까?" 주씨는 관씨를 보더니 자기 담뱃불로 관씨가 입에 문 담배에 불을 붙여 주었다. 주씨의 왼쪽 팔뚝은 맹그로브 숲에서 일본놈의 총알에 스쳐 피부가 한 꺼풀 벗겨져서, 말레이 단검 모양의 문신이 꼭 두 동강이 난 것처럼 보였다. "난 처음에 자전거 부대 준위인 스즈키를 의심했는데, 그놈은 3년도 더 전에 폭격을 맞아 죽었어. 그리고 고바야시는 마을로 돌아온 지 석 달 후에 나랑 라오중한테 목을 베였지."

네 사람은 고개를 돌려 대왕 주씨를 쳐다보았다. 주씨는 늙은 자라처럼 웃었다.

주씨는 한 손으로 턱을 괴고, 눈썹을 찌푸리고 나무 꼭대기를 올려다보았다. 입가에 웃음의 흔적이 어렸다. "그날 내가 라오중 네 집에서 호저 대추를 파는 이반족 사람하고 흥정을 하고 있었거든. 일본놈들이 인두세를 내라고 독촉하러 와서 풀숲에 숨었는데, 이반족이 고바야시한테 독화살을 쏘니까 일본놈들이 총을 이리저리 마구 쏘다가 가 버렸지. 고바야시는 일본놈들을 안내해서 마을을 짓밟게 한 극악무도한 놈이잖아. 내가 고바야시 머리를 잘라서 이반족한테 줬지."

"사악한 놈을 응징한 이런 큰 공을," 관씨가 말했다. "왜 이제야 얘기해?"

"라오관, 괜히 의심하지 마." 주씨는 담배꽁초를 재 속에 뱉어 버리고, 주머니에서 또 한 대를 꺼냈다. "사공이 많으면 배가 산으로 간다고."

천옌핑은 벌거벗은 가슴팍을 철썩 때려서 뭔지 모를 벌레를 한 마리 죽였다. 그의 가슴에는 털이 거의 없었지만 커다란 반점과 단추만 한 검은 점이 몇 개 있었고, 철사 같은 털 몇 오라기가 곧추서 있었다. 그는 머리 없는 닭을 가리켰다. "일본놈들이 주바 마을의 닭 오리 거위를 죄다 죽였는데, 이 머리 없는 닭은 하루 온종일 일본놈들 발치에서 왔다 갔다 하는데도 놈들이 저놈 털끝 하나 못 건드렸잖아. 난 저놈이 매국노가 아닌가 의심스러운데."

"니미," 자라 대왕 친씨가 침을 뱉었다. 그가 자살을 시도했을 때 난 상처 자국이 지네처럼 목의 반쪽을 감고 있었다. "아직도 그딴 농담을 해?"

"쯔안子安이랑 옌훙彦宏은 왜 아직도 안 와? 중씨는?" 천옌핑은 목을 곧게 세우고 사방을 둘러보았다. 쯔안과 옌훙은 두 벌목공의 이름이었다.

다섯 사람은 모닥불을 바라보면서, 고개를 숙이고 담배를 피우며 침묵 속에 빠져들었다.

새벽빛이 점차 드러나면서 달이 가라앉았다. 먼 곳의 활엽수림은 울창하고 노쇠한 가운데 움츠러들었고, 깊고 걸쭉한 새벽안개가 띠풀 숲을 뒤덮었다. 넓디넓은 하늘에서 일등성이 떠돌았다. 나무 꼭대기가 잠에서 막 깨 거슴츠레하게 비틀거리는 햇살을 흩뿌렸고, 일찍 잠에서 깬 들새와 원숭이들이 벌써부터 나뭇가지 위에서 빈둥거렸다. 습하고 무더운 열기가 풀숲과 들판에 스며들기 시작했고, 유파스 나무 주위에 육식 맹수들의 울음소리가 울려 퍼졌다. 머리 없는 닭이 그루터기에서 내려와 다시 무덤 쪽으로 가더니 왜목 덤불 속으로 사라졌다. 천옌핑이 자리에서 일어

서서 머리 없는 닭의 머리 없는 괴상한 울음소리를 흉내 내면서 왜목 덤불 속으로 들어갔다.

아침부터 발효된 야생 과일을 먹어 걸음걸이가 비틀거리는 수퇘지 한 마리가 갑자기 그들 옆으로 가로질러 지나가면서 벌목공들이 우물 정 자 모양으로 쌓아 놓은 장작더미를 무너뜨리고, 노란 오줌을 흘려서 엉덩이 뒤로 마른 잎들이 일으킨 소용돌이를 적셨다. 오줌 몇 방울이 야평과 자라 대왕 친씨의 몸에 튀었다. 취해서 방향을 잃은 수퇘지는 띠풀 숲속으로 사라지기 전에 몸을 돌려 그들을 향해 두어 걸음 걸어와서 머리를 숙이고 땅의 냄새를 맡았다. 마치 신사가 허리를 숙여 절하듯이, 금지에 쳐들어온 것을 사과하는 것 같았다. 수퇘지가 땅 냄새를 맡고 있을 때 대왕 주씨가 제일 먼저 엽총을 집어 들었다. 놈이 띠풀 숲속으로 사라지자 주씨는 몸을 일으켰다.

1등성이 모습을 감추고, 희미한 새벽안개가 유파스 나무 주위로 더 많이 덮였다. 피곤에 찌들어 솟아오른 높고 커다란 산봉우리는 비스듬히 기울어져 언제라도 무너질 것만 같았다. 나뭇가지 위에 아직도 깊은 잠에 빠진 큰 새들이 나란히 앉아 있었다. 큰 부리가 가지런히 솟아 있는 모습이 꼭 병사들 같았다. 유파스 나무의 노란색 꽃이 이리저리 꿈틀거리며 나뭇가지 위를 천천히 기어갔다. 검붉은 색의 열매가 아침 햇살 속에서 몸을 떨었다. 조그만 원숭이 한 마리가 나뭇가지 사이로 머리를 내밀고 붉은 얼굴로 날카로운 울음소리를 냈다. 언제나 우아하고 대범한 머리 없는 닭이

황급히 왜목 덤불을 뚫고 나와 그루터기 위로 뛰어올랐다. 천옌펑이 바로 뒤에서 따라왔다. 대왕 주씨의 시선은 여전히 멧돼지가 나타난 왜목 숲에 머물러 있었다. 그의 몸은 추장의 무덤 앞에 서 있는 입체 조각상처럼 뻣뻣하게 굳어 있었다. 멧돼지 오줌이 야펑의 몸에 뿌려져, 맵고 비리고 노린 오줌 지린내가 띠풀 숲속으로 멧돼지가 도망간 길을 쫓아가도록 그를 인도했다. 멧돼지는 야생모란 덤불 앞에서 발을 멈췄지만, 관성 때문인지 아니면 아직 취기가 깨지 않아서인지, 야펑이 처음으로 죽였던 새끼돼지처럼 풀밭 위에 넘어져 굴렀다. 그러나 놈은 구슬피 울지 않고 재빨리 네 다리를 곧게 펴더니, 술에 취해 인류에게 게워내는 듯, 아니면 인류를 향해 재채기를 하는 듯하더니 띠풀 숲속으로 뚫고 들어갔다. 놈이 달리는 모습에는 망설임 속에 두려움이 섞여 있어, 야펑이 처음 죽였던 그 새끼돼지처럼 적을 하늘과 바다 끝까지 밀어 버리고 살아남으려는 의지가 전혀 없었지만, 띠풀 숲속으로 들어간 후로는 야펑이 처음으로 죽인 새끼돼지와 꽤나 비슷해졌다. 놈의 눈은 메추리알만큼 커졌고, 엄니는 끝까지 당긴 활 같았으며, 자전거 안장처럼 납작한 머리는 번쩍이는 도깨비불처럼 사악해 보였다. 야펑은 심지어 놈의 코 위에 난 혹까지 볼 수 있었다. 취한 돼지는 아주 멀리 가 버렸지만, 막 싼 오줌 지린내는 여전히 띠풀 숲에서부터 유파스 나무 아래로 계속 밀려왔다.

야펑은 마침내 멧돼지가 방금 막 싼 오줌 냄새에 스며든, 에밀리가 띠풀 숲속에 눈 오줌 냄새를 맡았다.

"흩어져!" 대왕 주씨가 목소리를 낮춰 말했다. "일본놈들이 왔어!"

대왕 주씨, 붉은 얼굴 관씨, 자라 대왕 친씨와 야펑이 각자 등 뒤의 녹나무 뒤쪽으로 뛰어들었을 때, 총알이 유파스 나무, 그루터기, 모닥불, 띠풀 숲을 향해 숭숭 날아왔다. 천옌핑이 그루터기 위에 있는 머리 없는 닭을 향해 달려가 양손을 벌려 닭을 끌어안으려는데, 총알 두 발이 그의 머리와 목을 관통했다. 머리 없는 닭은 날개를 펴고 펄쩍 뛰어 그루터기 구석에 숨었다. 친씨는 가슴에 총을 한 발 맞고 나무 허리께에 머리를 부딪쳤다. 관씨가 친씨의 겨드랑이를 붙잡아 그를 나무 뒤로 휙 던졌다. 주씨, 야펑, 관씨, 친씨는 세 그루의 녹나무 뒤에 숨었다. 나무 둘레가 크지 않아 한 사람씩만 막아 줄 수 있었다. 관씨와 친씨는 나무 한 그루 뒤에 같이 숨어 있어서 아주 난처했다. 총알이 한동안 마구 쏟아진 후에 마침내 멈췄다. 친씨는 어깨와 두 다리에 또 총을 맞았다. 모닥불이 흩어져 작은 불꽃이 사방에 퍼졌다. 연한 나뭇가지와 아침이슬에 젖은 나뭇잎이 유파스 나무 아래에 흩어져 있었다. 야자 껍질만 한 불개미 둥지가 불꽃 위에 떨어져 펑 하고 불이 붙어 타올랐다. 유파스 나무 몸통과 그루터기에 총알 자국이 가득했다. 천옌핑은 해진 천조각처럼 그루터기 위에 늘어져 있었다. 그의 상반신에는 총알이 잔뜩 박혀 있었고, 두 발은 허공에 걸려 있었다. 서남풍이 너무 약해서 나무 아래에 자욱한 화약 연기 냄새를 흩어 버릴 수 없었고, 황야에 흘러넘치는 멧돼지의 지린내도 쫓아

낼 수 없었다. 나무 뒤에 누운 야펑은 뱀처럼 나무에 달라붙은 대왕 주씨가 그를 향해 조용히 하라는 뜻의 수신호를 보내는 걸 보았다. 야펑은 힘주어 숨을 들이마셨다. 화약 연기 냄새가 잠시 동안 에밀리와 멧돼지의 지린내를 덮었다. 발효된 열매를 너무 많이 먹은 그 멧돼지가 달리기 시작했다. 걸음은 불안정했지만 속도는 아주 빨라서, 발굽 소리가 들판 가득 울려 퍼졌고, 털이 구불구불한 꼬리가 띠풀 숲에 녹색 소용돌이를 일으켰다. 참새는 소용돌이 속에서 빙빙 돌며 메뚜기를 쫓았고, 흰 뱀은 청개구리를 쫓았고, 낮게 날던 큰까치가 소용돌이 속으로 빨려 들어갔다. 고개를 기울인 야펑은 입가와 콧구멍에서 피를 흘리는 자라 대왕 친씨가 창백한 얼굴을 붉은 얼굴 관씨에게 갖다 대고 입술을 바르르 떠는 걸 보았다. 죽기 전까지도 그는 일본놈들이 에밀리의 사진을 인쇄한 항복 권유 전단을 손에 꼭 쥐고 있었다.

시꺼먼 물체 세 개가 왜목 숲에서 휙 날아와 유파스 나무 아래에 떨어졌다. 중라오과이의 머리는 바로 모닥불의 잿더미 위에 떨어져 한 줄기 흰 연기를 흘리고, 발이 달린 것마냥 개구리처럼 통통 튀어 그루터기 아래로 굴러갔다. 그의 외눈이 생생하게 그루터기 위의 천옌펑을 노려보았다. 두 벌목공의 머리는 모두 눈을 감은 채, 멧돼지의 발에 차여 흩어진 장작 위에 누웠다.

총알이 다시 왜목 숲으로부터 세 사람이 숨어 있는 녹나무를 향해 한바탕 날아왔다. 나무 바깥에 드러나 있는 자라 대왕 친씨의 시체는 말없이 총알의 괴롭힘을 견디며 급류 속의 부목처럼 경련했다. 벌목공들의 머리도 이를 부득부득 갈면서 빗나간 총알 몇 개를 감당했다. 반이 넘는 총알이 세 사람 뒤쪽의 띠풀 숲에 떨어졌다. 띠풀은 허리가 꺾이고 목이 베여 조용히 엎드리면서 한 줄기 탄도를 만들어, 총알이 끝없이 넓은 들판으로 자유로이 날아가게 해 주었다. 총알은 취한 멧돼지의 꼬리가 일으킨 녹색 소용돌이 속으로 빨려 들어가 악취가 나는 검은 화학 연기를 흩뿌리고, 참새와 메뚜기, 흰 뱀과 청개구리의 추격 속에서 큰까치를 뒤쫓았다. 총소리 탓에 취한 멧돼지가 더 빨리 달려서, 크기가 커진 소용돌이가 더 많은 총알을 빨아들였다. 핏빛 아침햇살이 띠풀 숲 위에 퍼졌고, 안개는 이미 걷혔다. 하늘에는 밤의 검푸르고 거대한 발자국이 남아 있었고, 낮은 아득한 하늘과 땅 끝에서 뚜벅뚜벅 걸어와, 들판을 밟는 소리가 쿵쿵 울렸다. 날은 중라오과이가 탄창을 교체하는 것보다도 더 빨리 밝았다.

총알이 그쳤을 때 모닥불은 꺼져 있었고, 유파스 나무 아래는 쥐 죽은 듯한 정적에 빠졌다. 띠풀 숲은 이미 검푸른 소용돌이에 물들어 사라졌다. 멧돼지는 풀밭 위에 드러누워 네 발굽을 하늘을 향해 뻗은 채 머리와 꼬리를 부르르 떨고 있었다. 멧돼지의 목과 배에 이쑤시개처럼 가느다란 독화살이 몇 개 꽂혀 있었다. 대왕 주씨는 나무에 등을 기대고 엽총을 꽉 쥐고 다시 한 번 조용히 하라는 수신호를 보냈다. 야펑은 허리를 굽히고 다리를 웅크린 채 토끼처럼 나무의 움푹 들어간 곳에 몸을 숨겼다. 그가 고른 나무는 작고 어렸으며 그루터기도 얕았는데, 다행히 참호처럼 움푹 들어간 부분이 있었다. 총알이 나무의 몸통에 맞아 풀 더미를 사이에 두고 등나무 덩굴처럼 그의 등뼈를 때렸다. 그는 총알이 나무를 뚫어 버릴까 봐 걱정이 되었다. 붉은 얼굴 관씨는 나무를 마주보고 쪼그려 앉아 있었다. 자라 대왕 친씨의 머리가 거의 그의 엉덩이 밑에 깔리다시피 했다. 주씨는 관씨와 야펑을 보면서 왼손의 다섯 손가락을 뻗어 보이며, 평소에 사냥할 때 쓰던 수신호로 말을 대신했다. 야펑은 경험이 얕았지만 대강은 이해했다. 적은 5~8명으로 인원이 많지는 않지만, 화력이 강하니 경거망동해서는 안 된다. 적이 강경하게 공격하지 않는 건 분명히 우리의 총기를 두려워하기 때문이다. 일본놈들은 대장이 없이 뿔뿔이 흩어져 탄약에 한계가 있을 테니, 놈들이 총알을 다 쓰기를 기다렸다가 기회를 보아 행동하자.

엷은 아침햇살이 나무그늘을 뚫고 그들이 몸을 숨기고 있는 나무 위를 비췄다. 햇빛을 받아 붉은색으로 찬란하게 빛나는 연합군의 전투기 두 대가 저 먼 하늘을 소리 없이 미끄러져 가며 두 줄기 진홍빛 광휘를 남겼다. 재처럼 가볍고 날렵한 참매가 출격했고, 하늘은 천천히 원형 경기장을 열었다. 왜목 숲에서 다시 총소리가 울렸지만, 총알은 그들을 향해 날아오지 않았다. 남자들이 시끄럽게 떠드는 소리와 고함 소리, 구슬픈 신음 소리가 왜목 숲을 가득 채웠다. 황토색 전투복을 입은 일본놈 세 명이 비틀거리며 왜목 숲에서 튀어나와 벌목공들의 머리 옆에 쓰러져, 사지를 부들부들 떨면서 이따금씩 날카로운 신음 소리를 냈다. 그들의 가슴과 목, 얼굴에 독화살이 한 발씩 꽂혀 있었다. 파랑 칼을 든 다약족 20여 명이 왜목 숲에서 소리를 지르며 튀어나와 뛰어난 칼솜씨로 세 일본놈의 머리를 베었다. 더 많은 다약족이 풀숲 속에서 튀어나왔다. 그들은 손에 든 십여 개의 일본놈 머리를 들어 올리고 하늘을 올려다보며 인간 세상의 아름다움을 노래했다.

온몸이 창백한 남자가 한 손에는 끝부분에 외날 총검을 비끄러맨 바람총을 들고, 한 손으로는 웬 일본놈의 옷깃을 움켜잡고 그를 썩은 나무처럼 유파스 나무 아래로 질질 끌고 왔다. 일본놈의 눈은 작고 가늘었고 콧등에 움푹 팬 상처가 있었으며, 왼쪽 귀는 꼭 사마귀 알 같았고, 얼굴에 두려움과 피로가 떠올라 있었다. 두 다리에 각각 독화살이 한 발씩 박혀 있었으며, 허리에는 뱀 가죽에 싸인 강향나무 칼집이 매달려 있었고, 칼집 속에는 칼자루에 상어 가죽을 두른 마사무네 군도가 꽂혀 있었다. 나무 뒤에 숨은 대왕 주씨는 그 창백한 남자가 허렌젠의 큰아들인 바이하이이고, 다리에 독화살을 맞은 일본놈은 요시노 마키라는 걸 분명히 알아보았다.

"바이하이!" 주씨는 나무 뒤에서 고개를 내밀었다. "나다! 대왕 주씨야!" 바이하이는 주씨를 보며 어둡고 희미한 웃음을 지어 보였다.

주씨가 유파스 나무 아래로 걸어왔고, 붉은 얼굴 관씨와 야펑도 그 뒤를 따라왔다.

"바이하이, 너 살아 있었구나." 야펑이 말했다.

바이하이는 세 사람을 한 번 쳐다보고 요시노의 몸에 시선을 고정했다. 독이 요시노의 상반신에 가득 퍼져서, 그는 칼자루를 쥐고는 있었지만 손과 팔에 힘이 빠지고 감각을 잃어 칼을 뽑을 힘이 없었다. 그는 불현듯 마에다 도시나리 중장이 그에게 마사무네 칼의 칼자루를 처음 쥐어 본 느낌이 어떠냐고 물었을 때가 떠올랐고, 용이 대해로 돌아가고 범이 깊은 산으로 들어가는 듯한 극심한 무력감을 더욱 생생하게 느꼈다. 독이 밀물처럼 그의 두 다리와 가랑이와 허리를 잠그고, 그의 심장과 뇌수를 격렬하게 공격했다. 독의 일부는 이미 도마뱀이 잠복하고, 주바 강이 내륙으로 침투하고, 사악한 원숭이가 그의 코와 귀를 물어뜯는 것처럼 그의 가슴과 목까지 도달했다. 그는 입을 열어 우우쯔쯔, 이이오오, 후후자자 하고, 원숭이나 돼지의 울음소리 같은 고통스럽고 오만한 신음을 내뱉었다. 그는 무성하고 반짝거리는 유파스 나무의 꼭대기를 바라보았다. 이슬과 아침햇살에 젖은 나뭇잎이 천천히 한 곳에 모여서 그의 모습을 제멋대로 왜곡해 바꿔 버리는 거울로 변했다. 그는 두 팔과 머리를 베이기 전에 이미 사람의 머리가 잔뜩 달린 커다란 거북으로 변해 환영 같은 황폐한 세계 속을 헤엄쳤다.

다약족 사람들은 사납게 울부짖으며 요시노의 머리를 가질 자격이 누구에게 있는지 논쟁했다. 바이하이는 수신호를 하고, 다약족 말을 몇 마디 하고, 대왕 주씨와 붉은 얼굴 관씨와 야펑이 이해할 수 없는 일을 한 가지 했다. 바이하이는 요시노의 마사무네 칼을 뽑아 검지로 칼날을 만져보고, 자기 옆쪽의 띠풀 무더기를 베고, 머리 위의 나뭇가지를 자르더니, 요시노 앞으로 성큼 걸어가 양손으로 칼자루를 쥐고 요시노의 두 팔을 베었다. 요시노의 비명은 마치 산 채로 등껍질을 뜯긴 거대 거북이가 헐떡이는 소리처럼 아주 가늘었다. 독이 그를 마비시켜 그는 이미 고통을 느끼지 못했다. 바이하이는 군도를 땅에 던지고, 아직도 원한이 풀리지 않았는지 경멸하는 듯한 눈으로 경련하는 요시노의 몸을 내려다보았다. 대왕 주씨는 눈 한 번 깜빡이지 않고 칼을 바라보았다. 우씨 형제가 달팽이를 삼킬 때도, 요시노가 채소 시장에 이토의 머리 없는 시체를 전시했을 때도, 심지어 중라오와이의 7배율 쌍안경을 통해 야마자키와 요시노가 아이들을 죽이는 걸 지켜보던 때도, 주씨의 시선은 무수한 주바 마을 사람들을 베어 죽인 이 두 자루의 군도에서 시종일관 떠나지 않았다. 마을 사람들의 기억과 공포 속에서 이 두 자루의 군도는 검치호의 거대한 한 쌍의 엄니처럼, 전쟁 중과 전쟁 후의 그들의 황량하고 기나긴 악몽 속에, 그리고 밤에 숲속을 돌아다닐 때 숨어 있다가 그들을 포위하고 공격하는 귀신 그림자 속에 몇 번이나 나타났다.

주씨는 참지 못하고 몰래 감탄했다. 좋은 칼이야, 좋은 칼. 정말 좋은 칼이군.

다약족이 우르르 몰려들어 다들 자기가 제일 먼저 요시노의 머리를 베겠다며 다퉜다. 주씨는 군도를 주워 들고 다약족 사람들에게 큰 소리로 말했다. "영웅호걸 여러분, 이 짐승은 너무나 많은 주바 마을 사람들의 생명을 빼앗았습니다. 이제 내가 마을 사람들의 복수를 하게 해 주십시오." 주씨는 요시노의 머리를 벤 다음, 오만하게 우뚝 서 있는 칼등과 뼈를 에일 듯 차가운 빛으로 빛나는 칼날을 보면서 저도 모르게 또 중얼거리며 혼잣말을 했다. 망할 왜구 놈! 좋은 칼이야! 다약족들이 머리를 두고 다툴 때, 주씨는 요시노가 허리에 찬 칼집을 풀고, 칼날에 묻은 피를 닦고 군도를 칼집에 꽂았다. 그는 괴상한 표정으로 뱀가죽에 싸인 강향나무 칼집을 쥐고, 거의 다 타들어간 서양 담배를 물고서 도깨비같은 연기 몇 줄기를 또렷하게 토해냈다. 그 모습이 마치 니켈 동전에 주조된 통치자의 머리 같았다.

머리 없는 닭이 그루터기 위로 뛰어올라 천옌핑의 시체를 '노려보면서' 목이 잠긴 듯한 낮은 울음소리를 냈다. 닭은 날개를 펴고 천옌핑의 등 위로 뛰어올라 발톱으로 천옌핑의 러닝셔츠를 긁어서 찢어 버리고, 가볍게 땅 위로 뛰어내려 어느 일본놈의 머리 없는 시체 앞에 멈춰 섰다. 다약족 사람들은 머리 없는 닭을 둘러싸고 갑론을박하다가, 머리 없는 닭의 목 위쪽을 향해 파랑 칼을 휘둘러 보고서야 목 위에 보이지 않는 머리가 달려 있는 게 아니라는 걸 확인했다. 머리 없는 닭은 다약족 사람들이 자신을 쳐다보는 게 거북한 양, 다시 그루터기 위로 뛰어올랐다. 유파스 나무 아래서 격렬한 언쟁이 벌어졌다. 다약족 사람들이 중라오과이와 두 벌목공의 머리를 주워 들자 대왕 주씨가 소리를 질러 제지했다. 다약족이 자라 대왕 친 씨와 천옌핑의 머리를 자르려 하다가 다시 주씨와 관씨에게 제지당했다. 바이하이가 중재한 후에야 다약족은 마침내 전쟁 노래를 소리 높여 부르고, 고향의 풍요로움과 여인의 아름다움을 노래하며 떠들썩하게 그곳을 떠났다. 주씨를 비롯한 사람들은 아이들의 무덤 옆에 큰 구덩이를 파서 중라오과이와 친씨 등 죽은 사람들을 대충 묻었다. 그런 다음, 관씨와 주씨가 유파스 나무 바깥쪽으로 가서 말다툼 2차전을 시작했다. 뻣뻣하게 굳은 하늘의 낭떠러지에 풀숲 속의 갖가지 벌레와 짐승의 울음소리가 메아리쳐서, 관씨와 주씨가 일부러 소리를 낮춰 대화하는 말소리를 덮었다. 야펑은 유파스 나무 아래 서서 갑자기 소리가 커지는 조각난 말 한두 마디를 들었지만, 결국 말다툼의 내용을 분명히 들을 수는 없었다.

주씨가 갑자기 유파스 나무 아래로 달려오더니 마사무네 칼의 칼집으로 띠풀 숲을 헤치고, 아까 멧돼지가 지나간 오솔길로 뛰어들었다. 관씨가 그의 뒤를 따라가면서 일본놈의 보병총을 한 자루 집고, 파랑 칼을 쥐고 마찬가지로 오솔길로 뛰어들었다. 야펑은 오솔길 앞까지 가서 따라가야 할지 말지 망설였다. 바이하이가 그를 향해 걸어왔다.

"야마자키는 도망갔어. 주바 강을 따라 서북쪽으로 갔어." 바이하이는 마른 잎으로 파랑 칼에 묻은 피를 닦았다. "연합군에 투항하려는 게 아닌가 싶어. 연합군이 발견하기 전에 우리가 그놈을 찾아야 돼."

"에밀리는?" 야펑이 말했다.

"몰라." 바이하이는 동북쪽을 향해 걸어갔다. "갈 거야?"

야펑은 잠깐 망설였다.

"에밀리가 살아 있다면, 못 찾아오진 않을 거야. 에밀리가 형을 찾으려고만 하면 식은 죽 먹기일 걸." 바이하이가 말했다. "그 검은 개는 형이 3년 전에 눈 오줌 냄새도 맡을 수 있어."

귀뚤귀뚤, 귀뚤귀뚤, 바이하이는 철제 귀뚜라미 모형을 쥐고 대왕 주씨와 붉은 얼굴 관씨가 사라진 오솔길로 들어갔다.

언덕 위

1

야펑과 바이하이는 주바 강을 따라 꼬박 하루 밤낮 하고도 다음 날 낮까지 이동했지만 야마자키도, 대왕 주씨와 붉은 얼굴 관씨도 만나지 못했고, 에밀리와 검은 개의 소식도 접하지 못했다. 에밀리와 여전히 일본놈의 머리를 입에 물고 있는 듯한 바울이 유파스 나무 아래에서 사라졌을 때, 그녀가 들판에 남긴 지린내와 야펑의 가랑이에 묻은 질 분비물 냄새, 야펑의 온몸에 자욱한 땀 냄새와 목과 입술에 칠해진 침 냄새까지도 마치 공기가 통하는 얇은 막처럼 그의 몸을 휘감고 있는 듯했다. 마치 그녀가 줄곧 떠나지 않고 함께 있는 것 같은 느낌이 들었다. 그날 밤 에밀리의 반응에 그는 다시 신혼 첫날밤으로 돌아간 기분이었다. 에밀리와 피풀 숲속에서 자전거를 같이 타고, 멧돼지를 쫓고, 일본놈을 피해 숨었던 일련의 기억들이 주바 마을로 돌아가는 1박 2일 동안의 여정에 가득 흘러넘쳤다.

에밀리는 닭똥 냄새를 풍기며 일본산 골수에 영국산 가죽을 뒤집어쓴 자전거를 타고, 그와 계속 함께 달리면서 주바 강가에 뱀 두 마리가 교미하는 것 같은 깊은 바퀴 자국을 냈다. 유파스 나무 아래에 오줌을 싸고 띠풀 숲속에서 독화살 여러 발을 맞은 그 멧돼지는 다약족 두 명이 등나무 덩굴 두 줄기를 그 뱃가죽 위에 묶고 등 뒤에서 매듭을 지었다. 멧돼지를 나무 그루터기 위에 올려놓고 두 사람이 앞뒤에서 들어 올려 어깨에 메려던 그때, 멧돼지가 몸을 뒤집고 뛰어올라 등나무 덩굴을 끊더니 다시 다리를 쭉 뻗었다. 놈은 입에서 검푸른 색의 피 안개를 토해내고, 등에는 검푸른 도깨비불을 지고, 각질 꼬리로 사람의 피부에 물집이 생기게 할 만큼 뜨거운 회오리바람을 일으키고, 산 사람은 넘어갈 수 없는 해골의 말로를 열어젖히며 주바 강가를 따라 야펑과 바이하이를 줄곧 뒤쫓아 왔다. 그 뜨거운 회오리바람 속에는 참새와 메뚜기도, 흰 뱀과 개구리도 없고, 그저 서로 물어뜯으며 불티를 날리는 파랑 칼과 군도, 그리고 일본놈들의 머리통과 중라오과이, 납작코 저우씨, 샤오진 등 주바 마을 사람들의 머리통뿐이었다.

바이하이는 야펑과 함께 주바 강가에서 노숙을 하고, 다음 날 이른 아침에 야펑과 헤어져 풀숲 속으로 사라졌다.

샛별이 드문드문 떠 있었다. 보름달은 만 길이나 되는 수염 같은 달빛을 뿌려 주바 강 양쪽 기슭의 길고 울창한 숲을 비췄다. 강물은 끝없이 넓었고, 기름진 들판도 끝이 보이지 않았다. 야펑은 주바 마을의 우물과 연못, 큰 나무와 석양, 그리고 일본놈들이 불태워 폐허가 된 아버지 붉은 얼굴 관씨와 게으름뱅이 자오씨의 집이 그리워지기 시작했다. 그는 대왕 주씨가 잊어버리고 두고 간 보따리를 메고 있었다. 보따리 속에는 서양 담배 몇 갑과 스무 개 넘는 아편 덩이가 들어 있었지만, 그것들로 배를 채울 수는 없었다. 그는 몇 번이나 멈춰 서서 에밀리가 인쇄된 항복 권유 전단을 들여다보았다. 한 쌍의 검은 날개처럼 어깨 위에 웅크린 긴 머리칼, 깊은 이목구비, 그리고 청바지 위로 드러난 배꼽에는 자라 대왕 친씨의 피가 묻어 있어, 그가 에밀리에게 품은, 피가 용솟음치고 분비물에 흠뻑 젖은 그리움을 불러일으켰다. 그는 등나무 열매 몇 개와 파란 야자열매 두 개를 먹고 갈증을 풀고, 야생 두리안 열매도 한 개 먹고 배 속이 뜨끈뜨끈해진 채로 주바 강가를 따라 빠르게 전진했다. 해가 어두워지고 구름이 빽빽해졌다. 몸의 반쪽이 곪아 검은 피를 흘리는 멧돼지가 뱃가죽 밖으로 튀어나와 파리와 벌레가 꿈틀거리는 썩은 창자를 질질 끌면서 뼈가 드러난 네 다리로 도망치며, 주바 마을 사람들과 일본놈들의 해골, 그리고 멍해진 파랑 칼과 군도를 그물로 옭아매서, 다시 띠풀 숲 위쪽에 검푸른 색의 도깨비불과 회오리바람을 일으켰다.

주바 마을로 돌아왔을 때, 야펑은 남루한 옷차림의 마을 아이들이 주바 강을 지나는 수륙양용의 상륙정 위에 앉아 연합군이 준 사탕과 초콜릿을 먹고 있고, 그 상륙정 위에는 완전무장을 한 캥거루 군단 몇 명이 서 있는 걸 보았다. 그는 그 20여 명의 아이 중 반 이상이 고바야시의 요괴 가면을 쓰고 웃는 듯 마는 듯, 우울한 듯 화난 듯 땅을 응시하고 있는 걸 보고 깜짝 놀랐다. 야펑이 자세히 살펴보니 낯선 가면이 몇 개 있었는데, 어디서 튀어나온 요괴인지 알 수 없었다. 아이들 중 두 명은 새된 소리로 〈새장 속의 새〉를 흥얼거리고 있는 듯했다. 일본놈들이 떠난 후, 아이들은 연달아 마을로 돌아오면서 그들 곁에서 잠시도 떠나지 않았던 새총과 마씨 할머니의 철제 장난감과 고바야시의 가면을 가지고 왔다. 부두 위에 마을 사람들이 줄을 서서 연합군이 식량과 배급표를 지급하는 걸 기다리고 있었다. 줄을 선 사람들 사이에는 젊은 여자 여남은 명이 끼어 있었다. 몇몇은 배가 불러 있었고, 몇몇은 강보에 싸인 아이를 안고 있었으며, 몇몇은 아장아장 걷는 아이의 손을 잡고 있었고, 또 몇몇은 배가 부른 상태로 등에 갓난아이를 업고서 이제 막 걸음마를 배운 아이의 손을 잡고 있었는데, 아주 왁자지껄하게 떠들고 있었다. 전쟁 전에 서둘러 결혼한 이 여자들의 놀라울 정도로 왕성한 생식능력이 전쟁 때 일본놈들이 감소시킨 마을의 인구를 때맞춰 보충했다. 주바 거리의 막다른 곳에는 매국노의 목에 현상금을 걸어 체포한다는 안내판이 붙어 있고, 또 세워져 있었다. 채소 시장 광장 앞에는 사람들이 100미터쯤 구불구불 줄을 서서 1위안을 내고 매국노나 일본놈을 때리려고 기다리고 있었다. 일본놈들은 무기를 버리고 연합군에게 투항하기 전에 이미 마을 사람들의 몽둥이나 아이들의 새총에 맞아 사람 꼴이 아니게 되었다. 야펑은 주바 강가에 있는 자신의 집 폐허를 배회하며 대왕 주씨와 붉은 얼굴 관씨, 에밀리와 야마자키의 소식을 수소문하다가, 황완푸의 고각옥 문이 열려 있고, 문 앞의 두리안 나무 일곱 그루가 바람에 흔들리는 걸 보았다. 집은 여전히 온전한 상태였다. 야펑은 지친 몸을 끌고 고각옥 안으로 들어가 하룻밤을 보냈다. 다음 날 이른 아침, 그는 들판으로 가서 반쪽만 남은 채 무성한 띠풀에 둘러싸인 에밀리의 고각옥 밖을 서성이다가 다시 마을로 돌아온 후에 야마자키에 관한 소식을 하나 들었다.

동틀 무렵에 채소 농부 왕덩파王登發는 괭이를 지고 채소밭을 경작하러 갈 준비를 했다. 그는 전쟁 동안 영양이 부족해서 아침에 일어나면 눈에 눈곱이 한 겹 끼어서, 반드시 식염수로 씻어야 눈이 제대로 보였다. 왕덩파는 대문을 열었다. 흐릿한 새벽빛 아래, 베란다에서 눈곱을 얼마쯤 씻어낸 그는 베란다에 키가 크고 수척한 누군가가 서 있는 걸 어렴풋이 보았다. 긴 머리를 휘날리고 온 얼굴에 수염이 가득한 그 사람은 서슬이 시퍼런 긴 칼을 칼집에서 뽑아 손에 들고, 날카로운 눈빛으로 입술을 꾹 다물고 섬뜩한 말을 중얼거리고 있었다. 그 모습을 본 왕덩파는 춥지 않은데도 몸이 부들부들 떨렸다.

왕덩파는 수건을 식염수에 적셔 계속 눈곱을 닦고, 사람인 듯 귀신인 듯한 이 남자를 제대로 보려 했다. 그가 막 수건을 들자마자 칼이 번쩍 빛나더니, 수건은 이미 남자의 칼에 두 동강이 났고, 그의 새끼손가락이 잘렸다. 선혈이 수건을 빨갛게 물들였다. 피가 철제 세숫대야에 떨어졌고, 그 무력한 새끼손가락도 대야 속에 떨어졌다. 왕덩파는 비명을 질렀다. "다, 당신 누구요? 뭘 하려는 거요?"

남자는 입술을 우물거리며 딱딱하고 모호한 중국어를 쥐어짜 냈다. "대왕-주씨, 어디-있-지?"

손의 통증이 왕덩파를 괴롭혀 처음에는 알아듣지 못했지만, 그는 재빨리 남자가 내뱉은 말을 추측해냈다.

"몰라." 그는 다른 손으로 새끼손가락의 상처를 누르고, 눈을 세게 깜빡여 남아 있는 눈곱을 떼어내려 했다. "아주 오랫동안 못 봤소."

남자는 칼끝을 베란다 마룻바닥에 괴었다. "붉은-얼굴-관씨-는?"

"몰라."

"관-야-펑-은?"

"야펑?" 왕덩파는 조금씩 시력을 회복했다. 남자가 허리에 찬, 말가죽에 싸인 칼집이 아주 눈에 익었다. "어제 돌아왔다고 들었는데."

"어-디?"

"몰라. 그 녀석 집은 폐허가 됐소."

남편의 신음 소리를 들은 왕덩파의 부인이 염증이 생겨 퉁퉁 부은 발을 절룩거리며 나와 문틈으로 베란다를 내다보았다. 왕 부인은 눈은 성했지만, 고기를 먹지 못해 각기병에 걸려서 다리에 힘이 없었다. 그녀는 키 큰 남자가 일본놈의 헌병대 조장 야마자키라는 걸 곧바로 알아보았다. 시력이 9할쯤 회복된 왕덩파도 우울한 얼굴에 넋이 나간 듯한 눈앞의 남자를 알아보았다.

"대인," 왕덩파는 다친 손을 끌어안고, 본능적으로 야마자키에게 절을 했다. 왕 부인은 야마자키가 군도를 들어 올리는 걸 보고 왕덩파를 향해 크게 한 걸음 내딛었다.

"날-알아-보나?"

왕덩파는 고개를 들고 야마자키를 쳐다보았다. 야마자키는 원숭이처럼 왕덩파에게 달려들었다.

왕 부인은 남편의 머리가 몸에서 떨어져 나와 풍덩 하고 철제 세숫대야 속에 떨어지면서 요사스럽게 썩어 문드러진 물보라를 일으키는 걸 보았다. 왕덩파의 머리 없는 시체는 세숫대야와 부겐빌레아를 심어 둔 양철통 사이에 쓰러졌다. 선혈이 비스듬히 기울어진 베란다를 따라 문가로 흘러와 앙상하게 뼈만 남은 왕 부인의 발바닥을 적셨다. 왕 부인은 놀라고 겁에 질린 와중에 중심을 잃고, 남편의 시체를 따라 피바다 속에 쓰러졌다. 이때, 야마자키는 이미 베란다에서 뛰어내려 군도로 왕씨네 집 대울타리를 가르고 채소밭 밖으로 사라졌다.

그날 밤, 야마자키는 대왕 주씨를 비롯한 이들을 찾아다니면서 자신을 알아본 마을 사람 세 명의 목을 베었다. 캥거루 군단과 카우보이 대군과 원탁의 기사가 주바 마을 사람들의 안내를 받아 풀숲과 띠풀 숲을 순찰하다가, 어느 녹나무 그루터기 위에서 온 얼굴이 눈물 콧물로 범벅이 된 채 몸을 웅크리고 부들부들 떨면서 어눌한 소리로 중얼거리는 붉은 얼굴 관씨를 발견했다. 관씨는 허벅지에 총을 한 발 맞고 어깨에서 피를 흘리면서, 끊임없이 뭐라고 중얼거리며 연합군 병사들을 향해 파랑 칼을 휘둘렀다. 마을 사람들이 그를 알아보지 못했다면 애초에 총알을 잔뜩 맞아 죽었을 것이다. 관씨는 병원으로 이송된 후에 야펑의 아편을 한 덩이 먹고, 야펑의 부축을 받아 병원을 떠나서 버려진 황완푸의 집으로 갔다. 관씨는 문가를 짚고, 바싹 말라 부스러진 응접실 마룻바닥 위에 서서, 야펑의 질문에 다리를 휘청거리고 눈빛을 번뜩이면서 그에게 아편을 한 덩이 더 달라고 했다. 유파스 나무 근처에서 대왕 주씨와 말다툼했던 일을 완전히 잊어버린 것 같았다. 야펑의 질문에 조급해진 관씨는 눈을 마구 깜빡이며 눈을 까뒤집더니, 갑자기 야펑을 노려보고 화를 내며 말했다. "난 며칠이나 아편을 못 먹어서 암퇘지하고 오입질을 했더라도 기억을 못 할 텐데, 무슨 좆같은 일이 있었는지 어떻게 알겠냐?" 야펑이 야마자키 얘기를 꺼내자 관씨는 마룻바닥 틈새에 가래침을 뱉었다. "불알도 없는 일본놈. 내 눈에 띄기만 하면 토막을 내서 돼지 밥으로 줘 버릴 테다." 밤이 되기 전에 야펑은 야마자키가 밤을 보낼 버려진 집을 또 찾아내는 걸 방지하기 위해 마을을 서성거렸다.

어둑어둑한 노을빛이 띠풀 숲을 붉게 물들였다. 들판에 흩어진, 맹금류와 벌레에게 가죽과 살을 전부 뜯어 먹힌 해골이 더 늘어나서 썩은 내가 더욱 코를 찔렀는데, 마치 해골들이 수다를 떨 때 나는 입 냄새 같았다. 참매가 붉은 하늘 위를 선회하며 숨어 있는 사냥감을 찾았다. 마을 사람들은 다시 괭이와 삽을 들고, 1년 내내 전쟁을 피하느라 논밭이 사라진 황무지에 화전을 일궜다. 하늘을 뒤덮는 연기가 부활했고, 불꽃이 여기저기 흩어졌다. 사지가 온전한 가축들은 마을 사람들에게 몰려 조수처럼 마을로 되돌아왔지만, 축사와 닭장은 아직 다시 짓지 못했다. 황완푸의 황소와 암말 한 마리와 홀스타인 젖소 두 마리가 띠풀 숲속에서 풀을 뜯고 있었고, 젊고 건장한 벌목공 두 명이 그 뒤를 따라갔다. 나머지 암말 한 마리와 홀스타인 젖소 일곱 마리는 일본놈 혹은 연합군의 폭격을 맞아 시체도 남지 않았다. 이틀 동안 아편을 못 먹은 어느 벌목공 말로는, 암말이 폭탄을 맞아 하늘로 날아가 흰 망아지 같은 모양의 구름으로 변해 며칠 동안이나 하늘 위를 돌아다녔다고 했다. 들판에는 멧돼지도, 야생 원숭이도, 큰까치도 보이지 않았다. 3년이 넘게 울려 퍼진 총포 소리가 그들의 보금자리를 부숴버렸고, 수시로 뜨고 내리는 연합군과 일본놈의 운송기와 전투기가 그들을 더욱 겁에 질리게 만들었다. 하지만 들판에 울려 퍼지는 닭과 개의 우렁찬 울음소리는 그들이 평화로운 세상의 희미한 냄새를 맡게 했다. 주바 마을에 지금껏 나타난 적 없는 문착(사슴과의 포유류) 한 마리가 비탈진 모래톱에 서 있다가, 야펑이 다가오는 걸 보고 느긋하게 자리를 떠나면서 모래톱 위에 섬세하고 아름다운 발자국을 남겼다.

포탄 구덩이가 잔뜩 생긴 풀밭 위에서, 야펑은 나무 몽둥이를 든 아이와 갈퀴를 어깨에 멘 아이, 흰 개를 끌고 가는 아이, 두 손을 합장한 아이가 삼장법사와 제자들로 분장한 채 어느 초가집으로 탁발을 하러 가는 걸 보았다. 초가집 안에는 요괴 가면을 쓰고 펄쩍펄쩍 뛰면서 그들을 사로잡아 솥에 넣고 삶을 준비를 하는 요괴들이 숨어 있었다. 원탁의 기사와 캥거루 대군이 조직한 순찰대가 그곳을 지나가다가 군모와 보병총을 내려놓고 걸음을 멈추고 구경했다. 야펑은 들판을 한 바퀴 돌아본 다음 샤오 선생의 집으로 가려고 했지만, 하늘이 이미 어두워진 걸 알아차렸다. 해파리의 우산처럼 흐늘거리는 달이 떠올랐고, 금빛 별 한 개가 점점 더 캄캄해지는 하늘 위에서 미소지었다.

야펑은 아이들이 놀고 있는 들판으로 돌아왔다. 삼장법사와 제자들은 요괴들에게 남김없이 잡아먹힌 듯했다. 요괴 가면을 쓴 20여 명의 아이가 두 눈을 꼭 감은 아이를 둘러싸고 달리면서, 〈새장 속의 새〉를 부르며 고바야시의 귀신 잡는 놀이를 했다. 정말 신기하게도, 아이들은 이미 대충이나마 일본어로 〈새장 속의 새〉를 부를 수 있었다.

카고메 카고메
새장 속의 새는
언제 언제 나올까?
새벽의 밤에
학과 거북이가 미끄러졌다
뒤의 얼굴은 누우구?*

---

* かごめかごめ / 籠の中の鳥わ / いついつ出やる / 夜明けの晩に / 鶴と亀が滑った / 後ろの正面だあれ?

소 머리, 돼지 얼굴, 새 머리, 거북이 얼굴 등 예전에 본 적 없는 새로운 가면들이 구미호와 텐구 사이에 끼어 있었다. 나이가 좀 어린 아이들이 평평한 모래땅 위에 모여서 용수철 달린 철제 장난감과 유리구슬, 공기 대포, 꼭두각시 인형 따위를 가지고 놀았다. 귀신 세 명을 잡은 아이들이 풀숲에 흩어져 귀신들을 쫓을 준비를 할 때, 야펑이 말했다. "얘들아, 밤이 됐으니까 집에 가야지?"

두 아이가 가면을 벗고 천진난만하게 야펑을 바라보았다. 나머지 아이들은 여전히 가면을 쓰고서 흉악하고 교활한 얼굴로 야펑을 보았다. 텐구 가면을 쓴 몸집이 큰 아이가 손에 든 나무 몽둥이를 허공에 두어 번 휙휙 휘둘렀다. "야펑 형, 아직 밤은 아니잖아."

"일본놈들은 아직 다 죽은 게 아냐." 야펑은 차오다즈와 가오자오창 등의 아이들이 생각나 마음이 슬프고 괴로워졌다. "그저께 일본놈 한 놈이 와서 마을 사람들 세 명의 목을 베었어."

"붉은 털 귀신(중국에서 17세기에 네덜란드인을 칭했던 말로, 이후에 외국인을 총칭하는 말로 쓰임)이 왔잖아. 우린 일본놈 안 무서워." 옌언팅을 꼭 닮은 예쁜 아이가 가면을 끌어내리더니 아이들을 구경하고 있는 원탁의 기사와 캥거루 군단을 가리켰다.

"일본놈들은 내 새총에 맞아서 방귀도 감히 못 뀌게 됐는데 뭘!" 개 머리 모양 가면을 쓴 남자아이가 바지 주머니에서 새총을 꺼내더니 허리를 숙여 돌멩이를 하나 주워서 탄환 싸개 속에 넣고, 띠풀 숲에서 쉬지 않고 짹짹거리는 참새를 향해 슝 하고 쐈다. 돼지 머리 모양 가면을 쓴 남자아이도 마을 상공을 향해 한 발 쐈다.

탄환은 거대한 호선을 그리며 날아가서, 밥 짓는 연기가 피어오르는 함석 맞배지붕 위에 떨어져 땡그랑 하고 큰 소리를 냈다. 남자아이는 돼지 머리 모양 가면을 벗고, 새총에 맞은 고각옥을 보면서 혀를 쏙 내밀었다. 주바 마을 사람들은 아이들이 쏜 돌 탄환이 자기 집 함석지붕에 떨어지는 걸 제일 싫어했다. 소문에 의하면, 지붕에 새총을 맞으면 온가족에게 액운이 닥친다고 했다. 마씨 할머니가 바로 확실한 증거였다.

"얘들아, 예전에 그 일본놈 기억나? 헌병대 최고의 악마 말이야. 어깨에 붉은 글씨로 '헌병'이라고 적힌 완장을 차고, 우리 마을 애들 목을 많이 벤 놈." 야펑은 아이들 가운데로 걸어 들어갔다. "그놈이 아직 살아 있어. 밤중에 언제라도 돌아와서 너희 목숨을 빼앗아갈 거야."

"나 알아. 야마자키라는 놈." 공기 대포를 가지고 놀던 여자아이가 말했다. "황완푸 할아버지랑 가오리 할아버지네 애들이 그놈한테 죽었잖아. 바보 우싱민 목도 그놈이 베었고."

아이들 몇 명이 고개를 끄덕였다. 대부분의 아이들이 가면을 벗고, 땀이 줄줄 흐르는 미간을 찌푸리며 어리둥절한 얼굴로 야펑을 바라보았다. 아이들은 일본놈들이 마을에 들어오기 전에 가족과 함께 내륙으로 이주해서 반쯤 원시인처럼 살며 목숨을 부지했기 때문에, 주바 마을이 당한 학대와 모욕에 대해 제대로 알지 못했다. 손에 나무 몽둥이를 들고, 가슴 앞에 텐구 가면을 매단 아이가 말했다. "차오다즈랑 가오자오창도 그 일본놈이 죽인 거야?"

"그놈 칼을 맞고 죽은 건 아니지만," 야펑이 말했다. "비슷해."

"샤오 선생님도 그놈이 죽였어?"

"그건 중요한 게 아냐." 야펑이 말했다. "아무튼, 이 일본놈은 신출귀몰해서, 밤중에 언제든지 마을에 돌아와서……."

"그럼 됐어." 야펑에게 질문한 아이가 텐구 가면을 쓰고, 나무 몽둥이를 어깨에 멨다. "우리가 차오다즈랑 가오자오창이랑 샤오 선생님의 원수를 갚을 거야."

"헛소리!" 야펑이 엄숙하게 말했다. "해 졌으니까 집으로 돌아가!"

"붉은 털 귀신이 있는데 뭐가 무서워?"

야펑은 쓴웃음을 지었다. 어른 몇 명과 캥거루 군단이 아이들에게로 다가와서 거칠고 엄한 목소리로 호통을 치며 아이들을 집으로 쫓아 보냈다.

"이 줄초상 날 놈들!" 어깨에 갈퀴를 멘 노인이 철제 울타리를 사이에 두고 소리를 질렀다. "이 원숭이 새끼들, 감히 한 번만 더 내 집에 새총을 쐈다간 봐라. 네놈들 가죽을 벗겨 버릴 테다!"

고각옥과 어느 정도 거리를 벌린 후에, 아이 다섯 명이 새의 피가 잔뜩 묻은 새총을 들고, 한 손으로 탄환 싸개를 쥐고 고무줄을 죽 당겼다가 슝슝 하고 돌 탄환 다섯 발을 쐈다. 두 발은 갈퀴를 어깨에 멘 노인의 집 함석지붕에 떨어졌고, 한 발은 고각옥의 활짝 열린 창문 안으로 들어갔고, 한 발은 잔교 위의 변소에 맞았고, 한 발은 연못 속에서 암컷 오리를 쫓아가던 수컷 머스코비오리의 새빨간 혹을 정확히 맞혔다. 노인은 갈퀴를 휘두르면서 씩씩거리며 울타리 문을 발로 걷어차 열었다. 그는 맨발로 집 앞의 외나무 다리를 건너다가 미끄러져서 바싹 말라 갈라진 모래톱에 대자로 나자빠지는 바람에, 마른 나뭇가지에 가랑이를 찔려 으악 하고 비명을 질렀다. 아이들은 그의 고각옥에 또 새총 다섯 발을 쏜 다음 시끄럽게 떠들며 그곳을 떠났다.

구부러진 초승달이 삽날처럼 가시덤불 위에 끼어 있었고, 밧줄 같이 생긴 구름이 하늘가에 몸을 웅크렸다. 우울하고 피곤한 흰 연기가 띠풀 숲 위에 엎드렸다. 부엉이가 둥지에서 날아 나와 자기 몸을 주바 강가의 말뚝에 동여매고 말뚝망둥이와 두더지를 잡았다. 마을 사람들이 줄줄이 석유등과 가스등을 켰다. 낮 내내 하루살이처럼 떠돌던 햇빛이 죽어 버리고, 주바 마을은 길고 구불거리고 어둡고 찐득거리는 구렁이 같은 밤에 빠져들었다. 야평은 캐나다 산 아래에서 버려진 집을 한 채 찾았지만, 그리로 옮겨 가자고 아버지를 설득하지 못했다. 그날 밤, 마을은 무서울 정도로 고요했다. 자바인의 흰 개 두 마리가 채소 시장의 잭프루트 나무 아래서 배가 갈라져서 창자가 땅에 잔뜩 흩어졌다. 양계장을 하는 판샤오옌范小眼이 이제 막 다 지은 닭장의 함석지붕이 벗겨지고, 열 마리가 넘는 암탉이 산산조각 나서 닭 피가 온 닭장을 붉게 물들였다. 판샤오옌은 닭장 주위에서 어떤 생물의 것인지 알 수 없는 흐릿한 발자국을 발견했다. 다음 날 밤, 방목하던 보르네오수염돼지 한 마리가 황완푸의 황폐한 과수원 안에서 배가 갈라진 채 발견됐다. 람부탄 나뭇가지에 피가 뚝뚝 떨어지는 창자 몇 개가 걸려 있었다. 셋째 날 밤, 바오성 금은방 주인 다진뉴는 저녁을 먹은 후에 맥주를 한 병 마시고, 아편 세 덩이를 먹고 잔교 위에 앉아 물결이 반짝이는 주바 강을 바라보았다. 딸 저우차오차오와 저우먀오먀오, 사위 황완푸와 가오리, 그리고 열 명이 넘는 자손들이 한꺼번에 죽은 후로, 다진뉴는 자라 대왕 친씨 대신 마을에서 아편중독이 제일 심한 사람이 되었다. 그는 말에 두서가 없어지고, 아무도 알아들을 수 없는 인도네시아 사투리를 섞어 쓰고, 띠풀 숲과 주바 거리에 멋대로 대소변을 누게 되어, 이미 마을 사람들이 존중하던, 야금술에 정통한 세공 기술자가 아니게 되었다. 눈앞이 흐릿하고 머리가 텅 빈 채로 주바 강과 풀숲을 한참 동안 바라보다가, 그는 갑자기 모래톱 위에 긴 머리를 어지러이 휘날리는 누군가가 빠르게 지나가는 걸 보았다. 흐릿하고 음침한 그 얼굴은 언젠가 본 적이 있는 듯했는데, 뉴유마 같기도, 린후이칭이나 허윈 같기도 했고, 죽은 딸 저우먀오먀오와 저우차오차오 같기도 했다. 그 여자의 흐릿한 하반신은 붉은 안개에 휩싸여 커다란 부엉이처럼 마을을 향해 갔다. 다음 날 이른 아침, 마을 곳곳에 목이 잘리고 배가 갈라진 닭과 오리와 거위의 시체가 흩어져 있었다. 중상을 입은 수탉 몇 마리가 거리를 돌아다니며 맡은 임무를 다하기 위해 피를 토하면서 모골이 송연한 울음소리를 냈다. 그 시커먼 형체를 본 사람은 다진뉴만이 아니었다. 밤에 집으로 돌아가던 마을 사람들도 모두 그 형체를 보았다. 4년 남짓 전에 마을에서 행패를 부렸던 하늘을 나는 머리를 떠올린 마을 사람들은 고각옥 안팎에 거울과 날카로운 물건들을 배치해 놓고, 밤이 되면 문과 창문을 굳게 닫았다. 벌목공들은 아이들을 데리고 띠풀 숲과 들판으로 가서 끝을 뾰족하게 깎은 대나무 막대와 말뚝을 꽂았다. 주바 중학교 학생들은 일본놈들이 불태워 잿더미가 된 마씨 할머니의 고각옥으로 가서, 산산조각 난 집의 잔해 속에서 하늘을 나는 머리를 죽였던 그 큰 낫을 찾아 와서 번쩍번쩍하게 갈아서는 밤마다 돌아가며 자기 집 문 앞에 걸어 두었다.

야펑은 파랑 칼과 엽총을 메고, 낮에는 숨어 있다가 밤에만 움직였다. 야마자키가 나타난 지 나흘째 되던 밤에, 야펑은 붉은 얼굴 관씨가 아편을 먹은 틈을 타서 벌목공 한 사람과 함께 그를 부축해 캐나다 산 아래의 버려진 집으로 옮겼다. 새 집으로 이사한 그날 밤, 야펑은 베란다에 앉아 아편을 한 대 피우고, 중국산 진수金鼠 상표의 담배 두 갑을 다 피운 다음, 첫 새벽빛이 고개를 내민 후에 몽롱하게 잠이 들었다. 날이 샌 후에 일어나 보니 붉은 얼굴 관씨는 이미 집에 없었고, 늘 가지고 다니는 엽총도 사라져 있었다.

2

동틀 무렵, 붉은 얼굴 관씨는 기운차게 기지개를 켜고, 응접실 바닥에서 빠르게 몸을 뒤척이고, 베란다 입구에 서서 밖을 바라보았다. 야펑은 베란다 난간에 기대어 단잠에 빠져 있었다. 집 밖은 여전히 어두웠고, 부엉이와 박쥐들이 아직 배회하고 있었다. 눈에 익지만 이름은 알 수 없는 별자리 두 개와 어수선하게 돌아다니는 중놈들 같은 별들도 아직 물러가지 않고, 북쪽 하늘을 아름다운 묘지처럼 물들였다. 관씨는 두 다리를 쭉 뻗었다. 허벅지와 어깨의 부상은 이미 방해가 되지 않았다. 그는 자기가 다리를 한번 들면 산봉우리를 뛰어넘을 수 있을 것 같은 기분이 들었다. 그는 야펑 옆으로 다가가서 베란다 위에 놓인 진수 담뱃갑 두 개를 주워 들었다. 그중 한 담뱃갑 안에 쪼글쪼글한 담배 한 개비가 남아 있는 걸 본 그는 담배를 꺼내서 입에 물고, 두 손가락을 뻗어 야펑의 호주머니에서 성냥갑을 꺼내 불을 붙였다. 야펑은 죽은 돼지처럼 잠에 빠져 있었다. 이 녀석. 관씨는 마음속으로 중얼거렸다. 아직도 야마자키 그 개 같은 놈을 방비해야 된다느니 하는 소릴 하지. 난 북 치고 징 치고 야단법석을 떨어도 그놈 좆을 다져 버리고, 머리를 벨 수 있다고. 담배를 다 피운 다음, 그는 베란다 아래로 내려가 히비스커스 꽃 두 송이와 호접란 한 줄기를 따서 꽃들을 야펑의 머리카락과 가슴팍 앞에 꽂고, 파랑 칼과 엽총을 대들보 위에 걸어 놓고, 야펑을 놀릴 준비를 했다. 그가 칼과 엽총을 막 걸었을 때, 등 뒤에서 경멸 섞인 희미한 웃음소리가 들려왔다.

관씨의 반응은 엄청나게 빨랐다. 그는 총자루를 움켜쥐고, 몸을 돌리자마자 총구를 베란다 밖의 종려나무, 야자열매, 나무고사리, 닭장, 오래된 우물, 변소에 겨눴다. 가늠쇠가 종려나무의 곧게 뻗은 줄기와 타조의 목 같은 나무고사리의 새싹, 그리고 온 땅에 흩어진 오래된 야자열매를 하나하나 스쳐 지나간 끝에, 철제 빨랫줄 위에서 새벽바람에 흔들리는 흰 웃옷과 검은색 긴 바지에 가서 멈췄다. 옷들은 방금 막 걸어 놓은 듯 물이 뚝뚝 떨어지고 있었다. 그는 방금 전에 담배를 피우면서 베란다 밖을 내다봤을 때는 이 옷들을 못 본 것 같다고 멍하니 생각했다. 그는 눈을 깜빡였다. 집 밖은 여전히 어두컴컴했고, 별들이 눈을 찌를 듯 반짝였다. 금방이라도 서광을 드러내려던 하늘이 한 순간에 한밤중으로 물러난 것 같았다. 베란다 아래로 내려간 그는 오래된 우물 옆에서 한 줄기 흰 연기가 솟아올라, 몇 가닥의 백발처럼 허공에서 굳은 채 움직이지 않는 걸 보았다. 강렬한 영국산 스리 캐슬 담배 냄새가 코를 찔렀다. 이 상표의 담배는 일본놈 고위 장교들이 즐겨 피우는 것이었고, 대왕 주씨가 제일 좋아하는 담배이기도 했다. 붉은 얼굴 관씨가 엽총과 파랑 칼을 가지고 풀숲에서 주씨를 쫓아갔을 때도 바로 이 담배 냄새를 따라갔었다. 이 냄새 탓에 주씨는 아주 빨리 모습을 감출 수는 없었지만, 그래도 결국은 놓치고 말았다. 그는 풀숲에서 하룻밤 자고, 다음 날 어느 호수 앞에서 다시 그 강렬한 담배 냄새를 맡았다. 그 속에는 옌언팅의 수제 담배에서 나는 침 냄새와 바나나와 파파야 잎 냄새도 섞여 있었다. 그는 호수를 한 바퀴 돌고, 어느 녹나무 그루터기에 걸터앉았다. 그 담배연기 냄새가 더 짙어졌다. 그는 눈을 감고서 풀숲과 길짐승과 날짐승의 말소리를 듣고, 동물의 똥오줌 냄새, 해골과 부패한 살의 썩은 내, 야생 과일의 향기를 맡고, 공기 중에 흩어진 땀내 섞인 담배 냄새와 어린 여자아이의 침 냄새를 혀로 핥고, 흙바닥을 타고 전해져 오는 갖가지 거대한 짐승들의 발소리를 들으면서, 그날 아침에 유파스 나무 아래서 대왕 주씨와 언쟁했던 일을 몇 번이고 되풀이해 떠올렸다.

"라오주, 멧돼지들이 마을을 공격했던 그날 밤에, 샤오어한테 무슨 짓을 했소?" 붉은 얼굴 관씨는 일부러 목소리를 낮춰서 유파스 나무 아래 있는 야펑이 듣지 못하게 했다.

"라오관," 대왕 주씨는 새 담배에 불을 붙이고, 커다란 한쪽 손을 뻗어 박달나무 칼집 위에 얇게 덮인 진흙을 닦아냈다. "왜 그래?"

"샤오어가 죽기 전에 나한테 그랬소. 그날 밤에, 온몸에서 피비린내가 나는 남자가 자기랑 잤다고." 관씨는 한숨을 쉬었다. "샤오어는 죽기 전에 제정신이 아니라서, 난 그 말을 계속 반신반의했지. 20년 동안, 난 그 사람에 대해서 생각하지 않은 순간이 없었소……."

"그런 일이 있었어? 왜 빨리 말 안 했나?"

"라오친이 죽기 전에 말해 주더군. 그날 밤에, 당신이 우리 집 문으로 나오는 걸 직접 봤다고-"

"라오친? 자네, 그 아편쟁이 말을 믿나?" 주씨는 군도를 어깨에 메고, 품속에서 서양 담배 한 갑을 꺼내서 쪼글쪼글한 담배 한 개비를 관씨에게 건넸다. "그놈은 아편 한 덩이 얻으려고 제 어미까지 팔아먹을 놈인데-"

"샤오어는 이 일을 다른 누구한테도 얘기한 적이 없었소. 라오친이 허튼소리를 했을 리가 없어. 이렇게 딱 들어맞을 수가 없다고!"

"라오관, 그날 밤에 난 돼지 죽이느라 바빴는데, 그런 짓을 할 시간이 어디 있었겠어?" 주씨는 관씨가 담배를 받지 않자, 자기 입에 문 담배에 대고 불을 붙여서 담배 두 개비를 한꺼번에 피웠다. "라오친 그놈은 하루 온종일 아편 먹을 생각밖에 안 하잖아. 그놈이 아마 그날 밤에 아편 몇 개를 덜 먹어서, 자네 집 베란다에서 오줌을 싸던 돼지를 나로 잘못 봤겠지."

관씨는 손에 들고 있던 파랑 칼을 어깨에 멨다. "어쩐지, 당신이 라오친한테 맨날 아편을 갖다 바쳐서 그놈을 마을에서 제일 유명한 아편쟁이로 만들더라니. 아편으로 라오친 입을 막은 거였어."

"라오관, 라오친의 헛소리는 듣지 말라니까."

관씨는 어깨에 멘 파랑 칼을 휙 뽑아 들고, 대왕 주씨를 향해 한 걸음 한 걸음 다가갔다.

"라오관, 진정해……."

주씨는 엽총 쪽을 곁눈질했다. 무덤을 팔 때 엽총과 자라 대왕 친씨의 카빈총과 일본놈들의 보병총은 전부 그루터기 아래에 모아 둬서, 주씨가 몸에 지닌 건 마사무네 칼뿐이었다. "라오관!"

"라오주," 관씨는 그에게 더 가까이 다가갔다. "당신이요? 당신 맞냐고."

주씨는 몸을 돌려 유파스 나무를 지나쳐서 멧돼지가 지나간 오솔길로 뛰어들었다.

호수에 작은 물결이 일어, 호숫가의 갈대와 야생 호접란을 지나쳐서 그의 발바닥 아래까지 밀려왔다. 그는 하루하고도 한나절 동안 아편을 먹지 않아서 가슴속이 전부 텅 비고, 가랑이 아래가 열기로 꽉 막혀 있었다. 그 열기는 항문에서 곧장 숫구멍까지 치솟으면서 오장육부를 전부 짓뭉개 버렸다. 평소 같았으면 그는 그 물결을 일으킨 근원이 멧돼지인지, 말레이곰인지, 거대한 도마뱀인지, 아니면 사냥감을 어깨에 멘 이반족 사냥꾼인지 분명히 느낄 수 있었을 것이다. 하지만 지금 그는 그저 무성한 갈대숲과 가냘픈 야생 호접란을 바라볼 수 있을 뿐이었다. 머릿속이 연기에 구워져서 뇌수가 다 눌어붙어 텅텅 빈 것 같은 기분이었다. 생각이 둔해지자 시간이 길게 느껴졌다. 그는 잡생각을 했다. 시간이 오래 지난 것 같지만 사실은 잠깐 사이였다. 엉덩이가 바닥에 제대로 붙어 앉아 있지 않았다. 어딘지 모를 곳에서 총알 한 발이 날아와 그의 허벅지를 맞혔다. 그는 윽 하고 신음하면서 갈대숲을 향해 총을 한 발 쐈다. 영문도 모르고 뒤통수를 한 방 맞은 그는 그루터기 아래에 쓰러졌다. 가슴팍이 자신의 파랑 칼 칼끝에 베여 기다란 상처가 났다. 다시 눈을 떴을 때는 엽총과 파랑 칼은 사라졌고, 완전무장한 양놈들과 주바 마을 사람들이 그에게 소리를 지르고 있었다.

붉은 얼굴 관씨는 시커먼 우물 바닥을 보고, 그 영국산 담배 냄새를 맡으면서, 부서져 가는 철제 울타리 문을 발로 차 열고 잡초가 무성한 채소밭으로 들어갔다. 등 뒤에서 갑자기 쏴아 하는 바람 소리가 들려왔다. 그는 뒤를 돌아보았다. 철제 빨랫줄 위에 널려 있던 흰 웃옷과 검은 바지가 마치 사지가 축축이 젖은 희미한 몸에 걸쳐져 있는 양, 허공을 날아 우물을 넘어서 채소밭 쪽으로 날아왔다. 관씨는 눈을 비볐다.

울타리 틈새로 웃옷과 바지가 다시 빨랫줄에 걸려 있는 게 똑똑히 보였다. 관씨는 불현듯 마지막으로 아편을 피운 게 벌써 어제 저녁의 일이고, 그 후로 열 시간이 넘게 지났다는 게 생각났다. 그는 총을 메고 황폐한 채소밭을 지나 썩어 버린 울타리 기둥을 밟아 부수고, 그 담배연기 냄새를 쫓아갔다. 하늘이 점점 어두워지고, 별이 점점 더 밝아지고, 마른 나뭇가지 위에 앉은 부엉이들은 점점 더 많아졌다. 검붉은 색의 불덩어리가 재투성이 하늘 위로 튀어 올랐다. 떠오르려는 건지, 아니면 지려는 건지 알 수 없었고, 그게 달인지 해인지도 알 수 없었다. 관씨는 걸음을 멈추고 희미한 그 담배 냄새를 찾으면서, 지금이 도대체 동틀 무렵일까 아니면 해질녘일까 생각했다. 그는 고개를 돌려 마을을 바라보았다. 밥 짓는 연기가 모락모락 피어올랐고, 석유등과 가스등이 반짝였다. 배가 불룩한 연합군의 수송기가 남중국해 위로 날아갔다. 어선의 해골 같은 그림자가 파도 위에서 흔들거렸고, 드넓고 푸른 물결 속에 갈매기의 산산이 부서진 몸이 잠겨 있었다. 그는 자기가 서 있는 오솔길을 보면서, 자신이 움직이지 않고 가만히 서 있는데도 주바 마을이 마치 격렬한 지각판 운동을 하듯이 그에게서 조금씩 멀어지는 걸 발견했다. 그는 심지어 백악기의 판게아가 분열하는 콰르릉 하는 거대한 소리와, 띠풀 숲에 울려퍼지는, 비늘과 뿔이 툭 튀어나온 거대한 파충류가 서로 싸우며 포효하는 소리도 들었다. 그는 오솔길을 따라 바쁘게 빙빙 돌았다. 순간 영국산 담배 냄새와 여자아이의 침 냄새를 잃어버려서, 어느 비탈을 골라 그 위에 가만히 서서 눈을 감고 힘껏 숨을 쉬었다. 들판에는 바람이 없었고, 만물이 뒤엉켜 형체를 제대로 이루지 못했다. 그는 고대의 울창한 오아시스, 무성한 겉씨식물과 양치식물, 분화구에서 회색 연기와 용암류를 분출하는 활화산을 보았다. 뜨거운 바람이 그의 얼굴로 불어왔고, 담배 냄새가 다시 나타났다. 그는 비탈 아래로 내려가 주바 다리처럼 좁고 긴 척추 아래를 지나 지프차보다도 더 큰 두개골을 빙 돌아서, 물이 졸졸 흐르고 수초가 빽빽이 자란 시냇물에 갑자기 흰 웃옷과 검은색 긴 바지를 걸친 몸이 떠오르는 걸 보았다. 사지가 희미하고, 뒤통수에 땋은 머리를 길게 늘어뜨린 그 형체는 입에서 검푸른 수초를 토하면서, 그의 전진을 막으려는 듯이 양쪽 소매를 평평하게 들고 있었다. 관씨는 다시 눈을 비볐다. 사지가 사라지고, 옷은 빠르게 물속으로 가라앉았다. 이게 무슨 일이야? 관씨는 그렇게 중얼거리며 시내를 건너 작은 노란색 꽃이 잔뜩 핀 언덕 위로 올라갔다. 담배 냄새가 흩어 버릴 수 없을 정도로 짙어졌다. 고개를 든 그는 어슴푸레한 하늘에 비막이 돋은 큰 도마뱀이 날고 있고, 통통하고 기다란 목이 풀숲에서 뻗어 나와 나무 꼭대기의 무화과를 따 먹고, 발 두 개에 커다란 꼬리가 달린 거대한 괴물이 고개를 숙이고 썩은 고기를 뜯어 먹는 걸 보았다. 바람이 일었다. 강풍이 쏴아 하고 불어와 관씨의 두 다리가 덜덜 떨렸다. 흰 웃옷과 검은 바지가 강풍에 날려 언덕 위로 날아와서 옷자락이 그의 얼굴을 때릴 뻔했다. 관씨는 이번에는 똑똑히 보았다. 옷의 주인은 젊은 여자였다. 그녀의 얼굴은 파란 야자열매 같았고, 두 눈을 감고 있었는데, 그 외의 이목구비는 없었다. 여자는 허리에 크고 작은 파랑 칼 다섯 자루를 차고, 손에는 얼룩덜룩 녹이 슬고 뚜껑이 열린 작은 철제 상자를 들고 있었다. 상자 안에는 커다란 알이 하나 들어 있었는데, 알껍데기가 갑자기 갈라지더니 커다란 머리에 날카로운 이를 가진 작은 괴물이 튀어나왔다. 관씨는 의아한 듯 여자를 보면서 손을 뻗어 그녀의 희미한 사지를 만졌다. 여자의 눈이 갑자기 떠지더니, 축축한 한 손을 뻗어 관씨의 등 뒤를 가리켰다. 이 순간, 관씨는 더 분명히 보았다. 여자의 얼굴에는 여드름이 몇 개 나 있었고, 왼쪽 뺨에는 까만 점이 있었으며, 입술은 붉고 도톰했고, 희미한 사지는 물속에 떠 있는 듯했다. "샤오어!" 관씨가 소리치자, 여자는 다시 손을 들어 그의 뒤편을 가리켰다. 몸을 돌린 관씨는 거대한 형체가 손에 서슬이 퍼런 긴 칼을 쥐고 원숭이처럼 그를 향해 덮쳐오는 걸 보았다. 관씨는 목이 서늘해지는 걸 느꼈다. 칼날 같은 엄니가 돋은 호랑이가 콰직 하고 그의 머리를 물었다. 그의 머리가 언덕 아래로 굴러 내려갈 때, 붉은 얼굴 관씨는 산봉우리 모양의 불타는 운석 하나가 하늘에서 떨어져 풀숲에 천지를 뒤덮을 듯이 맹렬한 불바다를 일으키고, 한 순간에 하늘과 땅이 어두운 밤에 빠져들게 하는 걸 보았다.

3

야평은 턱이 가려워서 눈을 떴다. 그의 가슴 앞에 호접란 한 줄기가 놓여 있었는데, 꽃잎 위의 개미 한 마리가 턱 위의 작은 상처에 돋아난 새살을 깨물고 있었다. 야평은 개미와 호접란을 쳐서털어 버리고, 하품을 하면서 자리에서 일어났다. 머리카락에 꽂혀 있던 히비스커스 꽃 두 송이가 발 위에 떨어졌다. 물고기 지느러미 같은 햇빛이 축축한 풀숲 속에서 유유히 헤엄치고 있었다.고각옥에 종려나무와 야자나무, 나무고사리의 그늘이 드리워져서, 그는 순간 낮인지 밤인지 판단하기 힘들어서 손목에 찬 일본놈의 손목시계를 보았다. 6시 30분이었다. 그는 영문을 알 수 없어 베란다에 놓인 히비스커스 꽃과 호접란을 바라보았다. 엽총은보이지 않았고, 대들보에 파랑 칼이 걸려 있었고, 집 안에 붉은 얼굴 관씨의 모습은 보이지 않았다. 관씨는 원래 말도 없이 이리저리 다니기 때문에 야평은 이상하게 여기지 않았다. 아버지가 며칠 동안이나 집 밖으로 한 발짝도 나가지 않고 상처를 치료한 게이미 이상한 일이었다. 하지만 전쟁이 끝나고 일본놈들의 잔당을아직 철저하게 토벌하지 못한 상황이라 그래도 좀 불안했다. 야평은 사실 엽총을 두 자루 가져와서 한 자루는 단열층에 숨겨 놓았다. 그는 엽총을 찾아 들고, 등에 파랑 칼을 메고 베란다 아래로 내려가 아버지를 찾으러 마을로 갈 준비를 했다. 베란다 바깥에는 오래된 우물과 검은 흙바닥이 있었고, 닭장은 무너졌고, 울타리 문은 부서져 있었다. 잡초가 무성한 채소밭에 초록색 수박 한 개가 누워 있었다. 야평은 꼭지를 따서 수박을 갈랐다. 수박은 퍼석퍼석하기만 하고 아삭거리지 않았다. 야평은 먹다가 뱉다가 하면서 눈 깜짝할 사이에 수박 한 개를 다 먹어치웠다. 갑자기 진 수 상표의 담배와는 다른 냄새, 스리 캐슬 담배 냄새가 났다. 그는 이 담배 냄새가 아주 익숙했다. 야평은 엽총을 높이 들고 황폐한 채소밭을 둘러보았다. 서남풍이 채소밭 끄트머리에 서 있는 여남 은 그루의 시든 옥수수와 넓은 카사바 밭을 지나오면서 더 짙은 담배 냄새를 몰고 왔다. 야평은 몸을 웅크리고 총구를 옥수수 숲 과 카사바 밭 쪽으로 겨눴다. 참새 떼가 카사바 밭에서 날아 나와 키가 작은 야자나무 위에 모여들었다. 어깨까지 내려오는 장발에 황토색 군복을 입고 손에 긴 칼을 든 남자가 움푹 꺼진 철제 울타 리를 원숭이처럼 뛰어넘어 잡초가 무성한 카사바 밭 속으로 사라 졌다. 야평은 방아쇠를 당겼다. 남자가 카사바 밭에서 튀어나와 철제 울타리를 뛰어넘을 때, 야평은 총을 한 발 더 쐈다. 울타리를 뛰어넘은 남자는 띠풀 숲속으로 사라졌다.

야평은 옥수수 숲과 카사바 밭을 가로지르고 울타리를 넘어 띠 풀 숲속으로 들어갔다. 칼을 든 장발의 남자는 체격이 건장하고 걸음이 빨라, 사람이 아무도 없는 땅에 들어간 양 띠풀 숲을 종횡 무진했다. 그는 무성한 풀숲 속에서 통통 튀어오를 때는 발이 땅 에 닿지 않는 듯했고, 물웅덩이나 시내를 건널 때는 발이 물에 젖 지도 않는 듯했으며, 가시나무 덤불을 헤치고 지나갈 때는 벽에 구멍을 뚫고 지나가는 기름 귀신 같았다. 그가 들판에 남긴 군화 발자국은 멧돼지 떼를 이끌고 주바 마을 깊은 곳을 습격하는 대왕 돼지의 발굽 자국 같았고, 칼을 휘둘러 길을 막는 관목 덤불을 베는 모습은 야평에게 마씨 할머니가 큰 낫을 휘두르며 요괴 가면을 쓴 마을 아이들을 쫓는 모습을 떠올리게 했다. 희미한 아침 햇살이 그의 긴 칼을 비춰 서슬이 퍼런 빛을 냈다. 이따금씩 빛이 야평의 두 눈을 곧장 찔러와 잠깐 동안 시력을 잃게 해서, 그럴 때마다 그는 작은 물웅덩이나 포탄 구덩이를 밟고, 거의 넘어질 뻔하기도 했다. 야수 같은 긴 머리가 띠풀 숲 위에 휘날려, 마치 전설 속의, 내장을 매달고 다닌다는 날아다니는 머리처럼 보였다. 야평은 몇 번이나 걸음을 멈추고 총을 들고 남자를 조준했지만, 산탄이 단 두 발만 남아 있어서 방아쇠를 섣불리 당기지 않으려 했다. 이런 망설임 탓에 남자는 더 조그맣게 보일 때까지 도망가 버린 듯했다.

구름이 바위처럼 꽉 막혀 하늘과 땅이 잿빛이 되었다. 밤의 어둠이 여전히 무겁게 내리눌러 띠풀이 고개를 숙였다.

시간이 빠르게 흘렀다. 야평은 예전에 에밀리와 함께 멧돼지를 사냥했던 둥근 언덕을 보았다. 언덕은 멀리서 봤을 때는 버려진 무덤 같았는데, 가까이 다가가서 보니 갑자기 아주 넓고도 복스러워 보였다. 마을 사람 여남은 명이 그 위를 보름 동안이나 개간하고, 사냥감 하나를 1년 동안 쫓아다닐 수도 있을 것 같았다. 이때, 칼을 든 남자는 사라져 버렸다. 탯줄 같은 구름이 하늘에 가득

찼고, 배꼽 같은 몇 개의 소용돌이가 파란 하늘을 드러냈다. 야평은 사방을 한 번 둘러보고 언덕에 올랐다. 언덕에는 여전히 작은 노란색 꽃이 가득 피어 있었다. 야평이 부주의하게 밟아 버려서, 그들이 꽃을 피우려는 욕망을 불러일으켰다. 흰색의 작은 나비들은 그가 언덕 위로 올라올 때 사방팔방으로 흩어졌다. 드문드문한 들불이 언덕 주위의 띠풀 숲을 잠식했다. 야평은 언덕 꼭대기에 섰다. 그의 시선이 언덕 뒤편의, 양치식물과 덩굴이 자라 있는 멧돼지 굴 입구를 빠르게 스쳤다. 붉은 얼굴 관씨의 머리가 방어를 위해 흩어 놓은 나뭇가지 위에 걸려 있었다. 몸이 머리와 분리되어 있었고, 몸 옆에는 두 동강이 난 엽총이 누워 있었다. 머리를 잃은 관씨의 몸은 돼지 굴을 몰래 살펴보려는 양 굴 바깥에 무릎을 꿇고 있었다. 두 눈은 소의 눈처럼 캄캄한 굴 입구를 노려보고 있었다. 그의 눈 속에서 야평은 헤아릴 수 없이 캄캄한 동굴을 보았다. 그 속에 길고 긴 밤을 삼킨 구렁이라도 잠들어 있는 듯했다. 거위 발만 한 까만 거미 한 마리가 나뭇가지에서 관씨의 이마에 가로로 깊게 팬 주름 위로 느릿느릿 기어왔다. 그 주름은 죽기 전의 관씨의 고민과 혼란을 드러내 보였다. 관씨의 목에서는 여전히 피가 흐르고 있었다. 베인 곳이 반들반들하고 평평해, 그의 목을 벤 것이 예리한 무기임을 보여주었다.

"야마자키……."

야평은 마음속에 두려움이 피어올라, 엽총을 꽉 쥐고 띠풀 숲을 둘러보았다. 들판은 아득히 넓고, 숲은 **빽빽**하게 우거져 있었다.

야마자키가 바로 근처에 있었다. 황야는 덤불이 무성해 넓은 바다에 물고기들이 뛰노는 듯했다. 그가 예전에 놓쳤던 그 새끼 멧돼지처럼, 야마자키는 무성하게 우거진 띠풀 숲속에, 혹은 잡초가 잔뜩 자란 포탄 구덩이 속에, 관목 덤불 속에, 갈대가 자란 호수에, 검은 구름 그림자 아래에, 눈부신 아침 햇살 속에, 저녁 무렵의 희미한 푸른 기운 속에, 아니면 참새 떼의 날개와 발톱이 일으킨 소용돌이 속에 웅크리고 있을 수도 있었고, 녹슨 자국이 얼룩덜룩한 낡은 칼 위에 녹처럼 숨어 있을 수도 있었다. 높은 곳에서 아래를 내려다볼 수 있는 언덕 위에 선 야평은 안전한 동시에 위험하다고 느꼈다. 그는 다시 황야를 바라보며 한 손에는 엽총을, 한 손에는 파랑 칼을 쥐고, 눈을 감고서 들풀의 싱싱함과 메마름, 높고 낮음과 듬성듬성하고 빽빽함, 막 돋아났거나 죽어가는 상태를 탐색하면서, 아버지가 아홉 살짜리 자신을 데리고 띠풀 숲으로 가서 초목의 무성함과 짐승들의 번식을 영혼과 두뇌로 이해하게 했던 일을 추억했다. 띠풀 숲은 사나운 들불과 돋아나는 새싹 속에서 목 놓아 울고 있었다. 언덕 주위에는 포탄 구덩이가 열한 개 있는데, 그중 두 개에는 이름 모를 마을 사람들의 해골이 흩어져 있었다. 2미터쯤 되는 물도마뱀 한 마리가 호수 위에서 떠다니며 작은 동물들을 겁먹게 하는 악어나 구렁이 같은 물결을 일으켰다. 검은 구름이 사자 무리처럼 황야에 넘쳐났고, 아침 햇살은 띠풀 숲 위에서 반짝였다. 참새 떼는 급강하한 참매 때문에 흩어져 버렸다. 영국산 담배 냄새와 썩은 고기 냄새가 언덕 위에서 솟아

올라 그의 발바닥이 서늘해지게 했다. 그는 발뒤꿈치를 들고, 태어난 이래 가장 날렵한 걸음걸이로 돼지 굴 쪽으로 가서 입구 위쪽에 쪼그려 앉았다. 뭐라 형용할 수 없는 슬픔 탓에, 그는 엽총을 내려놓고 양손으로 어머니가 그에게 남겨 준 파랑 칼을 꽉 쥐었다. 까만 거미는 아버지의 관자놀이에 난, 어머니를 처음 만났을 때 곰 발톱에 긁혀서 난 흉터와 사랑에 빠진 모양인지, 그 위에 웅크린 채 움직이지 않았다. 아버지의 이마에 깊이 팬 주름과 널찍한 코, 두려움에 빠진 듯한 굵은 머리카락, 거만한 턱이 무서울 정도로 낯설었다. 질척거리는 두 눈에는 파파베린과 모르핀이 결핍된 사나움과 갈증이 떠올라 있었다. 그 엽총과 옷차림이 아니었다면 그는 그것이 아버지의 머리가 맞는지 의심했을 것이다. 그는 아버지의 얼굴을 바라보기가 두려워서 시선을 나뭇가지와 양치식물과 덤불에 집중시켰다.

언덕 위로 올라온 후로 시간이 유난히 느리게 흘렀다. 야평은 손목시계를 보았다. 8시였다. 잿빛 구름이 하늘에 도사리고 있어 천지가 어두컴컴했다. 보기 흉한 푸른 기운이 무성한 풀숲을 뒤덮었다. 태양은 행방을 알 수 없었고, 하늘에서 빛줄기가 하나 내려와 먼 곳의 가시나무 덤불을 덮어, 한 줄기 불꽃이 일어나 오랫동안 꺼지지 않았다. 야평의 칼날이 화염의 불빛을 반사해, 빛의 반점 몇 개가 바짓가랑이 속으로 뚫고 들어갔다. 평평하고 매끈매끈한 칼날에 바짓가랑이 바깥쪽의, 싸움닭의 벼슬 같은 음낭이 비쳤다. 바싹 마른 참억새 줄기가 생식기를 아프게 찔렀지만 그는 움직이지 않았다. 아침에 일어나서 소변을 보지 않은 데다가 수박도 한 개 먹어서, 방광에 오줌이 가득 찬 탓에 그의 생식기가 허공에 꼿꼿이 일어선 원숭이 꼬리처럼 곧게 뻗어 있었지만, 그는 억지로 꾹 참았다. 야평은 눈 한 번 깜빡이지 않고 동굴 앞의 나뭇가지의 모습을 기억하고, 곧게 서고, 가로로 뻗고, 비스듬히 자라고, 기어오르고, 휘감기고, 허공으로 뻗은 양치식물의 줄기를 말없이 그리고, 덩굴식물의 포도 같은 모양과 잎겨드랑이 위의 이슬방울, 꽃잎이 접힌 흔적과 여린 가지 위에 빽빽하게 덮인 부드러운 털을 감시했다. 검푸른 색의 나비 한 마리가 띠풀 숲에서 돼지 굴로 날아와 어느 썩은 나뭇가지 위에 앉았다가, 보름이나 지나서야 파랑 칼 쪽으로 날아와 칼끝에 앉았다. 같은 색깔의 나비 한 마리가 야평의 등 뒤에서 날아와 더러운 소매 위에 앉았다. 8시 반이되었다. 칼끝, 소매, 나뭇가지, 그리고 덩굴 위에 총 일곱 마리의 나비가 앉았다. 야평은 그중 두 마리가 주둥이에서 나선형의 흡관을 뻗어 이슬을 빨아 마시는 걸 똑똑히 보았다. 흰색과 검푸른 색의 나비들이 언덕 위에 모여들어 노란 꽃의 바다를 뒤덮었다.

야평은 속으로 나뭇가지의 숫자를 세고, 덩굴과 양치식물의 모양을 복습하고, 아버지의 머리를 보았다. 까만 거미는 관자놀이 위의 흉터와 작별하고, 끊어진 목을 따라서 마른 나뭇가지 쪽으로 기어가서 동굴 입구의 긴갯금불초 무리 아래에 자리를 잡았다. 흰 나비 한 마리가 긴갯금불초의 노란 꽃 위에서 꿀을 빨고 있었다. 9시가 되었다. 저 먼 곳의 빛줄기는 가시나무 덤불을 떠나 들불에 탄 황무지 위에 멈춰 있었다. 천지는 여전히 잿빛이었다. 까만 거미는 초록색의 작은 도마뱀 한 마리를 움켜잡았다. 거미는 날카로운 이빨로 도마뱀의 배를 찢어 소화액을 주입해서, 사냥감을 빨아먹고 반투명한 가죽만 남겼다. 9시 반이 되었다. 포식을 마친 까만 거미는 양치식물 속으로 사라졌다. 나뭇가지가 부르르 떨리고, 붉은 얼굴 관씨의 머리를 받치고 있던 나뭇가지가 끊어졌다. 머리가 언덕 아래로 굴러 내려가 띠풀 숲속에 떨어졌지만, 두 눈은 여전히 동굴 입구를 주시하고 있었다. 보이지 않는 초식동물이 덩굴과 양치식물의 연한 잎을 뜯어 먹고 있기라도 한 듯, 나뭇가지와 덩굴과 양치식물이 마구 경련하기 시작했다. 서슬이 퍼런 긴 칼이 동굴 입구로 뻗어 나와 가로 세로로 베면서 동굴 입구를 덮은 나뭇가지와 덩굴을 잘랐다. 야마자키가 원숭이처럼 돼지 굴에서 튀어나와 야펑에게 등을 보이며 몸의 반쪽을 드러냈을 때, 야펑은 파랑 칼을 들어 야마자키의 목을 베었다.

야마자키는 고개를 돌려 야펑을 보고, 군도를 비스듬히 휘둘러 야펑의 복부를 베었다. 야펑이 오랫동안 참고 있던 오줌이 마침내 뿜어져 나왔다. 야마자키의 굵은 장발이 공작이 꼬리를 펴듯이 흩어졌다. 강렬한 서남풍이 그의 머리를 동굴 위쪽으로 떠오르게 해, 야펑의 발치에 떨어뜨렸다.

야마자키는 눈꺼풀을 껌벅이며 입술을 실룩거렸다. 마치 "네가-왜-아직-여기-있지?"라고 말하는 듯했다.

천지는 잿빛이었다. 먼 곳의 빛줄기가 갑자기 언덕을 뒤덮어 야마자키의 피에 젖은 작은 빨간색 꽃을 비추고, 선혈에 붉게 물든 야핑의 카키색 반바지도 비췄다. 야핑은 왼손으로 상처를 누르고, 파랑 칼의 칼끝으로 야마자키의 이마를 쿡 찔렀다. 야마자키의 긴 칼은 허공에서 작게 공중제비를 한 번 돌더니 마른 나뭇가지 몇 개와 함께 돼지 굴 입구에 비스듬히 꽂혔고, 그러자마자 검푸른 색의 나비 한 마리가 상어 가죽에 싸인 칼자루 위에 자리를 잡았다. 머리 없는 거대한 몸이 돼지 굴 입구를 반쯤 막았다. 햇빛은 여전히 언덕 위에만 단단하고 찬란한 빛줄기를 뿌렸고, 연기가 띠풀 숲을 맴돌았다. 저 먼 황무지에 스톰황새 한 마리가 서서 시반屍斑이 잔뜩 생긴 것처럼 보이는 목과 머리로 해골 더미를 가지고 놀고 있었다. 야핑이 언덕 아래로 내려갈 때, 왼쪽 다리의 반 정도는 이미 선혈에 흠뻑 젖어 있었다. 그는 파랑 칼을 짚어 몸을 지탱하며 주바 마을을 향해 갔다. 얼마나 걸었는지, 그는 어느 열대아몬드나무 아래에 쓰러졌다. 그 단단하고 찬란한 빛줄기는 나무 바깥쪽의 띠풀 숲을 비췄다. 챙이 뒤집힌 등나무 덩굴 모자를 쓴 머리가 긴 여자가 띠풀 숲속에서 나무 아래로 걸어오더니 허리를 굽혀 야핑을 업고 마을을 향해 걸어갔다. 의식을 잃기 전에, 야핑은 에밀리의 팔뚝에 걸린 등나무 고리를 보았고, 그가 오매불망 그리워하던 지린내를 맡았다.

강을 건너는 멧돼지

7월이 되면 큰 가뭄이 들고, 야생 과일이 전부 떨어져 버리고, 새싹도 나지 않고, 땅은 바싹 마르고, 낙엽이 흩날린다.

  기아와 갈증으로 화가 난 보르네오의 잡식성 멧돼지는 북부 하천 유역에 꽃 피고 열매 맺는 철이 구릉지보다 빨리 찾아왔던 걸 회상하며, 서칼리만탄주의 열대우림에서 북상해 보르네오의 만학천봉을 가로지른다. 북상하는 길에 멧돼지 떼를 흡수해 기세등등한 대오를 이뤄, 말레이시아와 인도네시아 두 나라의 길고도 험한 국경을 지나 넓고 풍요로운 사라왁 우림지대에 진입해 하천 유역을 가로질러 건넌다. 이 대오는 사람도, 맹수도 두려워하지 않고, 먹이가 풍부해 배불리 먹고 짝짓기를 할 수 있는 안락한 보금자리를 찾는다.

1

파란만장한 재난을 겪은 후, 주바 마을 사람들은 눈에 보이거나 혹은 보이지 않는 상처를 지우고, 화약 연기와 봉화가 없던 나날을 복습했다. 이 시기에 주바 마을에는 아편의 품귀현상이 심각했다. 예전에 재산이 많아 위세를 부리는 중국 상인 벼슬아치들이 공개 입찰을 해서 아편, 담배와 술, 도박 등 3대 분야를 독점했다. 1924년에 식민정부에서 아문을 설립해 '연주공매국煙酒公賣局'을 세워서 공개 입찰 제도를 폐지하고 경영권을 독차지해, 아편과 담배와 술의 밀수가 성행하게 되었다. 1941년에 일본놈들이 공매국을 인수해 3년 8개월 동안 경영했다. 일본의 패전 후에 내팽개쳐졌던 모든 일들이 다시 처리되기 시작해, 추마오싱邱茂興 부부가 전후에 주바 마을 최초로 아편을 밀수해서 배에서 팔기 시작했다. 추 노인은 1921년에 중국으로 돌아가서 장가를 든 후에 아내를 데리고 남양 군도로 내려왔다. 부부는 다리 네 쪽에 의지해 어깨에 광주리를 메고 산으로 바다로 다니며 쌀과 수지를 사다가 중국 상인들과 물물교환을 해서 담배, 설탕, 소금, 비스킷, 옷감, 통조림과 맞바꿨다. 그것들에 적은 이문을 붙여 마을의 중국인들에게 팔아서, 10년 후에는 10톤짜리 화물선을 한 척 사서 주바 강을 따라 오가며 손님을 끌어 국산과 수입 잡화를 팔았다. 일본놈들이 마을에 들어온 후에 추씨 부부는 외동딸과 함께 주바 강상류로 피난을 갔다가 3년 8개월 후에 다시 마을로 돌아와 아편밀수를 시작했다. 추 노인의 아편 밀수 생활은 한 달쯤밖에 지속되지 못했다. 1945년 10월 23일, 추 노인과 아내는 종려나무 잎으로 된 덮개 아래에 아편 덩이를 가득 실은 화물선을 몰고 있었는데, 갑자기 총소리가 들리더니 이물에 서 있던 추 부인의 이마에 피로 된 꽃이 피고, 풍덩 하고 물에 빠져 버렸다. 총알이 숭숭 하고 고물에 있는 추 노인을 스쳐 지나갔다. 추 노인은 노를 던져 버리고, 얼음처럼 차갑고 새까만 강물 속으로 숨었다. 수면 위로 떠올라 보니 복면을 한 강도 한 놈이 화물선을 차지하고 있었다.

1945년 11월, 우기가 찾아왔다. 마을 아이들은 양철통 한 개를 나뭇가지에 걸어 놓고 새총을 쏴서 탄환을 통 속에 집어넣었다. 요괴 가면을 쓴 마지막 아이가 쏜 탄환이 수컷 머스코비오리를 기르는 추마오싱 노인의 고각옥을 맞혔다. 아이들은 동북 계절풍의 영향을 잠깐 계산해 보고 능숙하게 고무줄을 당겼다. 추 노인은 방금 막 숨겨 뒀던 조그만 아편 한 덩이를 피운 다음, 베란다에 쪼그리고 앉아 수제 담배를 피우면서 하늘에서 떨어져 내리는 돌 탄환 열두 개를 바라보았다. 그의 경험에 따르면, 아편을 사흘 동안 피우지 않으면 돌 탄환이 팔월 보름날의 달만큼 커져서 고각옥을 산산이 부숴 버리고, 주바 강의 커다란 파도가 하늘에 닿을 듯이 일어 마을을 뒤덮어 나무 꼭대기에 멧돼지와 악어와 마을 사람들의 시체가 잔뜩 걸리게 만들 수 있었다. 노인은 오늘 아편을 조금밖에 피우지 않았지만 머리의 반쪽은 여전히 깨어 있었다. 열두 개의 탄환은 열두 개의 가마솥처럼 탕탕 하고 함석지붕 위에 떨어졌다. 노인은 침을 뱉고 베란다 아래로 내려와 울타리 문을 발로 차서 열었다. 누렁개 한 마리가 닭장에서 계란을 줍고 있는 딸의 가랑이 사이로 빠져나와 노인 옆에 멈춰 서서 들판을 바라보고, 곤충의 번데기를 씹어 먹어 침이 흐르는 커다란 주둥이를 들어 의아한 듯이 노인을 올려다보았다. 노인은 개의 궁둥이를 걸어차고, 띠풀 숲속에 흩어져 있는 아이들을 가리켰다. 11월의 띠풀 숲은 막 불기 시작한 동북 계절풍 속에서 아직 깊이 잠들어 있었다. 썩어 버린 하늘에는 좀벌레 같은 뿌연 구름이 지나갔고, 천지에 황혼이 가득했다. 탄환을 다 쓴 아이들은 그 자리를 떠나려다가 노인이 누렁개를 몰고 울타리 문 밖으로 나오는 걸 보고 깜짝 놀랐다. 대담한 아이 한 명이 고무줄을 당겨 새총을 한 발 쏴서 개의 다리를 맞혔다. 그 행동이 누렁개의 적의를 불러일으켜, 개는 포효하며 아이들을 쫓아갔다.

누렁개는 시든 띠풀 가시를 짓밟고, 포탄 구덩이를 연달아 뛰어 넘어 나이 어린 아이들 몇 명을 따라잡았다.

깡마르고 까무잡잡한 피부에 수염과 머리카락이 하얗고 덩치가 큰 사람이 띠풀 숲에서 나와 손에 든 파랑 칼의 칼집을 개의 머리를 향해 휘둘렀다. 누렁개는 구슬프게 짖고는 허리와 꼬리를 웅크리고 주인의 등 뒤로 후퇴했다.

"라오추, 오늘 아직 아편 안 먹었어?" 그 사람은 입에 문 수제 담배를 손에 쥐고, 칼집을 어깨에 멨다. "뭘 그렇게 성질을 부려."

"망할 애새끼들!" 노인은 아이들을 노려보고, 개의 궁둥이를 두 번 걸어찼다. "망할 놈의 개!"

깡마르고 까무잡잡한 사람은 추 노인 옆으로 다가와서 그에게 수제 담배 한 대를 건넸다. 노인은 잠깐 망설이다가 수제 담배와 그 사람이 던져 준 성냥갑을 받아 담배에 불을 붙이고, 성냥갑을 휙 던져 그에게 돌려주었다. 커다란 새 한 마리가 낮게 스쳐 날아가며 어두운 회색의 걸쭉한 똥 덩어리를 쌌다. 새똥은 퍽 하고 두 사람의 발치에 떨어졌다. 깡마르고 까무잡잡한 사람은 더러운 사냥복과 카키색 바지 차림에 허리에는 칼집에 든 긴 칼을 차고, 손에 칼집에 든 파랑 칼을 들고 있었다. 반백의 수염과 머리털이 그의 얼굴을 반쯤 가리고 있었고, 형형한 두 눈이 추 노인을 주시했다. 얼굴에는 피곤한 기색이 넘쳐흘렀다. 추 노인은 담배 연기를 토해내고, 문득 그 사람의 팔뚝에 있는 말레이 단검과 멧돼지 모양 문신을 보았다. "라오주! 자네였군! 죽은 줄 알았는데?"

"난 자네야말로 죽은 줄 알았는데." 대왕 주씨는 주먹으로 추 노인의 어깨를 툭 치고, 마을 곳곳에 흩어져 있는, 과일이 주렁주렁 달렸거나 꽃이 활짝 핀 과일나무와 동북풍 속에 깊이 잠들어 있는 기름진 채소밭, 그리고 그 위에 앉아 있는 들새들 때문에 검게 물든 관목 숲과 커다란 교목, 공중을 선회하며 사냥하는 참매를 보고는 입술을 달싹이며 중얼중얼 혼잣말을 했다. "음, 다 됐어. 다 됐어."

"라오주, 뭐가 다 됐다는 거야?" 노인은 개의 궁둥이를 한 번 더 찼다. "난 열흘이 넘도록 아편을 실컷 먹지를 못했어. 자네가 죽을 때가 다 됐다는 건가?"

"라오추, 내가 하루 종일 걷느라," 주씨가 말했다. "배도 고프고 목도 마르네."

대왕 주씨는 추 노인의 고각옥 베란다에 앉아 노인의 딸이 차려

준 돼지고기와 생선과 채소와 과일 따위를 맛보면서 낭랑하고도 처량한 들새의 울음소리와 추 노인이 아내와 화물선을 잃은 고통을 울면서 하소연하는 소리, 그리고 주바 마을에 일어난 파란만장한 사건 이야기를 듣고, 베란다 위로 가지가 이리저리 뻗어 있는 두리안 나무와 질퍽거리며 떨어지는 새똥과 깃털을 보면서 한마디도 하지 않았다. 그러다가 추 노인의 딸이 새우젓 공심채 볶음을 한 접시 날라 온 걸 보고서야 웅얼거리며 한 마디를 뱉었다. "됐어, 라오추. 더 차릴 것 없어. 반년 동안 못 봤다고 예의 차리는 건가?" 추 노인은 온 하늘에 가득한 노을을 바라보았다. 움푹 들어간 조그만 두 눈에 눈물이 넘실거렸다. "주바 마을을 떠난 지 4년도 채 안 됐는데, 중라오과이, 납작코 저우씨, 자라 대왕 친 씨, 샤오진, 게으름뱅이 자오씨, 말라깽이 선씨랑 붉은 얼굴 관씨까지, 이 아편쟁이들이 다들 염라대왕을 만났어. 난 자네도 그 속에 낀 줄 알았어. 살아 있는 걸 보니 참 좋군! 샤오링小伶, 담배 몇 대 더 말아 봐라! 라오주, 미안하네. 서양 담배도 없고, 마을에 아편도 다 떨어져서 대접할 게 없구만."

추 노인의 열여섯 살짜리 딸 추옌링邱妍玲은 골반까지 늘어진 두 갈래 땋은 머리를 흔들면서, 햇볕에 말려 부순 파파야 잎과 바나나 잎과 폐지 더미가 놓인 쟁반을 들고 와서 석유등을 켠 다음, 어두컴컴한 응접실에 놓인 앉은뱅이 걸상 앞에서 수제 담배를 말았다. 그녀는 몸에 꼭 맞는 흰색 매듭단추 반팔 웃옷과 통이 넓은 검은 바지를 입고 있었다. 피부는 선홍빛이었고, 한 쌍의 까만 눈동자가 앞머리 아래서 근심 어린 빛으로 반짝이고 있었다. 그녀는 빠르고 과감하게 담배를 말았다. 담배 한 개비 한 개비가 모두 쇠나 구리 부스러기를 채운 듯 단단했다. 그녀는 금세 스무 개비 넘는 담배를 말아서 대통에 꽂아 추 노인에게 주고, 불꽃이 높이 타오르는 석유등을 들고 주방 안으로 사라졌다. 주씨는 방금 막 말아 놓은 수제 담배에 불을 붙였다. 익숙한 침 냄새가 났다.

대왕 주씨가 마을로 다시 돌아왔다는 소식을 들은 마을 백성들이 무리를 지어 연달아서 주씨에게 인사를 하러 고각옥을 찾아왔다. 밤이 점점 깊어지면서 별자리가 조금씩 드러났다. 배불리 먹은 주씨는 추 노인이 맥주를 사러 나간 틈에 베란다 난간에 기대서 잠깐 졸았다. 발가락이 간질간질해서 눈을 떠 보니 얼굴에 새빨간 혹이 잔뜩 난 머스코비오리가 그의 발가락에 난 티눈을 쪼고 있었다. 주씨는 몸을 일으켜 똑바로 앉아서 머스코비오리의 날개를 가볍게 찼다. 추옌링이 문 밖으로 나와서 양손을 휘두르면서 입으로 쉭쉭 소리를 내며 가지런한 이를 드러냈다. 머스코비오리는 목을 꼿꼿이 세운 채 전혀 겁내지 않고 그녀를 노려보았다. 추옌링은 문 뒤에 놓인 빗자루를 들고 머스코비오리의 머리를 호되게 때렸다. 머스코비오리는 꽥꽥거리고 울면서 날개를 퍼덕이며 캄캄한 연못으로 날아갔다.

대왕 주씨는 추 노인이 사 온 기네스 맥주 두 캔을 마신 다음, 추 노인에게 한 가지 이야기를 했다. 그 얘기를 들은 추 노인은 기뻐서 어쩔 줄 몰라 하며, 온 얼굴에 흐른 눈물을 닦으며 주씨에게 고맙다고 했다. 주씨는 수제 담배 세 개비를 더 피우고, 남은 담배를 주머니에 쑤셔 넣고 희미한 달빛에 의지해 황완푸의 고각옥쪽으로 갔다. 그는 관야펑이 아이들 몇 명과 함께 베란다 위에 책상다리를 하고 앉아 새총을 만드는 걸 보았다. 그들의 주위에 껍질을 벗긴 나뭇가지와 자전거의 타이어 튜브와 해진 가죽신이 널려 있었다. 대들보에 가스등이 하나 걸려 있어 고각옥 바깥이 대낮처럼 환했다. 주씨는 어느 야자나무에 기대어 수제 담배를 피우면서 어둠이 졸졸 흘러 들어가는 고각옥과, 어둡거나 환한 마을의 문과 창문들, 야자나무의 꼭대기에 자루가 위로, 머리가 아래로 걸린 음침한 북두칠성, 주바 강에서 붉은 눈을 깜빡이는 악어들의 밤, 하느님이 드러낸 추한 뻐드렁니 같은 달, 그리고 열기가 끓어오르고 들짐승들이 교미하는 매춘부 같은 거친 풀숲을 응시했다. 여자아이 두 명이 주바 강가 쪽에서 걸어왔다. 두 명 모두 가슴 앞에 반딧불이 수십 마리가 든 유리병을 들고 있었는데, 불빛이 그들의 야위고 창백한 얼굴과 뼈가 드러날 정도로 앙상한 몸을 비췄다. 두 아이는 마치 금방이라도 폭발해 팽창하려는 태초의 우주를 받쳐 들고 있는 것 같았다. 아이들은 대왕 주씨의 옆을 지나가다가 발을 멈추고 유리병을 미간까지 들어올려, 귀신처럼 온 얼굴에 수염이 난 주씨의 얼굴을 비췄다. 주씨는 태연스럽게 그들을 보았다. 수제 담배가 숯덩이처럼 타올랐다. 그는 집집마다 놓인 오물통에서 풍기는 쉰 생선 냄새를 맡았다.

"주씨 할아버지!"

야핑은 새로 만든 새총의 고무줄을 당겨, 야자나무 꼭대기를 향해 막 한 발 쏘려던 참이었다.

2

야마자키의 머리는 채소 시장 옆의 숯나무 가로등 기둥에 벌써 거의 한 달 동안이나 걸려 있었다. 그의 머리 없는 시체는 채소 시장 광장에서 땡볕 아래 하루 동안 방치된 후, 밤에 마을 사람들이 파랑 칼로 산산조각을 내서 다음 날 동이 트기도 전에 들개가 거의 다 뜯어 먹어 버려, 고약한 냄새를 풍기는 시체의 잔해가 주바 거리 여기저기에 흩어졌다. 이목구비가 온전하고 머리카락이 산발이 된 그의 머리는 가로등 기둥에 높이 걸린 지 한나절도 안 되어 사나운 날짐승과 벌레들이 살과 가죽을 전부 뜯어 먹고, 무시무시한 듯 우스꽝스러운 듯한 해골만 남았다. 널찍한 이마뼈는 아이들이 쏜 새총에 맞아 귀신의 도끼와 해적의 곡도를 뜻하는 부호가 새겨졌다. 여자 요괴 가면을 등에 매단 긴꼬리원숭이는 높은 전신주 꼭대기에 쪼그리고 앉아 해골을 내려다보기를 좋아했는데, 가끔씩은 해골 위에 앉아서 양손을 뻗어 해골을 만지작거렸다.

대왕 주씨는 잭프루트 나무 아래 세워진 황완푸의 달구지 위에서 오른손에 쥔 칼집에 든 요시노의 마사무네 칼로 바닥을 짚고, 왼손으로는 서양 담배를 비틀면서 전신주 위에서 해골을 만지작거리는 원숭이를 바라보았다. 마을 사람들은 어미돼지에게 물어뜻긴 그의 두피에 짧은 백발이 자라 있는 걸 발견했다. 수염이 그의 가슴을 덮었고, 팔자수염은 없어졌다. 양 뺨은 붉었고, 눈동자 깊은 곳에서 언제라도 타오를 수 있는 불씨가 번뜩였다. 어젯밤에 절반에 가까운 마을 사람이 추 노인의 집에서 식사를 하는 대왕 주씨를 만나러 갔었다. 그는 사람들을 만난 김에 그들에게 오늘 정오에 채소 시장 광장에 모여 달라는 말을 전했다. 주씨는 이 광장에서 마을 사람들을 총 세 번 소집했다. 첫 번째는 20년 전에 멧돼지 떼가 마을을 야습했을 때였고, 두 번째는 4년여 전에 하늘을 나는 머리 사건이 일어났을 때였으며, 세 번째는 일본 놈들이 마을에 들어오기 전에 사람들에게 무기와 탄약을 주바 강 상류 쪽으로 30여 킬로미터 떨어진 고각옥에 숨겨와 달라고 호소했을 때였다. 아침에 큰 비가 내리고, 정오가 다 되어 얼굴을 내민 태양은 피로에 찌든 채 뿌연 구름 위에 주저앉아 있었다. 광장 위에 이리저리 흩어진 빛은 그 태양의 것이 아니라 어제의 석양이 남은 것인 듯했다. 하늘 높이 솟은 나뭇가지에 앉은 참매가 이따금씩 누구 하나 죽일 듯이 큰 소리로 울부짖었다. 우기가 아직 오지 않았지만 주바 강물은 이미 잔교에 거의 닿아 있었다. 대왕 주씨의 뉴유지 다방을 비롯한 판자로 지은 열 곳의 가게들 중 반 이상이 아직 영업을 재개하지 않았지만, 채소 시장의 채소, 과일, 생선, 고기 행상은 이미 전부 제자리로 돌아와서, 정오가 다 된 시각에도 행상들이 소리를 치며 물건을 팔고 있었다. 가슴 앞에 새 총이나 요괴 가면을 매단 아이들이 채소 시장 주위에 흩어져서 깨진 기와와 무너진 담 사이에서 보물을 찾고 있었다. 잭프루트 나뭇가지에는 여전히 박쥐가 잠들어 있었고, 나무 꼭대기에는 백로 한 마리가 서서 검은 부리로 날개와 꼬리를 가다듬고 있었다.

빡빡 깎은 머리에 맨발의 젊은 어부가 잭프루트 나무 아래로 짐수레를 끌고 와서 대왕 주씨가 서 있는 달구지 옆에 나란히 세우고, 허리춤에서 끝이 뾰족한 칼을 꺼내 고개를 숙이고 수레 위에 놓인 커다란 거북이를 잘랐다. 그는 소리를 질러 호객을 하면서, 주씨의 달구지가 그의 장사를 방해하는 게 언짢은 양 주씨를 노려보았다. 솜씨 좋은 어부는 눈 깜짝할 사이에 거북이의 등껍질과 배딱지를 젖혀 열고, 뾰족한 칼을 채소 볶는 뒤집개처럼 휘두르며 크기와 무게가 똑같은 거북이 고기를 한 덩이 한 덩이 베어 내 수레 위에 쌓았다. 수레가 붉게 물들었고, 광장에는 피가 강처럼 흘렀다. "거북이 고기요, 거북이 고기! 먹으면 장수를 돕고, 피를 보해 건강하게 해 주고, 열을 내리고 독을 없애고, 담즙이 잘 나오게 하고 눈을 밝게 합니다. 한 덩이에 1위안," 어부는 거북이 꼬리에서 피범벅이 된 해면체를 도려내 눈썹 위로 높이 들어올렸다. "거북이 좆이요, 음기와 양기를 보하는, 남자한테 제일 좋은 자양제요!"

어부가 거북이를 자를 때, 대왕 주씨는 이미 목청을 높여 광장에 모인 백여 명의 마을 백성들에게 연설을 하기 시작했다.

"라오차이老蔡," 주씨는 어부가 손에 든 해면체를 보았다. "그건 나 주게."

어부는 바나나 잎으로 해면체를 싸서 달구지 위로 던졌다. "라오주, 받아요."

거북이 고기와 머리, 거북이 발, 등껍질, 배딱지와 내장까지 금세 다 팔리자 어부는 만족해하며 수레를 끌고 그곳을 떠났다. 광장에는 검붉은 피바다만 남았다. 대왕 주씨의 연설과 거북이 해체 쇼가 동시에 진행되어 피비린내 나는 지리멸렬한 바람이 불었다. 우기가 곧 찾아올 것이다. 예전에 칼리만탄의 멧돼지들은 항상 7, 8월에 강을 건넜는데, 올해는 정말 이상하게도 11월이 되었는데도 여전히 놀라울 정도로 많은 멧돼지 떼가 내륙의 강을 건너 동북쪽으로 달려가서 마을에서 3킬로미터도 채 떨어지지 않은 숲속에 모여 언제고 마을을 덮치려 하고 있다. 주씨가 여기까지 말했을 때, 깡마른 노인 한 사람이 크게 기침을 했다. 그의 러닝셔츠는 가슴까지 말려 올라가 흉악하게 생긴 견갑골이 드러나 있었다. 이마가 튀어나오고 뺨이 움푹 꺼진 그는 얇은 입술을 조금 벌리고 있었는데, 잇새에 새까만 아편 찌꺼기가 가득 끼어 있었다. "주 형, 그러니까, 멧돼지가 또 마을에 쳐들어올 거라는 건가?"

"라오주, 사냥대를 조직해서 돼지를 잡으려는 거요? 일본놈들이 물러간 지 얼마 되지도 않아서 아직 뭘 배불리 먹지도 못했는데, 한가하게 그럴 시간이 어디 있어?" 반바지만 입고 바닥에 쪼그리고 앉은 중년인이 말했다. 그는 손에 김이 모락모락 나는 블랙커피를 한 잔 들고 있었다.

러닝셔츠를 입은 노인이 무심코 달구지 쪽으로 짙은 회색의 침을 뱉었다. "주 형, 형은 신통력이 대단하잖아. 난 사흘이나 아편을 못 피웠어. 속 시원히 좀 피우게 아편 몇 덩이만 줘."

웃통을 벗은 중년인이 커피를 홀짝거리다가 혀를 데었다. "아편 몇 덩이만 주면, 돼지는 말할 것도 없고 호랑이랑 악어까지 죽일 수 있지. 줄초상 날 것들!"

러닝셔츠를 입은 노인이 손을 뻗어 바짓가랑이를 긁자, 곧바로 가랑이 아래로 각질이 우수수 떨어졌다. "그래, 아편이 없으면 쬐끄만 암돼지도 날 죽일 수 있을 걸."

두 사람이 투덜거리는 소리와 어부가 호객하는 소리 때문에 대왕 주씨는 연설을 단축했다. 거북이 해체 쇼가 끝나자 광장에 모인 마을 사람들도 2~3할 정도가 줄어들었다. 주씨는 사람들의 그런 행동이 자기 말에 거역하는 거라고 여기지 않고, 서양 담배를 계속 피우며 호의 어린 태도로 주위에 모인 마을 사람들에게 서양 담배 몇 개비를 던져 주었다. 마사무네 칼의 칼집은 피로에 찌든 햇빛을 받아 나른한 빛으로 번뜩이고 있었다. "여러분, 저도 당연히 알고 있습니다. 지금은 4년 전과 달라서, 사냥대를 조직해서 돼지를 죽이기는커녕 돼지를 막을 울타리를 칠 인력과 물자도 부족하지요." 주씨는 서양 담배를 얻지 못한 어느 젊은이에게 담배 한 개비를 던져 주었다. "멧돼지들은 그 수가 어마어마하고, 4년 전에 비해 적지 않습니다. 다들 낮에 함부로 숲에 들어가지 말고, 밤에는 문단속을 잘 하십시오. 가능하다면 파랑 칼과 엽총을 준비해 뒀다가, 멧돼지 몇 마리를 죽여서 식탁에 고기반찬을 더해 보십시오."

"라오주, 형씨가 가지고 있는 그 칼이 바로 요시노란 일본놈의 군도라면서?" 어깨에 괭이를 메고 겨드랑이에 암탉 한 마리를 끼운 키가 크고 건장한 남자가 마을 사람들을 헤치고 달구지 앞으로 걸어왔다. 남자는 전쟁 전에 린완칭의 합판공장의 벌목공 감독이었다. 일본놈들은 나무를 베어 수뢰를 실은 군함 여섯 척을 만들 때, 보르네오의 수종에 익숙하지 않아서 이 남자에게 속았다. 남자는 질이 낮은 나무로 용골을 만들어서 전함이 급류를 마주치면 바로 부서져 버리게 했다. 그는 자신의 '위대한 공적'에 큰 자부심을 느껴 사람을 만날 때마다 자랑을 했다. "라오주, 그 요도가 얼마나 많은 마을 사람들 목을 베고, 얼마나 많은 목숨을 빼앗았겠소! 내 눈엔 그 칼이 꼭 요시노 그 돼지새끼처럼 보이는군!"

"라오쑹老宋, 뭘 어쩌고 싶은데?" 주씨는 군도를 풀어 남자에게 건넸다. "가져가서 장작 패고 풀 베는 데 쓰게."

"주 형 뼈나 베라지." 남자는 한 걸음 뒤로 물러섰다. "주바 강에 던져 버리자고!"

"라오쑹, 이건 평범한 군도가 아니야." 주씨는 칼을 반쯤 뽑았다. 칼날이 그의 얼굴에 핏줄기처럼 남아 있는 흉터를 비췄다. "양놈들이 이런 물건을 제일 좋아하지. 돈 좀 가진 양놈한테 팔아서 호되게 벗겨먹을 거야."

"라오주." '썩은 엉덩이'라는 별명을 가진 지팡이를 짚은 중년인이 나이가 들었지만 힘 있는 목소리로 말했다. 그는 예전에 네덜란드 석유회사 노천극장의 상영 기사였다. 채소 시장 광장에서 일본놈들의 전쟁 선전 영화 〈손오공〉을 상영할 때, 마을 사람들은 손오공이 근두운이 아니라 전투기를 타고, 여의봉이 아니라 기관총을 들고 적을 소탕하는 걸 보고 떼굴떼굴 구르며 웃었다. 그중에서 썩은 엉덩이가 제일 심하게 웃어서, 헌병대원이 권총을 뽑아 그의 엉덩이에 총을 한 발 쏴서 그가 평생 한쪽 다리를 절게 만들었다. "혼자서 그 돈을 독차지하면 안 돼."

"돼지 사냥대에 참가한 사람들한테는 돈을 나눠줄 거야." 주씨가 말했다. "썩은 엉덩이, 자네는 한쪽 다리를 저니까 우선 좀 나눠주지."

"또 그 사냥대 얘기야!" 러닝셔츠를 입은 노인이 또 우렁찬 소리를 내며 짙은 회색 침을 뱉었다. "그 칼이 얼마나 하는데? 라오차이가 판 그 거북이보다 비싼가?"

"주 형의 평생소원이 바로 20년 전에 돼지 떼를 몰고 마을을 습격했던 대왕 돼지를 죽여서," 깡마르고 왜소한 노인이 낡은 광주리 위에 걸터앉아 혼잣말처럼 중얼거렸다. 그의 모습은 꼭 가로등 위에 앉아 해골을 만지작거리는 원숭이 같았다. "그놈의 심장과 간을 생으로 삼켜 버리는 거지."

"대왕 돼지가 어디 있어?" 남자가 큰 소리로 웃었다. "아편을 많이 먹으면 고양이가 호랑이처럼 보이고, 아편을 안 먹으면 지렁이가 큰 구렁이처럼 보이는 법이지."

"대왕 돼지를 본 사람 있나?" 잭프루트 나무그늘 아래 세워 둔 인력거에 기대 선 젊은 인력거꾼이 말했다. 손에는 방금 산 거북이 고기를 들고 있었다. 그는 어깨까지 오는 장발에, 목 뒤쪽에는 칼에 맞은 흉터가 뚜렷하게 나 있었다. 일본놈들은 내륙으로 철수할 때 주바 다리에서 마을 사람들 여러 명을 처형했다. 인력거꾼은 일본놈의 군도가 자신을 향해 휘둘러질 때를 잘 맞춰 주바 강으로 뛰어들어서, 칼날이 그의 풍성한 장발을 베고, 목 뒤쪽에 상처를 남겼다. 마을에 하늘을 나는 머리 사건이 일어났을 때 그는 자라 대왕 친씨와 중라오과이와 논쟁을 벌였었다. "자오趙 형, 본 적 있소?"

"봤지, 봤어! 내가 아편쟁이라 해골처럼 빼빼 마르고 피에 독이 있지만 않았다면, 날아다니는 머리가 벌써 나한테 눈독을 들였을 거야." 땅바닥에 쪼그리고 앉아 블랙커피를 마시던 자오씨가 비틀거리며 일어나 인력거꾼 앞으로 걸어갔다. "샤오양, 자라 대왕 친씨가 그랬잖아. 자네 마누라는 젊고 예쁘니까 마누라 머리를 잘 살펴보고, 흡혈귀 새끼를 잔뜩 낳지 않게 조심하라고."

"니미." 샤오양은 음탕하게 웃으며 자오씨의 가랑이를 살짝 찼다. "몸집이 소만 한 돼지를 봤냐고 물었잖아! 이 아편쟁이! 날아다니는 머리는 무슨 날아다니는 머리야?"

"아, 몸집이 소만 한 돼지, 소만 한 돼지……." 자오씨는 다시 쪼그리고 앉아서 블랙커피 잔 바닥을 하늘로 치켜들고 단번에 다 마셨다. "봤지, 봤어."

"여러분, 좋은 소식이 있습니다." 대왕 주씨가 여유롭게 서양 담배를 피우면서 추 노인을 흘끗 보았다. "강도가 빼앗아 갔던 추 노인의 아편을 제가 전 재산을 써서 배까지 통째로 다시 사 왔습니다. 이 아편은 지금 아직 강 상류에 보관하고 있는데, 저녁이 되기 전에 뉴유지 다방으로 날라 올 겁니다. 이 정도면 다들 열흘 보름은 먹을 수 있을 겁니다! 저는 추 노인과 상의해서, 저와 관 야펑이 조직한 돼지 사냥대에 참가하는 사람에게는 아편 한 덩이에 단돈 1위안만 받고 팔기로 하고, 수익은 전부 추 노인에게 주기로 했습니다."

3

에밀리는 인사불성이 된 야펑을 주바 마을에 업어다 놓고 곧바로 떠났다. 마을 사람들은 그녀의 지시에 따라 언덕 위로 올라가 야마자키의 머리와 시체를 찾았다. 무라마사 칼은 온데간데없었다. 야펑은 상처가 나은 후에 그 언덕과, 이미 폐허가 된 에밀리의 고각옥, 전쟁 시기에 에밀리가 피난을 갔던 숲속의 작은 오두막, 납작코 저우씨가 죽은 매둥지 호수를 수도 없이 살펴보고, 심지어 배를 타고 주바 강을 거슬러 올라가 일본놈들이 납작하게 부숴 버린 대왕 주씨의 고각옥과, 샤오 선생과 아이들이 살해당한 유파스 나무 아래까지 가 보았다. 마을 사람들은 에밀리가 연락을 끊어 버린 이유를 알지 못했지만, 야펑은 알았다.

어젯밤, 아이들이 돌아간 후에 대왕 주씨는 황완푸의 고각옥 베란다에서 야펑에게 돼지 사냥대를 다시 조직하자고 제안했다.

"야펑." 가스등 불빛 아래, 야펑은 주씨의 머리칼이 검어지고 안색이 불그레해져 꼭 서른 살처럼 보인다고 느꼈다. "난 그 대왕 돼지 놈을 죽이고 나면 숲속에 은거할 거다. 해마다 7, 8월이 되면 내가 강을 건너는 멧돼지들을 매복 공격하는 걸 볼 수 있을 거야."

야펑은 열여섯 살 때 죽은 새끼돼지 한 마리를 메고 뉴유지 다방으로 대왕 주씨를 찾아갔던 것을 마치 어제 일처럼 떠올렸다. 집 밖에서 개구리와 벌레가 우는 소리가 귀를 찔렀다. 뻐드렁니 같은 달이 높이 걸렸고, 주바 강의 악어 눈알이 강을 뒤덮었다. 야펑은 아버지가 억울하게 죽고, 야마자키가 숨어 있었던 언덕 위에서 울려 퍼지는 시끄러운 돼지 발굽 소리를 들었다. 아버지의 머리가 돼지 굴 주위를 떠돌면서, 그 안에 길고 긴 밤을 삼킨 구렁이가 잠들어 있는 듯한 돼지 굴의 깊이를 헤아릴 수 없는 어둠을 응시하고 있었다.

"그날 우리 아버지랑 무슨 일이 있었던 거예요?" 야펑은 새총을 만들기 위해 깎아 둔 나뭇가지로 왼발 엄지에 난 티눈을 후볐다.

"라오관이 내가 조국 난민 구제 계획 위원회 명단을 누설한 게 아닌지 의심하더구나." 그는 야펑에게 담배 한 대를 건넸다. "라오관이 결국 야마자키의 칼을 피하지 못할 줄은 몰랐다. 너도 티눈이 났냐?"

"아버지한테서 유전된 거예요." 야펑은 칼날이 구부러진 작은 칼을 들어 칼날을 티눈에 갖다 대고, 금방이라도 벗겨지려고 하는 피부 껍질을 떼어냈다. "아버지는 호수 앞에서 누가 쏜 총에 맞았어요. 총소리가 들리기 전에 스리 캐슬 담배 냄새가 났대요."

"스리 캐슬 담배! 일본놈 말고 누가 있겠니?"

대왕 주씨는 담배에 불을 붙이고, 야평의 티눈과 자기의 티눈이 모두 왼쪽 엄지발가락 바깥쪽에 똑같은 크기와 모양으로 나 있는 걸 보며 사악하고 음험한 연기를 토해냈다. 그날, 그는 유파스 나무 아래에서 풀숲으로 뛰어들어 한참 동안 마구 도망친 다음, 이미 붉은 얼굴 관씨에게서 벗어났다고 생각하고 숨을 돌리던 그때 곰 발톱에 긁힌 흉터가 난 관씨의 벌건 이마가 어두컴컴한 풀숲 속에서 번뜩이는 걸 보았다. 관씨의 얼굴은 붉지 않았지만 곰 발톱에 긁힌 그 흉터는 마치 세 줄기 작은 불길처럼, 불이 붙은 화살처럼 붉었다. 관씨는 지금껏 그 흉터의 내력을 숨긴 적이 없다. 주씨는 자기가 사냥 전문가라고 자부했지만, 길을 먼저 돌아온 관씨가 그를 두 번이나 막아서고 총알 두 발을 그의 머리 위로 슝슝 쏘아 보내서 하마터면 총에 맞아 망령이 될 뻔했다. 붉은 얼굴 관씨의 분노가 강 우레처럼 그를 덮쳐왔다. 아침 내내 그를 쫓아온 끝에, 주씨는 관씨의 걸음걸이에 지친 기색이 보이고, 속도가 줄어들고, 불이 붙어 있던 그 화살도 꺼졌다고 느꼈다. 오후가 되자 관씨의 모습은 이미 전혀 보이지 않았다. 주씨는 어느 상록 교목 아래, 일본놈 한 명이 그루터기에 앉아 이이우우 하면서 일본 노래를 부르고 있는 걸 보았다. 그의 머리 위 나뭇가지에는 다른 일본놈의 시체가 매달려 있었다. 주씨는 마사무네 칼을 휙 뽑아 들고 일본놈을 덮쳤다. 주씨를 본 일본놈은 갑자기 노래를 부르는 목소리가 더 커졌고, 얼굴에는 괴상한 웃음이 떠올랐다. 주씨는 단칼에 일본놈의 머리를 베었다. 머리는 그루터기 아래로 데굴데굴 굴러서 아주 멀리까지 굴러가더니 잡초 덤불 속으로 사라졌다. 주씨가 그루터기 아래에 놓인 96식 보병총과 일본놈이 허리에 차고 있던 탄띠를 집어든 후에야 노랫소리가 멎었다. 풀숲은 밝아졌다가 어두워졌다가 했다. 대왕 주씨는 걸음을 늦췄다. 보병총을 얻어서 그는 좀 대담해졌다. 썩은 나무 위에 앉아 갓난아이의 시체를 끌어안고 울고 있던 웬 일본 여자가 주씨를 보더니 귀신처럼 그의 뒤를 한 시간이 넘게 따라오다가, 그가 걸음을 빨리한 후에야 사라졌다. 주씨는 그걸 보고도 전혀 이상하게 여기지 않고, 액운을 물리치기 위해 침을 뱉었다. 야마자키와 요시노의 부대를 추격할 때, 주씨는 부대를 따라 후퇴하던 일본 여자들이 부대의 후퇴 경로가 발각되지 않게 하기 위해 시끄럽게 우는 자기 아이를 제 손으로 목 졸라 죽이는 걸 보았고, 부대에서 버려진, 손발에 궤양이 잔뜩 생긴 일본놈들이 도마뱀처럼 늪지대를 기어 다니다가 주씨 일행을 보자마자 총을 들어 자살하는 것도 보았다. 밤이 되자 주씨는 대충 차양을 쳐서 밤을 보냈다. 어둠 속에서 눈알이 번뜩였고, 온갖 짐승들이 앞 다퉈 울었다. 고막에 멧돼지들이 돌진하는 소리와 예샤오어의 폐부가 찢어질 듯한 고함 소리가 울려 퍼졌다. 아침 햇살이 막 비춰올 때, 갓난아이 시체를 안고 있는 그 일본 여자가 차양 밖에 앉아 있었다. 그녀의 두 눈에서는 시퍼런 빛이 뿜어져 나왔고, 우는 소리는 갓난아이처럼 낭랑하기도 하고 노파처럼 나이든 것 같기도 했다. 주씨는 힘주어 침을 뱉고, 풀숲 속으로 가서 오줌을 눴다. 일본 여자가 우는 소리 때문에 오줌을 시원하게 누지 못했다. 오줌을 다 눈 다음, 그는 주바 강을 따라 아침 내내 달려갔다. 여자는 줄곧 가까워진 듯 멀어진 듯하면서 악귀처럼 흐느껴 울었다. 정오가 지났을 때, 그는 참지 못하고 마사무네 칼을 뽑아 여자의 목을 베었다.

여자의 울음소리가 멎었을 때, 대왕 주씨는 세 줄기 작은 불길이 소리도 기척도 없이 자신을 향해 덮쳐오는 걸 보았다. 그는 보병총을 들고 있어서 두렵지 않았다. 주씨는 유유히 강가를 떠나 서북쪽으로 한 시간 남짓 가다가 갈대와 야생 호접란이 가득 자라 있는 호수 앞에 쪼그리고 앉았다. 그는 뜻밖에도 주머니 속에 스리 캐슬 담배 두 개비와 성냥갑 한 개가 남아 있는 걸 발견했다. 담배 한 대를 막 다 피웠을 때, 그는 온 얼굴에 피곤한 기색이 가득한 붉은 얼굴 관씨가 엽총과 파랑 칼을 메고 호숫가의 큰 나무로 걸어가 그루터기 위에 걸터앉는 걸 보았다. 한참 전부터 마음이 들떠 있던 주씨는 침을 뱉고, 보병총을 들어 관씨의 허벅지에 한 발을 쐈다. 관씨는 크게 소리를 지르고 갈대숲을 향해 총을 한 발 쐈다. 주씨는 호수를 빙 돌아 큰 나무 뒤로 가서 총자루로 관씨의 뒤통수를 세게 때렸다. 관씨가 쓰러진 후, 주씨는 가슴에 통증을 느꼈다. 선혈이 가슴팍의 반 정도를 적시고 있었다. 주씨는 비틀거리며 호숫가를 떠나 주바 강을 향해 가다가 다약족 청년 두 명이 긴배를 저어 상류 쪽으로 가는 걸 보았다. 그는 양손을 흔들며 큰 소리로 그들을 불렀다. 긴배가 기슭에 닿았을 때, 그는 이미 기절해 강가에 쓰러져 있었다.

대왕 주씨는 다약족의 장옥에서 요양하는 동안 석 달이 넘게 곡주를 마시고 멧돼지 고기를 먹으며 백발과 수염을 무성하게 기른 다음, 보병총과 마사무네 칼을 메고 주바 마을로 돌아왔다. 그는 캐나다 산기슭에 있는 어느 주인 없는 고각옥에서 하룻밤을 보냈다. 추마오싱 부부가 아편을 밀수한다는 이야기를 들은 주씨는 어느 달 없이 캄캄한 밤에 검은 수건으로 얼굴을 가리고 주바 강가에 숨어서 추마오싱의 10톤 화물선이 지나가기를 기다리다가 추 부인을 쏴 죽이고, 추마오싱을 배 밖으로 쫓아내고, 강물이 불어난 틈을 타서 아편을 가득 실은 화물선을 상류에 정박해 두었다.

"석 달이 지났는데," 대왕 주씨가 갑자기 말했다. "아무도 에밀리를 못 봤냐?"

야펑은 고개를 숙이고, 말없이 나뭇가지로 티눈만 마구 쑤셨다.

4

아편 한 덩이에 1위안을 주고 사서 손쉽게 폭리를 도모하기 위해, 아편중독이 있거나 없는 백 명이 넘는 주바 마을 남자가 돼지 사냥대에 가입했고, 그중 80여 명에게 밀수한 엽총과 총알이 지급

되었다. 대오가 채 정리되기도 전에, 다음 날 한밤중에 수가 그리 많지 않은 멧돼지 무리가 마을에 침입해 어느 정도 다시 지은 축사와 농토를 파괴하고, 고각옥의 숯나무 기둥에 비릿한 지린내를 남겼다. 다음 날, 주씨는 사냥대를 네 개의 작은 조로 나눠서 야 펑, 추 노인, 린완칭 합판공장의 예전 벌목공 감독과 그 자신이 조를 이끌고, 밤이 온 후 마을의 거점 네 곳을 수비했다. 밤이 깊어 졌을 때, 두 무리의 멧돼지가 원추 모양의 진형을 갖춰 차례로 마을의 반 정도를 둘러본 후 홀쩍 떠나 버렸다. 멧돼지 떼가 자취를 감춘 지 12일 후, 파랑 칼을 든 더 많은 마을 사람들이 돼지 사냥대에 가입했다. 아편은 빠르게 다 팔려 나갔지만, 이미 멧돼지들의 파괴력을 본 마을 사람들은 밤이 오면 총과 칼을 들고 임시로 세운 감시대나 자기 집 베란다 위에서 지켰다. 13일째 되던 날 한밤중에, 수를 가늠하기 어려운 멧돼지 떼가 마을을 뒤덮었다가 동틀 무렵에야 마을 사람들에게 격퇴 당했다. 그 전까지의 두 번의 야습 때, 대왕 주씨는 마을 안에서 제멋대로 활개를 치는 돼지 떼를 늙은 사자처럼 주시하면서 총을 한 발도 쏘지 않았다. 돼지 떼가 세 번째로 대대적인 야습을 했을 때, 그는 담배를 물고, 허리에 파랑 칼과 마사무네 칼과 탄창을 차고, 손에는 엽총을 들고, 총을 든 마을 사람들과 함께 감시대 위에 서서 포효하며 돌진하는 돼지 떼를 둘러보고, 고개를 들어 별빛이 들쑥날쑥하게 빛나는 밤하늘을 바라보며 아무 말도 하지 않았다.

춥고 음습한 밤이었다. 어둠이 콸콸 흘렀다. 하늘의 짙은 그늘이 주바 마을을 뒤덮었고, 별들의 맑고 아름다운 눈동자와 검붉고 희미한 악어 눈동자가 서로를 비추며 빛났다. 채식을 해서 수려한 반딧불이의 빛과 육식을 해서 폭발하는 듯한 멧돼지의 눈이 이리저리 돌아다녔다. 고각옥의 함석지붕 위에서는 때때로 부엉이와 뱀이 격전을 벌였고, 띠풀 숲에는 도깨비불이 떠다녔다. 그날 밤, 남중국해에 침몰했던 일본 전함 한 척이 바다 밑바닥에서 떠올라 바람과 파도를 가르고 주바 마을 해변으로 돌진해, 곧장 주바 거리로 달려들어 채소 시장에 정박했다. 뱃전에 줄사닥다리 수십 개가 늘어뜨려지고, 완전무장한 수병들이 전함에서 내려 광장에 줄지어 서서 가지런한 걸음으로 중화중학교 앞의 남방 파견군 총사령부를 향해 전진했다. 그들의 철모에는 수초가 꽂혀 있었고, 기관총의 총열에는 조개껍데기가 잔뜩 붙어 있었다. 그들의 배낭은 문어와 해파리의 촉수를 내뻗었고, 턱에는 산호초가 늘어져 있었다. 기모노를 입은 남양 아가씨들이 베란다 아래서 그들에게 손을 흔들며 환호했다. 커다란 군홧발 소리가 돼지 울음소리와 발굽 소리를 덮었다. 그들이 중화중학교 교문 앞에 도착하기 전에 기세등등한 돼지 떼가 그들을 들이받아 흩어 버렸다. 동틀 무렵, 수병 대오는 줄사닥다리를 올랐다. 하늘에는 끊임없이 번개가 쳤고, 바다에 집채만 한 파도가 일어 전함을 남중국해 속으로 휩쓸어 버렸다.

높은 감시대 위에서 내려다보며 사격하는 사냥대원들은 우세를 점했고, 감시대와 고각옥의 반석처럼 견고한 숯나무 기둥들은 끊임없이 닥쳐오는 멧돼지 엄니의 공격을 두려워하지 않았다. 사냥대에 참가하지 않은 마을 사람들은 베란다 계단 위에 못을 박은 양탄자를 깔거나 울타리를 치고, 날카롭게 갈아 놓은 파랑 칼과 낫, 쟁기, 그리고 뾰족한 말뚝을 들고 베란다 위를 지키고 서서 베란다로 뛰어든 소수의 멧돼지와 육박전을 벌였다. 사람과 돼지의 전투가 세 시간 넘게 이어진 후, 당황하고 곤경에 빠진 돼지 떼가 주바 강으로 들어갔다가 악어 떼에게 포위당했을 때쯤, 돼지 사냥대와 마을 사람들은 큰 소리로 환호하며 돼지 떼가 싸움에 패했다고 선언했다.

대왕 주씨의 엽총은 총열이 주바 강물처럼 차가운 채로 아직 한 발도 쏘지 않았다. 그는 사냥대원들에게 총알을 아끼기 위해 더 이상 마구잡이로 총을 쏘지 말고, 감시대 아래로 내려가 파랑 칼로 돼지들을 공격하라고 큰 소리로 지시했다. 그 자신이 맨 먼저 감시대 아래로 내려가 돼지 시체들을 타넘고 가서 울부짖는 돼지 목을 베었다. 사냥대원들과 마을 사람들도 베란다 아래로 내려왔다. 손전등 불빛이 돼지 울음소리와 발굽 소리에 찢긴 한없이 넓은 밤을 갈랐다. 하늘 위에 어두운 구름이 연달아 몰려와 동북풍에 밀려 마을 상공으로 기어와서 요염하게 반짝이고 있던 별들이 사라졌다. 빗줄기는 처음에는 억제하는 듯 조용히 떨어지다가 점점 빽빽해지면서 바람에 날리는 말갈기처럼 휘날렸다. 축사가 하나하나 무너졌고, 그 틈에 닭들이 끊임없이 소란을 피웠다. 주씨 바로 앞에서 두리안 열매가 하나 떨어져 죽은 멧돼지의 뱃가죽을 짓뭉갰다. 주씨는 빠르게 두리안 나무를 지나, 개 두 마리와 돼지 한 마리가 격전을 벌이는 가운데 한 줄로 늘어선 야자나무들을 뚫고 나가서 어느 버려진 우물 앞에 섰다. 고요하지 않은 우물물에 머리털과 수염이 허연 낯선 사람이 비쳤다. 주씨는 20년 전에 우물 바닥에서 고개를 숙이고 울던 여자가 생각났다. 검은 그림자가 장작더미 앞에 서서 총을 들고 그의 가슴을 겨눴다.

대왕 주씨가 큰 소리로 호통을 쳤다. "뭐 하는 거야?"

그림자는 온몸을 부르르 떨더니, 총구를 위로 올리고 씩씩거리며 말했다. "라오주, 형씨였군! 난 또 돼지인 줄 알았네!" 주씨는 침을 뱉었다. 그는 온 얼굴에 눈물 콧물이 잔뜩 흐르고, 자꾸 몸을 부르르 떠는 그 총을 든 사람이 바로 잭프루트 나무 아래서 웃통을 벗은 채 커피를 마시던 자오씨라는 걸 알아보고, 큰 소리로 욕을 했다. "줄초상 날 놈!"

"내가 돼지를 열 마리 넘게 쏴 죽였어!" 자오씨는 처량하게 웃었다. "라오주, 난 이틀 동안 아편을 못 먹었소!"

주씨는 파랑 칼의 칼집으로 상대방의 머리를 가볍게 쳤다. "대왕 돼지를 봤나?"

"대왕 돼지, 대왕 돼지……." 자오씨는 아주 거창하게 재채기를 했다. "어, 어, 방금 전에, 난 형씨가 대왕 돼지인 줄……."

새까맣고 커다란 돼지 한 마리가 우물 난간을 들이받아 부수고 우물 속으로 떨어졌다. 남자들 몇 명이 손전등 불빛을 환하게 밝히고, 둘러서서 물에 빠진 돼지를 구경했다.

하늘에 소리 없이 한바탕 번개가 쳤다. 마치 숫양 떼의 독살스러운 웃음 같았다.

"암돼지였어."

"일본 여자처럼 웃더군."

주씨는 버려진 우물을 빙 돌아서, 돼지 발굽에 짓밟히고 돼지 엄니에 파헤쳐진 카사바 밭 쪽으로 갔다.

"라오주, 나, 나는 이틀이나, 아편을 못 먹었소!" 자오씨는 가느다란 목소리로 힘없이 외쳤다.

대왕 주씨는 연못 하나를 빙 돌아서 철제 울타리 앞에 멈춰 섰다. 울타리 틈새로 멧돼지 몇 마리가 추 노인네 고각옥의 숯나무 기둥에 몸을 비비고, 오줌을 싸고, 쌀독을 이로 긁는 소리를 내는 게 보였다. 장작과 삼태기와 괭이가 온 데 흩어져 있었고, 멧돼지가 세게 들이받아 문틀과 창문틀이 삐걱삐걱 소리를 내며 울었다. 울타리 기둥에 코가 길고 얼굴이 붉은 텐구 모양의 플라스틱 가면이 걸린 채 주씨를 사납게 노려보았다. 그 가면은 새총으로 고각옥을 쏘던 아이들이 추 노인에게 붙잡혀 압수당한 물건이었다. 주씨는 잠깐 망설이다가, 손을 뻗어 가면을 벗겨서 얼굴에 쓰고 울타리 문을 밀어 열고 고각옥 아래의 돼지들을 향해 총을 두 발 쐈다. 돼지 두 마리가 총에 맞아 쓰러지고, 나머지 놈들은 집 뒤편의 채소밭으로 도망쳤다. 주씨는 계단을 올라가다가 머스코비오리가 베란다 난간 위에 서서 목을 비스듬히 기울이고 그를 노려보는 걸 보았다. 새빨간 혹이 잔뜩 난 머리가 오만하고 겁 없어 보였다. 주씨는 파랑 칼의 칼집으로 버릇없는 오리의 검푸른 목을 툭 쳤다. 머스코비오리는 건장한 날개를 펼치고, 검은 옷을 입고 붉은 두건을 쓴 괴인처럼 연못으로 날아갔다. 주씨는 베란다 위에서 담배를 반 개비 피운 다음, 대문을 두 번 두드렸다. 집 안은 소리 없이 고요했다. 주씨는 다시 두 번 두드렸다.

"누구세요?" 문 뒤에서 불안한 기색이 가득한 추옌링의 목소리가 들려왔다.

주씨는 수제 담배의 침 냄새를 맡았다. 그는 말없이 다시 문을 세게 두 번 두드렸다. 벽의 갈라진 틈으로 그는 여전히 흰색 매듭 단추 반팔 웃옷에 통이 넓은 긴 바지를 입은 추옌링이 엉덩이 뒤로 늘어진 두 갈래 땋은 머리를 흔들면서, 손에 심지를 높인 석유등을 들고 대문 쪽으로 천천히 걸어오는 걸 보았다.

"누구세요?" 그녀의 목소리가 문틈으로 희미하게 전해져 왔다. 그 목소리에는 애절함 속에 한 줄기 두려움이 섞여 있었다. "아빠?"

주씨의 등 뒤에서 찬바람이 일었다. 머스코비오리가 갑자기 베란다로 날아와 난간 위에 앉아서 목쉰 소리로 웃었다.

"망할 오리 놈!" 추옌링이 작은 소리로 욕을 했다. "또 너야!"

대문이 열렸다. 추옌링은 한 손에 빗자루를 들고 휘두르면서, 다른 한 손으로 석유등을 높이 들었다. 불빛이 코가 긴 요괴 가면을 비췄다.

대왕 주씨는 추옌링이 손에 든 석유등을 불어 끄고, 총의 개머리판으로 그녀의 가슴을 세게 쳤다. 추옌링은 윽 하고 비명을 지르며 바닥에 벌렁 나자빠졌다. 주씨는 손을 뒤로 뻗어 대문을 닫고 빗장을 잠그고 엽총을 던진 다음, 추옌링의 두 다리 위에 올라타고 그녀의 바지를 벗겼다. 또 한 무리의 멧돼지들이 숯나무 기둥에 몸을 비비고, 오줌을 싸고, 쌀독을 이로 긁는 소리를 냈다. 추옌링은 손을 뻗어 상대방의 가면을 벗겼지만 캄캄해서 얼굴이 제대로 보이지 않았다. 문 밖에서 총성이 두 번 울리고, 빗장이 두 동강 나고, 대문이 걷어차여 열렸다. 긴 머리가 어깨를 덮은 그림자와 검은 개 한 마리가 문 밖에 서 있었다.

"주씨 할아버지!"

주씨는 그 목소리가 아주 귀에 익다는 생각이 들었다. 그는 몸을 돌리고, 바닥에 무릎을 꿇고 앉아 문 밖의 그림자를 바라보았다.

"에밀리……."

총성이 한 발 울리고, 주씨는 허리께에 아픔을 느꼈다. 그는 재빨리 일어서면서 구석에 놓인 엽총을 흘끗 보았다. 다시 총성이 울리고, 그는 다리에서도 아픔을 느꼈다. 주씨는 몸을 돌려 주방으로 뛰어들어 뒷문을 발로 차서 열고, 채소밭으로 들어가 연못 가장자리를 따라서 후추밭으로 뛰어들었다. 후추밭을 빠져나간 그는 어느 두리안 나무에 기대어 숨을 골랐다. 멧돼지 한 마리가 나무 아래서 발굽으로 두리안 열매 껍질을 밟아 부수고 그 속에 든 과육을 먹으려 하고 있었다. 총성이 울리고, 멧돼지가 피바다 속에 쓰러져 애처롭게 울부짖었다. 또 한 번 총성이 울리고, 총알이 주씨의 가슴을 맞혔다. 주씨는 두리안 나무에 기대어 천천히 쓰러져, 비틀거리며 다가오는 자오씨를 보았다.

"라오자오, 이 줄초상 날 놈, 무슨 짓이야?" 주씨는 두리안 나무에 기대앉아 입에서 피 안개를 뿜어냈다.

"라오주, 형씨였군." 자오씨는 깜짝 놀라 양손을 쫙 폈다. 화약 연기를 뿜어내는 엽총이 땅에 떨어졌다. "나, 난 멧돼지인 줄 알았소. 라오주, 내가 이틀 동안 아편을 못 먹어서……."

자오씨의 등 뒤로 손에 엽총이나 파랑 칼을 든 마을 사람들이 몇 명 더 나타났다. 그들은 손전등을 켜서 나무 아래서 숨이 끊어져 가는 대왕 주씨를 비추고, 에밀리와 검은 개가 나무 뒤쪽에서 걸어 나오는 걸 보았다. 에밀리는 허리에 찬 긴 칼을 뽑아 주씨의 머리를 베고, 그의 허리에서 마사무네 칼을 풀었다. 그녀의 동작은 빠르고 갑작스러웠다. 마을 사람들이 미처 반응하기도 전에, 그녀는 주씨의 머리와 칼을 들고 검은 개와 함께 끝없는 어둠 속으로 사라졌다.

5

다음해, 1946년 8월의 어느 저녁 무렵, 긴배 한 척이 주바 강가에 정박했다. 이물에서 노를 젓던 중년인이 노를 내려놓고, 칼집에 든 긴 칼과 캔버스 천으로 된 보따리를 들어올렸다. 고물에 서 있던 부인은 강보에 싸인 갓난아이를 안고 남자의 부축을 받아 잔교로 올라왔다. 갓난아이는 발그레한 얼굴로 쌕쌕거리며 깊이 잠들어 있었다. 두 사람은 길을 물어 주바 마을의 판자로 지은 가게 거리로 가서, 반년 전에 관야펑이 돈을 모아 산 납작코 저우씨의 잡화점 앞에 멈춰 섰다.

야펑은 잡화점 앞의 장의자에 앉아 아이들 몇 명과 함께 종이로 연을 만들고 있었다. 날씨가 아주 더워서 야펑과 아이들은 온몸에서 땀을 줄줄 흘리고 있었다. 쓸쓸한 석양이 복도 위를 비춰 드문드문 나무와 꽃 그림자가 졌다. 붉은 해가 남중국해 위에 떠 있었고, 하늘 위에 웅크린 농염한 구름들이 서남풍 속에서 강아지와 고양이처럼 서로의 뒤꽁무니를 쫓으며 놀고 있었다. 낡은 인력거 한 대가 태양을 쫓아가듯이 거리를 지나가며 길가의 참새와 산비둘기들을 놀라게 했다. 새들은 당황해서 날카로운 소리로 울면서, 폭파된 포탄 파편처럼 도처에 피어오르는 뜨거운 지열 속으로 사라졌다. 이웃 잡화점의 노천카페에 일을 마친 노동자들이 모여들어 맥주와 오발틴 코코아를 소처럼 마셔 대며 개구리처럼 떠들었다. 부인이 갓난아이를 싸서 안고 있는 분홍색 꽃무니 포대기가 석양을 받아 불덩이처럼 보였다. 포대기를 맨 흰색 띠는 부인의 가슴께로부터 늘어져 있었고, 우울한 파리 한 마리가 그 주위를 빙빙 돌고 있었다.

"당신이 관야펑 맞소?" 손에 긴 칼을 든 중년 남자가 야펑 앞에 멈춰 섰다.

야펑은 작은 파랑 칼로 대나무를 쪼개고 있었다. 그는 고개를 들어 중년 남자를 보고 고개를 끄덕였다.

갓난아이는 강보 속에서 조그만 한쪽 주먹을 내밀었다. 울음소리가 끊이지 않았다. 강보가 꼬이고 뭉쳐진 모양으로 보아, 갓난아이는 요괴에게 괴롭힘을 당하면서 자기가 강보를 차지하려고 애쓰고 있는 듯했다. 부인은 예의 바르게 미소를 지으며, 시선이 야펑과 갓난아이 사이를 바삐 오갔다. 갓난아이의 처량한 울음소리가 들리는 가운데, 남자는 마치 오랜 친구를 다시 만난 것처럼 아주 절박하지만 친밀한 말투로 야펑에게 쉴 새 없이 말을 했다. 부인은 연신 고개를 끄덕이며 남자의 말 한 마디 한 마디에, 그리고 그가 갑자기 뱉은 분노의 누런 가래에까지도 동의하고 증명했다. 그 분노의 감정은 빠르게 부인의 얼굴에도 옮아가서 그녀의 표정이 험상궂고 부자연스러워졌다. 부인의 표정은 변화무쌍했고, 남자의 표정은 굳어 있었다.

부부는 주바 강 상류 쪽으로 16킬로미터쯤 떨어진 곳에서 농사를 짓고 고기를 잡는 사람들인데, 오늘 동틀 무렵에 고각옥 밖에 갑자기 갓난아이를 안은 낯선 여자와 검은 개 한 마리가 나타났다고 했다. 여자는 수고비로 30위안을 주면서 그들에게 이 갓난아이와 긴 칼 한 자루를 주바 마을 경원 잡화점 주인인 관야펑에게 전해 달라고 부탁했다. 신비한 여자는 얘기를 끝내자마자 검은 개와 함께 떠나 버렸다.

말을 마친 남자는 갓난아이의 품에서 반으로 접힌 백지를 꺼내 야펑에게 건넸다.

"이걸 보시오." 남자의 얼굴에 마침내 웃음기가 떠올랐다.

그 쪼글쪼글한 백지를 받아 든 야펑은 겉모양만 보고도 그게 그가 다친 후에 에밀리가 그의 품에서 가져갔던 항복 권유 전단이라는 걸 알아보았다. 그는 전단을 펼치고, 햇빛과 흰 구름 속에서 허리에 손을 짚고 고개를 들고 미간을 살짝 찌푸린, 잉크에 복사되어 하늘에서 마구 날려 떨어진 에밀리를 다시 한 번 보았다. 전단을 뒤집자 뒷면에 삐뚤삐뚤한 글이 한 줄 적힌 게 보였다.

야펑, 이 애는 네 아이야.
— 에밀리

남자는 칼집에 꽂힌 요시노의 마사무네 칼을 양손으로 받쳐 들면서, 동시에 캔버스 천으로 된 보따리를 야펑의 발치에 내려놓았다. 야펑이 칼을 받아들자마자 부인이 갓난아이를 그의 품에 거칠게 쑤셔 넣어, 그가 칼을 내려놓고 당황스럽고 서툴게 아이를 안아 들 수밖에 없게 했다. 부부는 무거운 짐이라도 내려놓은 양, 뒤도 돌아보지 않고 빠르게 떠났는데 관야펑과 에밀리의 아이는 온 마을을 놀라게 했다. 경원 잡화점과 이웃한 국수 가게 여주인이 가게 계산대 뒤쪽에 있는 침실 대들보에 흔들 수 있는 요람 같은 것을 매달아서 아이를 잠깐 맡아 주었다. 다음 날, 야펑은 모터가 달린 긴배를 한 척 빌려서 주바 강 상류로 곧장 달려가서 아이를 맡았던 그 부부를 만났지만, 그들은 에밀리의 행방이나 거처에 대해서는 아는 것이 전혀 없었다. 야펑은 연달아 닷새 동안 긴배를 몰아 주바 강 상류로 거슬러 올라가면서 에밀리의 행방을 수소문했다. 일본놈들이 납작하게 부숴 버린 대왕 주씨의 비밀기지에는 이미 관목 덤불이 무성하게 자라 있었고, 사슴 호수에는 여전히 초식동물이나 육식동물들이 유유히 돌아다녔다. 일본놈과 다약족과 주바 마을의 어른과 아이들을 묻은 유파스 나무 아래는 귀신들의 땅처럼 고요했다. 아이들과 샤오 선생, 중라오과이, 자라 대왕 친씨 등의 무덤에는 온통 들풀이 자라나 어느 게 누구 무덤인지 알아보기 힘들었다.

닷새째 되던 날, 돌아오는 길에는 이미 시간이 늦어 있었다. 호박색의 둥근 달이 맑은 물결이 치는 주바 강에 비쳐 마치 찬란한 호랑이 줄무늬처럼 보였다. 야펑의 긴배가 마을로 돌아온 후, 그는 허원의 동생인 바이하이가 어깨에 바람총을 메고, 허리에 화살통과 파랑 칼을 차고서 잔교 위에 서 있는 걸 보았다. 바이하이의 표정은 엄숙하고 침울했고, 그의 눈빛은 바람총에 묶여 있는 총검처럼 서슬이 시퍼렜다. 점점 희미해져 가는 노을빛 속에서 그의 피부는 평소보다 더 창백해 보여 눈을 찌를 정도였다. 화약 연기 같은 색채가 그의 깡마른 몸에서 콸콸 넘쳐흘렀다.

야펑이 긴배를 강가에 대기도 전에, 바이하이는 이미 야펑을 향해 걸어왔다. "에밀리 찾고 있어?" 바이하이는 바람총으로 바닥을 짚고 서서 야펑이 밧줄을 계선주에 묶는 걸 지켜보았다. 그의 말투는 변함없이 차갑고 담담했다.

야펑은 고개를 끄덕이고, 잔교로 뛰어올랐다.

"공교롭네." 바이하이가 말했다. "사흘 전에 봤는데."

"어디 있는데?"

"주바 강 상류 끝, 칼리만탄 국경에."

"내일 찾으러 가야겠어!"

"시간 낭비하지 마." 바이하이는 미간을 찌푸렸다. 다약족처럼 표정이 없는 그의 얼굴에서 그건 아주 격한 동작이었다. "에밀리는 불에 그슬린 주씨 할아버지의 머리를 가지고 보르네오의 장옥들을 돌면서 고바야시 지로의 머리를 찾고 있었어. 주씨 할아버지 머리랑 고바야시의 머리를 바꾸려고."

야평도 미간을 찌푸리고 침묵했다.

"난 도저히 못 참고 물어봤어." 말을 극도로 아끼는 바이하이는 말을 많이 하는 데 익숙하지 않은 듯, 미간의 주름이 더 깊어졌다. "왜 주씨 할아버지 머리랑 일본놈 머리를 바꾸려고 하느냐고."

야평은 바이하이의 얼굴에서 시선을 옮겨, 달빛에 물들어 호랑이 줄무늬처럼 빛나는 강물을 바라보았다.

"에밀리는 온 주바 마을 사람들 중에서 형 혼자만 그 이유를 알 거라고, 형한테 물어보라고 했어."

6

야평이 마을로 가서 볶음국수 두 봉지와 하이난지판 한 그릇을 사서 고각옥으로 돌아가는 동안, 바이하이는 그가 밤의 어둠 속으로 사라져 버릴까 봐 걱정하는 듯이 그의 뒤를 따라왔다. 야펑은 바이하이와 함께 베란다의 긴 탁자에 앉아 하이난지판을 펼쳐 놓고, 볶음국수 한 봉지를 바이하이 앞에 놓아 주고, 나머지 국수 한 봉지를 게걸스럽게 먹어 치웠다. 밥을 다 먹은 그는 홍차를 한 주전자 우려서 양철 컵 두 개에 가득 따르고, 서양 담배 한 대에 불을 붙여 느릿느릿 담배를 피웠다. 바이하이는 홍차를 반 컵 마시고, 캄캄한 주바 마을을 한동안 바라본 후에야 볶음국수를 먹기 시작했다. 그는 가느다랗고 단단한 다섯 손가락에 대나무 젓가락 두 짝을 꼭 끼워 쥐고서 느리고 꼼꼼하게 국수를 먹었다. 30분이 지나서야 국수를 다 먹은 그는 야펑이 손대지 않은 하이난지판을 먹기 시작했는데, 이번에는 훨씬 빨리 먹어서 채 2분도 되지 않아 그릇을 싹 비웠다. 바이하이는 남은 홍차 반 컵을 다 마시고 또 한 컵을 따라서 단번에 다 마셔 버렸다. 야펑이 담배 한 대를 건네자 그는 사절하고, 다시 캄캄한 마을의 밤을 바라보았다. 달과 별은 검은 구름에 휩싸여 있었다. 주바 강가에서는 반딧불이가 춤추듯이 날아다녔고, 강물에는 새빨간 악어 눈알이 떠다녔다. 수백 채의 고각옥의 문과 창문에서 석유등과 가스등 불빛이 반짝였고, 주바 거리의 자전거 전조등 불빛은 강해졌다가 약해졌다가 했다. 남중국해 위에는 새까맣고 거대한 유조선 몇 척이 잠들어 있었다. 용솟음치는 파도소리와 주바 강이 졸졸 흐르는 소리가 뒤섞여 마을 전체가 물 위에 떠 있는 듯했다. 작년에 침몰한 일본 전함이 주바 거리에 나타난 후로, 때맞춰 탑승하지 못한 일본군 수병들이 밤이 되면 주바 부두와 거리를 배회하며 전함이 다시 해안에 정박하기를 기다렸다. 그들의 철모에 꽂힌 수초는 벌써 바짝 말라 버렸고, 배낭에서는 문어와 해파리 시체가 썩는 냄새가 풍겼으며, 조개껍데기가 총구를 막고 있었다. 턱 아래로 늘어진 산호초는 갖가지 색깔로 자랐는데, 몇몇은 이미 석회화되어 굳어졌고, 몇몇은 빗물에 불은 채 여전히 자라고 있었다. '일본어 교사 양성소'에서 일본어를 배운 마을의 아편쟁이들은 어쩌다가 아편을 충분히 먹지 않은 날이면 이 일본놈들과 잠시 대화를 나누기도 했고, 심지어 이들의 이름도 기억할 수 있었다. 날아다니는 사람 머리가 풀숲에서 날아 나와 주바 거리를 돌아다니다가 일본놈을 보면 곧장 허공을 날아와 덮쳐서, 마을의 어른과 아이들이 보는 가운데 일본놈의 피를 빨아먹고, 놈들의 내장을 뜯어 먹고, 생식기를 찢어 버렸다. 마을 사람들은 부엉이 같기도 사람 같기도 하고, 낯설기도 하고 낯익기도 한 그들의 얼굴을 응시했다.

야펑은 베란다 위에서 서양 담배를 다섯 대 피운 다음, 일본놈 수병 한 명이 베란다 아래 서서 소금과 모래가 줄줄 흐르는 손가락으로 턱에 자란 산호초를 긁는 걸 보았다. 야펑이 그에게 불이 붙은 서양 담배를 한 대 던져 주자 그는 받아서 입에 물고 세계 한 모금 빨았다.

"바이하이." 그는 바이하이의 본명을 부르고 싶었지만, 뭐였는지 전혀 기억이 나지 않았다. "너 아편 먹을래?"

바이하이는 고개를 저었다.

야펑은 집 안으로 들어가 아편을 한 덩이 피우고, 베란다에 놓인 대나무로 된 침대식 의자에 눕더니 10분이 지나자 쿨쿨 잠들었다. 한밤중에 깨어 보니 바이하이는 이미 떠난 뒤였다. 다음 날 아침 일찍 마을로 가서 먹을 것과 필요한 물건을 사서 주바 강 상류로 에밀리를 찾으러 가려고 막 문을 나서려는데, 그를 대신해 아기를 돌봐 주던 잡화점 옆 국수가게 여주인이 갑자기 울타리 문을 열고 들어왔다.

"애가 없어졌어!"

여주인이 아침 일찍 일어나 보니 대들보에 매단 요람은 텅 비어 있었고, 비틀어 열린 빗장에 침입 흔적이 남아 있었다. 아기의 실종은 아기의 출현과 마찬가지로 온 마을을 놀라게 했다. 마을 사람들이 총출동해 하루 종일 샅샅이 찾아봤지만 성과가 없었다. 밤이 되자 바람총을 손에 든 바이하이가 야펑의 고각옥 베란다 바깥에 나타났다. 그가 나타나자 야펑은 곧바로 마음에 짚이는 게 있었다. "바이하이." 야펑은 베란다의 긴 탁자 옆에 앉아 담배를 피우면서, 바이하이가 소리 없이 베란다로 올라와 그의 맞은편에 놓인 나무 의자에 앉는 걸 보았다. "애를 어쨌어?"

"애는 무사해." 바이하이는 바람총과 허리에 차고 있던 파랑 칼을 풀어 베란다에 내려놓았다. 그의 목소리는 부드럽고 음산했고, 흉악한 갈비뼈와 쇄골이 울타리 위에서 빛나는 버섯처럼 파란 빛을 내뿜었다. "무슨 일이 있었는지 말해 줘."

낮에 마을 사람들이 아기를 찾을 때, 돼지를 치는 두 집 사이에 말다툼이 일어났다. 그들은 서로에게 복수하기 위해 상대방의 돼지우리를 부숴서 300마리가 넘는 돼지가 온 거리를 뛰어다니게 만들었다. 마을 사람들이 기르는 돼지는 대부분이 사로잡은 보르네오수염돼지로, 이 돼지들은 여전히 야성을 가지고 있어서 일단 울타리 밖으로 나가기만 하면 호랑이가 산에 들어간 것처럼 굴었다. 300여 마리의 멧돼지가 농지와 축사에 거대한 피해를 입혀서, 마을 사람들은 어쩔 수 없이 엽총과 파랑 칼을 들었다. 죽어가는 돼지 울음소리가 남은 돼지 떼가 더 미친 듯이 반항하고 발광하게 만들어, 밤이 된 후에도 사람과 돼지가 여전히 격전을 벌였다. 그날 밤, 하늘은 구름 없이 맑았고, 벌거벗은 원반 모양의 달은 조금 수줍은 기색으로 마을을 대낮처럼 밝게 비췄다. 낮 내내 시달린 마을 사람들은 인내심을 잃고 돼지가 보였다 하면 곧장 방아쇠를 당겼는데, 산탄에 맞아 다친 사람이 멧돼지 엄니에 찔려서 다친 사람보다 더 많았다. 마을 사람들은 야펑의 아들이 실종된 사실을 한참 전에 잊어버리고, 베란다 위에 있는 야펑과 바이하이에게 소리쳤다. 야펑, 바이하이, 마을이 라오양老楊이랑 라오장老張네 돼지들한테 밟혀서 다 무너지게 생겼다! 야펑은 응접실로 들어가 아편을 한 덩이 피우고, 큰 주전자 가득 커피를 끓여 베란다의 긴 탁자 위에 내려놓고, 서양 담배를 피우고 커피를 마시면서 이따금씩 곁눈질로 바이하이를 흘끗 쳐다보았다. 아이들의 새총은 돼지들을 향해 무수히 쏘아졌지만, 대부분은 빗나가서 축사나 고각옥을 맞히고, 몇 발은 영문을 알 수 없게도 함석지붕 위에 떨어졌다. 새끼를 밴 어미돼지 한 마리가 야핑의 고각옥 베란다로 올라와서 태반처럼 양수가 가득 찬 달을 향해 끽끽거리는 울음소리를 내고, 마룻바닥에 쓸리는 여덟 쌍의 젖꼭지를 흔들면서 주인의 총애를 받는 집개처럼 긴 탁자 아래로 파고들어, 보호를 청하는 패장처럼 야핑과 바이하이의 발가락 냄새를 맡았다. 야핑은 어제 그에게 담배를 달라고 했던 일본놈 수병이 또다시 베란다 밖에 나타난 걸 보았다. 그의 배낭에서는 피가 배어 나왔고, 턱에 자란 산호초에는 알록달록한 흰동가리 시체가 걸려 있었다. 야핑은 불이 붙은 서양 담배 한 대를 그에게 던져 주었다. 일본놈은 담배를 받아 세게 한 모금 빨고, 해골이 뚝뚝 떨어지고 발광기가 잔뜩 자란 심해아귀 같은 연기를 토해냈다. 도망치는 돼지 떼와 총과 칼을 든 마을 사람들이 베란다를 스쳐 지나가자 일본놈은 부유생물처럼 그 자리를 훌쩍 떠났다. 목 아래로 내장이 늘어진 날아다니는 머리가 일본놈을 향해 날아갔다. 얼굴이 아름답고 자태가 빼어난 그 모습은 후이칭 같기도, 뉴유마 같기도 했고, 허원 같기도 했다.

돼지 떼를 대충 다 죽이거나 사로잡은 후, 마을 사람들은 더 많은 수의 흩어진 닭과 오리와 거위와 양을 포위해 붙잡기 시작해 말다툼과 싸움이 끊이지 않았다. 긴 탁자 아래의 어미돼지는 얼마나 큰 상처를 입었는지 끙끙거리며 신음했다. 검붉은 색의 구름이 원반 모양의 수줍은 달을 옭아매어 땅이 어두워지고, 마을 사람들의 손전등과 가스등 불빛에 살이 한 겹 붙어 비대해졌다. 서남풍이 맹렬히 불어와 고대 중국의 신랑이 신부의 붉은 천을 젖히듯이 검붉은 구름을 날려 보내 땅 위가 다시 밝아지자, 손전등과 가스등 불빛이 다시 살이 빠져 홀쭉해졌다. 개와 부엉이의 울음소리가 조금씩 돼지 떼와 닭, 오리, 거위, 양의 울음소리를 대신했다. 주바 마을의 고요함과 침착함이 되살아났고, 상처를 입어 피를 흘리던 밤도 천천히 회복되었다.

야펑은 벌써 서양 담배 한 갑을 전부 피웠고, 바이하이와 함께 커피 한 주전자를 다 마셨다. 야펑은 주방으로 가서 커피를 한 주전자 더 끓였다.

"바이하이." 날씨가 아주 더워서, 야펑의 이마에 맺힌 땀방울이 달빛이 토해낸 입덧을 풍성하게 굴절시키고 있었다. "뭘 알고 싶은데?"

바이하이는 시선을 주바 강에서 거둬 야펑을 바라보며 아무 말도 하지 않았다. 야펑은 자기가 바보 같은 질문을 했다는 생각이 들었다.

야펑은 8개월 전의 그 새벽에, 에밀리가 열대아몬드나무 아래서 중상을 입은 그를 업고 주바 마을로 돌아오는 길에 그녀가 끊임없이 했던 말들을 기억해 내기 위해 노력했다. 선혈이 그의 복부에서 쉬지 않고 흘러내려 그의 하반신과 에밀리의 하반신을 붉게 적셨다. 야마자키의 쾌도가 만든 상처는 멧돼지나 큰 도마뱀이 낸 상처와는 천지차이였다. 에밀리는 점점 차갑게 식어 가는 야펑의 몸과 고통스러운 신음에서 그 점을 깨달았는지, 걸음을 서

두르며, 도중에 한 번밖에 쉬지 않았다. 검은 개는 단 한 번도 짖지 않고 줄곧 뒤를 따라왔는데, 온몸에서 도깨비불 같은 약한 초록색 빛을 내뿜었다. 야평의 커다란 숨소리와 신음 소리가 에밀리의 말소리를 거의 덮었고, 그녀의 자백을 몇 번이나 끊어 버리기도 했다. 그녀는 얘기를 하면서 그를 격려하는 것도 잊지 않았다. 야평, 조금만 더 버텨. 마을에 거의 다 왔어. 야평, 깨어 있는 거지? 내 말 들려? 들리면 응 하고 대답하든가, 날 한 번 꼬집어 줘. 야평, 잠들면 안 돼. 잠들면 못 깨게 될 거야. 영원히 못 깨게 돼. 그녀는 심지어 그녀가 모든 것을 말해준 후에 야평이 그녀의 어깨에 떨어뜨린 눈물도 느낀 듯했다. 아주 잠깐 쉬는 동안에도 그녀는 야평을 그대로 업고 있었다. 야평의 피가 그녀의 등을 덥히고, 척추를 따라 흘러내려 그녀의 가랑이로 흘러들어가 질 분비물과 섞여서, 이상하고 그다지 성스럽지 않은 사랑의 액체가 되었다. 야평은 반쯤 혼수상태였지만, 여전히 에밀리의 닭똥 냄새, 그리고 자기와 멧돼지와 에밀리의 것이 섞인 지린내를 분명히 호흡하고 있었다. 그의 오줌은 야마자키가 그의 복부에 칼을 휘둘렀을 때 뿌려진 것이었다. 만약 반바지가 막아 주지 않았다면 분명히 야마자키의 얼굴에 뿌려졌을 것이다. 그의 두 다리는 에밀리의 허리에 꽉 끼워져 있었고, 두 팔은 그녀의 목을 꽉 끌어안았고, 턱은 그녀의 어깨에 걸려 있었다. 복부에서 전해져 오는 격렬한 통증 탓에 그는 이를 악물었다. 에밀리는 몇 번이나 걸음을 멈추고 그가 아직 깨어 있는지 확인했다. 그녀가 고개를 돌려 그를 부를 때, 입술과 이 사이에서 '머리 감는 열매'의 향기로운 과즙 냄새가 풍겼다. 그의 상처가 에밀리의 등에 닿아 있어서 피가 흘러나오는 속도가 느려진 것 같았다. 이런 생각이 들자, 그의 사지는 그녀를 더 꽉 끌어안았다. 에밀리, 힘들지? 힘들면 날 내려놔. 나 버틸 수 있어. 마을까지 아직 좀 남았잖아. 에밀리, 나 깨어 있어. 안 죽을 거야. 날 내려놓고 좀 쉬어. 에밀리……. 그는 한참 동안이나 입술을 달싹였지만, 아무 의미도 없는 응응 소리만 내뱉었다. 그 응응 소리도 점점 약해져서, 마을에 도착하기 직전에는 그의 응응 소리는 에밀리의 질문에 그가 아직 깨어 있다고 대답할 때만 내뱉게 되었다. 에밀리가 토해낸 한 마디 한 마디는 귓속말 같기도, 잠꼬대 같기도 했고, 산골짜기의 메아리 같기도 하고 강풍이 울부짖는 소리 같기도 했으며, 큰까치가 새끼를 부르는 소리 같기도 하고 참매가 사냥감의 목숨을 빼앗으려고 우는 소리 같기도 했고, 대해의 파도소리 같기도 하고 작은 강이 졸졸 흐르는 소리 같기도 했다. 그 말소리는 갓난아이가 우는 것 같기도, 귀신이 떠드는 것 같기도 하고, 멧돼지 떼가 돌진하는 것 같기도 했으며, 먹이를 사냥하는 개미 떼가 파파베린과 모르핀에 푹 잠긴 야평의 뇌신경을 갉아서 끊었다가 다시 잇는 소리 같기도 했다. 주바 마을의 '조국 난민 구제 계획 위원회' 명단은 에밀리가 헌병대에 누설했다. 아이들이 마씨 할머니 집에 숨어 있다는 것도, 주바 강 상류에 있는 대왕 주씨의 비밀기지도, 바이하이 가족이 피난을 간 곳도, 납작코 저우씨와 자라 대왕 친씨가 에밀리의 집에서 하룻밤을 보낸 것도, 유파스 나무 아래에서의 대왕 주씨와 아이들의 행적도 전부 그녀가 야마자키와 요시노에게 밀고한 것이었다. 그날 밤, 그녀는 검은 개와 함께 유파스 나무 바깥쪽에 숨어 있다가 대왕 주씨가 고바야시 지로를 죽인 과정에 대해 얘기하는 걸 들었다. 그녀와 검은 개는 야마자키와 요시노 일행과 함께 주씨를 비롯한 사람들 주위에 숨어 있다가 무리에서 떨어져 나온 중라오과이와 벌목공 두 명을 죽인 다음, 바이하이와 이반족 사람들과 마주쳐 격전을 벌인 끝에 그녀와 야마자키만 도망쳤다. 그녀는 고바야시 지로와 남양 아가씨 하나바타 나미의 딸이었다. 22년 전, 고바야시는 큰돈을 들여 하나바타 나미에게 자유를 찾아주고, 내륙으로 이주해서 에밀리를 낳았다. 하나바타가 콜레라에 걸려 죽자, 고바야시는 내륙에서 선교활동을 하던 쩌우 신부에게 에밀리를 맡기고 주바 마을로 돌아와 잡화를 팔았다. 루거우차오 사건 후에 마을 사람들이 일본인을 차별하게 되어, 자전거를 탈 때 개미나 개구리를 밟지 않을까 하는 것까지도 걱정하는 쩌우 신부는 에밀리의 신분을 숨겼다. 일본놈들이 마을에 들어온 후로 마을에 잠복하고 있던 침술 전문가 가메다, 치과 의사 와타나베, 사진사 스즈키, 노점상 오하다와 고바야시는 줄줄이 마을을 떠나고, 에밀리가 유일하게 마을에 남은 정보원이 되었다. 그리고 아버지 고바야시 지로의 기이한 죽음은 그녀의 의지가 더 깊고 격렬하게 타오르게 했다.

야펑은 말을 마친 후에야 조금 용기가 나서 바이하이를 바라보앉다. 머리통이 크고 턱이 작은, 항아리처럼 생긴 바이하이의 얼굴은 금방이라도 시들어 떨어지려는 버섯처럼 살짝 숙여져 있었다. 그는 입을 열어 한숨을 쉬었다. 혀에 하얀 설태가 끼어 있었다. 그의 검은 눈동자에는 눈물이 한 겹 덮여 있었고, 광채가 찬란한 미세한 부유생물들이 뛰어다니고 있었다. 언제나 덥수룩하고 기름이 끼어 있는 그의 검은 머리카락은 바리캉에 평평하게 밀려서 귓바퀴가 아주 비대해 보였다. 어미돼지는 긴 탁자 밑에서 계속 끙끙거리며 신음했다. 포동포동하고 축축한 뭔가가 야평의 발바닥에 비벼졌다. 야평은 고개를 숙여 탁자 아래를 보았다. 탁자 아래는 장방형의 그늘로 덮여 있었고, 수직으로 선 도마뱀의 눈동자 같은 희미한 빛이 반짝여, 꼭 철제 울타리를 두른 축사 같았다. 어미돼지는 엉덩이를 그의 발 쪽으로 하고 누워 느리고 고통스럽게 출산을 하는 중이었다. 피범벅이 된 새끼돼지 세 마리가 탁자 아래에 흩어져 있었다. 시선을 탁자 위로 옮긴 야평은 바이하이의 오른손이 잠시 떨리는 걸 보았다. 바이하이의 눈초리 아래로 눈물 두 줄기가 흘러 있어, 그가 눈물을 닦았다는 걸 드러냈다.

바이하이는 3초 동안 눈꺼풀을 거의 감고 있다가, 다시 눈을 뜨고 천천히 차분하게 말했다. "에밀리의 신분을 안 지 거의 1년이나 됐으면서⋯⋯."

바이하이는 천천히 자리에서 일어나 바람총을 어깨에 멨다.

"우리 가족이 내륙으로 피난을 갔을 때, 누나는 계속 형을 걱정했어."

바이하이는 베란다 아래로 내려가서 주바 강 상류 쪽으로 걸어
가다가 달빛 속으로 사라졌다.

다음 날 이른 아침, 바이하이는 야펑의 아기를 국수가게 여주
인에게 돌려주었다.

일이 많은 저녁시간이 또 코앞으로 다가왔다. 그날은 주말이라,
야펑은 한 시간 일찍 가게 문을 닫고 요람 속에서 깊이 잠들어 있
는 아기를 살펴본 다음 집으로 돌아갔다. 세수를 하고 저녁을 먹
고, 또 아편 한 덩이를 피운 그는 베란다에 앉아 서양 담배를 피
웠다. 그는 내일 아침 일찍 배를 타고 상류로 올라갈 생각으로 먹
을 것과 필요한 물건들을 적당히 준비해 두었다. 담배 한 개비를
반쯤 피웠을 때, 갑자기 허벅지와 등에 찌르는 듯한 아픔이 느껴
졌다. 그는 오른쪽 허벅지에 가느다란 화살 한 대가 박혀 있는 걸
보았다. 손을 뒤로 뻗어 등을 만져 보니 똑같은 크기의 화살이 잡
혔다. 그는 천천히 일어섰지만, 곧바로 다시 무릎이 굽혀져 바닥
에 무릎을 꿇고 앉았다가 베란다에 엎어졌다. 눈꺼풀이 무거워지
고 의식이 흐려져 가는 가운데, 바이하이가 바람총을 들고 베란
다 계단을 올라오는 게 어렴풋이 보였다.

"우리 누나를 봐서," 바이하이는 여전히 미간을 찌푸린 채 엄숙
하고 침울한 표정이었다. "목숨은 살려 줄게."

야펑은 전신에 기운이 빠지고 사지에 힘이 풀렸다.

"화살의 독은 치명적인 건 아니니까, 죽진 않을 거야." 바이하
이는 허리에 찬 파랑 칼을 뽑아 야펑의 두 팔을 잘랐다. 야펑은

물에 빠진 새끼고양이 같은 울음소리를 냈다. "병원에는 벌써 연락해 뒀어."

바이하이는 파랑 칼을 칼집에 꽂고, 집안으로 들어가 벽에 걸린 마사무네 칼을 집어 들었다. "난 에밀리를 찾으러 갈 거야."

바이하이는 총검의 빛이 번뜩이는 바람총을 어깨에 메고 계단을 내려갔다. 손에는 귀뚤귀뚤 귀뚤귀뚤 소리를 내는 철제 귀뚜라미 모형을 쥐고 있었다. 그의 모습은 어둠이 짙게 깔린 주바 강가로 유령처럼 사라졌다.

야펑의 울음소리가 멎고, 그의 몸은 급류 속의 부목처럼 경련했다. 그는 마씨 할머니가 큰 낫을 메고 주바 강가를 걸어가고, 그 뒤로 요괴 가면을 쓰고 손에 용수철 장난감을 든 마을의 남자아이들과 여자아이들이 따라가는 것을, 그리고 고바야시 지로가 열여덟 가지 잡화를 매단 대나무 장대를 메고 트레몰로 하모니카를 불면서 외롭게 숲속으로 사라지는 것을 보았다. 청력을 잃기 전에 그는 풀숲이 마치 요괴 무리가 포효하는 것처럼 시끄럽게 떠드는 소리를 들었고, 시각을 잃기 전에 상록교목 꼭대기가 마치 텐구가 달을 먹는 것처럼 달빛을 완전히 가리는 걸 보았다.

에밀리를 찾아서

1

에밀리는 침대 머리맡에 쪼그리고 앉아서 창밖의 어둠을 바라보며 동이 트기를 기다렸다. 한 줄기 햇빛이 숲속의 늙은 나무 꼭대기에 내려앉았을 때, 그녀는 빠르게 침대 아래로 내려와 빗장을 열고, 조리 슬리퍼를 신고 집 밖으로 깡충 뛰어내렸다. 갓난아이의 핏줄처럼 순수한 이 햇빛이 바로 그녀가 깨운 거라고 온 마을에 알려주기라도 하려는 듯했다. 그녀는 하느님을 찬양하는 성가를 흥얼거리면서 주바 강가의 어느 삼판선 고물에 앉아 아침놀이 하늘에서 무너져 내려오는 걸 보았다. 그녀가 입술을 모으고 갖가지 새들의 울음소리를 내자 사방팔방에서 새소리가 점점 더 많이 들려왔다. 새들이 그녀가 부르는 소리를 듣고 전부 잠에서 깨어난 것 같았다. 쩌우 신부는 그녀에게 여러 가지 새들의 이름을 가르쳐 줬지만, 인류가 새들에게 지어 준 이름은 멍청한 것들이라는 생각에 그녀는 기억할 가치를 느끼지 못했다. 하지만 그녀는 모든 새의 독특한 울음소리는 기억했다. 새들의 울음소리가 바로 그들의 아명이자 본명이고, 학명이고, 예명이고, 또 애칭이고, 별명이고, 시호였다.

kee-kee-kee-kee-kee
yeep-yip-yip-yip
chit-chit-chit-tee
croo-wuck,croo-wuck,croo-wuck
boob-boob-boob-boob-boob

마을에 밥 짓는 연기가 피어오르고, 새들이 아름답게 지저귀는 소리에 마을의 떠들썩한 소리가 섞였다.

에밀리는 쩌우 신부가 신부복을 입고 판잣집에서 나와 달팽이나 거북이처럼 느릿느릿 눈을 닦고 수염을 쓸어내린 다음 30미터쯤 떨어진 성당을 향해 걸어가는 걸 보았다. 성당은 10여 년 전에 영국의 어느 저명한 박물학자가 작업실로 썼던 곳으로, 겉보기에는 평범한 민가처럼 생겼고, 지붕에 너무 커서 비율이 맞지 않는 십자가가 세워져 있었다. 박물학자는 20여 명의 짐꾼과 쿨리와 안내인을 고용해 낮에는 오랑우탄과 긴팔원숭이, 킨카주너구리, 문착, 구름표범을 사냥하고, 밤에는 집안에 가스등을 밝혀 놓고 표본을 소금에 절였다. 고해실은 박물학자의 침실이었고, 장방형의 설교대는 박물학자가 동물들을 해부하던 수술대였다. 전자는 대소변 냄새가 코를 찔렀고, 후자는 피비린내가 자욱했다.

마을 사람들과 장옥 두 채에서 나온 다약족들이 이슬이 연잎의 오목한 곳에 모이는 것처럼 사방에서 성당으로 모여들었다. 쩌우 신부는 두 발로 성당 대문의 문턱을 딛고, 한 손으로 문틀을 짚고 서서 목청껏 소리쳤다.

"에-밀-리! 에-밀-리!"

두 명의 다약족 소년과 우야마鳥亞瑪가 성당 밖으로 나와 쩌우 신부와 함께 소리쳤다.

"에-밀-리! 에-밀-리!"

에밀리는 삼판선에서 뛰어내려 강가를 따라 숲속으로 들어갔다. 그녀는 아침 예배를 좋아하지 않았다. 에밀리는 익숙한 오솔길을 빠져나가 왜목 덤불을 몇 개 빙 돌아 지나서 오래되고 키가 큰 버마포도나무 앞에서 걸음을 멈췄다. 버마포도나무의 바위 같은 줄기는 늙었는데도 꽃을 피워내, 털 뭉치 같은 작은 분홍색 꽃이 줄줄이 피어 포도 같은 자주색 열매가 맺혀 있었다. 에밀리는 마른 나뭇가지를 주워 열매를 몇 개 쳐서 떨어뜨려서 통째로 삼켰다. 입술과 손가락이 새빨개졌다. 그녀는 백 걸음 남짓 달려가서 어느 보르네오녹나무 앞에 서서, 씨앗 하나가 헬리콥터의 프로펠러처럼 날개를 회전시키며 발치에 떨어질 때까지 나무 꼭대기를 올려다보았다.

click-hrooo,click-hrooo,click-hrooo

녹색의 아름다운 산비둘기 한 마리가 에밀리를 따라왔다. 길게 이어지는 울음소리가 모성적인 배려를 가득 품은 소 울음소리처럼 숲의 모든 모퉁이에 깊이 파고들었다. 마침내, 그녀는 조금 지쳐서 어느 유파스 나무 그루터기에 드러누웠다. 우야마가 그녀를 '잡으러' 올 때까지 누워 있을 생각이었다. 유파스 나무의 갈라진 두 줄기에 각각 자라난 우람하고 무성한 나무 꼭대기는 햇빛을 받아 두 개의 녹색 호수처럼 보였다. 그 호수 위에 노란 꽃과 자주색 열매가 떠 있었고, 그루터기 위에 누운 에밀리가 비쳤다. 에밀리는 몸에 꽃과 열매와 가지와 잎이 잔뜩 자라나 허공에 가로놓이는 걸 느꼈다. 그녀는 눈을 감고, 꽃향기와 풀냄새가 가득한 공기를 호흡하면서 새 울음소리와 바람소리에 귀를 기울였다. 그녀는 유파스 나무 주위에 펼쳐진 황무지에 사람과 짐승의 해골이 산처럼 쌓여 그루터기를 뒤덮고, 커다란 새 한 마리가 나무 꼭대기를 지나가다가 경련을 일으키며 나무 아래로 떨어지고, 검푸른 색의 수지가 그녀의 손목에 떨어져 뼈와 살을 부식시키는 불꽃을 일으키는 걸 보았다.

에밀리는 소리를 지르며 그루터기에서 튀어 오르듯이 일어나서 거대한 두 그루터기 사이의 움푹 팬 홈에 섰다. 유파스 나무의 두 개의 나무 꼭대기는 허공에 외롭게 떠 있었지만, 햇볕에 다 말라 버렸는지 이제는 녹색 호수 같지는 않고, 두 개의 황폐한 초원처럼 보였다. 태양은 지구를 삼켜 버리고 끝없이 팽창한 양, 빛으로 높은 산과 큰 호수를 소화시키고 있었다. 에밀리는 사방의 들판을 둘러보고, 유파스 나무의 낯선 얼굴을 아래위로 바라보았다. 마을 근처에는 유파스 나무가 십여 그루 있었는데, 다약족 사람들이 나무를 베어 수지를 채취한 흔적이 남아 있었다. 이 유파스 나무에는 베인 자국이 없었고, 우야마도 그녀를 '잡으러' 오지 않았다. 그건 아마도 그녀가 이 유파스 나무를 처음 본다는 걸, 그리고 길을 잃었을지도 모른다는 걸 뜻했다.

그녀는 나무 주위를 세 번 빙빙 돌면서 서남풍과 태양, 주바 강의 물소리, 이 계절에 열리는 야생 과일의 향기를 근거로 숲속에서의 자신의 위치를 찾았다. 그녀는 우야마가 준 작은 칼을 뽑아 유파스 나무에 조그만 십자 표시를 새기고, 물총새와 물새의 울음소리를 구분하며 강이 흐르는 쪽으로 걷기 시작했다.

2

쩌우 신부는 여러 가지 계략을 써서 그녀가 밖으로 놀러 나가는 걸 막았는데, 그중 하나는 그녀에게 숲이 아주 위험하다는 이야기를 주입하는 것이었다. 쩌우 신부가 질리지도 않고 묘사한 구렁이, 악어, 큰 도마뱀, 말레이곰, 구름표범, 멧돼지, 말거머리와 독충은 그녀가 놀라거나 무서워하게 하지 못했지만, 신부가 거의 이야기하지 않는 유파스 나무와 늪의 전설은 오히려 숲속으로 놀러가고 싶어 하는 에밀리의 흥미에 꺼지지 않는 불을 지르는 효과를 냈다.

마을 주위를 둘러싼 여남은 그루의 유파스 나무는 말이다. 신부는 선교사 특유의 경박하면서도 격류와 암조가 숨어 있는 말투로 말했다. 어느 정도 시간, 반년이나 1년일 수도 있고, 3년에서 5년일 수도, 10년에서 20년일 수도 있는데, 그런 일정한 시간이 지날 때마다 기후와 분위기, 세월의 흐름과 운수를 살펴보고 악취가 코를 찌르는 장독과 독 안개를 뿜어낸단다. 그러면 그 주위 300미터 내의 풀과 나무가 시들고, 강물이 마르고, 들짐승과 날짐승이 급사하지. 나무에서 떨어지는 수지는 엄니가 우뚝 솟은 수퇘지가 수십 킬로미터를 미친 듯이 달려가다가 기운이 다해서 죽게 만들 수도 있어. 뿌리 아래에서는 사람과 짐승의 해골이 쏟아져 나오는데, 머리에 뿔이 나고, 암탉 같은 울음소리를 내고, 눈은 초록색에 용의 수염이 달린 구렁이가 그 해골더미를 차지하고서 도깨비불 같은 혀를 날름거리면서 계율을 어기거나 죽을죄를 지어 유파스 나무 아래로 쫓겨난 다약족 사람들을 옭아매어 죽이고 잡아먹는단다.

습한 걸 좋아하고 비에 강한 키 작은 교목과 관목 숲속에는 크기가 제각각인 늪이 여기저기 흩어져 있단다. 어떤 것은 이끼와 사초, 갈대, 벌레잡이통풀이 빽빽하게 자라 있고, 어떤 것은 작은 풀 한 포기도 자라지 못하고 낙엽과 마른 나뭇가지로 두껍게 덮여 있지. 늪의 밑바닥에는 진흙 괴물 한 마리가 엎드려서 늪에 빠진 사람과 짐승을 잡아먹으려고 기다리고 있어. 만약에 기다려도 사냥감이 오지 않으면, 신부는 선교사 특유의 경박하면서도 격류와 암조가 숨어 있는 말투로 말했다. 괴물은 축축하게 썩어서 비린내 나는 진흙을 걸치고 거대한 두꺼비처럼 늪 밖으로 튀어나와서 사방으로 돌아다니면서 사냥을 하지.

에밀리는 여섯 살 때 유파스 나무와 늪의 전설을 들은 후로 4년 동안 숲속을 돌아다니면서 암탉 같은 울음소리를 내는 구렁이와 두꺼비 같은 진흙 괴물을 찾아다녔다. 그녀는 유파스 나무 그루터기 위에 서서 숨을 들이마셔 보고, 나무의 몸체에 흘러내린 즙을 핥아 보고, 손이 닿는 높이에 난 나뭇잎과 연한 나뭇가지를 씹어 보기도 하고, 심지어 가지고 다니는 작은 칼로 나무뿌리를 파 보기도 했다. 그녀는 숲속을 천천히 걷다가 갑자기 앞쪽의 땅이 조금 흔들리는 느낌이 들면 곧바로 돌멩이 몇 개를 주워 던지거나, 아니면 진짜인지 알아보기 위해 마른 나뭇가지로 땅을 쿡쿡 찔렀다. 그녀는 열 살이 되던 해까지 독을 뿜어내는 유파스 나무도 보지 못했고, 썩은 진흙을 걸친 괴물도 만나지 못했다.

우기가 막 지나간 2월의 어느 새벽, 장옥에서 방목하는 보르네오수염돼지가 다약족 어린아이 두 명을 물어뜯고, 노파 한 명을 엄니로 찔러 거의 죽게 만든 후, 정신 나간 듯이 큰 소리로 울면서 숲속으로 사라졌다. 에밀리는 긴배 위에 앉아 남자들 몇 명이 엽총과 파랑 칼을 메고 미친 돼지를 찾아다니고, 여자와 아이 몇 명이 아침 예배를 드리러 성당으로 들어가는 걸 보았다. 그녀는 쩌우 신부가 그녀를 소리쳐 부르고, 우야마가 그녀를 '잡으러' 오기 전에 배에서 내려 숲속으로 달려 들어갔다. 새소리는 맑고 깨끗했고, 커다란 나무들은 뭔가를 속삭였고, 파도소리는 귀에 가득 울렸다. 만조의 주바 강물은 꼭 하늘에서 쏟아져 내리는 듯했다. 그녀는 어느 야생 두리안 나무에 기대어 잠깐 잠들었다. 깨어 보니 해가 높이 걸려 있었고, 엄니가 우뚝 솟고 수염이 사방으로 뻗친 보르네오수염돼지 한 마리가 싸움에 임해 물러서지 않으려는 싸움닭처럼 5미터 앞에 서 있었다. 그녀는 그 돼지가 바로 지금 사람들이 찾고 있는 그 귀신에 쓰인 돼지라는 걸 곧바로 알아보았다.

그녀는 즉시 일어서서, 양손에 두리안 열매 껍질을 하나씩 들고 던졌다. 하나는 수퇘지의 발굽에, 하나는 이마에 높이 솟아 있는 혹에 맞았다. 수퇘지는 씩씩거리며 두어 번 울더니 곧장 몸을 돌려 풀숲으로 뛰어들었다. 에밀리는 빠르지도 느리지도 않게 수퇘지를 쫓아갔다. 돼지는 상처를 입어 뛰는 속도가 느렸다. 약간 게으른 기색도 있었는데, 그 게으름의 틈새에 약간의 교활함도 섞여 있었다. 수퇘지의 꼬부라진 작은 꼬리는 돼지가 달리는 동안, 마치 나뭇가지에서 떨어진 무화과 씨앗에 달린 헬리콥터의 프로펠러 같은 잎처럼 빙글빙글 돌았다. 엉덩이는 허공으로 솟아올라 있었고, 뒷발굽은 땅에 닿지 않아 꽤나 비현실적으로 보였다. 수퇘지는 연신 고개를 돌려 그녀를 곁눈질했는데, 그러고 나면 매번 발굽을 멈추고 거대한 몸으로 좁은 오솔길을 가로막고 큰 소리로 울면서 에밀리의 배짱을 시험했다. 에밀리와 수퇘지 사이에는 10미터 정도의 거리가 유지됐지만, 돼지는 자꾸 발굽을 멈추고 에밀리가 손을 뻗으면 빙글빙글 도는 조그만 꼬리에 닿을 수 있을 만큼 가까이 다가오게 만들었다. 에밀리는 겁이 나서 발걸음을 망설이며 다시 10미터의 거리를 벌렸다. 수퇘지가 더 자주 발을 멈추고 그녀를 돌아봐서 둘 사이의 거리가 또 줄어들었다. 마치 쫓고 쫓기는 놀이라도 하는 듯했다. 에밀리는 수퇘지의 친근하고 허물없는 눈빛과 엄한 아버지의 목소리 같은 끽끽거리는 울음소리에 현혹되어, 손을 뻗어 돼지 엉덩이를 두드리면서 착하지, 집에 가, 하고 말하고 싶은 충동이 일었다. 선혈에 물든 엄니를 볼 때마다 에밀리는 한 번, 또 한 번 다리에 힘이 풀렸다.

　숲속은 어두컴컴했다. 햇빛이 키 작은 나무와 잡초가 흩어진 들판에 수만 개의 눈을 흩뿌려 깜빡이며 에밀리와 수퇘지가 가는 길을 밝혔다. 들어 본 적 없는 새의 울음소리가 들려와 에밀리는 낯선 곳으로 들어왔다는 생각이 들었다. 그녀는 고개를 들어 하늘을 바라보았다. 나무 꼭대기는 변함없었지만, 가로 세로로 뻗은 나뭇가지는 하늘 위에 걸린 듯 닿지 않을 만큼 멀었다. 반면에 희미한 안개는 아주 낮게 내리누르며 땀에 젖은 두피 속으로 파고들어, 머리카락이 열기에 증발해 버린 것 같았다. 발걸음이 비현실적으로 느껴졌다.

　왼쪽에 넓고 무성한 부처꽃 무리가 나타났다. 부처꽃은 벌레잡이통풀을 둘러싸고 있었는데, 검붉은 색의 포충통 여남은 개가 매달려 있었다. 벌레잡이통풀의 갈라진 가지는 다약족 아이들이 새총을 만들 때 쓰는 제일 좋은 재료였다. 오른쪽에는 키가 작고 음울한 무화과나무 한 무리가 자라 있었는데, 그 속에서 검푸른 색의 커다란 도마뱀 한 마리가 튀어나왔다. 부처꽃과 무화과나무는 풀 한 포기 나 있지 않은 널따란 검은 땅을 둘러싸고 있었는데, 그 땅에는 낙엽과 마른 나뭇가지, 마른 풀과 이끼가 흩어져 있었다. 수퇘지가 검은 땅으로 들어서자 빙글빙글 돌던 꼬리도, 땅을 밟지 않던 뒷발굽도 사라지고, 하반신이 갑자기 검은 땅 속에 잠겼다.

에밀리는 검은 땅 앞에서 걸음을 멈췄다. 수퇘지가 놀라고 겁에 질려 쉬지 않고 날카롭게 우는 소리가 고요한 숲을 깨웠다. 순간 하늘에 들새와 박쥐들이 날아다녀, 들판 위에서 깜빡이던 작은 눈들이 꺼졌다.

검은 땅은 연못처럼 출렁였다. 수퇘지의 격렬한 발버둥 때문에 앞발도 빠르게 검은 땅 속으로 빠져들었다. 애간장이 찢어질 듯한 울음소리 탓에 돼지의 얼굴이 모호해져서, 거대한 돼지 머리가 꼭 뭉쳐진 털 뭉치 같았다. 수퇘지가 늪 속으로 사라지는 속도는 구렁이가 원숭이를 삼키는 것처럼 빨라졌다가 느려졌다가 했다. 선혈에 붉게 물든 두 개의 엄니가 죽음의 춤을 추는 불꽃처럼 검은 땅 위에 우뚝 솟아 있다가 결국은 꺼져 버렸다.

에밀리는 엉엉 울었다.

진흙 괴물이 수퇘지를 삼켜 버리는 걸 본 후로 에밀리는 큰 병이 났다. 다약족 사람들이 나이 많은 무녀 하나와 젊은 주술사 두 사람을 불러와 열흘 동안 쉬지 않고 악마를 쫓는 주술을 부려 준 후에야 에밀리의 해골처럼 새하얗던 얼굴이 마침내 혈색을 회복했다. 그녀는 양손으로 수퇘지의 앞발을 붙잡고, 온 힘을 다해 늪 속의 수퇘지를 구하는 꿈을 꿨다. 수퇘지는 불꽃같은 엄니를 그녀의 손목에 걸어 그녀를 늪 속으로 끌고 갔다.

에밀리는 그 수퇘지의 최후에 대해 감히 말하지 못했다. 그녀는 자기가 그 귀신에 쓰인 돼지를 죽인 거라고 생각했다.

병이 나은 후, 에밀리의 친구 우야마가 그녀에게 온몸이 새까만 두 살짜리 보르네오 바센지(사냥개의 일종) 한 마리를 선물했다. 쩌우 신부는 예수님이 사도 바울의 멀어 버린 눈을 낫게 해 주신 것처럼 이 개가 숲속에서 길 잃은 에밀리의 시야를 열어 주기를 바라며, 개에게 바울이라는 이름을 지어 주었다.

3

다약족 미소녀 우야마는 에밀리보다 세 살이 많았다. 그녀의 짙은 눈썹은 두 마리의 작은 메기처럼 구불거리며 움직였다. 그녀의 눈은 검은 눈동자와 흰자의 대비가 뚜렷했고, 붉은 입술과 흰 이의 대비도 뚜렷했다. 머리카락은 허리까지 내려왔는데, 머리 위에는 몇 년 동안 언제나 챙이 뒤집힌 등나무 모자를 쓰고 있었다. 목에는 유리구슬로 된 목걸이를 하고, 허리에는 칼자루가 사이프러스 나무로 만들어진 파랑 칼을 차고, 팔뚝과 손목에 열 개가 넘는 금색의 등나무 고리를 걸고 있었다. 열다섯 살 때 그녀는 보르네오 바센지 사냥개들을 데리고 커다란 멧돼지를 한 마리 잡아서, 유리

구슬 목걸이에 멧돼지 엄니 두 개를 더해 걸었고, 칼자루 끝에도 멧돼지 갈기를 한 움큼 꽂았다. 에밀리는 진흙 괴물이 수돼지를 삼켜 버리는 걸 목격한 후에 하루 동안 숲속에서 실종되었는데, 우야마가 사냥개 두 마리를 데리고 숲속으로 들어가 십자 표시가 새겨진 어느 유파스 나무 그루터기 위에서 깊이 잠들어 있는 에밀리를 찾아냈다. 병이 낫고도 한 달이 지난 후에야 에밀리는 마침내 우야마에게 늪에서 있었던 일에 대해 이야기했다.

"바보야." 우야마는 물총새 떼가 일제히 환호하는 것 같은 청량한 웃음소리를 냈다.

"늪은 그냥 숲속에 있는 연못이야. 사막의 유사 같은 거라고. 진흙 괴물이 어디 있어? 뿔 달린 구렁이도 없어. 신부님이 널 겁주신 거야."

에밀리는 숭배하는 듯한 눈빛으로 우야마를 바라보았다. 그녀는 어릴 때부터 자기보다 머리 하나는 더 큰 우야마를 이런 눈빛으로 바라보았다.

"길 잃은 어린 에밀리!" 우야마는 양손으로 에밀리의 뺨을 받쳤다. 그녀가 에밀리를 타이를 때, 그녀의 얼굴에는 진실하고도 앳된 꽃이 피어났다. "어쩌면 있을 수도 있지. 선조들은 진흙 괴물이랑 뿔 달린 구렁이는 나쁜 사람만 잡아먹는다고 하셨어. 그 돼지는 어린애 두 명을 다치게 하고, 날마다 자기한테 먹이를 주던 쓰니야絲尼雅 할머니를 거의 죽일 뻔했잖아. 에밀리, 그 늪이 어디 있었는지 기억나?"

에밀리는 조그만 머리를 기울이고 우야마의 아름답고 우아한 얼굴을 바라보았다. 우야마의 얼굴은 태양처럼 붉고 찬란했고, 입술은 버마포도나무의 통통한 자줏빛 열매 같았으며, 뺨은 벌레잡이통풀의 포충통처럼 맑고 투명하고 윤이 났다. 바람이 불면 풍성한 긴 머리가 넓은 하늘을 가렸고, 자연의 소리 같은 목소리는 새 지저귀는 소리와 더욱 비슷하게 들렸다. 그녀의 전체적인 모습은 새에 대한 에밀리의 상상을 포괄했다. 물새의 수줍음, 뻐꾸기의 아름다움, 밤꾀꼬리의 신비함, 매의 재기 넘치고 용맹한 모습. 에밀리는 작은 거짓말을 했다. "기억 안 나. 우야마, 나 기억이 안 나."

우야마는 몸을 숙이고 에밀리의 이마에 입을 맞췄다. "착한 동생. 나중에 기억났을 때 말해 주면 돼."

에밀리는 늪 옆에 서 있는 꿈을 꿨다. 연기가 날개를 펼친 커다란 새처럼 늪 위를 뒤덮었다. 무화과나무와 부처꽃 무리에는 시끄럽게 떠드는 학과 백로, 오리, 기러기가 앉아 있었고, 나무그늘 아래에는 거미, 물뒤쥐, 사향쥐, 문착과 큰 뱀들이 빽빽하게 모여 있었다. 검푸른 색의 정수식물(挺水植物. 뿌리는 진흙 속에 있고, 줄기와 잎이 물 위로 뻗어 있는 식물)이 흩어져 있는 늪은 부글거리며 물거품을 뿜어냈다. 두꺼비처럼 생긴 커다란 진흙 괴물이 늪에서 튀어나와 늪 위의 연기를 흩어 버리고, 입을 열어 악취가 나는 진흙을 뱉어내고, 사방으로 도망치는 새들을 잡아먹다가 갑자기 에밀리를 향해 덮쳐 왔다. 에밀리는 빠른 걸음으로 도망쳤다. 성벽 같은 보르네오철목들과 구렁이가 지키고 있는 유파스 나무를 지나서, 한달음에 성당 옆에 있는 조그만 판잣집으로 돌아가서 침대 위에 웅크리고 앉아 집 밖의 진흙 괴물이 씩씩 쿵쿵 하고 우는 소리를 들었다. 달이 뜨거나 뜨지 않거나, 비가 내리거나 내리지 않거나, 건조하거나 습하거나, 조용하거나 시끄러운 수많은 밤에, 진흙 괴물의 울음소리는 그녀가 잠을 이루지 못하게 했다.

6개월 후, 늪의 울음소리가 그치고 고요해졌다. 그녀는 다시 용기를 내어 늪으로 가 보았다. 늪 주위의 무화과나무와 부처꽃은 무성하게 자라 있었고, 벌레잡이통풀의 포충통은 커다랗고 통통했다. 새까만 흙 위에는 여전히 풀 한 포기도 없었고, 낙엽과 마른 나뭇가지, 마른 풀, 이끼가 가득 덮여 있었다. 마른 나뭇가지 위에는 외로운 물총새 한 마리가 서 있었는데, 상서롭고 평온한 그 모습은 마치 성당의 제단 같았다.

에밀리는 3년이 지난 후에야 그 늪을 종종 찾아가게 되었다.

뇌우가 한 차례 지나가고 물새들이 소란스럽게 우는 어느 오후, 열세 살의 에밀리는 다섯 살짜리 바울을 데리고 강가를 한가롭게 걷고 있었다. 다약족 청년 한 명이 상류에서 긴배를 쏜살같이 몰아 강가에 댄 다음 낭랑하고 듣기 좋은 소리로 휘파람을 불었다. 웃통을 벗은 그는 근육이 탄탄했고, 멧돼지 엄니를 꿰어 만든 목걸이를 걸고 있었으며, 엉덩이 뒤에서 커다란 매듭을 묶어 꼭 수탉의 꼬리털처럼 보이는 면포 수건을 허리에 감고, 칼집에 든 파랑 칼을 허리에 차고 있었다. 긴 머리가 휘날렸고, 적갈색 피부는 검은 반점이 없는 호랑이 가죽 같았다. 그는 양손을 허리에 얹은 채 두 발로 이물을 디디고 서 있었다. 짙은 눈썹은 약간 찌푸려져 있었고, 입가에는 꽃받침 같은 볼록한 보조개가 떠올라 있었다. 그는 좁은 긴배 위에 침착하게 서서, 긴배가 강가에 정박한 후에도 마치 낙엽처럼 물결이 전혀 일지 않게 했다.

우야마가 장옥 복도에서 나는 듯이 뛰어나와 긴배 위로 뛰어올랐다. 청년은 노를 저어 강을 거슬러 올라갔다. 우야마는 에밀리에게 손을 흔들었다. 달콤한 미소가 에밀리의 마음을 찔렀다. 노를 젓는 데 몰두한 청년은 나무뿌리 위에 앉은 왜가리들 중 한 마리를 보듯이 에밀리를 흘끔 보았다. 긴배는 사라졌지만, 에밀리의 마음속에 솟아오른 물결은 계속 사라지지 않았다. 이틀 후에 청년이 다시 나타났다. 강가를 거닐고 있던 우야마가 긴배 위로 뛰어오르자 청년은 노를 저어 상류로 올라갔다. 에밀리는 어느 커다란 녹나무 뒤에 서 있었다. 새들이 열렬히 지저귀던 소리가 그치고, 에밀리의 귀에는 청년과 우야마의 웃음소리만 들렸다. 그녀는 청년이 노를 내려놓고 허리를 숙여 우야마를 껴안는 걸 보았다. 수려하고 용맹한 얼굴이 우야마의 얼굴에 닿았다. 새들이 지저귀는 소리가 다시 그녀의 달팽이관을 날카롭게 긁었다. 그녀는 물새와 참매, 물총새, 딱따구리와 코뿔새를 구분할 수 없게 되었다.

다음 날, 긴배는 갑자기 녹나무 뒤에 있는 에밀리를 향해 곧장 달려왔다.

"에밀리!" 우야마는 강가의 커다란 나무뿌리 위로 뛰어올라 에밀리의 손을 잡았다. "우리랑 상류로 놀러 가자!"

에밀리와 검은 개가 이물에, 우야마와 추더裴德가 고물에 앉았다. 떠들썩한 새소리 속에서 긴배는 천천히 상류를 향해 갔다. 추더, 우야마가 강을 건너는 멧돼지들을 공격할 때 알게 된 열여덟 살의 다약족 청년은 개선한 용사처럼 우야마 뒤에 앉아 있었다. 구불구불한 근육이 드러난 그의 양손은 노를 젓다가, 때때로 우야마의 어깨를 두드리기도 했다. 그의 새까맣고 긴 머리칼은 영웅의 망토처럼 강의 수면 위로 휘날렸고, 멧돼지 엄니 수십 개를 꿰어 만든 목걸이는 그가 사냥꾼으로서 세운 공을 뽐냈다. 낭랑하고 우렁찬 노랫소리가 작은 칼인 양, 유파스 나무처럼 고독하고 우울한 에밀리의 가슴을 도려내, 가열하면 독액을 만들 수도 있을 질투의 선혈이 흘러넘쳤다. 에밀리는 뒤를 돌아보지 않으려 했지만 참지 못하고 자꾸 돌아보면서, 추더의 눈빛 속에서 그녀에 대한 한 오라기의 관심과 연민을 찾으려 했다. 하지만 추더의 눈동자 속에는 우야마밖에 없었고, 에밀리는 그저 눈에 거슬리는 연기일 뿐이었다. 그녀는 그날 무슨 일이 있었는지, 어디에 갔는지 잊어버렸다. 그저 추더가 우야마와 그녀를 장옥으로 바래다줬을 때, 검은 개의 안내를 받고 새가 지저귀는 소리에 이끌린 듯한 그녀의 외로운 영혼이 밤중까지 숲속을 돌아다녔던 것만을 기억했다.

7일 후, 에밀리는 삼판선을 타고 긴배의 뒤를 쫓아갔다. 긴배에서 들려오는 경박한 웃음소리와 노 젓는 소리, 그리고 격류와 암초에 강물이 부딪히는 커다란 소리가 강 양쪽 기슭의 새소리와 원숭이 울음소리를 쫓아내 버리고, 그녀의 눈에 고인 눈물이 범람하게 했다. 배를 기슭에 댄 다음, 그녀는 검은 개가 몰래 길을 안내하게 했다. 우야마와 추더가 발정한 냄새 탓에 검은 개는 아주 빨리 그들을 찾아냈다. 어둡고 축축한 나무그늘 속에서, 귀를 찌를 듯이 기쁘게 지저귀는 새소리 속에서, 보르네오철목이 비호하는 아래, 등나무 고리를 가득 끼운 우야마의 팔이 호랑이 가죽 같은 추더의 피부 속으로 파고들었다. 벌거벗은 두 육체가 거대한 그루터기 사이 홈에서 두 마리의 사나운 호랑이처럼 엎치락뒤치락하며 포효했다.

에밀리는 계속 숲속을 거닐었지만, 숲속을 돌아다니며 놀려는 흥미는 이미 잃어버리고, 손발이 없는 외로운 영혼처럼 검은 개가 안내하고 새소리가 이끄는 대로 끌려 다녔다. 그녀는 여남은 그루의 유파스 나무 아래를 맴돌고 나무 꼭대기를 올려다보면서, 양쪽으로 갈라진 나무 꼭대기가 뼈와 살을 부식시키는 즙을 떨어뜨리는 망상을 했다. 그녀는 그루터기 위에 앉아 뿔이 난 구렁이가 자신을 삼켜 버리고, 산처럼 쌓인 해골이 자신을 파묻어 버리기를 기다렸다. 또 그루터기 사이의 홈에 누워서 사람을 미치게 만드는 독기가 자신의 몸에 스며들게 했다. 그녀는 물거품을 토해내고 가스를 뿜어내는 늪을 멍하니 바라보면서 그 속에 커다란 돌을 던지고, 배고프고 성난 진흙 괴물이 늪에서 나와 돌을 삼키기를 기다렸다. 하마터면 그녀 자신까지도 던져 버릴 뻔했다. 날이 어두워지면 그녀는 침대에 누워 집 밖에서 들려오는 진흙 괴물의 더러운 고함소리와 구렁이의 암탉 같은 날카로운 울음소리를 들었다.

한 달 남짓 지난 후, 그녀는 얼굴이 환한 우야마에게 말했다. "우야마, 나 늪이 어디 있는지 기억났어."

"아, 늪? 멧돼지를 삼켜 버린 그 늪 말이야?"

"맞아." 에밀리가 말했다. "우야마, 거기 데려가 줄게. 언니만 데려갈 거야."

시끄럽고 떠들썩한 이른 아침이었다. 백 가지나 되는 들새가 즐겁게 노래하고 있었다. 아침 예배가 끝난 후에 에밀리는 우야마를 데리고 숲속으로 들어갔다. 세 시간이 넘게 이리저리 빙빙 돈 끝에 늪 위에 커다란 새처럼 날개를 펼친 연기, 그리고 부처꽃과 무화과나무를 가린 음침한 가스가 보였다. 십여 가지의 물새와 개구리들의 울음소리 속에 저 먼 산봉우리에서 전해져 오는 긴팔원숭이의 흐느낌 소리가 섞여 있었다.

에밀리는 눈을 감고도 낙엽과 마른 나뭇가지와 이끼를 매장한, 풀 한 포기도 자라지 않는 그 검은 땅까지의 거리를 알 수 있었다.

그녀는 걸음을 멈추고 눈썹을 찌푸렸다.

"길 잃은 어린 에밀리." 우야마는 땀에 젖은 에밀리의 머리칼을 쓰다듬었다. "또 길 잃은 거야?"

"아냐, 안 잃어버렸어." 에밀리는 언제나처럼 숭배하는 듯한 눈빛으로, 고개를 들고 우야마를 바라보았다. "거의 다 왔어. 좀 무서워서 그래. 진흙 괴물이 뛰어나올까 봐서."

"바보!" 우야마의 달콤한 미소를 본 에밀리는 추더 생각이 났다. 에밀리의 머릿속에서 질투의 피 연못이 살찌운 진흙 괴물이 뛰어다니고 있었다. "내가 앞장서서 갈게. 늪에 도착하면 말해 줘."

우야마는 낙엽과 마른 나뭇가지와 어린 나무들을 밟으면서 그 상처 입은 수퇘지처럼 씩씩거리며 늪을 향해 걸어갔다. 햇빛이 나무 꼭대기를 통과해 흩뿌린 수만 개의 작은 눈이 갑자기 흩어져 있던 눈빛을 전부 우야마의 몸에 집중했다. 숲은 어두컴컴했고, 우야마가 지나간 길과 곧 지나갈 길에만 눈부신 빛의 고리가 모여 있었다. 마치 빛을 내는 수많은 나뭇가지가 우야마가 늪으로 가는 길을 따라 쭉 놓여 있는 것 같았다. 늪 위에 커다란 날개를 펼치고 있던 연기가 우야마의 머리 위에 맴돌았고, 그녀의 머리카락도 연기처럼 늪을 향해 허공에서 휘날렸다. 부처꽃은 수천 포기의 벌레잡이통풀에 가려져 있었다. 검붉은 색의 포충통은 청개구리의 다리와 도마뱀 머리를 씹고 있었다. 키 작은 무화과나무 위에 무덤새(닭류에 속한 흙무덤을 만드는 새) 한 마리가 서서 고양이 같은 울음소리를 냈다. 풀 한 포기 자라지 않는 검은 땅은 물거품도 가스도 뿜어내지 않았고, 낙엽과 마른 나뭇가지와 이끼만 덮여 있었다. 하지만 우야마의 두 발이 늪에 빠진 순간, 독버섯이 포자를 뿜어내듯이 가스가 폭폭 뿜어져 나왔고, 마른 잎과 나무 부스러기가 흩날렸고, 커다란 새처럼 날개를 펼친 연기는 날개가 부러졌다.

우야마의 날카로운 비명을 들은 에밀리는 두려움에 휩싸였다.

그녀는 늪 앞에서 걸음을 멈추고, 뒤로 두 걸음 물러났다.

우야마의 두 다리와 엉덩이와 허리가 빠르게 사라지고, 상반신만 남은 불구자처럼 검은 땅 위에 떠 있었다.

"에밀리!" 우야마는 겁에 질려 소리쳤다. "에밀리!"

에밀리는 뒤로 두 걸음 더 물러났다.

우야마는 발버둥을 멈췄지만, 상반신은 그대로 천천히 빠져들었다. 그녀는 고개를 돌려 에밀리를 보려고 애썼다. "에밀리!"

에밀리는 수퇘지가 그녀를 돌아봤을 때의 친근하고 허물없는 눈빛과, 엄한 아버지의 목소리 같은 끽끽거리는 울음소리가 생각났다. 그녀는 몸을 돌려, 뒤도 한번 돌아보지 않고 빠르게 달렸다.

"에밀리! 에밀리! 에밀리!"

어지럽고 떠들썩한 새소리가 우야마의 목소리를 덮었다.

에밀리는 달렸다. 유파스 나무와 보르네오철목, 버마포도나무를 지나고, 셀 수 없을 만큼 많은 좁은 오솔길과 왜목 덤불을 통과하고, 물웅덩이와 구덩이에 걸려 넘어지고, 무수한 덩굴과 양치식물에 긁혀서 상처가 났지만, 그녀는 계속 달렸다.

우야마가 그녀를 부르는 소리는 한참 전에 사라졌지만, 모든 종류의 새가 자신들의 독특한 목소리와 빈도로 에밀리를 불렀다.

chir-rup, chir-rup, chir-rup

chitter-chitter-chitter

kok-kok-oo

tay-tay-tay-tay-toy

chee-e-e-e-e-e-e

pi-li-li-li-li-li-li-li

ho-ho-ho-ho-ho-ho

옮긴이의 말

사라왁은 보르네오섬 북쪽에 위치한, 말레이시아에서 가장 큰 주써이다. 본래 브루나이 왕국의 영토였던 이곳에 1839년에 영국의 모험가인 제임스 브룩이 와서 이 지역에 출몰하던 해적을 소탕하였고, 그 공으로 브루나이의 술탄에게서 이곳의 영토를 하사받아 1841년에 사라왁 왕국을 세우고 왕이 되었다. 그로부터 100여 년이 지난 후, 사라왁 왕국의 제3대 왕인 찰스 바이너 브룩이 통치하던 시기인 1941년에 제2차 세계대전이 발발해 브룩 왕가의 전원이 오스트레일리아로 망명하였다. 1943년 12월에 태평양전쟁이 발발하자 이곳은 일본군의 점령하에 놓이게 되었다.

장구이싱은 바로 이 사라왁 지방에서 출생하였다. 그의 본적은 중국 광둥성이지만 1956년에 보르네오에서 태어났고, 19세 때이던 1976년에 학업을 위해 타이완으로 가서 1980년에 타이완 사범대학교 영문과를 졸업하였다. 이런 그가 뚜렷하게 '고향'이라고 인식하는 곳은 오직 보르네오뿐이다. "내 본적은 광둥이고, 남양 군도의 어느 큰 섬에서 태어나 19살 때 출생지를 떠나 타이완으로 가서 가련한 학생 생활을 했다. 이따금 유행가를 듣기도 했는데, 가수는 내 고향이 어쩌니저쩌니 노래했다. 들으면서 나도 애수에 잠겨 몇 마디 흥얼거리다가 문득 내 고향은 어디인가 하는 의문을 가지게 되었다. 한 번도 본 적 없는 광둥은 당연히 내 고향이 아니고, 19년을 넘게 살아온 타이완도 아니다. 내 고향은 당연히 적도 아래 그 열대의 섬밖에는 없다." 고향에 관해 이렇게 명확한 의식을 가진 그는 줄곧 보르네오를 배경으로 하는 작품을 창작해 왔다. '우림 3부작'이라 일컬어지는 『세이렌의 노래賽蓮之歌』, 『코끼리 떼群象』, 『원숭이 잔猴杯』에 이어 그는 『강을 건너는 멧돼지野豬渡河』에서도 보르네오섬의 열대 우림지대를 배경으로 삼아 거대한 자연 속에서 살아가는 그곳 사람들의 삶, 그리고 일본군의 점령하에서 그들이 겪은 고난을 상세하게 묘사하였다.

소설은 이 작품의 주인공이라 할 수 있는 인물인 관야평의 자살로부터 시작한다. 두 팔을 모두 잃었지만, 아들인 바이양이 보기에 발을 손처럼 쓰며 못 하는 일이 없었던 관야평은 전쟁도 다 끝나고 이미 평화가 찾아온 어느 날 갑자기 나무에 목을 매어 자살한다. 소설은 종전 후의 이 시점에서 다시 과거로 돌아가 야평의 삶과 그가 전쟁 동안 겪어온 일을 하나하나 풀어놓는다. 각 장의 소제목을 통해 키워드를 던지고, 그 키워드에 관한 사건을 상세히 서술하는 독특한 방식으로 작품이 전개된다. 초반에 자연과 더불어, 때로는 자연을 극복하며 살아가는 주바 마을 사람들의 삶을 묘사하는 부분은 비교적 평화롭지만, 중반에 이르러 마을을 점령한 일본군의 만행을 본격적으로 드러내기 시작하면서 극도로 잔인하고 폭력적인 묘사가 이어진다. 하버드대 중문학 교수이자 문학평론가인 왕더웨이王德威는 장구이싱의 이러한 서술방식에 대해 "화려하고 냉정한 수사를 통해 삶의 가장 피비린내 나는 장면을 서술해, 이로써 창작의 윤리적 한계를 뛰어넘는다. 심지어 거리낌 없이 학살하는 주체가 소설 속의 일본인일 뿐만 아니라 서술자인 장구이싱 본인이라고도 할 수 있다"라고 평하였다. 그가 '냉정한 수사'라고 말한 것처럼, 잔인하고 비극적인 장면을 묘사하면서도 작가의 서술은 시종일관 담담하고 냉정한 관찰자의 태도를 보인다. 지극히 폭력적이고 참혹한 장면을 무심한 문체로 묘사해 오히려 그 폭력성이 더욱 강조되는 효과를 얻는다. 소설 속에서 묘사한 모든 사건이 특별한 개개의 사건이 아니라, 그 당시 그 시대에 어디서든, 누구에게든 일상적으로 일어날 수 있었던 일이라는 인상을 준다. 장구이싱은 이 작품으로 2020년 7월에 중화권 문학계의 큰 문학상 중 하나인 홍루몽상을 수상하였는데, 심사위원 황쯔핑黃子平은 이 작품에 대해 "냉정하고 아름다우며, 복잡한 내용을 간결한 문장을 통해 표현하였다. 감정을 드러내지 않고 피비린내 나는 살육 장면을 묘사하고, 폭력에 폭력으로 대응해, 독자의 독서 한계에 극한까지 도전한다. 삶과 죽음, 인간과 짐승, 선과 악 사이에서 그 자신만의 곡절 많은 역사 철학과 폭력의 미학을 구축하였다"라는 평을 남겼다.

이 작품에 등장하는 인물은 대부분이 허구의 인물이고, 실제 모델이 있다 해도 허구가 많이 섞여 있을 것이다. 그러나 소설 속에서 주바 마을을 침략해 통치했던 일본군 장교들은 모두 실존했던 인물로, 이들의 이름도 실명 그대로이다. 이 점이 작품에 진실성을 더해 준다. 소설은 이처럼 진실성을 가지고 있는 동시에 환상적인 서술도 큰 비중을 차지한다. 소설에 등장하는 파랑 칼은 황당해하거나 냉소하는 등 감정을 표현하며, 게으름뱅이 자오씨가 기르는 머리 없는 닭은 머리가 없어도 울 수 있고, 다른 닭과 싸워 이길 수도 있다. 그 외에 처녀를 욕보이는 기름 귀신, 하늘을 날아다니는 사람 머리의 모습을 한 귀신인 폰티아낙 등, 말레이시아 고유의 비현실적인 상징물이 등장해 소설의 환상적인 분위기를 더욱 짙게 만든다. 여기에 마을 사람들이 늘 아편을 피우면서, 혹은 아편을 피우지 못해서 금단증상 때문에 수시로 보는 환상까지 더해져 환상과 실제를 완전히 구별하기 힘든 기묘한 느낌을 준다.

이런 환상적인 서사에 더욱 큰 힘을 실어주는 것이 바로 동물에 관한 서술이다. 전작에서도 열대 우림의 여러 동물을 등장시켰던 것처럼 이 작품에서도 작가는 큰까치, 원숭이 등 각종 동물을 등장시켰는데, 그 가운데 비중이 가장 큰 것은 단연 멧돼지, 정확하게는 보르네오에 서식하는 보르네오수염돼지다. 이 멧돼지들은 일본군이 마을을 침략하기 전에는 마을 전체의 가장 큰 적이었다. 한편, 마을 사람들은 이 멧돼지의 새끼를 잡아다 길러 생계의 수단으로 삼기도 했다. 전쟁이 일어나기 전에도 멧돼지들은 강을 건너 마을로 쳐들어왔고, 전쟁이 끝난 후에도 마찬가지로 마을을 습격했다. 이 멧돼지들은 보르네오섬 대자연의 일부이고,

마을 사람들이 극복해야 할, 혹은 더불어 살아가야 할 대상이다. 작가는 소설 속에 끊임없이 등장하는 멧돼지들의 행동을 있는 그대로 묘사해, 이를 통해 작품의 기본적인 분위기를 구축하였다.

처음에 이 작품의 번역을 시작했을 때는 생소한 배경과 어휘에 큰 어려움을 느꼈지만, 번역해 나가면서 어느새 보르네오의 열대 우림이라는 낯설고 신비로운 배경에 푹 빠져들게 되었다. 이런 공간적 배경은 큰 현장감과 생동감을 주어, 마치 나도 등장인물들과 함께 울창한 숲속을 탐험하는 듯한 느낌을 받았다. 마을이 일본군에 점령된 이후의 내용을 번역하면서는 마을 사람들이 겪는 고난을 보며 마음 아파하고, 그들과 함께 울고 웃게 되었다. 특히 유사한 경험을 한 국가의 국민으로서 깊이 공감하였다.

장구이싱의 장편소설을 국내에 최초로 소개하게 되어 영광스러운 동시에 큰 책임감을 느끼며 번역에 임했다. 번역하는 긴 시간 내내 내가 독특한 분위기를 지닌 장구이싱의 문학에 완전히 빠져들어 있었던 것처럼, 국내의 독자들도 그의 작품에 매력을 느끼기를, 그리하여 이 좋은 작품이 더욱 널리 읽히기를 바란다.

2024년 5월
박희선

강을 건너는 멧돼지 2

1판 1쇄 찍음 2024년 10월 30일

지은이	장구이싱
옮긴이	박희선
편집	김효진
교열	이수정
디자인	최주호
펴낸곳	마르코폴로
등록	제2021-000005호
주소	세종시 다솜1로9
이메일	laissez@gmail.com
페이스북	www.facebook.com/marco.polo.livre

ISBN   979-11-92667-63-8 03820